唐诗的多维世界

欧丽娟 著

北京大学出版社
PEKING UNIVERSITY PRESS

著作权合同登记号　图字：01-2017-6188

图书在版编目（CIP）数据

唐诗的多维世界 / 欧丽娟著. —北京：北京大学出版社，2020.5
ISBN 978-7-301-30987-2

Ⅰ. ①唐⋯　Ⅱ. ①欧⋯　Ⅲ. ①唐诗—诗歌研究　Ⅳ. ① I207.227.42

中国版本图书馆 CIP 数据核字（2019）第 291908 号

本书为（臺灣）五南圖書出版股份有限公司授權北京大學出版社有限公司在中國大陸出版發行簡體中文版，2017。

书　　　名	唐诗的多维世界 TANGSHI DE DUOWEI SHIJIE
著作责任者	欧丽娟　著
责任编辑	吴　敏
标准书号	ISBN 978-7-301-30987-2
出版发行	北京大学出版社
地　　　址	北京市海淀区成府路 205 号　100871
网　　　址	http://www.pup.cn　新浪微博 @ 北京大学出版社
电子邮箱	编辑部 wsz@pup.cn　总编室 zpup@pup.cn
电　　　话	邮购部 010-62752015　发行部 010-62750672 编辑部 010-62757065
印　刷　者	三河市北燕印装有限公司
经　销　者	新华书店
	880 毫米 ×1230 毫米　A5　12.125 印张　320 千字 2020 年 5 月第 1 版　2025 年 6 月第 6 次印刷
定　　　价	59.00 元

未经许可，不得以任何方式复制或抄袭本书之部分或全部内容。
版权所有，侵权必究
举报电话：010-62752024　电子邮箱：fd@pup.cn
图书如有印装质量问题，请与出版部联系，电话：010-62756370

序　言

这本小书是一份纪念,是个人对唐诗研究的阶段性总结。

书中收录了七篇论文、一篇附录,由最早的《李贺诗历代评论之分析》以迄最晚的《李康成〈玉台后集〉蠡测——"玉台诗史""玉台美学"的建构》,撰述发表的时程横跨了二十六年。二十六年的时间,必然能引起诸多岁月的感慨,沧海桑田,莫过于斯。所谓渺沧海之一粟、纵白驹之过隙,蜗牛角、石火光之类的比喻,无非都是对宇宙的敬畏与对存在的唏嘘,但智慧却又是由此而生,在不可承受之轻中创造了永恒回归之重。其中点滴,又何须多言?

如今成书,不能免俗,约略言之,本书所收论文中,有四篇都完成于博士修业之前与结业之际,此后则开始扩展领域,兼治红学,"王维"一文反倒成为唐诗研究的尾声。期间所论,系统成书面世的有《唐诗的乐园意识》《唐代诗歌与性别研究——以杜甫为中心》两部专著,而这几篇单一论文得以结集成册,便于读者观览,实须感谢若干机缘的玉成。各章的出处谨个别交代如下:

《李贺诗历代评论之分析》,《编译馆馆刊》第 22 卷第 1 期（1993 年 6 月）, 页 129—158。

《李商隐诗之神话表现》,《编译馆馆刊》第 24 卷第 1 期（1995 年 6 月）, 页 1—18。

《论唐诗中日、月意象之嬗变》, 彰化师范大学中文系主编:《第四届中国诗学会议（唐代诗学）论文集》, 1998 年 5 月, 页 323—352。

《李、杜"闲适诗"比较论》,《编译馆馆刊》第 27 卷第 2 期（1998 年 12 月）, 页 35—61。

《襟三江而带五湖——初唐文坛的彗星王勃》,《联合文学》第 17 卷第 5 期（2001 年 3 月）, 页 42—45。

《论王维诗歌中理性观照的人格特质与表现模式》,《台大中文学报》第 32 期（2010 年 6 月）, 页 209—254。

《唐代"极玄"诗学体系与杜甫》,《新亚学报》第 35 卷（2018 年 8 月）。

《李康成〈玉台后集〉蠡测——"玉台诗史""玉台美学"的建构》,《人文中国学报》第 28 期（2019 年 6 月）, 页 47—89。

诸篇收入此书时, 则依论述对象的时代先后编排, 透过王维、李白、杜甫、李贺、李商隐等的位序, 以见唐诗发展变化的轨迹, 王维一文因此居首; 而关于日月意象的讨论则因属跨时代的宏观考察, 因此置诸最终, 隐含总收之意。

透过目前的编列, 虽然诸篇文章各有不同的切入角度与聚焦主题, 仍可以清楚看出时代精神迁变的内在消息。从盛唐王维、李白、杜甫的深厚、向上, 到中唐李贺、晚唐李商隐的微细、偏歧，唐诗艺术的发展自是越发寻幽探胜，风光无限，但诗人的心灵走向却是逐渐逸离正轨，失去了"博大、均衡、正常"①的人性格局。李贺之阴魅，在"诗鬼"的称号中表露无遗；李商隐之哀凄悱恻，也是绝望至极的椎心泣血，毋怪乎成为神话解构的大师；"地老天荒""天荒地变"之类的末日表述主要出现于此二李的笔下，非为无端。连带所及，日、月这两个人类最亲近、熟悉的宇宙意象，天天点缀在生活舞台的背景上，触目可及、不离不弃，竟也因为"观看之道"的改换而展现出前后迥异的面貌，人之呼吸时代空气，可谓入骨透髓，乃在个体的独特性之外又参与了集体的共感，于是烙上了类似的印记。原来所谓的"超越时代"，真正的意义是带着时代往前多走几步，而前进的动能则是来自文化的哺育与同侪的激荡，大传统（great tradition）的沉厚丰沛、生存环境的镂刻形塑，对于成家为师之辈而言，其重要性实与个人天赋才性不相上下。

在这个由王维、李白、杜甫、李贺、李商隐所组成的唐诗的多维世界里，年轻的心智最容易为李白式的豪迈奔腾、李商隐式的缠绵悱恻所触动，以为人生的精髓在于狂喜大悲，"强度"乃是衡量价值的标准；随着经历日多、体悟日深，却领略到王维式的境界高妙至极，也动人至极，此际已转向"深度""厚度"的范畴，也进入更高层次的成熟，诗人与读者皆然。

---

① 此乃杜甫之所以成为最伟大之诗人的性格因素，参叶嘉莹：《论杜甫七律之演进及其承先启后之成就》，《迦陵谈诗》（台北：三民书局，1984年1月），页62。

有学者曾经定义所谓的"成熟",是"一种明亮而不刺眼的光辉,一种圆润而不腻耳的音响,一种不再需要对别人察言观色的从容,一种终于停止向周围申诉求告的大气,一种不理会哄闹的微笑,一种洗刷了偏激的淡漠,一种无须声张的厚实,一种并不陡峭的高度"①,这番阐释洗练深刻、精准入微,与其用在苏轼身上,施诸王维可能更为切合,毕竟东坡固然旷达自适,于晚年的最终时刻、浪迹天涯海角的困窘绝地,犹且展现出"云散月明谁点缀,天容海色本澄清"(《六月二十日夜渡海》)的清明心境,令人感佩神往;实则仍不失刺眼的锋芒、陡峭的凛然,一丝乍泄,是非陡生,以致终身跌宕曲折,事出有因。

王维则不然,早慧睿智,复以修为自持,真正几乎完全做到德国文学家赫曼·黑塞(Hermann Hesse, 1877—1962)所言:"内心深处有一种宁静和一处庇护所,任何时候你都能够退避到里面去,而保有自己的本色……虽说这种本事人人都有,但却很少有人能掌握住,并发挥出这种本领来。"②此所以王维的人格特质及其诗歌风格总带有一种"透明的隐秘、安静的热情、遥远的亲切",若即若离、味淡韵长。试看《终南别业》一诗所云,"兴来每独往,胜事空自知"的山水之癖何尝亚于弃俗之隐士,却无妨自得其乐,不染一丝厌俗负性之气;至于"行到水穷处,坐看云起时"之境界,比诸东坡《定

---

① 余秋雨:《苏东坡突围》,见《山居笔记》(台北:尔雅出版社,1995年8月),页110。

② [德]赫曼·黑塞:《悉达多求道记》(Siddhartha,通译"流浪者之歌"),此处采萧竹译:《漂泊的灵魂》(台北:国家出版社,2014年6月),页82。

风波》的"莫听穿林打叶声,何妨吟啸且徐行"更加举重若轻、不落痕迹;最后的"偶然值林叟,谈笑无还期"一联最是尽显通透无碍的自在,"偶然"而不"必然",祛除了非如此不可的执着自限,坦然顺迎各种因缘,因此,可以"谈笑无还期"的对象乃是林中老叟,桑麻菜蔬、柴薪盐米之琐事皆可津津乐道,浑然不觉时间之流逝,既完全没有"谈笑有鸿儒,往来无白丁"(刘禹锡《陋室铭》)的矜傲,较诸东坡所自豪的"上可以陪玉皇大帝,下可以陪悲田院乞儿"①,王维的轻描淡写也更显真正的无差别心。由于已达此一超然化境,故无论身处任一时、地,遭遇何种人、事、物,皆能玲珑圆满。

唯耽于情浓者,往往停留在入乎其内的激荡层次,错失出乎其外之后淡泊宁静的弘远深沉,以致谬以"无情"非议王维,殊不知适得其反,所谓"静水流深"(still waters run deep),表面波澜不兴正因为深不可测。明代诗评家钟惺便探得此一奥义,所谓:"情艳诗,到极深细、极委曲处,非幽静人原不能理会。此右丞所以妙于情诗也。"②以及:"右丞禅寂人,往往妙于情语。"③诚为金睛洞视之见。唐代王维之外,民国的弘一大师亦是绝佳明证,今古呼

---

① (宋)高文虎:《蓼花洲闲录》引《沧浪野录》载苏轼自言,《丛书集成初编》第2867册(台北:新文丰出版公司,1936),页11。

② (明)钟惺、谭元春:《唐诗归》,《四库存目丛书》(台南:庄严文化事业公司,影印清华大学图书馆藏万历四十五年刻本,1997年)第338册,卷8《西施咏》评,页171。

③ (明)钟惺、谭元春:《唐诗归》,卷8《早春行》评,页167。

应,虽然王维属于世间与出世间相即相融的随遇而安,在家身、出世心,证知朱门、蓬户本质无异,故始终皆是摩诘;弘一大师则是先入后出、浓极转淡,前半生的红尘翩翩与后半世的禅门寂寂截然二分,终于抛弃了李叔同,脱胎换骨;但本质上两人都属于能探得"极深细、极委曲处"的"幽静人""禅寂人",其"妙于情语"的"情艳诗"自不同于李商隐"春蚕到死丝方尽,蜡炬成灰泪始干"之类的执迷,一般读者当不易体会。因此,王维虽然时代较早,却是较晚写成,其理应然。

"一个求道者可以活在世界里,却不能让世界活在他的心里",对照举世浮动的心思、竞进的姿态,此言诚暮鼓晨钟,闻者足戒。

欧丽娟于台北

目 录

第一章 论王维诗歌中理性观照的人格特质与表现模式 001

  第一节　前　言 001
  第二节　"背面傅粉"：情感结构与心灵模式 007
  第三节　对人性世态的入而能出 020
  第四节　"知"的意义与实践 030
  第五节　结语：哲学家诗人 050

第二章 李、杜"闲适诗"比较论 055

  第一节　"闲适诗"的定位与意义 055
  第二节　李白闲适诗之内涵与特质 059
  第三节　杜甫闲适诗之内涵与特质 083
  第四节　结　语 102

第三章 唐代"极玄"诗学体系与杜甫
    ——以几个关键词为核心 107

  第一节　前　言 107

第二节 "极玄"的诗学概念与创作特色　　　111

第三节 "极玄"诗学的相关概念　　　120

第四节 从杜甫理解《又玄集》对"极玄"的认知　　　134

第五节 杜甫与"极玄"诗学体系　　　142

第六节 结语："丹霄路在五言中"　　　150

第四章 李康成《玉台后集》蠡测
——"玉台诗史""玉台美学"的建构　　　158

第一节 前　言　　　158

第二节 李康成及其作品　　　161

第三节 "选学"盛行下的典律之争？　　　174

第四节 毕曜：个案研究　　　186

第五节 "玉台体"试探　　　197

第六节 结论："接受史"的"接受史"　　　207

第五章 李贺诗历代评论之分析　　　212

第一节 唐五代时期　　　213

第二节 两宋时期　　　220

第三节 元朝时期　　　236

第四节 明朝时期　　　241

第五节 清朝时期　　　255

第六节　现代以来　　　　　　　　　　　　　　274
　　第七节　结　论　　　　　　　　　　　　　　279

第六章　李商隐诗之神话表现　　　　　　　　　　　282

　　第一节　前　言　　　　　　　　　　　　　　282
　　第二节　神话与诗　　　　　　　　　　　　　284
　　第三节　李商隐诗中神话题材之类型与意象表现之特色　286
　　第四节　李商隐诗中神话展现的时空架构　　　291
　　第五节　李商隐诗神话运用模式之特质：人情化——
　　　　　　一般神话思维运作的反命题　　　　　304
　　第六节　结语：文学史之一般观察　　　　　311

第七章　论唐诗中日、月意象之嬗变　　　　　　　316

　　第一节　前　言　　　　　　　　　　　　　　316
　　第二节　初盛唐时期"日出月生"的乐园表述　318
　　第三节　中晚唐时期"日落月冷"的失乐园情境　331
　　第四节　唐诗中日月意象嬗变的关键——杜甫　348

附　录　襟三江而带五湖——初唐文坛的彗星王勃　358

征引书目　　　　　　　　　　　　　　　　　　　364

第一章
论王维诗歌中理性观照的人格特质与表现模式

第一节 前 言

王维作为盛唐的诗歌名家,其创作贡献与历史地位乃无庸置疑。然而,早在明代即有徐增感叹道:"今之有才者,辄宗太白;喜格律者,辄师子美;至于摩诘,而人鲜有窥其际者,以世无学道人故也。"[①]不仅创作范畴如此,迄今之学界,相较于李白、杜甫乃至李商隐等人之诗学内涵、生平考证、艺术呈现、人格情态等都广受探讨的研究热况,王维所受到的注意仍是略为偏低的。其次,有关王维的研究主要是偏重在其宗教思想的阐述上,除了佛教尤为其最之外,还包括道家乃至儒释道三教合一的情况都有精辟的发挥;至于王维诗歌中的自然书写,以及其中的美学意涵,诚属专家诗的另一个研究重心,若详加检验,也往往被涵摄在思想范围中成为派生论述。

---

① (明)徐增著,樊维纲校注:《说唐诗》(郑州:中州古籍出版社,1990年12月),卷首《与同学论诗》,页16。

而本章所关注的是，王维诗文作品中所呈现的"庄禅合一"乃至儒释道"三教合一"的现象，显示这些分歧甚至矛盾的思想体系之所以能统合于同一个精神个体身上，却没有发生冲突或错乱，其实还有着更根本的原因。一方面，这固然是因为这些思想本来就处于并存互动的状态，彼此在诠释发展的过程中产生挪借转注以至互渗会通的结果，如兴膳宏在讨论王维诗中"无我"特性的佛教思想根源时，即特别提醒注意"无我"一词也见于《庄子》郭象注①，可以作为这类学术现象的一个例证。但是无论如何互渗会通，不同思想体系之间的挪借转注决不会导致彼此界线泯灭乃至自我瓦解的地步，其间的差异性毕竟远大于共通性；学术本身的问题更不能直接通往诗人本身，因此在以思想证诗的这种做法上，也不是没有学者发现其中的问题，如汉学家李志指出："这个心境安宁的诗人可以理解，不需要参照佛教。其他佛教诗人中的大多数人，无论是世俗的还是宗教的，都没有这种平静安稳。"②显然学者也承认，思想基础并不等于心灵境界，因此不但因人而异，而且甚至没有必然关系。是故可以说，要根本性地掌握"庄禅合一"乃至儒释道"三教合一"之现象的关键，依然是决定于创作主体本身；在诗人心灵境界或人格结构的理解诠释上，思想背景并不是充分条件，甚至也不

---

① [日]兴膳宏著，戴燕译：《我与物》，《异域之眼——兴膳宏中国古典论集》（上海：复旦大学出版社，2006年9月），页351。

② 李志：《诗人朱熹》，《通报》第58期（1972年）。引自[法]保罗·雅各布布（Paul Jacob）著，刘阳译：《唐代佛教诗人》，钱林森编：《法国汉学家论中国文学——古典诗词》（北京：外语教学与研究出版社，2007年5月），页163。

是必要条件。

　　这是因为人类并非客观世界的被动反映以致沦为环境的产物，如主体心理学（subjective psychology）所指出的，在人成长发展过程中，主体能动性乃是影响主体心理发展的重要因素之一，并与教育、环境一同构成主体心理发展的三维结构模式；其中，主体能动性作为主体与世界相互作用的主导潜能[①]，可以说更是探求人格形态的核心。而思想与审美作为两个不同范畴，即是根植于同一心源始得汇通交融，就此，林继中说得好："现象世界必须被诗人个体同化于认知结构，并经由诗人情怀之酿造，方得入诗。也就是说，有什么样的眼光和情怀才有什么样的艺术幻境。……世人历来称王维为'诗佛'，是对其将说禅与作诗联系起来这一创作特质已有初步共识。但说禅与作诗虽相关却不相同，还须打通。宗教体验转化为审美的关键，还在于诗人的情感结构。"[②] 而诗人的情感结构不只是将宗教体验转化为审美的关键，从"诗言志"的角度来说，也直接与诗歌风格及其呈现形式连动相关。高友工对"诗言志"的概念指涉阐释道：

> （由于）中国历史早期对"推论性沟通"（discursive communication）由衷的不信任及对内在经验的极端重视，使同一格言（即"诗言志"）有了更精妙的扩充："言"一辞因此

[①] 详参郑发祥：《主体心理学》（上海：上海教育出版社，2006年8月），页8、页134—135。

[②] 林继中：《王维情感结构论析》，《文史哲》1999年第1期，页83。

演变成意谓整体地表现（total realization），包涵"语意的表示"（semantic representation）与"形式的呈现"（formal presentation）两方面。有了如此的境义，"志"一辞亦再也不足以涵盖诗境界的内涵，它因而被扩充成广指一特定之人于一特定之时，其整体经验——所有的心智活动与特质——之主要构成。在此一参证格式里，"志"可等同于一个人平生某刻的"意义"。①

基于此一被扩充的意义，则诗之"言说"及其所言说之"志"，乃是指一特定之人于一特定之时整体地表现其所有心智活动与特质所构成的经验与意义，并透过语意与形式概括地表现出来。故非独叶燮声称："诗是心声，不可违心而出，亦不能违心而出。功名之士，绝不能为泉石淡泊之音；轻浮之子，必不能为敦庞大雅之响。故陶潜多素心之语，李白有遗世之句，杜甫兴'广厦万间'之愿，苏轼师'四海弟昆'之言。凡如此类，皆应声而出，其心如日月，其诗如日月之光，随其光之所至，即日月见焉。故每诗以人见，人又以诗见。"②赵殿成更以言志传统指出诗人与诗歌的关系道："传称诗以道性情，人之性情不一，以是发于讴吟歌咏之间，亦遂参

---

① [美]高友工：《中国叙述传统中的抒情境界》，[美]浦安迪：《中国叙事学》（北京：北京大学出版社，1996年3月），附录，页202—203。

② （清）叶燮：《原诗·外篇上》，丁福保辑：《清诗话》（台北：木铎出版社，1988年9月），页597。

差……于性情各得所肖……右丞崛起开元天宝之间，才华炳焕，笼罩一时，而又天机清妙，与物无竞，举人事之升沉得失，不以胶滞其中，故其为诗真趣洋溢，脱弃凡近，丽而不失之浮，乐而不流于荡。"① 如此说来，便堪称诗为"史外传心之史"②。本章即以诗作为凭借，聚焦于其中所展露的情感结构，而又更进一步扩及人格类型与心理模式，将诗歌恢复为独立完整的个别的艺术作品，是诗人具体而微的心灵宇宙，而不只是担负宗教思想的载体，以进行细部的文本分析；同时从人格结构与心灵运动的内在脉络来探索这些诗歌类型与呈现手法的必要性，由此真切掌握王维贯透在诗歌中的理性素质。

所谓人格，乃一个人存在整体的统称，精细地说，"'人格'一词，来自拉丁文 Persona，意指面具。用于人的独特行为方式和多种素质，以表现人的外显形象及内在质量。……一般认为它由需要、动机、兴趣、价值观、信念、能力、气质、性格等成分组成"③。据此，就本章所关切探究的范畴而言，于传统诗论中似乎已可以找到若干深刻触及王维独特之人格特质与处世模式的吉光片

---

① 见（清）赵殿成：《王右丞集笺注》（台北：广文书局，1977年12月），卷首序，页21。
② （清）吴伟业：《且朴斋诗稿序》，李学颖集评标校：《吴梅村全集》（上海：上海古籍出版社，1990年），卷60，页1206。
③ 《中国百科大辞典》（北京：中国大百科全书出版社，1999年9月），"人格"条，页4429。

羽,如同代的王昌龄即推许王维的"人间出世心"①;现代学者也用当今学术语言加以呼应,如安华涛针对《与魏居士书》进行文本分析,指出王维是以一种出世的态度来看待入世问题的,以企及释道的最高人格理想——"至人者,不舍幻而过于色空有无之际"(《荐福寺光师房花药诗序》)②,这可以说是王昌龄所谓"人间出世心"的现代复刻;林继中亦言,"王维情感结构中起离心作用的是'看透';而起向心作用的则是'不废大伦',二者的合力促成他'随缘任运'的禅宗式的人生态度",并提出"冷眼深情"之说,展现出一种"冷静深刻的观察,而非沉溺其中的陶醉"③,这都极为准确地直击王维的人格核心。此外,词学大师缪钺曾以"入而能出"与"往而不返"综括先秦知识分子的两种基本情感模式,该文幅短而论精,深刻触及传统文人的应世态度,所谓:"诗以情为主,故诗人皆深于哀乐,然同为深于哀乐,而又有两种殊异之方式,一为入而能出,一为往而不返,入而能出者超旷,往而不返者缠绵,庄子与屈原恰好为此两种诗人之代表。"④其中,以"入而能出"阐释庄子的超旷而又无碍其深于哀乐,言外暗示离心／向心、冷眼／

---

① (唐)王昌龄:《同王维集青龙寺昙壁上人兄院五韵》,(清)康熙敕编:《全唐诗》(北京:中华书局,1990年2月),卷142,页1441。本书为唐诗专著,引述之唐诗众多,为免影响阅读,以后不再一一标示出处。

② 安华涛:《三元同构的士大夫心理结构——解读王维〈与魏居士书〉》,《社科纵横》2000年第4期,页74。

③ 林继中:《王维情感结构论析》,页88—89。

④ 缪钺:《论李义山诗》,见《诗词散论》(台北:台湾开明书局,1979年3月),页57。

深情、深于哀乐／超旷、入／出的极端反差，是对比但却不一定矛盾，因此可以并存于一身，构成与诗人本质并不违背的独特形态，极具见地。

不过，上述之种种说法都还只是对诗人整体的一般性掌握，作为个体化的独殊存在，"入而能出"或"冷眼深情"之并存机制究竟如何，其体现于个别之诗歌文本中，又形成了何种内在的形式结构，以至足以形成与其他诗人区隔有别的不同特质，毕竟都还没有获得真正的厘清。本章希望能够切实掌握到冷眼／深情、深于哀乐／超旷、入／出的运作形态，也分析出王维作为一个诗人，在面对"深于哀乐"的诗人之性乃至一般人性时，所展现的近乎哲学家的高度理性力量。

第二节 "背面傅粉"：情感结构与心灵模式

所谓"背面傅粉"[①]，是传统诗论中取自绘画技巧之手法或概念，成为分析诗歌表现手法及其艺术效果的一个专门术语，意指从反面的立场或相对的着眼点间接下笔描写，从而透过反衬的效果，使正面的主题获得进一步的烘托与强化，其义往往与"从对面说来"可以相通。在唐代诗坛上，将此一技法表现得驾轻就熟的诗人，首

---

① 语见曹雪芹著，冯其庸等校注：《红楼梦校注》（台北：里仁书局，1995年10月），第38回，页588。

推王维①；而严格言之，王维诗中所表现的"背面傅粉"与其说是一种来自艺术考虑而采取的创作技法，不如说是一种来自人格形态的自然牵动的结果。从《九月九日忆山东兄弟》《寄崇梵僧》《山中寄诸弟妹》《送元二使安西》《相思》《送杨长史赴果州》等多篇展示"背面傅粉"之手法的典型作品中，可以分析出王维在情感表现上的特殊风格。

先以《九月九日忆山东兄弟》一诗为聚焦，其曰：

> 独在异乡为异客，每逢佳节倍思亲。遥知兄弟登高处，遍插茱萸少一人。（题下原注：时年十七）

作为王维加注年龄的十首少作之一，本篇显系反映少年诗人孤身于长安奋斗之余思亲念家的题材。在一般的情况下，如王维般"闺门之内，友爱之极"②的诗人若以"独在异乡为异客，每逢佳节倍思亲"直接而正面地写出自己强烈的思乡情怀之后，接着通常会继续进一步重笔浓彩地抒发己身的客居之悲与思亲之烈，以充分展现异地怀乡之主旨；尤其在"倍"字所寓含的情感已达饱涨的临界点之

---

① 其后有杜甫《月夜》诗以"心已驰神到彼，诗从对面飞来"而仿佛此一做法，引文见（清）浦起龙：《读杜心解》（台北：鼎文书局，1979年3月），卷3之1，页360。但在时间之晚、数量之少、内涵性质之停留于感性层次各方面，都不能比拟于王维的时间之早、数量之多、内涵性质之从感性层次超升于知悟层次，请参下文。

② （唐）窦臮：《述书赋》，（清）董诰辑：《全唐文》（台北：大通书局，1979年7月），卷447，页5781。

际,只要让情感的分量再多增加一分一毫,便会冲垮理性的藩篱而倾泄无余,以致陷溺在羁思旅愁的翻腾之中而歌哭淋漓,产生诸如"归思欲沾巾"(杜审言《和晋陵陆丞早春游望》)、"乡心新岁切,天畔独潸然"(宋之问《新年作》)、"恨别鸟惊心……家书抵万金"(杜甫《春望》)与"郁郁多悲思,绵绵思故乡。……向风长叹息,断绝我中肠"(曹丕《杂诗二首》之一)之类的强烈字眼和动荡情绪。此乃因诗人者,深感于哀乐也,故形诸笔墨时总是表现出"穷戚则职于怨憝,荣达则专于淫泆。身之休戚,发于喜怒;时之否泰,出于爱恶。……故其诗大率溺于情好也"①的文学常态。

然而,王维的独特处就在"每逢佳节倍思亲"一句乍乍触及那情绪满涨的制高点之际,却随即宕开笔墨,远调笔端从远方兄弟之处境着眼,以间接方式设身处地想象至亲至爱的手足于登高时"遍插茱萸少一人"的缺憾,而间接传达出羁旅他方的自己在家族聚会中缺席的落寞。入谷仙介(1933—2003)认为,"后半的设想之词,在即兴创作的现场可能会获得喝采,然而意思仅仅止于字词表面,稍感浅露。所以胡仔评它不如杜甫之句,并不为过"②。但后半两句是否真为"意思仅仅止于字词表面,稍感浅露",因而"不如杜甫之句",恐怕大可商榷。

事实上,正是后半两句才越出前半两句所触及的一般情感体

---

① (北宋)邵雍:《击壤集》(台北:中文出版社,1972年5月),"序",页6。
② [日]入谷仙介著,卢燕平译:《王维研究(节译本)》(北京:中华书局,2005年10月),页13。

验①，而真正显露或建立了王维独特的个人性格模式，亦即在"独在异乡为异客，每逢佳节倍思亲"这情感饱涨至临界点的时刻，王维并没有像一般诗人一样，进入情感风暴的中心而陷入激情状态，并顺任情绪的浪潮而倾泻无遗，极力渲染思乡的苦楚与辛酸；反而在激情溃堤的临界点之前就抽身而出，并调开笔端，透过"从对面说来，己之情自已，此避实击虚"②的叙写方式，转向远方亲人的角度来着墨，以至由第一人称的大吐苦水变为对他者的同情与了解。但在取效《诗经·陟岵》"不写我怀父母及兄之情，而反写父母及兄思我之情，而我之离思之深，自在言外"③的做法时又更进一步，即使是描写故乡亲人对自己的思念，也未曾使用情绪化的形容，所谓"遥知兄弟登高处，遍插茱萸少一人"，描述的是客观的现象，而非情感的翻腾；着重在"知"所代表的"了解"，透过设身处地来省察情感的行为状态，而不是在"感"的层次上扩大自己的情绪反应或情感浓度，其结果反而是"不说我想他，却说他想我，加一倍凄凉"。④正是通过"从对面说来"的间接笔法，在"两

---

① 艾略特（T. S. Eliot）曾说："诗人的任务并不是去寻找新的感情，而是去运用普通的感情，去把它们综合加工成为诗歌。"[英]艾略特著，李赋宁译：《艾略特文学论文集》（南昌：百花洲文艺出版社，1994年9月），页10。此诗前半两句即属于人人所共有共知的"普通的感情"的表达。

② 《唐诗真趣编》评语，引自陈伯海主编：《唐诗汇评》（杭州：浙江教育出版社，1996年5月），页351。

③ 刘永济：《词论》（台北：源流出版社，1982年5月），页84。

④ （清）张谦宜：《絸斋诗谈》，卷5，郭绍虞辑：《清诗话续编》（台北：木铎出版社，1983年12月），页848。

面俱到"的宏观视野下，充分曲达"换我心为你心，始知相忆深"①的幽隐情衷。如此一来，其笔调便在表面的简易平淡中蕴蓄了大量情感，那念念在彼的深情、两地牵系的血缘纽带，都表现得十分深婉有味，却一点也没有泛滥，正可谓"深于情而不滞于情"者，可以说是"背面傅粉"的极致。

试看"遥知"二字，一方面是以"遥"的距离感将即将在临界点上灭顶的自己抽离出来，从眼前"海水直下万里深，谁人不言此离苦"（李白《远别离》）的深渊中宕开，而免于丰沛的情思被激荡到喷薄不可自抑，以致一头被情绪按倒的地步；另一方面则是以"知"字表现出一种来自理性的力量，将先前置身于情感感受中的处境转移到观照与省察的状态，因此不再是热情洋溢的陷溺沉沦，而是清明冷静的跳脱旁观。而且这般由"思"而"知"的微妙置换，更一贯直下地透抵末句，那"遍插茱萸少一人"一句虽然以"遍插"与"一人"呈现出"多／一"之间极端数差所特有的张力，突显出自己一人之缺席所造成的无法填补的空缺，然而其写法却丝毫不说兄弟如何期盼、如何落寞，只是进行一个客观事实的呈现，那"少一人"之词更是不带情绪的数学计算，乃是对前一句"知"字的补充与推衍。

很显然，整首《九月九日忆山东兄弟》是以"思亲"为主轴，而意脉贯连；但就内在思致的层次而言却可以断然二截，前半属于

---

① 语出（五代）顾敻：《诉衷情》，《蓉城集》称"换我心为你心"为"透骨情语"。（后蜀）赵崇祚选编，华钟彦校注：《花间集注》（开封：河南大学出版社，2008年4月），卷7，页240—241。

"任我则情"之"以我观物",后半则转为"反观无我"之"以物观物"①;前两句是以感性范畴的"情"为焦点,就"自我"这感受的抒情主体来落笔,至"倍思亲"而达到情思的最高临界点;后两句则是转而以理性范畴的"知"为基础,就远方之"他者"——情感客体来进行客观事实的呈现,笔尖祛除了情感的躁动灼热而带有理性的冷静与深沉。这种冷静与深沉的特质并不是来自对情感的逃避或拒绝,也不仅是出于对情感的控制与压抑;确切来说,所谓"静水流深"(still water runs deep)之原理乃庶几近之。意思是说,王维的情感不但是丰沛的,也是深刻的,"深刻"使得情感不会只是一味地任意向外抒发,而会翻转过来向内蓄积含敛,因此在表现形式上便反而似乎带有平静的外观。这是因为情之"热"者,常常一往不顾地任情澎湃泛滥,求其俱焚共燃的白热与炽光;而情之"深"者,则往往欲说还休地含放于口内心中,默默挖掘更宽广的胸量以蓄纳更丰盈的情感。情之热者,形式上是向外喷薄,而情之深者,形式上却是向内含藏;向外喷薄者,人品往往率真任性,而向内含藏者,性格往往成熟深沉。此即是钟惺所谓:"情艳诗,到极深细、极委曲处,非幽静人原不能理会。此右丞所以妙

---

① 参考邵雍(1011—1077)《观物篇》之六十二所云:"圣人之所以能一万物之情者,谓其能反观也。所以谓之反观者,不以我观物也;不以我观物者,以物观物之谓也。既能以物观物,又安有于其间哉?是知我亦人也,人亦我也,我与人皆物也。此所以能用天下之目为己之目,其目无所不观矣。"另《观物外篇》曰:"以物观物,性也;以我观物,情也。性公而明,情偏而暗。"又谓:"任我则情,情则蔽,蔽则昏矣;因物则性,性则神,神则明矣。"(北宋)邵雍:《皇极经世书》,《四部备要》(台北:台湾中华书局,1982年4月),分见卷6、卷8下,页26—27、页16与页27。

于情诗也"① 以及"右丞禅寂人,往往妙于情语"② 真正意义之所在。

兹将上述对此诗作结构与意义的讨论,列出简表如下:

独在异乡为异客,每逢佳节倍思亲——遥知兄弟登高处,遍插茱萸少一人

抒情主体——情感客体

直接体验、正面叙述——间接想象、对面说来

(背面傅粉)

主观浓烈(倍思)——客观平淡(遥知)

情感之"强度"——情感之"深度"

"以我观物"、任我——"以物观物"、无我

一般诗人之"共性"——王维个人之"殊性"

由前半而后半,整首诗正形成"入而能出"的结构模式;而迨其已出,"己之情自己",诗境即由躁而静,由热而冷③,进入一种"无

---

① (明)钟惺、谭元春:《唐诗归》,收入《四库全书存目丛书》第338册,卷8《西施咏》评,页171。
② (明)钟惺、谭元春:《唐诗归》,卷8《早春行》评,页167。
③ 王维《寄崇梵僧》末联以"峡里谁知有人事,郡中遥望空云山"收结,即被评曰"是之谓冷",理由同此,见(清)张谦宜:《絸斋诗谈》,卷5,郭绍虞辑:《清诗话续编》,页844。

我"的状态。① 如此说来,十七岁的王维已然培养出一种早熟的心性,且这不仅是如入谷仙介所观察的,"中国诗人中像这样在作品中自己注出年龄,而且是非常年轻的年龄的例子,可以说是罕见的。更何况,将年龄作为汇总作品的线索,在中国诗人中更是绝无仅有。……由此至少可以证明诗人王维的独特之处,这就是,他不仅是一个早熟的诗人,而且曾经在几年时间里闪耀过其少年诗人的桂冠"②,更是由作品中所透显的心灵结构与情感深度而展露。

尤其此一结构模式延续到此后王维的其他作品中,再现于同为思念手足而作的《山中寄诸弟妹》一诗:

山中多法侣,禅诵自为群。城郭遥相望,惟应见白云。

其末联正如诗评家所言:"身在山中,却从山外人眼中想出,妙悟绝伦。"③全篇亦是从前半之"我想他"转为后半之"他想我"结构而成。这种入乎其内又出乎其外以观内的间接笔法,同样见诸"峡里谁知有人事,世中遥望空云山"一联,而此联最特别的是,不但

---

① 艾略特《传统与个人才能》('Tradition and Individual Talent')一文中提出 impersonal theory of poetry,认为诗歌不是感情的纵放,而是感情的脱离;诗歌不是个性的表现,而是个性的脱离。[英]艾略特著,李赋宁译:《艾略特文学论文集》,页11。虽然他探讨的是一般性的诗歌创作本质,移诸此处所论王维诗之特点,或仍可作为参考。

② [日]入谷仙介著,卢燕平译:《王维研究(节译本)》,页18。

③ (清)张谦宜:《絸斋诗谈》,卷5,郭绍虞辑:《清诗话续编》,页847。

首创于十九岁的乐园书写《桃源行》中，后来还几乎原封不动地直接被挪用于《寄崇梵僧》一诗作为收结，所谓：

> 崇梵僧，崇梵僧，秋归覆釜春不还。落花啼鸟纷纷乱，涧户山窗寂寂闲。峡里谁知有人事，郡中遥望空云山。

一前一后，仅因应相对空间的大小程度而有"世"与"郡"的一字之别，也完全采取"身在山中，却从山外人眼中想出"的模式，王维显然对此一叙写方式情有独钟，越发可证此一模式之早熟、持续而稳固。此外，由"思亲"扩及于念友，其模式仍历历可见，如《相思》一诗曰：

> 红豆生南国，春来发几枝。劝君多采撷，此物最相思。

申言"此物最相思"者，本为相思深切缠绵的诗人自己，故凝观细数"春来发几枝"以寄托情思；然而王维却不写自己如何之相思、如何之惦念，反而笔锋一转，透过"言在此而意在彼"的方式，以"劝君多采撷"来殷殷致意。相思之苦本足以令人形销骨毁、衣宽憔悴，更不用提"寤寐思服"（《诗经·周南·关雎》）、"中宵劳梦想"（孟浩然《夏日南亭怀辛大》）之类的辗转难眠；然而，王维明明相思甚亟并切切致怀，却对远方其实浑然不知的被相思者殷殷劝说，以至采撷相思所寄之红豆者，已非发此相思之情的王维，而是那被相思之"君"；在"多采撷"之举动中所寓涵的浓情厚意,也转而为不在场的被相思者来传达。换句话说,藉由"背面傅粉"式的写法,王维巧妙地让自己避开个人的主观宣泄与热情的直接坦露,呈现出一种将自我抽出热情陷溺之后的心理距离,并让此一心理距离展延为一知性胜于感性的空间,藉此对原初热烈勃发之情思投以返照之光,于超越或沉淀之后潜隐为深厚却不明显直接的表达。

至于《送元二使安西》所叙写的,也是同一种笔法或人格形态的表露:

> 渭城朝雨浥轻尘,客舍青青柳色新。劝君更尽一杯酒,西出阳关无故人。

实际上,任何一场离别所产生的,乃是远行者与送行者双方都同时陷入的撕裂与剥夺的痛苦,王勃曾点出"与君离别意,同是宦游人"(《送杜少府之任蜀州》)的共通处境,将留者与去者的差异在迁变无常的宦途际遇中完全抹平,而在离别之当下一体同悲;李白也曾清楚指出:"金陵子弟来相送,欲行不行各尽觞。请君试问东流水,别意与之谁短长?"(《金陵酒肆留别》)原来"别意"是双方共有的悲凄之情,各自透过"尽觞"来抒发离别之痛楚。则离别之后"无故人"之寂寞,岂独远行之人所专有?若非深悟自身在友人远去之后的孤独感受,又如何能切身了解友人"西出阳关无故人"的伤怀?然而,同样是对离别之情境进行描写,王维却与李白"欲行不行各尽觞"的做法有所不同,最关键的差异还不在于一个豪放坦率、一个含蓄内敛，而在于他避开自己依依不舍并尽觞一醉的动情之态，转由对面写来，以"西出阳关无故人"为由而"劝君更尽一杯酒"，借此将诗笔所着墨的主体挪移至远行的朋友身上，却将当场同样"更尽一杯酒"以及别后同样"无故人"的自己隐藏于幕后。其依依离情虽然丝毫不减，且更有深远悠长之韵味，但王维作为"我"的叙写主体已然拱手让予"君"，无论是勉力进觞的动情者还是承受"无故人"之苦的畸零者，都移交他人来表现。甚至《送杨长史赴果州》一诗更完全聚焦于对方，从其去程沿路所经之景物着墨，所谓：

褒斜不容幰，之子去何之。鸟道一千里，猿声十二时。官桥祭酒客，山木女郎祠。别后同明月，君应听子规。

自首联之"褒斜"起，以下每一句都涉及与果州（今四川南充北）有关的风土名物，鸟道、猿声、官桥、祭酒、女郎祠、子规，诗人仿佛以"远近皆见，前后内外，昼夜上下，悉皆无碍"[①]之天眼一路相随，记录对方沿途所经之所闻所见；仅第七句"别后同明月"微逗送别主旨，却还是丝毫不露情态，而末句"君应听子规"有如"劝君多采撷，此物最相思"之再现，将自己的思君盼归之意转借对方聆听杜鹃悲啼"不如归去"的思归之情间接表出，依然是"从

---

① 见《翻译名义集》，卷6，引自（清）赵殿成：《王右丞集笺注》，卷7，页271。

对面说来"的笔法。

可以说，无论是"遥知兄弟登高处"中的"兄弟"，还是"劝君多采撷""劝君更尽一杯酒"以及"君应听子规"中的"君"，都是王维在把自己的强烈情感加以抽离、转移、节制、沉淀之后，一种间接呈现自我的"替身"；他们让王维在面对"每逢佳节倍思亲""无故人""最相思"之类情思翻腾的动荡时刻，可以经由"设身处地"的转折而取得升华，不至于让此一翻腾情思汹涌而出，展现情绪溃堤无法自持的一面，因此"写离情能不露情态"。[①]而一旦能够进行"换我心为你心"的"设身处地"，理性或知性的作用也就隐含其中。

最值得注意的是，王维在《送杨长史赴果州》中将叙写内容完全聚焦于对方旅途的做法，于其作品中非仅一见，此外尚有《送梓州李使君》《送李太守赴上洛》《送崔五太守》等多篇；同时此种"全叙行色"的表现更是对唐代送别诗类的再突破。虽然至晚从王勃《送杜少府之任蜀州》中第二句的"风烟望五津"起，送别诗即有从对方去程设想的写法，但都只是局部着墨而已，杜甫《送韩十四江东觐省》中便仅有"黄牛峡静滩声转，白马江寒树影稀"二句涉及，至于高适《送李少府贬峡中王少府贬长沙》则扩大为半篇四句，于颔、颈二联云：

巫峡啼猿数行泪，衡阳归雁几封书。青枫江上秋天远，白

[①]（清）沈德潜：《唐诗别裁集》（上海：上海古籍出版社，2008年4月），卷19，《临高台送黎拾遗》评，页610。

帝城边古木疏。(《全唐诗》卷214)

叶燮称之"为后人应酬活套作俑",导致"后人行笈中,携《广舆记》一部,遂可吟咏遍九州岛"[1],显系针对相关句数扩增、地名随之繁多充幅的流弊而言。同样地,岑参《送张子尉南海》一诗,除首句"不择南州尉,高堂有老亲"以情切入、篇终再以"此乡多宝玉,慎莫厌清贫"为期许告诫,中二联"楼台重蜃气,邑里杂鲛人。海暗三山雨,花明五岭春"亦是就去处风色为言,可与之对看。但诸家各篇都仍远远不如王维之全诗皆从对方去路设想的比例,以《送李太守赴上洛》一诗为例,清毛先舒评云:

> 王维"商山包楚邓"篇十二句,凡十二见地形,虽全叙行色,而写送流利,不觉烦。[2]

可以说,从诗史的观察角度而言,这种在送别诗中"全叙行色"而全幅着墨于对方旅程的做法,实际上是从王维才开始的,同时也正是在王维笔下才得到最多的运用。而此一质与量的双重突破与其说是写作技巧的考虑,不如说是性格的影响,因此形成书写上的明显偏好,也塑造出王维"无我"性格的外显化形式。

---

[1] (清)叶燮:《原诗·外篇下》,丁福保辑:《清诗话》,页604。
[2] (清)毛先舒:《诗辩坻》,卷3,郭绍虞辑:《清诗话续编》,页54。

第三节　对人性世态的入而能出

如果说，王维独出于盛唐时期众家诗人积极入世的时代大合唱，而在十九岁时以《桃源行》讴歌另一个超然于人间纷扰、争斗、痛苦、烦恼之外的世界，显示出他在未入世之前便已孕育出一种成熟的出世心理①，那么，十七岁所作的《九月九日忆山东兄弟》就更早也更完熟地展现他独特而深刻的人格形态，苑咸所推称的"华省仙郎早悟禅"（《酬王维》），"早悟"之言洵为的见。然王维早悟者非仅是禅而已，且应该反过来说，禅理之所以契入王维一生，更是奠基于此一"早悟"的观省式人格形态。如此一来，理性或知性之抽离力量作用于王维诗中，便导致前野直彬（1920—1998）所注意到的，"遍观王维诗集，始终看不出他为了应试而在长安折腾了近二十年的痕迹"②，而其人格特质恰恰对此一现象提供了合理的解答。

进一步言之，"换我心为你心"的设身处地必然产生于对人性世态的深刻体认，而人性又包罗喜怒爱憎爱恶欲等复杂内涵，因

---

①　详参荆立民：《寻找另一个"理想王国"——论王维的人生追求》，师长泰主编：《王维研究（第一辑）》（北京：中国工人出版社，1992年9月），页76—78。

②　[日]前野直彬著，洪顺隆译：《唐代的诗人们》（台北：幼狮文化事业公司，1978年11月），页183。

此,"换我心为你心"所表现的一方面是"一往情深"①,如《九月九日忆山东兄弟》等诗;一方面却又牵涉到对于人性阴暗面的洞察,如《息夫人》与《酌酒与裴迪》等。就后者而言,虽然及第前的少年王维已然出入王府,以杜甫所没有的"当时都市中人所应具备的素养"得到显贵们的欢心②,为当时上流社会所宠信③,然而,在竞争激烈的长安城中,人与人之倾夺算计绝对残酷凶险得多,身处权力核心的王维也近距离地眼观目睹,而有所洞悟切知。试观其自注二十岁作于宁王邸宅的《息夫人》一诗④,所谓:

---

① 此为马位《秋窗随笔》对王维《送沈子福归江东》中"唯有相思似春色,江南江北送君归"一联的评语,丁福保辑:《清诗话》,页836。此说与《蓉城集》称"换我心为你心"为"透骨情语"恰相契合,并非偶然。(后蜀)赵崇祚选编,华钟彦校注:《花间集注》,卷7,页241。

② 前野直彬认为:"的确,我们可以说,不曲意承欢于当时的显贵,是杜甫的荣誉。但如果反过来说,得到显贵们欢心的王维就不荣誉,我便不能同意了。杜甫也曾'历游'于显贵之间,两者都是有志科场的青年,他们只不过做了当时应举生员所当做的事罢了。其中成功与失败固与性格有关,素养的差距也是主要的关键之一,这些素养是当时都市中人所应具备的。"[日]前野直彬著,洪顺隆译:《唐代的诗人们》,页182。

③ 据考证,"由于集中存有他在岐王邸所作的诗,可确信他得到岐王赏识的事。不仅岐王,连岐王之兄宁王、弟薛王对王维都拂席相迎,这全是有文献可征的,由此亦可见他之为当时上流社会所宠信。"[日]前野直彬著,洪顺隆译:《唐代的诗人们》,页183。

④ 其背景为:"宁王曼贵盛,宠妓数十人,皆绝艺上色。宅左有卖饼者妻,纤白明媚。王一见注目,厚遗其夫取之,宠惜逾等。环岁,因问之:'汝复忆饼师否?'默然不对。王召饼师,使见之,其妻注视,双泪垂颊,若不胜情。时王座客十余人,皆当时文士,无不凄异。王命赋诗,王右丞维诗先成:……"(唐)孟棨:《本事诗·情感》,丁福保辑:《历代诗话续编》(北京:中华书局,1983年8月),页5。

莫以今时宠,能忘旧日恩。看花满眼泪,不共楚王言。

其间虽"更不着判断一语"①,然而,对眼前之卖饼妻与历史上之息夫人的怜惜与不忍,以及由此而来的对霸道残忍之男性权贵的责难与贬斥,都隐隐然意在言外。入谷仙介更指出:"王维并不嘲笑或指责为生存而忍受权力者践踏玩弄的女性,惟有为她们的命运流泪。诗人自身正像息夫人那样,一直挣扎在被权力玩弄牵制的窄缝里,短诗《息夫人》不幸早早言中了这一命运。在权力正式左右他的命运之前,他的内心已经有了来自权力的挥之不去的伤痕,这些,便是这首《息夫人》所展示的在本事背景以外的深层内容。"②而权力对王维所镂刻的伤痕便从少年十五二十时开始,伴随其此后数十年的官场生涯,不但使王维对权力场淡然以对③,也使其对权力场外不得其门而入者怀有一种独特的怜恤之情与劝慰方式,甚至影响王维对整个现实世界的应对态度。

　　首先,王维对权力场之失利者所怀有的独特的怜恤之情,直接

---

　　① (清)王士禛:《渔洋诗话》,卷下,丁福保辑:《清诗话》,页212。
　　② [日]入谷仙介著,卢燕平译:《王维研究(节译本)》,页26—27。
　　③ 前野直彬即认为:"才既为高官贵族所知,同时又循规蹈矩地忠于职守,只要宦海风顺,将来必可位极人臣,膺任宰相的,但王维却不曾得到那种奖掖与机遇。我想这不是他缺乏行政手腕,而是因为他恬静寡欲,不求闻达的缘故。"[日]前野直彬著,洪顺隆译:《唐代的诗人们》,页185。

表现为对落第不遇或遭贬远迁等失意者赠诗颇多的现象①。其次，从最早作于二十一岁的《送綦毋潜落第还乡》（开元九年，721）②一诗，即写得"反复曲折，使落第人绝无怨尤"③，可见王维"换我心为你心"的设身处地或善体人意实为其人格之基本特质，因此在人与人的情感关涉中都能入能出，体贴入微；而此一特质更贯透于后来的《酌酒与裴迪》一诗中，尤其以他积数十年于官场世界之"入"所洞察者，作出对人性阴暗面最令人战栗的揭露。

综观唐诗中触及人性阴暗面者，为数并不多，且主要是出自《庄子·杂篇·列御寇》中孔子所云"人心险于山川，难于知天。天犹有春秋冬夏旦暮之期，人者厚貌深情"的典故，而一般性地感慨人心易变，世道无常。诸如：

- 人心若波澜，世路有屈曲。（李白《古风五十九首》之二十三，《全唐诗》卷161）
- 鹤露宿，黄河水直人心曲。（王建《独漉歌》，《全唐诗》

---

① 于约四百诗中即包括《送綦毋潜落第还乡》《别綦毋潜》《送张五归山》《送孟六归襄阳》《送别》《送丘为落第归江东》《酌酒与裴迪》《送杨少府贬郴州》《送杨长史赴果州》《送綦毋校书弃官还江东》《送李睢阳》《送梓州李使君》《送严秀才还蜀》《送魏郡李太守赴任》《寄荆州张丞相》《齐州送祖三》《送张判官赴河西》《送刘司直赴安西》《送邢桂州》《送孙二》《送友人归山歌二首》等等，不暇遍举，比例醒目。

② 此一系年根据陈铁民：《王维集校注》（北京：中华书局，1997年8月），卷1，页27。但"值得注意的是，王维作品中自己注出写作年龄的，只限于早年的部分，所注年龄的下限在二十一岁（卷1《燕支行》）"，参[日]入谷仙介著，卢燕平译：《王维研究（节译本）》，页9。

③ （清）沈德潜：《唐诗别裁集》，卷1《送綦毋潜落第还乡》评，页16。

卷 298）

- 懊恼人心不如石，少时东去复西来。（刘禹锡《竹枝词九首》之六，《全唐诗》卷 365）

- 瞿塘嘈嘈十二滩，人言道路古来难。长恨人心不如水，等闲平地起波澜。（刘禹锡《竹枝词九首》之七，《全唐诗》卷 365）

- 人心不及水，一直去不回。（孟郊《秋怀》，《全唐诗》卷 375）

- 天可度，地可量，唯有人心不可防。但见丹诚赤如血，谁知伪言巧似簧。（白居易《新乐府·天可度》，《全唐诗》卷 427）

- 楚客莫言山势险，世人心更险于山。（雍陶《峡中行》，《全唐诗》卷 518）

- 何处力堪殚，人心险万端。（薛能《行路难》，《全唐诗》卷 558）

- 大海波涛浅，小人方寸深。海枯终见底，人死不知心。（杜荀鹤《感寓》，《全唐诗》卷 693）

- 支郎既解除艰险，试看人心平得无。（蒋吉《题商山修路僧院》，《全唐诗》卷 771）

- 行路难，君好看。惊波不在艑䑐间，小人心里藏崩湍。（齐己《行路难》，《全唐诗》卷 847）

综观诸诗，其实都仅止于"人心险于山川，难于知天"的抽象层次，至于"厚貌深情"的具体展演，则似乎只有杜甫《莫相疑行》的"晚将末契托年少，当面输心背面笑"[①] 稍稍触及，堪称是唐诗中描摹

---

① （清）仇兆鳌：《杜诗详注》（台北：里仁书局，1980 年 7 月），卷 14，页 1214。

人性虚伪之较具体可感者。然而比较起来，王维笔力更胜一筹，不但以《西施咏》"写尽炎凉人眼界"①，更在《酌酒与裴迪》一诗中以淡然之笔墨叙写官场中透骨入髓的人性黑暗，所谓：

> 酌酒与君君自宽，人情翻覆似波澜。白首相知犹按剑，朱门先达笑弹冠。草色全经细雨湿，花枝欲动春风寒。世事浮云何足问，不如高卧且加餐。

从首联似以其惨遭荐引者背叛之具体事件为言的"人情翻覆似波澜"，到末联一般性地概括立论的"世事浮云何足问"，诗人一再皴染人情世态的无常虚浮，用以取消官场富贵的吸引力与落第的失意感；相对地，诗人殷殷劝慰裴迪，大自然的欣欣生意与"高卧且加餐"所代表的对最切近生命本身、因而也最真实之日常生活的品味，足以弥补甚至有所超越入世的受阻和不得意，而从中体念更高更深的无穷喜乐。所谓"草色全经细雨湿，花枝欲动春风寒"，意谓雨露之沾溉广彻无边，不遗细草；料峭春风虽带有冬天的余威，却必然酝酿了盎然花意的萌动，与"人情翻覆似波澜""世事浮云何足问"之势利虚假恰恰成为尖锐对比。全篇可谓典型地"表现了王维的两个主题——怀才不遇和自然风景——的融合。对王维来说，自然是解脱的妙方。当只身一人在冷酷的官场倍受压抑时，等

---

① （清）沈德潜：《唐诗别裁集》，卷1，页18。

待他的自然，就成了他向往的抚慰心灵创伤的乐土"①，其解脱之模式同一，只是对象从自己改为落第友人而已。

引起我们注意的是，《酌酒与裴迪》中有关官场的"人情翻覆似波澜"之说实际仍停留在传统典故的熟语常套，一如白居易《太行路》的"行路难，不在山，不在水，只在人情反复间"；"白首相知犹按剑"才是对炎凉世态与险恶人情真正入木三分的刻画，比诸杜甫的"当面输心背面笑"更加令人悚然战栗："当面输心背面笑"毕竟只是短暂交谊的一时个例，并且尚有"背面笑"露出形迹，日久可知，"白首相知犹按剑"则是对一生真情信赖托付的彻底否定，其藏尽心机之火候已达炉火纯青，令人终身不察而防不胜防，委实深具凶险难测之致命性，诚属"厚貌深情"的绝佳演绎。既然笔下看透人心，王维自身也必然曾经掠过一丝阴暗，也正就是在这首诗中，泄露出入谷仙介所描述的"王维心底深处有冰冷的'地狱'式的意绪，但在诗中极少看到地狱式的表现。如果用'地狱'一词不恰当的话，就不去拾人牙慧，换作冷峻来形容他心底的这种东西吧"②。而确实，依照王维不溺于情的观省式人格形态，若非为了劝慰友人，也不会将官场中所体认到却极少表现出来的地狱式的冷峻意绪和盘托出，成为唐诗中对人性阴暗面之最痛切的揭露。至于从传记文献的考察所知，"王维没有在官僚机构里寻求朋友，这从他的亲近知己中不曾有地位显贵者这点也可以看出来"③，以及从

---

① ［日］入谷仙介著，卢燕平译：《王维研究（节译本）》，页101。
② ［日］入谷仙介著，卢燕平译：《王维研究（节译本）》，页209。
③ ［日］入谷仙介著，卢燕平译：《王维研究（节译本）》，页97。

王维和苑咸的交游更可以看到王维对官场人物常有一种发自心底的冷漠①，其原因实都可以从"白首相知犹按剑"这句诗获得最直接的认取。

而由官场到一般人间尘世，王维也逐步扩大其抽离的范围，早在开元十七年二十九岁时所作的《送孟六归襄阳》一诗中已然宣告："杜门不欲出，久与世情疏。以此为长策，劝君归旧庐。"甚至以疏离世情而杜门不出之道为处世长策，并期许落第失意的友人孟浩然踵步效法，则此道一以贯之直到中晚年阶段，不但欣赏崔兴宗的"科头箕踞长松下，白眼看他世上人"（《与卢员外象过崔处士兴宗林亭》），且更有《戏赠张五弟諲三首》之三的"吾生好清静，蔬食去情尘"、《饭覆釜山僧》的"晚知清静理，日与人群疏"等自我表白，便属顺理成章。此种去情尘、疏人群甚至对世人白眼相看的态度，也在其诗中频繁出现的十二个"隔"字表现出来，诚如学者所注意到的，其"隔"意象透露一种退到远处或高度看事物的角度和超然的出世态势②，亦即"他选择的是将自己与现实世界分隔，而不是以放任行为显示对世俗礼法的蔑弃"③。

进一步言之，与中晚唐诗人常常用以表现"远隔孤独的流离心

---

① ［日］入谷仙介著，卢燕平译：《王维研究（节译本）》，页 148。
② 对王维诗中"隔"意象的拈出，见谭朝炎：《红尘佛道觅辋川——王维的主体性诠释》（北京：中国社会科学出版社，2004 年 5 月），页 199—202。
③ ［美］宇文所安（Stephen Owen）著，贾晋华译：《盛唐诗》(*The Great Age of Chinese Poetry: the High Tang*)（北京：生活·读书·新知三联书店，2005 年 4 月），页 49—50。

态"所形成之"远隔情境"①不同的是，王维透过"遥知"视角所塑造的观省式人格特质使他对世间隔而不离、近而远之，形成一种"出离"而非"逃避"的以实为虚的应对关系，因此一方面撷取佛家思想，如《维摩诘经·不二法门品》中那罗延菩萨所称"世间、出世间为二，世间性空即是出世间"，与《维摩诘经·佛国品》所言"若菩萨欲得净土，当净其心，随其心净，则佛土净"；一方面则采纳道家思想，如《庄子·知北游》所认为的"道无所不在"，其"独与天地精神相往来"的超越乃是"不遣是非，以与世俗处"，亦即基于"由虚静之心所发出的观照，发现了一切人、一切物的本质……发现了皆是'道'的显现"，因而"并非舍离万物，并非舍离世俗"地涵融混冥。②由此，王维更将佛道整合为"至人者，不舍幻而过于色空有无之际。……道无不在，物何足忘"（《荐福寺光师房花药诗序》）之说，终究采取"身心相离，理事俱如，则何往而不适……以不动为出世"（《与魏居士书》）的模式，仍以在家身行化于人间。故而其诗中的"隔"其实是与"桃源四面绝风尘"（《春日与裴迪过新昌里访吕逸人不遇》）之"绝风尘"互为注解，以"虽与人境接，闭门成隐居"（《济州过赵叟家宴》）的形态，

---

① 黄永武指出"远隔孤独的流离心态，是李商隐诗中的基本情调"，洵为的见，参黄永武：《李商隐的远隔心态》，《李商隐诗研究论文集》（台北：天工书局，1984年9月），页58。然不仅李商隐，其他中晚唐诗人亦多有类似诗境，形成一种普遍性的失乐园表述，参欧丽娟：《唐诗的乐园意识》（台北：里仁书局，2000年2月），第7章，页391—395。

② 参徐复观：《中国艺术精神》（台北：学生书局，1983年1月），页104—106。

达到身在其中而心出乎其外的精神境界，其心灵转换有如"闭门"般，举手之间即将"人境"隔绝在外，风尘不侵，而自成"隐居"之清静无扰，臻至桃花源的乐园境地。

如此一来，王维才会批评许由是拘泥世相的落于形迹，《与魏居士书》谓："古之高者曰许由，挂瓢于树，风吹瓢，恶而去之，闻尧让，临水而洗其耳。耳非驻声之地，声无染耳之迹，恶外者垢内，病物者自我，此尚不能至于旷士，岂入道者之门欤？"① 而面对这样力求内外无垢无执的修道者及其作品时，若称"其诗于富贵山林，两得其趣"②，有如白居易般将出世之清雅自得与入世之富贵名利共构为一而鱼与熊掌得兼式的"吏隐"，恐差之千里；更恰当地说，应该是"右丞庙堂诗，亦皆是闲居"③，一如王维所自道的"虽高门甲第，而毕竟空寂"（《与魏居士书》），亦即将世间取消并转化为出世间，导致人性事态之种种感性内容的虚化，因此才能达到"白首仕宦，日与风尘车马为伍，乃其诗洁净萧散，殊无一滓秽语；……观者当取其心，无论其迹"④的境界，这就是"入而能出"的另一层含义。

---

① 见陈铁民校注：《王维集校注》（北京：中华书局，1997年8月），卷11，页1095。
② （宋）张戒：《岁寒堂诗话》，卷上，丁福保辑：《历代诗话续编》，页460。
③ （明）钟惺、谭元春：《唐诗归》，卷9《酬张少府》评，页178。
④ （明）许学夷著，杜维沫校点：《诗源辩体》（北京：人民文学出版社，1998年2月），卷31，页299。

第四节 "知"的意义与实践

由王维十七岁所作的《九月九日忆山东兄弟》所展露之理性或知性，也以独特的方式表现在十九岁的乐园追寻之作《桃源行》中。与一般热烈执迷、全意向往的单向性乐园书写不同，此诗呈现出深刻的思辨痕迹，仅就涉及"知"字的"自谓经过旧不迷，安知峰壑今来变"一联而言，上句显示渔人或一般人之所以"不迷"，只是基于"旧经过"之单一经验即形成"自谓"的想当然尔，属于一般人性对一时之感觉印象的过分粘着，以及根据少数经验即遽下判断的过分自信，因此受困于有限眼界而陷入错觉与误判的迷障；下句则以透视时空全局之"今来变"的无常之理对其"不迷"处之"迷"加以朗豁，"安知"正是对上句"自谓"的反思与诘问，而显示理性对感性的超越。

此种理性或知性作用于王维诗中的其他面向，所延伸出的第二个重要议题，即是在《九月九日忆山东兄弟》一诗中，用以表现来自理性力量所形成的观省距离的"遥知"一词，也颇见诸其他作品，如《送李判官赴东江》的"遥知辨璧吏"、《登裴迪秀才小台作》的"遥知远林际"、《送韦评事》的"遥知汉使萧关外"，尤其在《夏日过青龙寺谒操禅师》一诗中，"遥知"一词直接与佛理相连结，隐约透露此一用语所能够通往的思想境界或精神力量，所谓：

> 龙钟一老翁，徐步谒禅宫。欲问义心义，遥知空病空。山河天眼里，世界法身中。莫怪销炎热，能生大地风。

"遥知"所蕴含的高空鸟瞰的超然视角具现为"山河天眼里，世界法身中"，而所谓"天眼"，意指"远近皆见，前后内外，昼夜上下，悉皆无碍"的认知能力①，因此在天眼览照下可以"遥知兄弟登高处，遍插茱萸少一人"，可以设想"城郭遥相望，惟应见白云""峡里谁知有人事，郡中遥望空云山"，更可以在送杨长史赴果州时，跟随对方之旅程将沿路所经之景物历历绘示。至于此处"遥知"所认取的"空病空"，则显示此一观省视角对现实存有界所产生的解消力道，尤其"遥知空病空"一句中的"知"与"空"恰恰是影响了佛教徒之自然观的两个概念，所谓："在汉学家李志看来，两个概念影响了佛教徒的自然观，一是'空'的概念，与主观和客观现象的虚幻特征相关的教义，二是'知'的概念，最终和最高的神秘智慧，那些努力寻求觉悟的人们的最后目标。自然的观照是一种达到智慧的方式，因为'空'概念在一个有如自然环境一样的虚空环境里会掌握得更好。这里指明人的虚空。他补充说，自然的大安静反映'知'，教人'空'。它的表现适用于王维，令人信服。"②不仅此也，王维晚年诗中"知"与"空"更是并出同见，可谓有其思想

---

① 见《翻译名义集》，卷6，引自（清）赵殿成：《王右丞集笺注》，卷7，页271。
② 李志：《诗人朱熹》，《通报》第58期（1972年）。引自[法]保罗·雅各布著，刘阳译：《唐代佛教诗人》，钱林森编：《法国汉学家论中国文学——古典诗词》，页163。

连带性的深刻现象,并非偶然。

不过比较起来,王维诗中的"空"字与"空"义已普遍受到论者的注意与充分的研究,如谓"空"字在王维作品中出现达约九十次,且通过"空"字以及与"空"字组成的那些意象,表露他于静默观照、澄虑沉思中的内心感受①,但"知"字与"知"义则少有拈出者。事实上,在王维约四百首的诗作中,"知"字一如"空"字般往往出现,总数达七十五次之多,代表的是一种对自我认识、对事实处境、对人生本质乃至对万物之理的洞澈了解,合乎古文中"知"与"智"相通的现象,"知"除了指涉理解与判断的心智能力,也包括"智慧"之义,《老子》第三十三章所谓"知人者智,自知者明",庶几近之。作为名词,"知"是最终和最高的神秘智慧;作为动词,"知"则是照察与悟觉的心智运作,恰恰成为王维平衡感性、收束情绪的理性力量,无论是就出现频率之高与历时持续分布一生的量化意义,还是就深度与强度的质性内涵,都同样足以证成其独特的人格造型。

一、"知"的意义:"无我""吾丧我""以物观物"

前文分析《九月九日忆山东兄弟》之后半首时,曾借邵雍《观

---

① 赵永源:《试论王维诗歌的"空"字》,《北方论丛》1999年第2期,页54—57。而另一个统计则是:"'清'字约用六十次,'净'字约十二次,'静'字约二十六次,而'空'字共达九十四次。"[韩]柳晟俊:《唐诗论考》(北京:中国文学出版社,1994年8月),页123。

物篇》所云阐析来自理性力量所形成的观省距离的"遥知"视角，使王维在情感层次上更翻越一层，进行远距的觉识与认知，显露出一种对人生与世界"不即不离"的应对关系，故从不过分投入其中，像其他诗人一样发抒浓烈的情绪感受①；反而是以"无我"的"静观"②来呈现万象世界的真实本貌，致能"以物观物而不牵于物，吟咏情性而不累于情"③，成为"自我"乃至世界的旁观者。但实际上，"无我"之概念也同时旁通佛教与道家的思想来源，王维即曾不惜将诗歌典籍化，直接在诗中征引学术语言，甚至佛道同时并用，成为术语拼合式的庄禅合一，如《山中示弟》一诗称：

> 山林吾丧我，冠带尔成人。莫学嵇康懒，且安原宪贫。山阴多北户，泉水在东邻。缘合妄相有，性空无所亲。安知广成子，不是老夫身。

---

① 如杜甫有"惊呼热中肠""沉痛迫中肠""嫉恶怀刚肠""叹息肠内热"等沉郁痛切的情感表露，李白诗中亦往往夸言其"白发三千丈，离愁似个长"（《秋浦歌十七首》之十五）、"海水直下万里深，谁人不言此离苦"（《远别离》）、"俱怀逸兴壮思飞，欲上青天览明月"（《宣州谢朓楼饯别校书叔云》）之类的情感幅度，李商隐更是处处展现其"春蚕到死丝方尽，蜡炬成灰泪始干""春心莫共花争发，一寸相思一寸灰"的深情告白。

② 程颢：《秋日偶成二首》之二云："万物静观皆自得，四时佳兴与人同。"静观也者，其实就是摒除自我主观偏执之成见。王孝鱼点校：《二程集》（台北：里仁书局，1982年3月），页482。

③ （宋）魏了翁：《费元甫陶靖节诗序》，《重校鹤山先生大全文集》，卷52，收入四川大学古籍整理研究所编：《宋集珍本丛刊》第77册（北京：线装书局，明嘉靖二年铜活字印本，2004年），页245。

首句之"吾丧我"出自《庄子·齐物论》,而"缘合妄相有,性空无所亲"则出自佛经。两者并现之所以没有扞格杂凑的问题,在于各自都具备"无我"之意蕴,而相当程度可以触类旁通。如日本汉学家兴膳宏注意到王维诗中"无我"的特性,即指出其佛教的思想根源:"大乘佛教不承认意味着主体存在的'我',有所谓'无我'的思想。僧肇跟随他的老师鸠摩罗什钻研奥义,在他注释的《维摩经》里,随处可见'无我'一词。……首先是《佛国品》中长者之子宝积赞佛的偈颂第四节。……关于第三句('无我无造无受者'),僧肇的注说:

> 诸法皆从缘生耳,无别有真主宰之者,故无我也。夫以有我,故能造善恶受祸福。法既无我,故无造无受者也。(《维摩诘所说经注》)

一切现象皆由因缘和合而生,并不存在固定实体,这一说法点出了'空'的本质。"① 另一方面,王维诗歌中源出于《庄子》的典故语词也所在多有,学界对王维的道家思想、尤其是审美情趣也没有加以忽略,如叶维廉即透过道家美学的角度,以"以物观物""虚以

---

① [日]兴膳宏著,戴燕译:《我与物》,《异域之眼——兴膳宏中国古典论集》,页351。

待物"的概念精辟地阐释王维的自然诗。① 若进一步比观王维"却愿身为患,始知心未觉"(《苦热》)之领会,则可以说"虚以待物"之心物关系,其实乃是奠基于"吾／我"关系——对自我人格多重层次的高度自省——的对外延伸,"吾丧我"即是心觉身之为患②,而进行精神对一切包括自我在内之实存界的超升;其终极境界并非意识主体的泯灭,而是泯除感性层次并转向一种客观省视的理性认知状态。如此一来,与佛学境界相汇融的结果,"吾丧我"乃有如道家版的"无我",此即"庄禅合一"的主要核心所在。

唯"以物观物,又安有于其间"此一特点通贯于王维的诸多作品中,实乃王维之本然性格所致,不待佛道思想之感化而然,证诸其少年时期之作品,十七岁所作《九月九日忆山东兄弟》中末联的"己之情自己"固已可见,十九岁的乐园追寻之作《桃源行》更是如此。如前所述,《桃源行》中同时不但有"峡里谁知有人事,世中遥望空云山"一联完全采取"身在山中,却从山外人眼中想出"这种入乎其内、又出乎其外以观内的间接笔法,亦有"自谓经过旧不迷,安知峰壑今来变"一联展现理性对感性的反思与超越,恰恰

---

① 参叶维廉:《无言独化:道家美学论要》《中国古典和英美诗中山水美感意识的演变》,《饮之太和——叶维廉文学论文二集》(台北:时报文化公司,1980年1月),页235—261、125—193。

② 故《庄子·齐物论》中,"吾丧我"的互文即是"荅焉似丧其耦"。劳思光所定义的四层自我境界中,"形躯我"意指"以生理及心理欲求为内容",或可作为"吾丧我"之"我"的基本指涉。劳思光:《新编中国哲学史》(台北:三民书局,1984年1月),页149。

都是"吾丧我"的具体实践；而破除自我执迷后的朗豁通脱，便展现出"顺文叙事，不须自出意见，而夷犹容与，令人味之不尽"①的境界，其"夷犹容与，令人味之不尽"的超然悠远即出自"不须自出意见"的叙写风格，"无我"之姿跃然可见。从而此诗中"知"与"空"二字并出同见，乃是具备了思想连带性的深刻现象，直到王维晚年诗中"知"与"空"二字之依然并出同见，更是绝非偶然。如《终南别业》云：

> 中岁颇好道，晚家南山陲。兴来每独往，胜事空自知。行到水穷处，坐看云起时。偶然值林叟，谈笑无还期。

胡仔引《后湖集》评曰："此诗造意之妙，至与造物相表里，岂直诗中有画哉？观其诗，知其蝉蜕尘埃之中，浮游万物之表者也。"②而徐增所言："于佛法看来，总是个无我，行所无事。"③即明白藉佛法之"无我"点拨其"蝉蜕尘埃之中，浮游万物之表"的道家境界，可谓深得其神髓。由此一人格形态及其所致之诗歌风格意境，也在历代论者的玩索品评中得到相应的体认，如宋刘克庄之"其诗摆落

---

① （清）沈德潜：《唐诗别裁集》，卷5《桃源行》评，页176。
② （宋）胡仔：《苕溪渔隐丛话》（台北：长安出版社，1978年12月），"前集"卷15，页97。
③ （明）徐增著，樊维纲校注：《说唐诗》，卷15，页349。

世间腥腐，非食烟火人口中语"①，明胡应麟之"读之身世两忘，万念皆寂"②，清黄周星之"右丞诗大抵无烟火气"③，吴乔之"读王右丞诗，使人客气尘心都尽"④，方东树之"不落人间声色"与"无血气、无性情"⑤等等，都是有见于此而切中肯綮的提点。

二、"知"的实践："宕出远神"式的收结法

至于另一首"知"与"空"二字并出同见的《酬张少府》，则更在结构上以"宕出远神"式的收结法，显示这种"不须自出意见"的"无我"风格。

元代杨载曾就律诗结尾的方式指出：结句"或就题结，或放开一步，或缴前联之意，或用事，必放一句作散场，如剡溪之棹，自去自回，言有尽而意无穷"⑥。沈德潜承此而发挥得更加清晰完备，所谓：

---

① （宋）刘克庄：《后村诗话》，收入《适园丛书》（台北：艺文印书馆，据吴兴张氏采辑善本汇刊本影印，1973年），"新集"卷3，页7。

② （明）胡应麟：《诗薮》（台北：正生书局，1973年5月），"内编"卷6，页115。

③ （清）黄周星《唐诗快》对王维"青溪"一诗评曰："右丞诗大抵无烟火气，故当于笔墨外求之。"陈伯海编：《唐诗汇评》，页287。

④ （清）吴乔：《围炉诗话》，卷2，郭绍虞辑：《清诗话续编》，页539。

⑤ （清）方东树云：辋川诗"兴象超远，浑然元气，为后人所莫及；高华精警，极声色之宗，而不落人间声色，所以可贵。然愚乃不喜之，以其无血气、无性情也。"《昭昧詹言》（北京：人民文学出版社，1984年6月），卷16，页387。

⑥ （元）杨载：《诗法家数》，（清）何文焕辑：《历代诗话》（台北：汉京文化公司，1983年1月），页729。

> 收束或放开一步，或宕出远神，或本位收住。张燕公："不作边城将，谁知恩遇深？"就夜饮收住也。王右丞："君问穷通理，渔歌入浦深。"从解带弹琴宕出远神也。杜工部："何当击凡鸟，毛血洒平芜。"就画鹰说到真鹰，放开一步也。就上文体势行之。①

其举以为"宕出远神"之例证者，即出自《酬张少府》一诗。但事实上，如前文第一节所述，王维早于少年时《九月九日忆山东兄弟》一诗在末联将自我抽离宕开，出以客观描述的景语，以至"己之情自己"的笔法，已然得其精神；而《寄崇梵僧》《山中寄诸弟妹》《送元二使安西》《相思》与《送杨长史赴果州》等表现"背面傅粉"之诗句又恰恰都在篇终出现，已足以构成具有同一特征的类型范畴。进一步证诸王维所钟爱而不惜一再重复使用的"峡里谁知有人事，世中遥望空云山"一联，其所在位置从《桃源行》的一篇之中到《寄崇梵僧》的诗末收结，此一位序的转变更清楚说明了"宕出远神"是与"不须自出意见"的"无我"心性相应的最佳诗歌形式，而具现了性格特质影响诗篇结构形式之内在关联性，非仅见诸绝句此一诗体而已。② 其中，《酬张少府》尤为此一类型的代表作：

---

① （清）沈德潜：《说诗晬语》，丁福保辑：《清诗话》，页539。
② 宇文所安已发现："虽然王维兼擅多种诗体，他的最主要的贡献在于他对绝句结尾的新的艺术处理。在那里，诗谜似的言外之意，常常撩引读者去寻索在简朴面纱下面隐藏的深刻内容。"［美］宇文所安著，贾晋华译：《盛唐诗》，页45—46。此处中译则据王丽娜：《王维诗歌在海外》，师长泰主编：《王维研究（第一辑）》，页374。

晚年唯好静，万事不关心。自顾无长策，空知返旧林。松风吹解带，山月照弹琴。君问穷通理，渔歌入浦深。

此中，首句"晚年唯好静"直揭其生命追求的终极价值，在"唯"字所设定的绝对排他之下，"静"成为规范或决定其人生态度的无上命题[①]；基于关心则乱的人情反应，于是"万事不关心"乃成为求"静"的策略，这可以说是与"杜门不欲出，久与世情疏"（《送孟六归襄阳》）、"吾生好清静，蔬食去情尘"（《戏赠张五弟諲三首》之三）、"晚知清静理，日与人群疏"（《饭覆釜山僧》）本质相扣的一贯自道。然而，"万事不关心"仅只是对扰攘纷杂的世事感到无力无解时的一种消极处方，以下的"自顾无长策"乃接续补充此一态度的深层原因，一如白居易所谓"力小无因救焚溺，清凉山下且安禅"[②]，从而采取"空知返旧林"的选择。所谓"空知"也者，亦即一种对世情事理的深彻了解，却不能化为剑及履及的行动力，原因就在于这份"深知"之中，还包含了"自顾无长策"的自我认识，以及"唯好静"的个人价值追求。才性（而非能力）乃是决定一个人之生存方式与伦理抉择的关键因素，对王维而言，他的性格宜于"独善"，而不适于"兼济"，宜于艺术家在独我状态里凝神观照的创造，而非革命家在入世冲撞中鞠躬尽瘁的燃烧。因此，"晚

[①] 甚至可以说，"综观王维一生，静是其天性，是其主流，是其生命精神的最本质内容。"见王志清：《纵横论王维》（长春：吉林人民出版社，2001年），页59。

[②] （唐）白居易：《寓言题僧》，顾学颉校点：《白居易集》（北京：中华书局，1985年10月），卷20，页430。

年唯好静"是王维对自身内在性情禀赋之取向的清楚认识,而"自顾无长策"则是王维对外在客观社会环境之难为的深切了解,对内对外的通透认知合而为一高度的"存在自觉"[①];而"空知返旧林"便是王维在这高度的存在自觉之后所作的"伦理抉择",由此乃开展"松风吹解带,山月照弹琴"的自在生活。兹将前三联的思路及其内在脉络表列如下:

自顾无长策──→万事不关心──→空知返旧林──→静(清净)
(存在自觉)　(处世策略)　(伦理抉择)　　(终极境界)
(现实)　　　(隔)　　　　(自然)
(因)　　　　　　　　　　(果)

承此以至末联,由"君问穷通理,渔歌入浦深"始明揭促使王维作此诗以酬答对方的提问所在,竟是"穷通理"之大哉问——无论是将"穷"作"穷尽"解,而指"全然通透之理",还是将"通"解作"达",而与"穷"合为一对立复词,指儒家价值体系中读书人独善兼济、出处进退的"穷达之理","穷通理"都是无法一言以蔽之甚至是难以言诠的复杂课题,且其最佳答案更是因人而异。前文"空知返旧林"的"空知"二字,即已使"返旧林"所代表的隐逸价值成为相对而非绝对,仅是适合特定个人(如王维自己)的自处之道,但却

---

① "存在自觉"与"伦理抉择"二语借自柯庆明:《文学美综论》,收入柯庆明:《文学美综论》(台北:长安出版社,1986年10月),页22。

没有放诸四海而皆准的意味，故王维最终之"渔歌入浦深"乃以"不答答之"①，借"渔歌入浦深"之景语使其取舍评价一皆不落言诠，而有随君领略之意，充满幽远深厚之韵味，正是"宕出远神"式之收结法的最佳示范。

以一般诗歌的形式规范来比较，这种收结法的特殊处即在于"诗歌的结构惯例要求结尾出现个人反应，王维通常总是以抛弃的表示作为'反应'，这是一种否认进一步的反应、行动或情感的反应"②；而这样的收结法，带有禅宗所强调的"对境无心""无住为本"的意味，又通向庄子"和之以是非而休乎天钧，是之谓两行。……是故滑疑之耀，圣人之所图也。为是不用而寓诸庸，此之谓以明"③的超然智慧，甚至也与孔子"无可无不可"④的通脱自如相契合，其实是十分富含"理趣"的。较诸后来杜甫也偶一为之的《缚鸡行》一诗，所谓：

> 小奴缚鸡向市卖，鸡被缚急相喧争。家中厌鸡食虫蚁，不知鸡卖还遭烹。虫鸡与人何厚薄，吾叱奴人解其缚。鸡虫得失无了时，注目寒江倚山阁。（《杜诗镜铨》卷15）

---

① （清）沈德潜：《唐诗别裁集》，卷9，页311。
② ［美］宇文所安著，贾晋华译：《盛唐诗》，页54。
③ 见（清）郭庆藩：《庄子集释》（台北：汉京文化公司，1983年9月），《齐物论》，页70—75。
④ 出自《论语·微子》，参（南宋）朱熹著：《四书章句集注》（台北：大安出版社，1994年11月），页260。王维于《与魏居士书》中直接引用孔子"我则异于是，无可无不可"两句，以明该仕则仕、该隐则隐、随宜而行之旨，更与此处相一致。

同样是以"一篇之妙,在乎落句"① 受到历代评家之赞赏,而分析其篇末收尾的"鸡虫得失无了时,注目寒江倚山阁"一联,知其妙处即在于:"谓鸡虫得失,不如两忘而寓于道。结句寄托深远。"②以及:"结语更超旷。盖物自不齐,功无兼济,但所存无间,便大造同流,其得其失,本来无了。'注江倚阁',海阔天空,惟公天机高妙,领会及此。"③ 则类推于王维之"君问穷通理,渔歌入浦深",其用意应该也包括这种无执毋必的宽广自在。因为是非得失与穷达进退之分别不但因人因物而异,一旦转换立场与角度便眼界一新,事实上也并不存在绝对之判准,故而杜甫与王维一样,不约而同地都将视野从眼前当下向遥远之天际延伸,以江上水边之无限时空消融了一切对立互斥的二元思考,让人心获得自在解脱。根本地说,这类诗作之所以"寄托深远",即因由诗人哀乐之"情"提升至哲人思致之"理",而"寓于道"之故。

如果说杜甫是天机高妙才领会及此,则王维之天机高妙实更有过之,因为杜甫乃偶一为之,王维则此外尚有《送别》一诗云:

　　下马饮君酒,问君何所之。君言不得意,归卧南山陲。但去莫复问,白云无尽时。

---

① (宋)赵次公评语,引自(清)杨伦注:《杜诗镜铨》(台北:华正书局,1990年9月),卷15,页735。
② (宋)陈后山评语,参(清)杨伦注:《杜诗镜铨》,卷15,页735。
③ (清)浦起龙:《读杜心解》,卷2之3,页304。

其收结方式与此同出一辙；甚且贯通于其他众多作品中，于《息夫人》的"更不着判断一语"、《班婕妤三首》之二的"本意一毫不露"①、《归嵩山作》的"写人情物性，每在有意无意间"②，也都清楚可见类似境界，形成一种前文阐述其作品时所抉发之"不须自出意见"的精神表露，特非限于末句而已。就此言之，杜甫致以"高人王右丞"（《解闷十二首》之八）之推誉，洵为的切。

三、"知"的实践："却嫌陶令去官迟"辨析

值得进一步说明的是，在《酬张少府》中呈现其伦理抉择的"返旧林"一语，乃出自陶渊明《归园田居五首》之一："误落尘网中，一去三十年。羁鸟恋旧林，池鱼思故渊。"但王维取资其"恋旧林"的行动，却略过之前"误落尘网中，一去三十年"的"羁鸟"历程，此一情况并非用典时的概括省略手法，而是带有深刻意义的取舍结果。

所谓"误落尘网中，一去三十年"，一个"误"字，不仅揭示了人生道路的错误选择之意，更指向一种存在于儒家血统中的盲点，在文化的理想主义之下，使自己在人生之路的选择上跌入不适才适性的心理误区，以致在蔽性违己的情况中奋力多年，于世网中冲撞刃靡并饱尝"目倦川涂异，心念山泽居。望云惭高鸟，临水愧

---

① （清）黄生：《唐诗评》，卷2，（清）黄生等著，何庆善点校：《唐诗评三种》（合肥：黄山书社，1995年12月），页151。

② （清）沈德潜：《唐诗别裁集》，卷9，页312。

游鱼"(《始作镇军参军经曲阿作》)的依违挣扎,直到某一冲突的临界点撞开了顿悟之钥,这才从少壮时所怀抱的"猛志逸四海"(《杂诗十二首》之五)、"猛志固常在"(《读山海经十三首》之十)之儒家理想中超脱出来,豁然朗照"质性自然,非矫厉所得"①、"少无适俗韵,性本爱丘山"(《归园田居五首》之一)的真正个性所在,终究断然决心"守拙归园田",舍弃一切地挂冠求去,并庆幸"久在樊笼里,复得返自然"。

就此而言,在人生的终极追求上陶渊明表现出一种蒙昧自蔽的存在自觉与迟来晚到的伦理抉择,因此当他终于在四十一岁迷途知返之际,也以"旧""故"之类的用语称呼"林""渊",以"复得"表示此一山林回归行动的重拾天性之举,并对多年的"迷途"充满"觉今是而昨非"(《归去来兮辞》)的自悔;相较说来,作为陶渊明的跨代知己并成为彰显其声名之第一人②,王维则以其"早悟"而对自我有着更深的存在自觉与更明确的伦理抉择,因此较少纠缠于"兼善天下"与"独善其身"的价值冲突中。证诸其十九岁的乐园书写《桃源行》,于此中国诗史上的第一首专题咏桃源诗中,较诸后来韩愈与王安石所写显得"努力挽强,不免面赤耳热"的同题

---

① 龚斌校笺:《陶渊明集校笺》(上海:上海古籍出版社,1999年12月),卷5,页391。

② 入谷仙介指出:"陶渊明被高度评价,其诗备受欢迎,是盛唐以后的事。而可以说王维是第一个彰显陶渊明的盛唐诗人。作为当时一个十九岁少年,如何理解其真正价值暂且不论,能发现陶渊明的深刻思想内涵,不能不令人叹服他的早熟和敏锐。"[日]入谷仙介著,卢燕平译:《王维研究(节译本)》,页20。

诗，竟呈现出"多少自在"①，其意义正如学者所指出的，少年王维按照自己的人生追求，有意把陶渊明心中的乐土改造成"尘外极乐世界"，全然消失了人间烟火气，成为一片永恒的平静，而这一罕见现象的特殊处在于不但与当时积极入世的时代风气大为抵触，也有别于一般人总是在历尽沧桑之后才反璞归真的人生规律。② 以至王维很早就跳过摸索挣扎、尝试错误的人生阶段，不必历经曲折漫长的辨识过程即确认归返自我之路的方向。

此所以王维会有"不厌尚平婚嫁早，却嫌陶令去官迟"（《早秋山中作》）之说，其所下"嫌"之一字与其说是批评，不如说是惋惜。惋惜大智若陶渊明者，既然其年少时就已经是"弱龄寄事外，委怀在琴书"（《始作镇军参军经曲阿作》）、"少年罕人事，游好在六经"（《饮酒二十首》之十六），对于尘俗人事一无兴趣，而充满了物外之趣；但欲彻底服从自己"质性自然，非矫厉所得""少无适俗韵，性本爱丘山"之天赋根性，竟然要耗费三十（一作"十三"）年的时光；一如杜甫也曾批评任真自得的陶渊明实际上并未真正超脱尘网，而往往为俗情所困，更不能免于下一代之牵缠，其《遣兴五首》之三谓：

陶潜避俗翁，未必能达道。观其著诗集，颇亦恨枯槁。达生岂是足？默识盖不早。有子贤与愚，何其挂怀抱？（《杜诗

---

① （清）王士禛著，戴鸿森校点：《带经堂诗话》（北京：人民文学出版社，2006年1月），卷2《综论门·推较类》，页50。

② 详参荆立民：《寻找另一个"理想王国"——论王维的人生追求》，页76—78。

镜铨》卷5）

其"默识盖不早"之说恰恰为王维"却嫌陶令去官迟"之绝佳注解①，也间接证成了王维之"早悟"人格。

然则，表面上看来似乎矛盾的是，王维一方面表达对陶渊明"去官迟"的惋惜，却又从相反的另一面质疑陶渊明的去官乃是对家庭的不负责任之举，其《偶然作六首》之四曰：

> 陶潜任天真，其性颇耽酒。自从弃官来，家贫不能有。九月九日时，菊花空满手。中心窃自思，傥有人送否。白衣携壶觞，果来遗老叟。且喜得斟酌，安问升与斗。奋衣野田中，今日嗟无负。兀傲迷东西，蓑笠不能守。倾倒强行行，酣歌归五柳。生事不曾问，肯愧家中妇。

这是一首内容描写陶渊明弃官后之隐居生活情状的作品。若独拈其"生事不曾问"与《与魏居士书》的类似评论并读，所谓："近有陶潜，不肯把板屈腰见督邮，解印绶弃官去。后贫，《乞食》诗云'叩门拙言词'，是屡乞而多惭也。当一见督邮，安食公田数顷，一惭之不忍，而终身惭乎？此亦人我攻中，忘大守小，不其后之累也。"一般很容易即推论出王维是"不赞成陶渊明因不愿为五斗米折腰而

---

① 本章乃聚焦于王维之认知状况的客观呈现，并以陶渊明之言行相合处证释之；至于王维或杜甫对陶渊明的看法是否忽略了时代与家庭背景等差异，而有过于简化与不谅解的问题，因不在本章的处理范围内，故不予讨论。

落入窘境，想走亦官亦隐的生活道路。他的情形是赞美隐遁但又甘愿受世俗的束缚"。① 对此，若就本章的观察角度而言，则有不同的理解。

综观《偶然作六首》之四全篇，从起首第一句之"任"字与末尾最后一句的"肯"②字，已清楚点示陶渊明实属朱熹所谓的"隐者多是带气负性之人"③，加以篇中各处着力点染"耽酒""奋衣""嗟无负""兀傲迷东西""倾倒强行行""酣歌"等行为描述，其所用之"耽""奋""嗟""兀傲""迷""强""酣"等字语也都是带有强烈情绪的动词或副词，以至全诗洋溢着贲张涌突之血气性情，属于"吾丧我"之"我"的层次及其扩大，正符合《与魏居士书》的"此亦人我攻中"之谓。所谓"人我攻中"，意指心执着于人我，以为人我真实存在，而佛教认为这是一切谬误和烦恼的总根源，如《大乘起信论》云："一切邪执，皆依我见，若离于我，则无邪执。"④ 更进一步，《与魏居士书》在"此亦人我攻中，忘大守小"两句之后即引述孔子的"我则异于是，无可无不可"，并继续申言"身心相离，理事俱如，则何往而不适……以不动为出世"之道，可见王维对陶渊

---

① ［日］入谷仙介著，卢燕平译：《王维研究（节译本）》，第8章"晚年的王维"，页287。

② "肯"犹拼也，"生事不曾问，肯愧家中妇"意谓"言不问生事，拼为家中妇所讥也"，见张相：《诗词曲语辞汇释》（台北：台湾中华书局，1985年4月），卷2，页224。

③ （宋）黎靖德编：《朱子语类》（台北：文津出版社，1986年12月），卷140，页3327。

④ 一字词解释，参考陈铁民：《王维集校注》，卷11，页1099。

明的批评关键并不在物质生活上是否"落入窘境",也没有"赞美隐遁"或"甘愿受世俗的束缚"的价值判断问题,而是在于"人我攻中,忘大守小"——"大"意指"无我","小"意谓以血气性情所构成的"人我","忘大守小"恰恰是"吾丧我"的对反。既然陶渊明的弃官归隐具备浓厚的"带气负性"以致陷入"人我"之执,其归隐也就在本质上未曾臻及"无我"的超然境界,其中依然可"见清士高人胸中皆似有一段垒块不平处"①,故杜甫亦称其"未必能达道"。

事实上,从"道无不在"与"世界法身中"之理而言,出世入世无二,仕隐本无本质之别,也都各有真假之分与程度差异:"狂"未必是大无畏的积极进取,而可以是自矜自是的个人张扬;"狷"未必是明哲保身的小心谨慎,而可以是有所不为的淡定超然。"独善"的目标或境界也容许各种不同的实践方式,陶渊明式的辞官退隐绝非衡量勇气的唯一标准,因为"固穷"固然是君子的表征,富贵场中的布衣蔬食与权力域里的不忮不求也同样显发一种"见可欲而不动其心"的贞定意志。所谓"富贵不能淫,贫贱不能移,威武不能屈。此之谓大丈夫"②,即说明经得起富贵与耐得住贫贱乃是等价的人格标准,成就人格本有多元之道,故"隐遁"无须赞美,"世俗"也未必构成束缚,关键实在于是否"人我攻中,忘大守小"。证诸《酬张少府》的"君问穷通理,渔歌入浦深"以及《与胡居士

---

① (明)钟惺、谭元春:《唐诗归》,卷8《偶然作》评,页172。
② 出《孟子·滕文公下》,朱熹:《四书章句集注》,页371。而《红楼梦》中,贾母赞赏宝钗的"受得富贵,耐得贫贱",正是以此对其人格表示高度肯定。冯其庸等校注:《红楼梦校注》,第108回,页1633。

皆病寄此诗兼示学人二首》之二的"何津不鼓棹，何路不摧辀"，便清楚表达王维的立场乃是无入而不自得的通脱自在，若能"守大忘小"，则无论穷通皆能臻至"无我"或"吾丧我"之境，这才是《偶然作六首》之四以及《与魏居士书》的真正主旨所在。

综合言之，王维在理解赞赏陶渊明之余，也从"达道"的标准对其人提出两个惋惜："却嫌陶令去官迟"是就其蒙昧自蔽的存在自觉与迟来晚到的伦理抉择而言，《偶然作六首》之四则是从其弃官归隐所具备的"带气负性"以致陷入"人我"之执，因而本质上未曾臻及"无我"之超然境界而发，两者分别从时间与性质揭示出陶渊明弃官归隐的不同意义，因此并无矛盾。

至于王维在回顾成长阶段时所慨叹的"少年识事浅，强学干名利"（《赠从弟司库员外絿》）、"少年不足言，识道年已长。事往安可悔，余生幸能养"（《谒璿上人》），也并非对过去之我的谴责或否定，而毋宁是"山林吾丧我"的自净实践——透过取资《庄子·齐物论》而来之"吾丧我"的修持功夫，在对自我人格多重层次的高度自省之下，将过去少年心性中不免稍带沾染的"我"成分予以严格厘清，毫不隐讳地直指少年心性中所沾附的些微名利意识，并在觉知之后加以离析过滤，以显豁如今山林中"吾"之绝对真性的清澈明朗。而从过去之我到今日之我，正呈现从"我"到"吾"的趋近过程，也是从"诗人"到"哲学家"的纯化过程。

一旦再注意到，在整部《全唐诗》所收的约五万首诗篇里，只有王维引用了"吾丧我"此一词汇，堪称绝无仅有，足以显示王维是最为追求这个修炼境界的诗人，而这个境界却百分之百属于哲学家、思想家的超越境界，更证成了王维与众不同的心灵特质。

第五节　结语：哲学家诗人

如果同意意大利学者维柯（Giambattista Vico, 1668—1744）所作的区辨："诗人们首先凭凡俗智慧感觉到的有多少，后来哲学家们凭玄奥智慧来理解的也就有多少，所以诗人们可以说就是人类的感官，而哲学家们就是人类的理智。"① 则王维不仅仅只是一位在"凡俗智慧"的层次上将人类的感官性情发展到极致，而"深于哀乐""溺于情好"并加以传神写照的诗人②；还更是一位以高度理性观省大千世界的哲学家，一如斯宾诺莎（Baruch de Spinoza, 1632—1677）所定义的：哲学家"不笑，不哭，也不痛骂，而只是理解"（humanas actiones non ridere, non lugere, neque detestari, sed intelligere [Not to laugh, not to lament, nor to detest but to understand]）③。因此虽然写

---

①　[意]维柯著，朱光潜译：《新科学》（北京：商务印书馆，1989年6月），第2卷前言，页172。

②　王维诗中当然仍有深于哀乐之作，如《观别者》的"吾亦辞家久，看之泪满巾"、《齐州送祖三》的"为报故人憔悴尽"、《送孙二》的"长望泪沾巾"等，显露其身为诗人的那一面。故明代李梦阳《论学上篇》有"王维诗，高者似禅，卑者似僧，奉佛之应哉！人心系则难脱"之谓，（明）李梦阳：《空同集》，卷66，《景印文渊阁四库全书》第1262册（台北：台湾商务印书馆，1986年3月），页603。

③　Baruch de Spinoza, Tractatus politicus, in *Spinoza Opera*, ed. Carl Gebhardt（4 vols.; Hei- delberg: Carl Winters Universitätsbuchhandlung, 1925），Vol. III. p. 279. 承蒙世新大学财金系王仁宏教授提供此则资料，谨此致谢。

的是诗,但其中哲学家式的"理解"却超泯了诗人的"笑、哭、痛骂",具现其渊深沉透的洞察力量,以至同代诗人储光羲声称"故人王夫子……哀乐久已绝"①,正是看到这一点而言。后来徐增亦赞叹:"摩诘,道人也,一切才情学问,洗涤殆尽,造洁净精微之地,非上根器人不喜看,看亦不知其妙也"②也是切中其诗中的"非诗人"特性之说。

则就单一诗歌作品而言,王维自早岁起,于众多诗篇中所呈现的从"有我"到"无我"的转化过程,即显示出从"感性"到"理性"、从"诗人"到"哲学家"的超升,此即"入而能出"的动态模式;由此并体现为"背面傅粉""宕出远神"之篇章结构,以及对"知"字之偏好使用,这两个现象无论是就出现频率之高与历时持续分布一生的量化意义,还是就深度与强度的质性内涵,都可以证成王维独特的人格造型与心理模式。

另外,从整体创作情况来观察,王维晚年诗歌作品剧减的现象也可以由此一角度获得另一种解释。

入谷仙介考察其具体的创作状况,发现:通观王维晚年作品,使人感到他倾注了全力的并不是使他享有盛名的诗歌,而是文章③;推论造成此一现象的原因,其一即晚年的王维有战乱和幽囚的体验,就文学家的本能,当时他内心清楚,自己驾轻就熟的诗歌

---

① (唐)储光羲:《同王十三维哭殷遥》,(清)康熙敕编:《全唐诗》,卷138,页1399。

② (明)徐增著,樊维纲校注:《说唐诗》,卷4,页100。

③ [日]入谷仙介著,卢燕平译:《王维研究(节译本)》,页276。

表现形式对表现新的内容已经不管用，反过来成为他表现新内容的桎梏，因此不得不寻求出路。① 此一说法仍是将王维视为文学家，从创作需求的角度来解释其文体取舍消长的原因。若回到诗人自觉地所作出的告白来看，也许另有别解，王维自己清楚地说明道：

> 老来懒赋诗，惟有老相随。宿世（案：似应作"当世"）谬词客，前身应画师。不能舍余习，偶被世人知。（《偶然作六首》之六）②

其中的"老来懒赋诗"之说正与其实际创作状况完全相符，而"当世谬词客"③一句则耐人寻味地揭示了自己之所以"懒赋诗"的原因，意谓过去以来身为词客乃是"当世之谬"，一个"谬"字取消了"赋诗"的正当性与"词客"的身份认同，毋宁是王维对一生作诗的自忏，是对诗歌创作的本质性否定，绝不仅是基于诗歌形式对表现新

---

① ［日］入谷仙介著，卢燕平译：《王维研究（节译本）》，页281—282。
② 根据考证，此诗应独立成篇，题作《题辋川图》。参陈铁民校注：《王维集校注》，卷5，页477。
③ "宿世"与下句之"前身"犯合掌。明代胡应麟指出："作诗最忌合掌，近体尤忌，而齐、梁人往往犯之……沈、宋二君，始加洗削，至于盛唐尽矣。"见《诗薮·内编》卷4，页61。考晚唐张彦远《历代名画记》引作"当世"，意即冈村繁所译之"现世"；且"当世"与"前身"对偶更为工整，合乎当时诗律，文意亦更错落完备。［日］冈村繁：《历代名画记译注》（上海：上海古籍出版社，2002年10月），卷10，页464—465。另外，唐代朱景玄《唐朝名画录》与宋代郭若虚《图画见闻志》卷5引述此句时，也都作"当世谬词客"，应从之。

的生命内容有所不足而已。诗史上杜甫的诞生，就清楚证明了诗歌形式仍然可以对战乱和幽囚等生命内容提供绝大的表现空间，显见关键不在于诗歌形式的局限，而在于诗人自身对诗歌本质的态度。若进一步追索此一否定的原因，或许应该考虑佛教观念的影响。

对"晚年唯好静"的王维而言，整个生命灵魂浸染佛理更深更切，由其诗中频频出现的"无生"一词①，以及储光羲《同王十三维哭殷遥》所声称的"故人王夫子，静念无生篇"，在在可见大乘般若空观以"无生"达到一切皆空的无我之境的思想领导地位；而"无生"恰恰正是"无我"的前提。②虽先前大半生作为词客时，于若干诗歌中已展现"入而能出"的超升过程，然在"出"之前的"入"之际犹且深具哀乐之情，焕发浓厚的诗人秉性；而佛教认为诗是"绮语"——"杂秽语、无义语。指一切淫意不正之言词"③，于是

---

① 包括《登辨觉寺》之"空居法云外，观世得无生"、《谒璇上人》之"一心在法要，愿以无生奖"、《哭殷遥》之"忆昔君在时，问我学无生"、《与苏卢二员外期游方丈寺而苏不至因有是作》之"安知不来往，翻得似无生"、《游感化寺》之"誓陪清梵末，端坐学无生"、《秋夜独坐》之"欲知除老病，唯有学无生"、《燕子龛禅师咏》之"上人无生缘，生长居紫阁"、《宋进马哀辞》之"学无生兮庶可，幸能听于吾师"等八处。

② 王维《能禅师碑》中即引述慧能之说，谓之："乃教人以忍曰：'忍者无生，方能无我。'"

③ 释慈怡主编：《佛光大辞典》（高雄：佛光出版社，1988年12月），页5888。必须补充说明的是，这并不妨碍僧侣或教徒作诗，甚至在南朝的发展上，更产生僧人大作宫体艳诗的现象，所谓"六朝释子多赋艳词"（[清]毛先舒《诗辩坻》，卷2，《四库全书存目丛书补编》第45册，济南：齐鲁书社，2001年，页186)，张伯伟藉"秽解脱法"与"淫欲即是道"的角度对此多方阐述，从佛教思想体系内部（转下页）

随着修炼日深,所谓"爱染日已薄,禅寂日已固"(《偶然作六首》之三),至其晚年时已几达"全出"之境,哲学家的成分乃将诗人的比重取而代之,"赋诗"之"绮语"遂无立足之地。

这两种不同的生命范畴及其意义,也暗合于德国哲学家谢林(Friedrich W. J. von Schelling, 1775—1854)所指出的,要脱离世俗的现实,只有两条出路:诗提升我们到理想世界,哲学使这个现实世界完全消失。① 就此说来,当王维尚且作为"当世词客"之时,其诗中之"入而能出"即是一种提升自己到理想世界的努力;而当他到了"老来懒赋诗"之际,则进入以哲学使这个现实世界完全消失的阶段。于是这位哲学家诗人乃向诗歌及诗歌所立足的感性世界告别,以哲人"宕出远神"的方式作为其整个人生的最后收结,而渐渐在诗歌国度里消失了踪影。

(本文原载于《台大中文学报》第32期,2010年6月。)

(接上页)充分论证了佛教与艳诗绮语之关系的合理性,参张伯伟:《禅与诗学》(杭州:浙江人民出版社,1996年4月),页189—195。连此一极端状况都具备佛教思想系统的内部合理性,则一般教徒之作诗,固当没有矛盾之处。

① 引自蒋寅:《以诗为性命——中国古代对诗歌之人生意义的几种理解》,《古典诗学的现代诠释》(北京:中华书局,2003年3月),页242。

第二章
李、杜"闲适诗"比较论

第一节 "闲适诗"的定位与意义

闲适诗,顾名思义是在闲暇而不匆迫、安适而不蹇促的平和状态下所完成的诗歌作品。凡人莫不有屏居退守的时刻,诗人纵笔消闲,写出了闲适的篇章,这似乎是顺理成章的结果。

然而,中国是一个古老悠久而群体性发达的社群,在其特殊文化传统长远而透入的浸润之下,闲适诗早已不是单纯随机的抒情表现,而是具有深刻的人文内涵与意义,足可挖掘伟大诗人心灵深度并抉发文化特质的一大宝藏。因此刘若愚先生便肯定了闲适诗在中国诗里所占的地位,特别在其《中国诗学》一书中,以专节强调了"闲适"是"时常构成中国诗之实际主题或者基础构架",是"一些典型的中国概念与思想感觉方式"之一[①],以作为有别于西方文学的一个显例;而盛唐的李白、杜甫身当中国诗史上光芒万丈、辉耀

---

① 引文见[美]刘若愚著,杜国清译:《中国诗学》(台北:幼狮文化事业公司,1983年10月),上篇第5章,页75。

古今的两大巨擘,其闲适诗的构成要素,无疑地会因文化习染与个人色彩等外在影响与内在倾向的差异,而呈示出不同的典型性,更由于此种个人化的典型特征十分强烈而突出,正可作为解析整体文化向度,探入诗人灵魂深处的一条路径。

由于从"以大我为己任"的中国道统中所孕育出来的人格典范,向来是"任重道远""忧国吊民"的实践精神,是"亦余心之所善兮,虽九死其犹未悔"①的热烈执着,所谓仁民爱物、济世活国的理想,有如圣洁崇高的光环一般,带领着绝大多数的知识分子踏上了为淑世而受难的坎坷之途。但是,这是一个全然有待于外、无法操之在己的单向道,因为社会现实的存在有其必然而难以撼动的根基,不论是历史的惯性、人性的弱点、政治的包袱、经济的匮乏或制度的不良,在在都是无法凭借个人之力来跨越超攀的复杂障碍,势必逼使一味向外寻求实现的主观意愿步步受挫。由于所待者外,便不免心随意动,愁喜不由自主;因为所待者大,为抽象而庞巨的社会群体,于是忧心劳神,无日或已。一个生命如何承担如此永无止限的重荷?于是在左冲右突的拼力奋斗,与外界相刃相靡之余,人生的钟摆在平衡的潜在需求下,必然会摆荡到反求于内、得以尽其在我的另一端,从个人生活中汲取怡足自得的涓滴泉源,而使得向外进取、发散力量的社会性实践,可由另一方面向内自足、品味生活情趣的个人性安顿取得互补与协调。历代诗史上不绝如缕的"讽谕

---

① 两句出自屈原:《离骚》,(宋)洪兴祖:《楚辞补注》(台北:长安出版社,1984年9月),页14。

诗""闲适诗"这两大诗类,正是源自于此种文化与心理上的双重性所引带出来的必然产物。

讽谕诗和闲适诗的出现,可以说是由来已久,两者之间也形成了双生相倚的互补结构,虽然诗类的定名与界说,要迟至中唐诗人白居易的手上才完成。① 白居易《与元九书》中曰:"谓之'讽谕诗',兼济之志也。谓之'闲适诗',独善之义也。"② 兼济、独善是维系中国士人处事立身之天平的两端,所谓"穷则独善其身,达则兼济天下",穷与达是所有士人共同面对的两大课题,因此作为兼济与独善两种状况之文字表露的讽谕诗与闲适诗,便具有互为表里的密切关系。

以本章探讨的主题而言,在独善其身的情况下所完成的闲适诗,是白居易所谓"或退公独处,或移病闲居,知足保和,吟玩性情者"③,而在闲居独处、保和知足的内外条件下,构成闲适情境之内容的,则在白居易《序洛诗》中有所表述:

除《丧朋》《哭子》十数篇外,其他皆寄怀于酒,或取意于琴,闲适有余,酣乐不暇;苦词无一字,忧叹无一声,岂牵

---

① 有关闲适诗类名的提出、闲适诗类的形成和其特质与功能,可参杨承祖:《闲适诗初论》,收入《台静农先生八十寿庆论文集》(台北:联经出版事业公司,1981年11月),页535—557。

② 顾学颉校点:《白居易集》(北京:中华书局,1985年10月),卷45,页964—965。

③ 见白居易:《与元九书》,顾学颉校点:《白居易集》,卷45,页964。

强所能致耶？盖亦发中而形外耳。斯乐也，实本之于省分知足，济之以家给身闲，文之以觞咏弦歌，饰之以山水风月：此而不适，何往而适哉？兹又以重吾乐也。予尝云：治世之音安以乐，闲居之诗泰以适。①

在清闲泰适之际，以琴酒弦歌自娱，在这片诚中形外的酣乐之地是没有忧叹之声立足的空间的；此外，似乎被白居易视为必不可缺，因此特意点出的自然景物、山水风光，更是闲适诗赖以构成的根本背景，琴声、酒意都必得在赏鉴大自然之美的品味中才能完成它们助兴的功能，也唯有与自然交融的超俗状态下，闲适诗才建立了它本身的正宗风格，而达到"脱离世俗的忧虑和欲念，本身心平气和或者与自然和谐相安的一种心境"②。

明乎"闲适诗"之定位与一般构成要素，准此绳诸李白、杜甫之诗集，则去其忧苦愁闷之音，选择各人身心舒放时的恬然之作进行分析，先个别抉发两大诗人闲适诗之特质，其后再进行比较，以进窥双方在精神和融、不假外求的独善时刻，其具体境界与生命形态有何异同。

---

① 见顾学颉校点：《白居易集》，卷70，页1475。
② 引文为刘若愚对"闲"字的诠释，见[美]刘若愚著，杜国清译：《中国诗学》，页85。

第二节　李白闲适诗之内涵与特质

李白奔腾横放的生命形态，有如疾飞划过众星罗织之夜空的灿烂彗星，每一刻都全心全意、淋漓尽致地燃烧生命，意图把死亡的阴影和时间的摧毁力推到更远的边界，把人世间由卑琐、平庸和苟且所汇集而成的无底深渊彻底弃绝。当这只"其翼若垂天之云"①的大鹏鸟奋力地摆脱地心引力，而搏击扶摇振翅高飞，向青冥高天飘引而去时，他会引吭高呼："俱怀逸兴壮思飞，欲上青天览明月"（《宣州谢朓楼饯别校书叔云》）、"吾将囊括大块，浩然与溟涬同科"（《日出入行》）；当欲飞不能、陷身尘溷而愁绪满怀时，他会纵声狂歌："抽刀断水水更流，举杯消愁愁更愁"（《宣州谢朓楼饯别校书叔云》）、"五花马、千金裘，呼儿将出换美酒，与尔同销万古愁"（《将进酒》）；他会睨视权威，粪土王侯，掀眉傲然地宣告："安能摧眉折腰事权贵，使我不得开心颜"（《梦游天姥吟留别》）；也会完全了解一往深情、九死不悔的娥皇、女英，而代她们发抒天地为之失色的永恒信约："苍梧山崩湘水绝，竹上之泪乃可灭"（《远别离》）。如此一个横绝人世、炽烈激切的人，其平和详谧、与世无争的闲适情境，势必是别具一格，有其独特面貌的。

---

① 《庄子·逍遥游》云："北冥有鱼，其名为鲲。鲲之大，不知其几千里也。化而为鸟，其名为鹏。鹏之背，不知其几千里也；怒而飞，其翼若垂天之云。"（清）郭庆藩：《庄子集释》（台北：汉京文化公司，1983年9月），页2。李白每以大鹏自喻，正是其凌摩霄汉、逍遥壮恣之雄伟生命的写照。

首先，李白式的闲适与他的整体精神主体一样，并不能在习常狎近的一般人间找到栖身之处，而必须远举高蹈，到超脱凡俗、人迹罕至的世外名山去寻求。似乎唯有山群永恒不移、屹立不摇的坚稳特性，以及毫无人烟喧嚣干扰而得以全然展露其清风朗月、奔瀑幽泉之美的美感价值，才能使生命中充满力与美的李白产生同类相吸的共鸣，不但有资格提供给诗仙一枝梧桐之栖，让敛翼停歇的大鹏安适地向永恒而美好的大自然汲取休息的力量，甚至更以清新俊逸之姿，让李白屡次想弃世随之而去。试看以下诸诗文皆有诗人明确的剖白：

- 历行天下，周求名山。（《冬夜于随州紫阳先生餐霞楼送烟子元演隐仙城山序》）
- 此行不为鲈鱼鲙，自爱名山入剡中。（《秋下荆门》）
- 而我乐名山，对之心益闲。……且谐宿所好，永愿辞人间。（《望庐山瀑布二首》之一）
- 别君去兮何时还，且放白鹿青崖间，须行即骑访名山。（《梦游天姥吟留别》）
- 名山发佳兴，清赏亦何穷？（《下寻阳城泛彭蠡寄黄判官》）
- 心爱名山游，身随名山远。罗浮麻姑台，此去或未返。（《金陵江上遇蓬池隐者》）
- 愿游名山去，学道飞丹砂。（《落日忆山中》）
- 久欲入名山，婚娶殊未毕。（《闻丹丘子于城北营石门幽居中有高凤遗迹仆离群远怀亦有栖遁之志因叙旧以赠之》）

- 孤负宿愿，惭未归于名山。(《秋于敬亭送从侄端游庐山序》)
- 五岳寻仙不辞远，一生好入名山游。(《庐山谣寄卢侍御虚舟》)

诗人再三地致意"爱名山""乐名山"，且点出其原因在于"名山发佳兴"，能启人清赏之趣，因此"一生好入名山游"，不断地"求名山""访名山"而"身随名山远"，甚至到了为投合自己对名山的林水泉石之癖，而想要"此去或未返""永愿辞人间"。这种可能的结果在《游泰山六首》之一中也同样表露过："旷然小宇宙，弃世何悠哉！"登泰山而小天下的后果，竟是悠然地弃世而去，与古人恰恰是同曲而异工。李白对象征着集大自然至精至美、永恒而崇高之精华的名山，其偏好、眷恋之深挚由此可以想见，也难怪他会因为辜负归于名山之宿愿而感到惭愧了。

因此在李白的一生中，随其浪迹之萍踪所到，不论是大江南北，每造一地则寻山访胜，使屈指难数的大小山景因诗人的钟情赏爱而增色。其中留名者如戴天山、巫山、徂徕山、窦圌山、峨嵋山、匡山、颖阳山、王屋山、皖公山、天门山、高凤石门山、木瓜山、敬亭山、终南山、铜官山、三山、会稽山、九华山、白兆山、北山、泰山、碧山、黄山、蓝山、黄鹤山、栖霞山、天台山、陵阳山、太白山、五松山、鹊山、莲花山、龙山、岘山、嵩山、楼山、寿山、白壁山、东山、南岳衡山、焦山、松寥山、商山、西岳华山、九疑山、望夫山、灵墟山、荆门山、梅岗及天姥山等，李白或亲自访游，或远望临眺，都能把握到群山时而嶔崎峥嵘之磅礴壮恣,时而幽静祥和之柔谧淡远,又时而仙气缥渺之神幻多变的真风貌。尤其是对于钟灵毓秀、出尘不染的庐山,李白不但是一访再访、常游不倦,甚至在不得不辞别离去时,对它立下了从不轻易向人许诺的誓言,并祈求亘古无言的山谷林壑以及天上神灵见证这由衷至诚的盟约,《方舆胜览》引《图经》之记载云:

> (李)白性喜名山,飘然有物外志。以庐阜水石佳处,遂往游焉。卜筑五老峰下,有书堂旧基。后北归,犹不忍去,指庐山曰:"与君再会,不敢寒盟,丹崖绿壑,神其鉴之。"①

正因为李白在山的怀抱里产生了不容疏隔的亲密归属感,获得了完全的接纳与滋养,而使不断遭受虚无感和孤独意识侵蚀的苦闷,得以在群山永恒而壮美的浸润之下纾解;使不停依违在自我理想与世俗现实之间、又不容妥协苟且的紧张痛切,得以在清风烟云的抚慰之中获取生命的和解。除了"壮心魄"②的力量汲引外,更重要的是"清心魂"的性灵安顿③,名山,这种以超离红尘人间的殊景清境为魅力要素的自然辖区,以其绝美风色与永恒性质而往往通往仙

---

① (宋)祝穆撰,祝洙增订,施和金点校:《方舆胜览》(北京:中华书局,2003年6月),卷17,页312。
② "壮心魄"一词出于李白《赤壁歌送别》:"一一书来报故人,我欲因之壮心魄。"
③ "清心魂"一词源自李白《入彭蠡经松门观石镜缅怀谢康乐题诗书游览之志》:"余方窥石镜,兼得穷江源。将欲继风雅,岂徒清心魂?"

境①,就是李白完成闲适之乐与和谐之情的圣地,因此他明确地指出:"五色粉图安足珍,真山可以全吾身。若待功成拂衣去,武陵桃花笑杀人!"(《当涂赵炎少府粉图山水歌》)其中"山"与"桃花源"的等同关系乃是显然可见的,而名山作为李白乐园体验之所在,更当之无疑。因此可以说,名山对李白而言乃是一种"精神家园",亦即出于对沉沦的抗拒、对自由的诉求,而欲引领自我回归本体时,所找到的一个绝对的存在之域,其中实蕴含着一份对存在的诗意化沉思。②

那么,在远离人烟的山林中,李白所进行的具体活动和心灵状态究竟如何呢?首先我们注意到,李白对作为他心灵圣地的名山,态度上是近乎纯净而虔诚的,因为他绝少偕众共游,不容人声的喧哗和足迹的杂沓来破坏山中与其心中的一片宁静。那里唯有欣欣流转、蓬勃不息的自然生机才是整个圣地的主宰,山花、流莺、众鸟、孤云以及桃花流水、清溪幽泉、青松绿萝、明月翠微等,亲切地包围着李白,以无限和融与李白徐缓的心灵律动交织着、应和着,像一片无形的柔网潜进他的生命底层,维系着使他不至于失衡而进退无据。因此我们在那些奠基于自然名山的闲适诗中,看到的

---

① 因此前引《落日忆山中》云:"愿游名山去,学道飞丹砂。"《庐山谣寄卢侍御虚舟》亦曰:"五岳寻仙不辞远,一生好入名山游。"足证李白的名山之爱实混杂了仙道之追求,这也继承了六朝以来"山水是道"(出自晋宋间孙绰《游天台山赋》)与"山水以形媚道"(见宗炳《画山水序》)之概念。

② 精神家园之说,参畅广元编:《文学文化学》(沈阳:辽宁人民出版社,2000年6月),页229。

往往是李白一个人独自在山中徜徉，若有他人相伴，也多是山人、野人、幽人、逸人、隐者、僧侣或道士之类与世无争的化外之民，以最轻微的人间气息、最淡薄的红尘属性才能使他们在李白的名山圣地中得到一席之地，而分享李白的闲适之乐，与同样自称山人、逸人、野人的李白①交融为一，并在诗中留名。以下试取几首典型诗作为例：

- 众鸟高飞尽，孤云独去闲。相看两不厌，只有敬亭山。（《独坐敬亭山》）
- 对酒不觉暝，落花盈我衣。醉起步溪月，鸟还人亦稀。（《自遣》）
- 问余何意栖碧山，笑而不答心自闲。桃花流水窅然去，别有天地非人间。（《山中问答》）
- 两人对酌山花开，一杯一杯复一杯。我醉欲眠卿且去，明朝有意抱琴来。（《山中与幽人对酌》）

---

① 除了诗题显著可见的例子以外，《月夜听卢子顺弹琴》诗中曰："闲夜坐明月，幽人弹素琴。"直接称弹琴者卢子顺为"幽人"。此外尚有《夜泛洞庭寻裴侍御清酌》一诗尤堪玩味：诗题称所寻者为"裴侍御"，侍御者，乃社会框架中建构出来的俗世名衔，但在诗中，李白却舍"侍御"之名而径呼为"逸人"，谓："遇憩裴逸人，岩居陵丹梯。"可见具有离世性质的"逸人"这一面，才是崔氏被李白视为同调而寻访共酌的因素。况且李白亦往往自称山人、逸人、野人，如《代寿山答孟少府移文书》中云："昨于山人李白处见吾子移文。"又曰："近者逸人李白自峨眉而来。"《上安州裴长史书》则称："白野人也，颇工于文。"可见李白之自我定位。

- 桃陂一步地，了了语声闻。暗与山僧别，低头礼白云。(《秋浦歌》之十七》
- 群峭碧摩天，逍遥不记年。拨云寻古道，倚树听流泉。花暖青牛卧，松高白鹤眠。语来江色暮，独自下寒烟。(《寻雍尊师隐居》)
- 朝涉白水源，暂与人俗疏。岛屿佳境色，江天涵清虚。目送去海云，心闲游川鱼。长歌尽落日，乘月归田庐。(《游南阳白水登石激作》)

在这些诗中，李白或独坐与山相看，在"人亦稀"的落花溪月里以酒自遣，或与幽人对酌，与山僧细语送别，其中强烈的离世色彩十分明显，何况他甚至明确地表示，当他在此一心灵圣地追寻生命的安顿与和谐时，根本是有意与俗世人群隔绝的，如《游南阳白水登石激作》诗中说："朝涉白水源，暂与人俗疏。"而《山中问答》所谓的"别有天地非人间"也直指他的闲适所在与人间正是彼此割裂、泾渭分明地不容侵扰的两个世界。李白之性情纯真而热烈，再加以率性恣意、狂放不羁的举止，一旦与这庸庸蠕蠕、模棱两可的社会接触，其结果便无法免于折锋挫锐、铩羽断翅之辱，试看《上李邕》所说的"时人见我恒殊调，见余大言皆冷笑"，以及《送蔡山人》的告白："我本不弃世，世人自弃我。"便可知与世相忤的李白只能也只愿在"非人间"的"别有天地"里觅得一处休憩苏息之所。当自己已处在"心自闲"的状态中时，又何须理会俗人的疑问不解呢？因此李白"笑而不答"，只顾纵目于桃花流水的山林胜景中，再也无心于世人的眼光而独享那自适自得之乐了。由此可知,"笑而不答"并非有意为了表达其中某种浑然真意,而以放弃语言的使用来超越语言限制的"忘言"表现①,恰好相反,这正是出于对象之不足与言,而索性一笑置之的必然反应,是圣地与俗世断然分隔的结果,此观《山中问答》之诗题于宋本中作《山中答俗人》,尤其能透露其中消息;而"桃花流水窅然去"的"窅然"一词更说明了别有天地的圣地与外界的俗世人间,彼此之间具有一道难以跨越的鸿沟,就如同凡人之寻访桃花源无法突破的界限一样。

在超尘出世的名山之中,李白独自歇息,或者与一些同样超尘脱俗的世外之人分享和谐的心境;山人、逸人、幽人是脱身于名利场外的高士,隐者也不问世上种种的得失征逐,僧侣甚至置七情六欲于度外,而道士更一心想挣开肉身的束缚和死亡的界限而飞升成仙。这是一个唯有"超俗"的特质才能介入的境地,唯有"离世"的情调才能存在的世界,李白在这里不再承受来自现实社会的茫昧不平的苦痛,也不必负荷着对足以摧毁生命的时间的恐惧,因而在

---

① 吕兴昌认为,李白在《山中问答》诗中所表现的基本心态乃根源于"忘言"的意识,以超越语言的有限性,而不至于扭曲损伤"真意"的内涵表达,故把"笑与闲"视为栖碧山的心理状态。参吕兴昌:《和谐的刹那——论李白诗的另一种生命情调》,吕正惠编:《唐诗论文选集》(台北:长安出版社,1985年4月),页179—180。但若就李白之性格、全诗之结构与其全部闲适诗的共同特质来审察,可以断言李白真正要超越的并不是有限的语言,而是庸俗凡鄙的人间;"闲"固然是栖碧山的心理状态,但"笑而不答"却是对"不可与言者"拉开距离的策略,对付无法沟通的方法,与南朝齐陶弘景《诏问山中何所有赋诗以答》所谓"山中何所有?岭上多白云。只可自怡悦,不堪持寄君"有异曲同工之妙。

他闲适的天地里，不断地威逼他、煎熬他的时间感消失了，虚无感也被生机盎然的大自然给暂时驱散了。试看李白最典型的闲适诗代表作《下终南山过斛斯山人宿置酒》一诗，我们不但可以找到前述几项特质，并可得到进一步的分析，诗云：

> 暮从碧山下，山月随人归。却顾所来径，苍苍横翠微。相携及田家，童稚开荆扉。绿竹入幽径，青萝拂行衣。欢言得所憩，美酒聊共挥。长歌吟松风，曲尽河星稀。我醉君复乐，陶然共忘机。

人们一切向外征逐追求的活动，都随着白日的结束和黄昏的到来而停止了，李白在暮色中循山径而下，感到山月有情，依依随人，而回首来时路时，过往种种已被苍茫的云雾遮断，于是在过眼烟云的短暂回顾之后，逐渐地心境也一步步从外界的波动中抽离，回归宁静的本心。不久隐居林泉的斛斯山人与之携手，来到卜居终南山中远离人烟的简陋居所，而一位纯真不染的童稚为他打开了休息的大门，多么像被天使引领跨进圣地门槛的仪式！艾利亚得（Mircea Eliade, 1907—1986）曾提出所谓"门槛"的意义：

> 分隔两个空间的门槛也标示着介于两种生存模式之间的距离，即凡俗的与宗教的。门槛是区别与对立两个世界的界限、边界与边境——同时也是那些世界互相沟通，使由凡俗通往神

圣的世界之通道成为可能的矛盾地带。①

另外，G. 辛迈尔也在《桥与门扉》中指出桥和门扉都具有蕴含结合和分割双义的边界作用②，则诗中由纯真童稚所开启的这一扇"荆扉"，无疑将李白导向了与外面俗界的分割，进而与内心之圣境相结合；而在他通过这扇由原始质朴、毫无雕琢的荆扉所构成的门槛之后，又蒙受了身心上一层层的涤荡澄清，那不染的大自然为他洗涤沾身的尘埃，藉小径上密生的茂竹和树上垂落的青萝拂净了他沾尘的衣裳。经过身心洗礼、内外净化的李白终于卸下了沉重的烦忧，而畅怀说道"欢言得所憩"，这正是一颗刚受到清凉慰藉的炽热心灵所发出的由衷喜悦，是一个刚得到止歇喘息的骚动灵魂所直抒的肺腑之言。因此李白不再需要狂烈呼喊："百年三万六千日，一日须倾三百杯。"也毋须热切建议："烹羊宰牛且为乐，会须一饮三百杯。"③此时此地，酒已非勉强用来填平深渊，以消愁解忧的辛辣黄汤，而是"美酒聊共挥"，一种姑且可以低斟浅酌，以微微的暖意感受到自在和谐的琥珀水。在自在和谐的交融情境中，李白

---

① Mircea Eliade, *The Sacred and the Profane: the Nature of Religion*, translated by Willard R. Trask（New York: Harcourt, Brace & World, Inc., 1959），p.25. 此处中文译文录自张淑香：《邂逅神女——解〈老残游记二编〉逸云说法》，台湾大学中文系编印：《语文、情性、义理——中国文学的多层面探讨国际学术会议论文集》（台北：台湾大学中国文学系，1996年7月），页449。

② 引自李永炽：《从江户到东京》（台北：合志文化事业公司，1988年12月），页29。

③ 此两联分见李白：《襄阳歌》《将进酒》。

不禁放怀长歌，随着松风的清净吟昧天地间悠悠充盈的喜乐，而忘怀了时间的流逝，也泯除了人际的机心；不知不觉地曲已尽、河星已稀，就在这酣醉而陶然忘我的超然情境中得到全幅生命的自在圆满。

综观整首《下终南山过斛斯山人宿置酒》一诗，其中名山之所在地（终南山）及世外之共享者（斛斯山人）这两个要素十分明确，同时又融入了构成李白闲适诗的另外两项特点，亦即琴、酒、歌等品味艺术的滋发浸润，以及时间意识的泯化不存。

所谓"品味的艺术"，是指在一种从容悠闲的态度下对人为创作物的美感领受。琴与歌固然是出于追求听觉之美感而产生的人为产物，酒亦是取自五谷百果，再经人工酿造的"麦曲之英，米泉之精"[①]，在美感观照之下，都足以成为以美为主要价值的活动；而称之为"品味的艺术"是因为当李白处身于名山胜地而摆脱尘俗之际，于悠然和谐的闲适情境中，琴、酒、歌等都不再是"苦闷的象征"，也不再是宣泄胸中充塞之积郁或解决无法弭平之矛盾冲突的凭借，而是增添美感、提升性灵的艺术表现。试看李白闲适诗里的琴、酒与歌，都是节奏低柔舒缓而非平时的高亢激越，曲调从容优雅而无常日的狂烈昂扬，呈现的乃是一种迥异于痛饮狂歌的低吟浅酌；而且当它们与周遭之山林云泉并置时，也没有人为与自然的扞格不入，反倒充满了天与人相融相通的和谐一致性；而李白的一举一动更都和周遭的自然景物微妙地契合为一体，成为大自然之美的

---

① 引自白居易：《酒功赞》，见顾学颉校点：《白居易集》，卷70，页1465。

一个组成部分。除了前引诸诗例之外,又有不少诗作可以尽现其境,如:

- 处世若大梦,胡为劳其生。所以终日醉,颓然卧前楹。觉来盼前庭,一鸟花间鸣。借问此何时,春风语流莺。感之欲叹息,对酒还自倾。浩歌待明月,曲尽已忘情。(《春日醉起言志》)
- 蜀僧抱绿绮,西下峨眉峰。为我一挥手,如听万壑松。客心洗流水,遗响入霜钟。不觉碧山暮,秋云暗几重。(《听蜀僧浚弹琴》)
- 坐月观宝书,拂霜弄瑶轸。倾壶事幽酌,顾影还独尽。(《北山独酌寄韦六》)
- 采薇行笑歌,眷我情何已?月出石镜间,松鸣风琴里。(《金门答苏秀才》)
- 一笑复一歌,不知夕景昏。醉罢同所乐,此情难具陈。(《答从弟幼成过西园见赠》)
- 空歌望云月,曲尽长松声。(《游南阳清冷泉》)
- 抱琴出深竹,为我弹鹍鸡。曲尽酒亦倾,北窗醉如泥。(《夜泛洞庭寻裴侍御清酌》)
- 九日龙山饮,黄花笑逐臣。醉看风落帽,舞爱月留人。(《九日龙山饮》)

在这些诗里,我们看到李白与山中幽人约定"明朝有意抱琴来"

（《山中与幽人对酌》），并曾听蜀僧挥手奏绿绮琴，在万壑松涛般的琴声中，心有如被流水淌过而洁净澄明（《听蜀僧浚弹琴》），且在裴逸人抱琴为他弹《鹍鸡曲》时一杯一杯地倾酒而醉（《夜泛洞庭寻裴侍御清酌》）；即使是独处之际，李白也"拂霜弄瑶轸"（《北山独酌寄韦六》）或"松鸣风琴里"（《金门答苏秀才》）；可见琴声的清音逸韵可与松风和鸣，与江山共响，而涤清聆听者的心灵。酒的角色则已如前言，在李白的闲适诗里，酒不是辛辣苦涩的，而是温润和暖的，所谓"孕和""产灵""熙熙融融、膏泽和风"[1]，正是酒在此处所发挥的功用，它突破了精神的拘束，松解了内在的局限，而促进人我之际、自我与自然之间的交融，因此在他酣歌醉舞之时，大自然也跟着跃动起来参与他的闲放自得，所谓"我歌月徘徊，我舞影零乱"（《月下独酌》）、"醉看风落帽，舞爱月留人"（《九日龙山饮》》，可见月不但是他歌舞的旁观者，同时更是参与者，和李白彼此打成一片，成为一个互相渗透共感的有情世界。

此外，在这些诗里，我们看到的是放怀忘情的清声吟唱，像是"长歌尽落日，乘月归田庐""浩歌待明月，曲尽已忘情""长歌吟松风，曲尽河星稀""采薇行笑歌，眷我情何已""空歌望云月，曲尽长松声"，而非摧心裂肝、可以当泣的凄怆悲歌。当其方歌之时，风吹、松响都融入其中，交织成天地间音籁互感、彼此应和的

---

[1] 引自白居易：《酒功赞》，见顾学颉校点：《白居易集》，卷70，页1465—1466。

和声;当其曲尽之时,天边日落,河星已稀,似乎又与大自然轮转更替的秩序潜在而密切地呼应着。此刻的李白,已挣脱了时间无情催迫的锁链,将其尖锐敏感的时间意识泯化在大自然的永恒律动之中,不再被人文世界里分分秒秒变动不居且毫不止歇的直线性历史时间所摧毁,无奈地强自高唱"今日非昨日,明日还复来。白发对绿酒,强歌心已摧"①,充满"君不见黄河之水天上来,奔流到海不复回。君不见高堂明镜悲白发,朝如青丝暮成雪"②之狂愁;相反地,置身在生发不息、亘古如新的自然时间中,李白似乎还原为宇宙的赤子,在大自然日没月出、花落星沉的静默运行中安时随分,顺任大化,以至往往不觉时间的动态流动,而使自己凝定在静止的和谐情境里,所谓"对酒不觉暝,落花盈我衣""不觉碧山暮,秋云暗几重""一笑复一歌,不知夕景昏",这种种对黄昏已至、暮色四合所象征的时间流逝"不觉""不知"的反应,正是李白浑然浸化于自然时间的确证;而《寻雍尊师隐居》诗所说的"群峭碧摩天,逍遥不记年",则是他脱越了"年月"所隐含的历史时间的明示。

在如此"不觉暝""不记年"而超越历史人文的自然时间与知谐情境中,李白描述自己的身心是处在虚妙自得、领略不假外求之真趣的状态,有如陶渊明的桃花源般,处于"不知有汉,无论魏晋"(《桃花源记》)、"虽无纪历志,四时自成岁"(《桃花源诗》)而不断循环再生的圆形时间中,领受静止宁定的永恒喜悦。故《日夕

---

① 见李白:《携妓登梁王栖霞山孟氏桃园中》。
② 见李白:《将进酒》。

山中忽然有怀》诗说："素心自此得，真趣非外借。"《金门答苏秀才》诗更谓："得心自虚妙，外物空颓靡。身世如两忘，从君老烟水。"正是因为此时此刻已"身世如两忘"，进入《春日醉起言志》所谓的"忘情"境界，和《下终南山过斛斯山人宿置酒》所说的"忘机"情境，于是可以"落花盈我衣""醉看风落帽"而不为所动，可以"相看两不厌，只有敬亭山""借问此何时，春风语流莺"而物我交融。在这泯除了历史时间而悠悠静止的美好时刻，李白与大化同流，和周遭的景物自然而然地融合在一起，整个人就是嵌入于大块天地里的一片和谐风景，臻至"李白宇宙化，宇宙李白化"①的浑然境界。

```
李白宇宙化 —— 旷达  ┐
                      ├─→ 忘机、忘情
宇宙李白化 —— 深情  ┘
```

掌握住构成李白闲适诗的几项基本特质之后，如果我们进一步将这些个别的闲适诗放在以李白作品为背景的框架中观察，在宏观的角度下，更可以抉发出特属于李白的生命模式，对照于一般人生的阶段性进程的普遍样态，尤其能显现出与众不同的意义。

---

① "李白宇宙化"可以见出李白的旷达，"宇宙李白化"则可以见出李白的深情，毫无矛盾地交融为一。借自李长之：《道教徒的诗人李白及其痛苦》（台北：长安出版社，1987年10月），页35。"李白宇宙化"者，诸如"落花盈我衣"等；"宇宙李白化"则如"借问此何时，春风语流莺""相看两不厌，只有敬亭山"等；至于《九日龙山饮》一诗，即以第二句"黄花笑逐臣"与第四句"舞爱月留人"所呈示的"宇宙李白化"，与第三句"醉看风落帽"的"李白宇宙化"相互交织，更见两者之并行不悖、融于一炉的"忘机"境界。

所谓一般人生的阶段性进程的普遍样态，可以白居易在自编诗集时所使用的类名为路标，指示出一个适用于大部分人的通则。于《与元九书》中，白居易自述其检讨囊帙中的新旧诗，将之各以类分，分为卷目，共得讽谕、感伤、闲适、杂律四类。其中讽谕诗多作于早期，往往揭发时弊，得罪权贵政要，而肇贬官之因；迁谪期间，自伤之情取代了忧时之痛，"天涯沦落人"之失意落寞使得感伤诗大增；唯陷溺已久，一旦感到自怜无益，有思解脱，便会另寻出路，而以身心之舒放自安为务，于是大量的闲适诗就出现了，"由讽谕而感伤而闲适，其心境亦已进入晚年。当年杜甫亦由热烈抨击暴露而归诸平和闲适之境"①。其实不独杜甫、白居易为然，"我们中国的诗人墨客，很多是少年读书，壮年为仕，老年退隐"②，因此，以为仕（及求仕）之社会参与为主的阶段，和以退隐之个人安顿为主的阶段，往往是前后有序而各成段落，约略可归纳为足以综摄大多数人们生涯演进的一般范式，表现在创作方面，由讽谕而感伤而闲适的转折顺序，便是相应于此种人生阶段的自然发展。

　　而李白闲适诗的特殊性，在于它们展现的是散置于一生之中各

---

① 引文见叶庆炳：《中国文学史》（台北：学生书局，1984年9月），第17讲，页335。"由讽谕而感伤而闲适"云云，语出白居易《与元九书》中所言，乃其整理个人作品后所区分标定的类目，不过原信中的分类依序是"讽谕""闲适""感伤""杂律"，叶先生调整顺序而与儒者一生的不同阶段相对应，可谓有意义的创造。

② 引自梁实秋：《与自然同化》，《梁实秋论文学》（台北：时报文化出版公司，1978年9月），页49。

个阶段的片刻情境,是一个个"和谐的刹那"[①],交替出现在澎湃激切的主调之间,有如规模宏伟、声量高亢的交响曲中间歇停顿的休止符和慢板乐章,又仿佛是竭力于惊才绝艳的鸿文巨制之后,随心点染涂写的抒情小品。生命的急流在袭卷一切的奔泻过程中,不时地转一个弯,或是顺行于平地,在进入下一个缺口或悬崖之前,便形成了波澜不兴而足以鉴云映月的一流清浅,此刻原本在水面上不断激旋喷发、搅扰喧嚣的拥挤的泡沫已消失得无影无踪,如明镜般的平静水面终能直行无碍地投影出周遭的不言之美,使得松声莺语清晰可闻,也让云光鸟影、星辉月色等幽谧景物一一毕现。但在尽享此刹那的和谐之后,另一段惊心动魄的旅程又展开了,全力以赴的李白唯有在下一个转弯或平地才会再迎接短暂的恬适安闲,于是便形成了在两极间起伏交替,在狂与逸、强愁与轻悦间正反辩证的特殊形态;而此种两极交替、正反辩证的模式是自少至老,终其一生不变的常轨,不论是青年时期或垂暮之年,在李白四十多年的诗龄中,同样纯净旷远的闲适诗不断绽现了一个个和谐的刹那。这显示了李白不为年齿所限的高度纯粹的生命内涵,但也透露了李白在人生的辩证过程中,有"正"与"反"或"反"与"正"的拉锯互补,却没有和光同尘、圆融观照人世的"合"的终极境界。

[①] "和谐的刹那"一词借自吕兴昌《和谐的刹那——论李白诗的另一种情调》一文,收入吕正惠编:《唐诗论文选集》,页173—189。唯其文专力于"和谐"之义的分析,因此本节将阐释"刹那"的表现形态与特殊性,以足成其义。

试举李白各时期的活动轨迹和创作状况大略言之①：

（一）廿五岁出蜀前的年轻李白就是慷慨倜傥，"喜纵横术，击剑为任侠，轻财重施"②的鲜明个性，《与韩荆州书》自言"十五好剑术，遍干诸侯"，《上安州裴长史书》则自称"大丈夫必有四方之志，乃仗剑去国，辞亲远游"，遂出蜀游天下，于此十年之间剑不离身，年少气盛，不论读书或学剑，豪宕雄迈之气与勃然突进之志俱是历历在目；但也是在此时期，十九岁（开元七年）的李白隐居戴天山，写下"无烟火气"③的《访戴天山道士不遇》，廿四岁时又作《登峨嵋山》诗。

（二）出蜀后，李白游襄汉、上庐山，作《望庐山瀑布二首》《望庐山五老峰》及《庐山东林寺夜怀》等诗，不久，廿七岁的李白开始了此后所谓"酒隐安陆，蹉跎十年"④的阶段，期间经鄂州、游龙门、至洛阳，又隐嵩山、行江夏、客东都、赴太原，不但著成"文章，历抵卿相"，且上书裴长史、韩荆州以试探提拔擢拔之可能

---

① 以下所述游踪与所举诗例皆依詹锳《李白诗文系年》定其年代，收入夏敬观等：《李太白研究》（台北：里仁书局，1985年5月）；詹谱未系者，则参考安旗主编：《李白全集编年注释》（成都：巴蜀书社，1992年4月）。唯李白一生浪迹天涯，萍踪不定，较难划清明确之分期，且其作品达千首之多，不暇一一遍举，此处唯勾勒其生平与作品之大概而已。

② 见（北宋）欧阳修等：《新唐书》（台北：鼎文书局，1992年1月），卷202《文艺传》，页5762。

③ （清）贺贻孙《诗筏》评此诗云："何物戴天山道士，自李白写来，便觉无烟火气。"郭绍虞辑：《清诗话续编》，页169。

④ 见李白：《秋于敬亭送从侄耑游庐山序》，瞿蜕园等注《李白集校注》，卷27，页1566。

性，一方面自负其"日试万言，倚马可待"之能与"长不满七尺，而心雄万夫"之志[①]，一方面又寄寓其"孤剑谁托，悲歌自怜。迫于凄惶，席不暇暖"[②]的失落无依之感，壮厉之气时时可见。在此之际，他创作藉以投石问路的干谒诗文及深心怀念故乡的《春夜洛城闻笛》诗；还有酣畅纵恣的《襄阳歌》《江上吟》；又有恐老之将至而自伤不见于用的《古风五十九首》其二十六"碧荷生幽泉"、其二十七"燕赵有秀色"与其五十二"青春流惊湍"等怀才不遇之辞。但除此之外，清丽闲美的《题元丹丘颍阳山居》并序、《奉饯十七翁二十四翁寻桃花源序》以及前文屡次引述的《山中问答》《自遣》《山中与幽人对酌》和《春日醉起言志》等闲适诗也点缀其间，错落互见。

（三）三十六岁移家东鲁后，至天宝二年（四十三岁）入长安前的七年间，李白曾与孔巢父等五人同隐徂徕山，酣饮纵酒，号"竹溪六逸"，又居鲁中、入洛阳、去淮南、至巴陵，再北游访孟浩然于襄阳，于南阳游后旋归东鲁，两年后携妻子入会稽，与道士吴筠隐于剡中，约一年而入长安禁中。此一阶段里，李白写下思乡之辞《客中作》与卑视传统儒生的《嘲鲁儒》；又有《关山月》《子夜吴歌四首》等表达对征战悲剧的幽思悲悯，并作《拟恨赋》申述"仆本壮夫，慷慨不歇，仰思前贤，饮恨而没"，为古人志愿未遂抱恨

[①] 此三段引文皆引自李白：《与韩荆州书》，瞿蜕园等注《李白集校注》，卷27，页1539—1540。

[②] 引自李白：《上安州李长史书》，瞿蜕园等注《李白集校注》，卷26，页1529。

而死者致慨；又作《古风五十九首》之五十一"殷后乱天纪"诗吐露对时事的哀思怨怒；另外还以《长干行》抒发女子的深情真爱。而在这同时，《游南阳白水登石激作》《游南阳清泠泉》《焦山望松寥山》等写景优美脱俗的闲适作品，则传示了此期另一面的舒和状态。

（四）接踵而来为时约两年任职翰林供奉的长安时期，李白有《大鹏赋》《大猎赋》《蜀道难》和《少年行》表现壮恣磅礴之器度；有《宫中行乐词八首》和《清平调词三首》等诗展露宫廷华贵旖旎之风色；也有《春思》《乌夜啼》《玉阶怨》《怨歌行》等作品发抒女性"一生哀乐由他人"的深微隐痛；曾作《白马篇》言"人当立功立事，尽力为国，不可念私"的一片赤忱[①]；也写《天马歌》《行路难三首》《古风五十九首》其五十六"越客采明珠"和其三十七"燕臣昔恸哭"等诗来自伤不用于世而被黜见弃。但当此大起大落的人生际遇中，却也浮现了《下终南山过斛斯山人宿置酒》《月下独酌四首》《登太白峰》与《古风五十九首》之五"太白何苍苍"等迥绝人寰、清拔遗世的闲放佳篇，有如涤清尘秽的明月朗星一般，内容与现实之锦绣或愁惨完全无涉。如此强烈之对比，更衬托出李白截然分化而又不互相牵滞混杂的两极性格。

（五）自玄宗赐金放还（四十四岁）后，李白依然浪游四方，直到安史乱起（五十五岁）的十一年间，其足迹遍及西北歧邠坊诸

[①] 见《求阙斋读书录》，引自詹锳：《李白诗文系年》，收入夏敬观等：《李太白研究》，页45—46。

州，与东都、梁宋、鲁郡、江东之会稽、金陵、庐江郡等地，又往寻阳、至洛阳，返鲁省家，归梁后乃北游塞垣、邯郸、蓟门、幽川、魏郡、太原，后经洛阳返梁宋后，再南下宣城、金陵、广陵，往来宣城诸处。此间李白有《拟古诗十二首》之八放言"日月终销毁，天地同枯槁"之深悲巨痛；有《将进酒》用豪恣壮浪之气势劝酒消愁，以对抗时间巨大的摧毁力量；有《梦游天姥吟留别》展示其"安能摧眉折腰事权贵，使我不得开心颜"之傲岸不驯；有《送岑征君归鸣皋山》及《答王十二寒夜独酌有怀》为自己的偃蹇发抒"一生傲岸苦不谐，恩疏媒劳志多乖"的失意不平之气，更有《梁甫吟》一诗宣泄"智者可卷愚者豪，世人见我轻鸿毛"的愤世嫉俗之慨；此外又有《经下邳圯桥怀张子房》寄托其对张良椎击秦始皇于博浪沙之英风无限的钦敬向往，而留下"报韩虽不成，天地皆振动"的追思钦慕；有《古风五十九首》其三"秦王扫六合"诗，叙写在死亡的面前，一切丰功伟业与豪情壮志都沦为空幻的强烈虚无感，同组诗其一"大雅久不作"则自许继承文学道统，效法孔子之述作而思以创作不朽于世；同时还有《远别离》一诗藉舜与娥皇、女英二妃死别之悲，来表达对时事昏昧、政局不安的忧国念君之思，笔调飘忽淋漓，凄怆入骨。我们可以看到李白未因遭玄宗放归之失败挫辱而消沉退缩，相反地，他以与昔日同等强度的心性去追求理想之美好、感受国事之不堪和一己折翼之灼痛，也用同等强度的心性自尊自傲并面对时间的摧毁侵蚀和死亡的无底深渊，绝未曾因现实的打击而销磨个性。也正是在如此强烈不移的性情基调上，产生了《登梅岗望金陵赠族侄高座寺僧中孚》《题嵩山逸人元丹丘山居》《独坐敬亭山》《听蜀僧浚弹琴》《铜官山醉后绝句》《与南陵常赞府游五松山》和《清溪行》等洒然出尘的山林游吟之作，其中描绘之清景佳致和诗人自己忘怀世俗的闲逸之情，可谓丝毫未损，闲适与激情两极化的倾向依然十分明确。

（六）最后进入李白一生的末期，由安史乱生（五十五岁）到肃宗宝应元年（六十二岁）的七年之间，李白依然马不停蹄地游历各地，往来宣城、当涂、溧阳之间，旋赴剡中，又自余杭经金陵、秋浦至浔阳，而隐居庐山屏风迭，此时应邀入永王璘幕府，犹有"为君谈笑静胡沙"之志①，后受迫随之东巡，因而获罪，被朝廷判流夜郎，幸经大赦而在中途的巫山获释。此后李白还憩江夏、岳阳，旋赴零陵、巴陵，归江夏后，复如浔阳，寓居豫章，又游金陵，往来宣城、历阳等地。当上元二年李光弼东镇临淮以抗拒史朝义时，六十一岁的李白竟闻讯请缨，毅然从军，唯因病中途折返，而于次年病逝。此期之诗人已年老体衰，然而精神志气不减少年，热血上涌之际，不但纵声高唱《扶风豪士歌》，写出"抚长剑，一扬眉，清水白石何离离。……张良未逐赤松去，桥边黄石知我心"这种充满侠情豪兴而逸气旷荡之句，更且请缨杀敌，愿亲身披挂上阵，其热情壮心真是贯彻一生，始终如一，因此又有《登金陵凤凰台》诗由怀古而动怀君之思，深忧"浮云蔽日"之朝政，未因永王璘事件而自暴自弃、颓败不振。此期最可注意的是，李白一方面仍然延续过去的习性，创作纯粹歌咏自然的诗作，如《庐山谣寄卢侍

---

① 见李白：《永王东巡歌十一首》之二。

御虚舟》兼写名山之壮观与仙气之缥缈，《九日龙山饮》写花含笑、月留人的天机和融、物我交织，都令人一洗尘心凡想；但除此之外，较多的例子是闲逸自得与忧时自伤的两极表现同时镕铸在一首诗里，更浓缩、更集中地展现了李白不以一般的圆融老成模糊掉其间的界限，而保持了两种心性的高度纯粹，以至两极化摆荡的对比益发鲜明。如《古风五十九首》其十九"西上莲花山"诗先言仙界"素手把芙蓉，虚步蹑太清。霓裳曳广带，飘拂升天行"的凌虚飘逸之悠想，末了却急转而入现实界"俯视洛阳川，茫茫走胡兵。流血涂野草，豺狼尽冠缨"的血腥惨酷之忧痛；《鹦鹉洲》诗前面大半洋溢着兰叶香风、桃花锦浪的温暖欣悦，末联又突变为"迁客此时徒极目，长洲孤月向谁明"的怨望孤愤；另一首《与史郎中钦听黄鹤楼上吹笛》诗则前半言迁谪远放之处境，后半却悠然摆开，全神贯注于清莹凉润如梅花般飘落的笛音之美。此皆所谓"想落天外，局自变生"①的表现。而将截然迥异的风格内涵压缩在短短的一首诗中，其实正是李白正反两个极端之性格表现的缩影。

　　以上分六期不惮词费地勾勒出李白一生大致的活动情形和创作状况，我们清楚地看到，这位与众不同的诗人确然由少至老、终其一生不变地以同样强度的生命力和活动力在身心两方面都尽情发挥，不但马不停蹄地辗转各地，在中国大地上划下流动的轨迹，而且旺盛地腾跃每一分精神志气，从十五学剑术开始，一直到五十六

---

① 此本沈德潜评李白歌行之语，此处藉以形容李白诗汇融两极的转折表现。见（清）沈德潜著，苏文擢诠评：《说诗晬语诠评》（台北：文史哲出版社，1985年10月），卷上，页232。

岁的《扶风豪士歌》犹曰"抚长剑"之豪逸，乃至六十一岁的耳顺之年依然请缨从戎，欲上阵杀敌，可见他那把英锐逼人的剑戟从未曾锈蚀钝缺，而始终光彩凌厉。因此年龄的变化和经验的影响似乎不曾在李白身上产生效果，我们彻头彻尾只见到同样强烈的兀傲不羁，同样纯粹的崇高理想，同样令人眩目的奇思逸趣，同样惊心动魄的深愤狂愁；而当他"因现实的挫伤而有折翼之痛，因时光的易逝而有销亡之悲，故诗中往往倾泄了奔腾的忧愤和袭卷一切的哀愁"时①，一个又一个融铸了山林之美与和谐之情的闲适情境，就会适时出现而点缀其间，成为松解生命中过度张力的有效力量。此刻李白一心洒然摆落人与世界和社会人群的关联，现实界不论是锦绣大好或是愁惨难堪都完全与之无涉，因此便造成了一篇篇清拔迥绝、毫无烟火之气的闲适诗作。而从十九岁的《访戴天山道士不遇》开始，一直到六十二岁命终之年的《九日龙山饮》为止，可以发现李白闲适情境中超绝尘俗的性质也是始终如一、贯彻到底，维持着极高的纯粹度和一致性，绝少受到减损或扭曲，而展现同样清新绝俗的明朗。

于是我们可以看到，李白一生的心灵一直都在截然划分而不互相牵滞混同的两极状态中大幅摆荡，没有灰色的中间地带，也少有和光同尘的折衷做法，其中一个极端状态所结晶得来的闲适诗，就和另一个极端所产生的讽谕感伤诗交错互见，狂歌与牧歌彼此对立应答、更迭交替，而巧妙地维系了生命的平衡。闲适诗所代表的宁

---

① 引自欧丽娟：《唐诗选注》（台北：里仁书局，1995 年 11 月），页 136。

静淡远之时刻，可以说是挣扎于浊乱庸鄙之人间的李白真正的"永恒的回归"，名山自然是唯一足以让他栖身养息的完美乐园。

第三节 杜甫闲适诗之内涵与特质

一般而言，杜甫的性情人格与其诗歌艺术都堪称达到"温柔敦厚"的境界，因为他除了一部分天授神予的天赋外，不论是对人生的体验或诗歌的锻炼，都是孜孜矻矻地以"十日画一水，五日画一石"①的精神和"转益多师"②的态度，而广泛地学习与吸收，经过长期的积淀、酝酿之后，终于形成"地负海涵，包罗万汇"③、"浑涵汪茫、千汇万状"④的风格，取得了生命上与诗艺上的双重成就，可以说是"人而圣"者的最高典范。由于杜甫是诗史的集大成者，他在闲适诗的创作上同样也有重要的成果，可以说，"闲适诗到杜甫，已更为成熟；成都草堂时期前后，闲适之作尤多尤美。……无论从量与质看，杜甫在闲适诗的发展上，都是陶（渊明）以后白（居

---

① 此乃杜甫：《戏题王宰画山水图歌》中语，（清）杨伦：《杜诗镜诠》（台北：华正书局，1990年9月），卷7，页327。

② 见杜甫：《戏为六绝句》之六，为其诗论或创作学习之夫子自道，（清）杨伦：《杜诗镜诠》，卷9，页399。

③ 语见（明）胡应麟：《诗薮》（台北：正生书局，1973年5月），"内编"卷4，页67。

④ 出自（北宋）欧阳修等：《新唐书》，卷201《文艺传·杜甫传》赞语，页5738。

易)以前最重要的大家"①。此外,杜甫既是人而圣者的极致,他所经历的人生轨迹或生命模式,较诸李白乃益加贴近常人的一般形态,而更具有普遍意义,因此探讨杜甫闲适诗的特点,对其他诗人的同类作品而言将有较大的共通性和适用性存在。

首先,我们注意到杜甫在"成都草堂时期前后,闲适之作尤多尤美",这正是前文所言"由讽谕而感伤而闲适"的阶段性成果。杜甫早年漫游天下,至天宝五年(三十五岁)入长安,乃开始认真努力求仕,也肇端了此后十三年以长安为中心而奔波转徙的困顿与讽谕诗的写作。②在其一生中,绝大部分揭露社会黑暗、民生疾苦,而足以鞭挞当政者之良心的讽谕诗,主要都在此期完成,如写民苦行役的《兵车行》,刺诸杨游曲江的《丽人行》,讽朝廷轻启战端陷人民于水火的《前出塞》九首、《后出塞》五首,以及全面抉发纲纪沦丧、伦常崩毁之社会惨况的"三吏""三别",都是写实诗的巅峰之作;而在讽谕写实的同时,也伴随了壮志难伸、沉沦下僚的凄

---

① 引自杨承祖:《闲适诗初论》,收入《台静农先生八十寿庆论文集》,页546—547。

② 以十三年为期的算法,乃因除了一般划分的"长安十年"时期之外,接踵而来的三年(即"四年流徙"的前三年)杜甫或于奔行在途时被安史乱军俘至长安,困居约九个月,或于逃出后任左拾遗之职,而在收京后携家返长安,约半年余被贬为华州司参军,其间之活动仍以长安为辐辏点,且其活动性质同样是以向外寻求实践为主,就此而言可视为前期之延续,故曰"十三年以长安为中心而奔波转徙";至于第十四年(即"四年流徙"之第四年),则是杜甫毅然弃官后展开了由华州至秦州,由秦州再往同谷,最后抵达成都,即杜甫《发同谷县》诗所谓"奈何迫物累,一岁四行役"的艰苦旅程,可视为由长安到四川、由讽谕感伤到闲适的过渡。

凉愤怒，因此随之有《乐游园歌》《白丝行》《醉时歌》等感伤作品。而自肃宗乾元二年（四十八岁）于华州司功参军任上弃官去职开始，杜甫便完全与十三年来依恋不舍的长安远离。此刻之心境，"于自己行踪则有不知托足何地之感，于个人事业则因既已绝意仕途，遂转而歌咏古今所谓高蹈远引之士，如不入州府之庞德公、达生避俗之陶渊明，上书乞骸骨之贺知章，与布衣终老之孟浩然，且以诗贻彼'贫知静者性，白益毛发古'之阮隐士，乃至以诗托咏'在山泉水清'之空谷佳人"①。可见杜甫的人生阶段在此时决心告别宦途的转捩点上已然大幅转向，而迈向新的历程，虽忧时恤民之念不容或已，然而向外实践的努力却明确地为向内自足的营求所取代。

在此之后，杜甫展开了晚年"漂泊西南天地间"②的岁月，而处于此一阶段的他已"本无轩冕意"，从政治实践的外向活动中抽离，甚至将早年"致君尧舜上，再使风俗淳"的理想志业托付他人，而"致君尧舜付公等，早据要路思捐躯"③，自此之后终于卸下经世大业的杜甫，更坦言其"但有故人供禄米，微躯此外更何求"及"衰颜甘屏迹，幽事供高卧"④的心境，可谓锋锐挫尽而独善其身的

---

① 引自刘孟伉主编：《杜甫年谱》（台北：学海出版社，1978年9月），页106。
② 见杜甫：《咏怀古迹五首》之一，（清）杨伦：《杜诗镜诠》，卷13，页650。
③ 三段引文出自杜甫：《独酌》（五十岁作于成都）、《奉赠韦左丞丈二十二韵》（三十七岁作于长安）与《暮秋枉裴道州手札率尔遣兴寄递近呈苏涣侍御》（五十八岁作于潭州）。
④ 两段引文乃杜甫《江村》与《屏迹三首》之一诗中语，分别为肃宗上元元年（四十九岁）及代宗宝应元年（五十一岁）时于成都草堂所作。后来大历二年（五十六岁）于夔州亦有"壮心久零落，白首寄人间"（《有叹》）之感慨，可见诗人之暮年心怀。

无奈告白；而他所卜居落脚的成都浣花溪畔，又恰恰提供了故人分米、邻人供蔬的外缘条件，再加以天府之国温暖丰饶的地理环境，就在这心境转折变化与周遭环境内外配合的契机之下，一片创作闲适诗的沃土便水到渠成了，"不独一家得其安身之所，及飞鸟语燕亦得以同栖。从此浣花溪西之草堂，成为中国文学史中之圣地"。而"自草堂营就后，杜甫始结束其十载长安四年流徙之生涯，既与关辅严重灾荒及币制紊乱现象相隔，又与中原兵戈扰攘及边塞胡虏交逼之祸害相离，而投身于夙称富庶地区之成都，于是生活比较安静，形骸亦暂得休息。在闲静之中，对于自然界景物皆生兴会，因之作成不少歌咏自然之诗篇"。①从此在蜀地数年时间中所作之闲适诗质量俱足，包括《田舍》《江村》《江涨》《南邻》《客至》《遣意二首》《漫成二首》《春水》《水槛遣心二首》《独酌》《徐步》《江畔独步寻花七绝句》《绝句漫兴九首》《进艇》《畏人》《屏迹二首》《奉酬严公寄题野亭之作》《涪城县香积寺官阁》《上牛头寺》《敞庐遣兴奉寄严公》《春日江村五首》《长吟》《绝句六首》《拨闷》《十二月一日三首》《水阁朝霁奉简云安严明府》等不下百首之多，较诸本期之前闲适诗的稀少零丁，可见大幅度集中于晚年的特定阶段，确是杜甫闲适诗的一大特点，也与李白闲适作品之散见于人生各时期的形态迥异。

---

① 两段引文出自刘孟伉主编：《杜甫年谱》，分见页120、页121。此处言"十载长安四年流徙之生涯"与本文所言"十三年以长安为中心而奔波转徙的困顿"并不冲突。

其次，与李白之偏爱名山胜地有别，杜甫多以田村乡舍为闲适的所在地；且李白之闲适总不染人间烟火，富含脱逸尘俗的世外之趣，杜甫之闲适则一直伴随着浓厚的人情味，而饶具亲切暖融的伦常之乐。整体说来，就人、事、景、物在取材和表现上的差异而言，李白之闲适诗较近于传统所谓的"山水诗"，杜甫之闲适诗则更类似一般定义的"田园诗"。试看以下诸诗例：

- 锦里烟尘外，江村八九家。圆荷浮小叶，细麦落轻花。卜宅从兹老，为农去国赊。远惭勾漏令，不得问丹砂。(《为农》)
- 田舍清江曲，柴门古道旁。草深迷市井，地僻懒衣裳。榉柳枝枝弱，枇杷树树香。鸬鹚西日照，晒翅满渔梁。(《田舍》)
- 清江一曲抱村流，长夏江村事事幽。自去自来梁上燕，相亲相近水中鸥。老妻画纸为棋局，稚子敲针作钓钩。多病所须唯药物，微躯此外更何求。(《江村》)
- 舍南舍北皆春水，但见群鸥日日来。花径不曾缘客扫，蓬门今始为君开。盘飧市远无兼味，樽酒家贫只旧醅。肯与邻翁相对饮，隔篱呼取尽余杯。(《客至》)
- 啭枝黄鸟近，泛渚白鸥轻。一径野花落，孤村春水生。衰年催酿黍，细雨更移橙。渐喜交游绝，幽居不用名。(《遣意二首》之一)
- 寒食江村路，风花高下飞。汀烟轻冉冉，竹日净晖晖。田父要皆去，邻家问不违。地偏相识尽，鸡犬亦忘归。(《寒食》)
- 舍西柔桑叶可拈，江畔细麦复纤纤。人生几何春已夏，不放

香醪如蜜甜。(《绝句漫兴九首》之八)
- 用拙存吾道，幽居近物情。桑麻深雨露，燕雀半生成。村鼓时时急，渔舟个个轻。杖藜从白首，心迹喜双清。(《屏迹三首》之二)

诗中勾勒出来的，是一个江水周绕、青野处处而邻舍数椽的田村景致，不仅有修竹柔桑、江畔细麦、雨露桑麻和酿黍移橙、鸡犬忘归的农家风物，还有圆荷浮叶、榉柳枝弱、枇杷树香以及梁燕来去、群鹤亲近的纯朴情境；而村居所见尚不止此，在蜿蜒的小径上信步走过，触目皆是盎然之野趣，如"野船明细火，宿鹭起圆沙"(《遣意二首》之二)、"细雨鱼儿出，微风燕子斜"(《水槛遣心二首》之一)、"啅雀争枝坠，飞虫满院游"(《落日》)、"仰蜂黏落絮，行蚁上枯梨"(《独酌》)、"芹泥随燕嘴，花蕊上蜂须"(《徐步》)、"俱飞蛱蝶元相逐，并蒂芙蓉本自双"(《进艇》)、"留连戏蝶时时舞，自在娇莺恰恰啼"(《江畔独步寻花七绝句》之六)、"江鹳巧当幽径浴，邻鸡还过短墙来"(《王十七侍御抡许携酒至草堂奉寄此诗便请邀高三十五使君同到》)、"鸟下竹根行，龟开萍叶过"(《屏迹三首》之一)、"小院回廊春寂寂，浴凫飞鹭晚悠悠"(《涪城县香积寺官阁》)、"泥融飞燕子，沙暖睡鸳鸯"(《绝句二首》之一)、"风轻粉蝶喜，花暖蜜蜂喧"(《敝庐遣兴奉寄严公》)等，无不令人心生如沐春风之感。在这万物蓬勃而不繁杂、活泼而不喧闹的地方，各式各样包含昆虫、游鱼和多种飞禽在内的小生命都适性自然地生存着，彼此各得其所、各遂其性而相安无事，构成一幅生气流衍而平易近人的图景；且除了视觉上蓬勃活泼的动态美感之外，杜甫也发挥了敏锐的嗅觉，使整幅生机流衍而平易近人的图景弥漫着花开的芬芳，当细腻幽传的馨香扑鼻而来时，空气的流动也更加温柔了："风含翠筱娟娟净，雨裹红蕖冉冉香"（《狂夫》）、"云掩初弦月，香传小树花"（《遣意二首》之二）、"澄江平少岸，幽树晚多花"（《水槛遣心二首》之一）、"迟日江山丽，春风花草香"（《绝句二首》之一）。这样一个欣欣向荣而又亲切熟悉的江村田园，就是杜甫赖以托身安命的乐土。

而在这万物适性乐生、各安其命的田野，杜甫整个生命由内而外都浸化在一片欣欣生意和闲适悠情之中，对日常生活和周遭习见的自然景物也莫不有优美细腻的观察和体会，发而为诗，遂多幽、细、轻、小、纤、弱、疏、微等形容词，诸如小叶、细麦、轻花、细雨、幽花、细火、幽树、扁舟、细水、小径、微风、细草、疏帘、小舟、小艇、幽径、短墙、小筑、小院，还有竹细、风轻，以及初弦月、小树花、孤云细，和"润物细无声"（《春夜喜雨》）、"杨柳弱袅袅"（《绝句漫兴九首》之九）、"地晴丝冉冉，江白草纤纤"（《绝句六首》之五）、"短短桃花邻水岸，轻轻柳絮点人衣"（《十二月一日三首》之三）等等物色，这些经过幽细、轻小、纤弱、疏微等形容词加以限定的景物，呈现出更加巧致柔性的风貌，可以说是诗人安详心情充分直接的流露，也是村野自然亲和善意的响应。比较上而言，如果说李白闲适所在的名山胜地偏向于壮美的性质，那么杜甫闲适所在的江村田野便较偏于柔美的一面了。

在这安详恬和的田野江村中生活的杜甫，还有温暖喜慰的伦常亲情参与了或分享着他的闲适心境，所共同从事的家居娱乐也是那么地平凡而隽永，再加上忘形尔汝、真率相投的远客佳宾和舍边邻人，构成的便是一幅和乐温馨、充满人间情味的乡居图，欢情洋溢而充满人情之美。试看以下诗作，可以见到杜甫对友朋乡邻们郑重敦睦的友好之情：

- 有客过茅宇，呼儿正葛巾。自锄稀菜甲，小摘为情亲。（《有客》）
- 竟日淹留佳客坐，百年粗粝腐儒餐。不嫌野外无供给，乘兴还来看药栏。（《宾至》）
- 爱酒晋山简，能诗何水曹。时来访老疾，步屣到蓬蒿。（《北邻》）
- 锦里先生乌角巾，园收芋栗未全贫。惯看宾客儿童喜，得食阶除鸟雀驯。秋水才深四五尺，野航恰受两三人。白沙翠竹江村暮，相送柴门月色新。（《南邻》）
- 邻人有美酒，稚子也能赊。（《遣意二首》之二）
- 江上被花恼不彻，无处告诉只颠狂。走觅南邻爱酒伴，经旬出饮独空床。（《江畔独步寻花七绝句》之一）
- 药许邻人劚，书从稚子擎。（《正月三日归溪上有作简院内诸公》）

对远道而来的宾客，杜甫郑重地端正葛巾以不失待客之礼；当开启蓬门迎客的时候，那份喜悦之情也溢于言表；而郑重之余有更多的

"情亲"，因此不以粗粝浊酒为怠慢，或亲自锄粟摘蔬、用单味的盘飧以充美馔，或用剩醪旧醅以当佳酿，甚至不避亲疏之别，而欲隔篱呼来邻翁一同对饮尽杯，其中可谓充满亲近无间的情谊。对比邻而居的邻人，杜甫就更不分彼此而两无嫌猜了，非但时相往来造访、结伴出游，或成酒徒，以杯中物助兴佐欢；或秋水野航，晚归时更月下相送；双方也可以互通有无，不吝赊借美酒、割取药草，关系更是密切相依。因此某次杜甫遭到田父强迫饮酒时，也不以对方之粗野无礼为忤，反而宽容看待，将其"情状声吻，色色描绘入神，正使班马记事，未必如此亲切，千载下读者无不绝倒"[①]，此即《遭田父泥饮美严中丞》诗中所云：

> 田翁逼社日，邀我尝春酒。……朝来偶然出，自卯将及西。久客惜人情，如何拒邻叟？高声索果栗，欲起时被肘。指挥过无礼，未觉村野丑。月初遮我留，仍嗔问升斗。

此诗清楚地告诉我们，杜甫正是因为遍尝了做客异乡、流徙不定的生活况味，所以对人情特别地珍视爱重，所谓"久客惜人情"，正是道尽杜甫心中对一切因缘偶聚的人们一份真诚的护惜；而乡居邻人能够率直而不做作地与之为友，岂不令重视伦常人情的杜甫倍感可亲！

比邻人友朋更契入生活内核的，是血浓于水、脐带相连的至亲

---

① 引自（清）杨伦注：《杜诗镜铨》，卷9，页394。

家人。杜甫笃于人伦，对家庭尤其不能割舍，当他饥饿穷山、流离道路时，仍然携家带眷，不忍须臾之离，共存亡的亲密感情使他们一家人紧紧地联系在一起。王安石的《杜甫画像》就曾生动传神地摹写其状："青衫老更斥，饿走半九州。瘦妻僵前子仆后，攘攘盗贼森戈矛。"[①]因此，晚年得以幸居安定之所时，便全心全意地尽享稚子纯真、老妻情深的室家之乐，或与妻子对坐下棋、乘艇游江，或看稚子江边垂钓、水中洗浴，甚至课子读书或遣儿赊酒，都是足慰平生的快事，让一生奔波流离的诗人深感满足。试看他诗中透露的讯息，即可明确知晓：

- 老妻画纸为棋局，稚子敲针作钓钩。（《江村》）
- 药许邻人剉，书从稚子擎。（《正月三日归溪上有作简院内诸公》）
- 呼婢取酒壶，续儿读文选。（《水阁朝霁奉简云安严明府》）
- 昼引老妻乘小艇，晴看稚子浴清江。（《进艇》）
- 邻人有美酒，稚子也能赊。（《遣意二首》之二）

正因为家庭人伦之亲不容割离，因此杜甫表现了与李白不同的极端：李白往往断然凌空飞去、浪迹天涯，唯有在偶然思及之时才遥想妻子儿女，写《赠内》诗向"虽为李白妇，何异太常妻"的寂寞

---

① 见（北宋）王安石：《临川先生文集》，《四部丛刊初编》第51册（台北：台湾商务印书馆，1979年5月），卷9，页99。

伴侣深致歉意，作《寄东鲁二稚子》诗对一别三年的儿女表达悲怜的系念，而有"念此失次第，肝肠日忧煎"的真情流露；杜甫却正好相反，虽然具有一对和李白同样巨大而坚强有力的翅膀，可供他飞越碧落在青天上翱翔，但他却宁愿收拢束紧，落在平凡的大地上保护妻小。因此虽然他对佛理之精奥深感智性上的兴趣，也曾因缘际会至佛寺听经，可是对家庭感性上的深切顾念，却优先决定了他脚步的方向。如《谒真谛寺禅师》诗所说：

未能割妻子，卜宅近前峰。

以及《别李秘书始兴寺所居》诗所言：

重闻西方止观经，老身古寺风泠泠。妻儿待米且归去，他日杖藜来细听。

正说明了佛理之高妙和所提出的离世拔苦的救赎希望，在情感的天平上还是屈次于家庭伦常的重要性的。由此可见，杜甫晚年好不容易才获得的平居闲适之乐必得有至亲家人的角色嵌入其中，这幅乡野闲逸图才算构图完整无缺而浑然天成。此与李白之孤独自放、最大限度仅愿与世外者为伍的样态，确然是有极大的不同。

探讨至此，我们也隐约察觉到杜甫在闲适情境中的大略活动，不外乎是下棋、垂钓、饮酒、读书、农事及待客、访邻等，其中需待再加说明的是"读书"和"农事"两项。就"读书"此项言之，我们从诗作中可以知道杜甫在闲居高卧的日子里并不忘开卷用功，时时把握或创造展读汲取知识的机会，如：

- 傍架齐书帙，看题减药囊。（《西郊》）
- 读书难字过，对酒满壶倾。（《漫成二首》之二）
- 书乱谁能帙，杯干自可添。（《晚晴》）
- 衔泥点污琴书内，更接飞虫打着人。（《绝句漫兴九首》之三）
- 青青屋东麻，散乱床上书。（《溪涨》）
- 熟精文选理，休觅彩衣轻。（《宗武生日》）
- 却看妻子愁何在？漫卷诗书喜欲狂。（《闻官军收河南河北》）

再加上前文已述及的"书从稚子擎"和"续儿读文选"，可知杜甫常常手不释卷，涵养在书册之间而与时俱进，尤其对总结了六朝诗文重要作品的《文选》一书更是爱不释手，一再亲炙到熟精的地步，甚至以之作为亲子教育的主要内容；但即使是读书一事，闲淡疏懒的气息也呼之欲出，如书籍散乱地堆置，或遇到难字时便放过不予细究，颇有田园诗之祖陶渊明在《五柳先生传》中所称的"好读书，不求甚解"之风。

而"躬耕"的活动也似乎和陶渊明一脉相承，只是陶渊明所种者豆，所谓"种豆南山下，草盛豆苗稀"（《归园田居五首》之三），杜甫则植树、栽竹、培药等，和种植园蔬同时进行，而且树林、竹园和药圃都颇具规模，是经过匠心经营的成果。当杜甫初至成都营建草堂时，便急急寻树觅竹栽果，使草堂置身于一片苍翠之中，足以为幽居之地，其诗有《萧八明府实处觅桃栽》《从韦二明府续处觅绵竹》《凭何十一少府堂觅桤木栽》《凭韦少府班觅松树子栽》和《诣徐卿觅果栽》等，从中可知杜甫栽种桃树一百棵，植桤木于溪边十亩之地。而从六年后写成的《营屋》一诗中所说："我有阴江竹，能令朱夏寒。……爱惜已六载，兹晨去千竿"，可知草堂周遭更是竹影森森、风吟细细，远望如绿烟般绵密。因此草堂落成时，杜甫作《堂成》诗写其景为"背郭堂成荫白茅，缘江路熟俯青郊。桤林碍日吟风叶，笼竹和烟滴露梢"，竹林之茂美的确增添了隐逸之雅趣。此外，出于身体疗疾及家计之所需的药草，也在杜甫的培植之列，如：

- 不嫌野外无供给，乘兴还来看药栏。（《宾至》）
- 傍架齐书帙，看题减药囊。（《西郊》）
- 近根开药圃，接叶制茅亭。（《高柟》）
- 枸杞因吾有，鸡栖奈汝何？（《恶树》）
- 种药扶衰病，吟诗解叹嗟。（《远游》）
- 药许邻人劚，书从稚子擎。（《正月三日归溪上有作简院内诸公》）
- 药条药甲润青青，色过棕亭入草亭。（《绝句四首》之四）
- 移船先主庙，洗药浣花溪。（《绝句三首》之二》）
- 钩帘宿鹭起，丸药流莺转。（《水阁朝霁奉简云安严明府》）
- 晒药安垂老，应门试小童。（《独坐二首》之二）

看药、剉药、洗药、晒药、丸药、减药囊等工作，都是由种药所延伸出来的后续劳务，而培药与育林、栽竹之类的活动，虽和一般田间有关稻粱黍麦等农作不尽相同，随之而来的剪伐除草等附带工作却是殊无二致，因此杜甫有时持斧剪除恶木，如《恶树》诗中说："独绕虚斋径，常持小斧柯。幽阴成颇杂，恶木翦还多。"有时为了在茂密的竹林间开辟出小路而伐竹，如《中丞严公雨中垂寄见忆一绝奉答二绝》之二诗中云："只须伐竹开荒径，倚杖穿花听马嘶。"有时更将无所不在又顽强有毒的草荷锄掘除，如《除草》诗以嫉恶如仇的笔调叙述其事："草有害于人，曾何生阻修。其毒甚蜂虿，其多弥道周。……荷锄先童稚，日入仍讨求。……顽根易滋蔓，敢使依旧邱。"因此杜甫的闲适生活自有其以诗酒自娱、以垂钓下棋为乐的一面，但是若用半个农夫来称呼他也并不为过，于是相对地，林园农事也构成了杜甫闲适生活的另一个面相。这与李白之纯粹赏景、泯化于自然山水与艺术美感之中的表现，更是绝大的差异。

然而，我们不能因为李白之绝俗弃世，与杜甫之不离人间两种形态的不同而忽略了一个重要的问题，那就是虽然身在俗世之中，甚至其闲居之地也是半人工化的自然环境，但杜甫屏迹避俗以求成全真率之性灵的心态，却是与李白完全相同的。他曾以诗为媒介，明白地宣告这种幽独避俗的本性：

- 喧卑方避俗，疏快颇宜人。(《有客》)
- 此邦俯要冲，实恐人事稠。应接非本性，登临未销忧。(《发

秦州》）
- 渐喜交游绝，幽居不用名。(《遣意二首》之一》
- 眼边无俗物，多病也身轻。(《漫成二首》之一）
- 我游都市间，晚憩必村墟。(《溪涨》）
- 畏人成小筑，褊性合幽栖。(《畏人》)
- 不爱入州府，畏人嫌我真。(《暇日小园散病将种秋菜督勤耕牛兼书触目》)
- 世路知交薄，门庭畏客频。(《从驿次草堂复至东屯茅屋二首》之二）
- 拾遗曾奏数行书，懒性从来水竹居。(《奉酬严公寄题野亭之作》)
- 我生性放诞，雅欲逃自然。嗜酒爱风竹，卜居必林泉。(《寄题江外草堂》)
- 居然绾章绂，受性本幽独。平生憩息地，必种数竿竹。(《客堂》)

事实上，凡是以真性情为骨，并努力追求真生命的诗人，莫不因虚矫琐碎的俗务或人际关系而深感苦恼，所以杜甫也许并不采取和李白一样睥睨不屑、断然弃绝的傲岸态度，但也绝不轻易向卑俗的人事妥协，所谓"眼边无俗物，多病也身轻"，正是自称性格疏快放诞的杜甫发自内心的感受。一般认识下的杜甫形象，总不脱"温柔敦厚"一词所包摄的意涵，仁民爱物、慈心广被，爱怜并承担天地万物之苦难，充满了哀矜勿喜的仁者胸怀，但这并非意味着杜甫是个隐恶扬善，对偏私短视、虚荣假饰之人性弱点视而不见的乡愿。

他曾对"当面输心背面笑"的年少幕僚开诚地相劝"寄谢悠悠世上儿，不争好恶莫相疑"（《莫相疑行》），宽厚之中并未掩藏对方翻脸如翻书的轻薄虚伪；也曾因社会上"翻手作云覆手雨，纷纷轻薄何须数"的凉薄风气，感慨"君不见管鲍贫时交，此道今人弃如土"（《贫交行》），从未隐晦当代之人心不古来粉饰太平；而其他诸如"世情恶衰歇，万事随转烛"（《佳人》）、"人情逐鲜美，物贱事已睽"（《泛溪》）和"物微世竞弃，义在谁肯征"（《樱桃子》）等沉痛的锥心之语，也莫不是出于对充满冷酷自私之人性的战栗之情。因此杜甫对人性的庸鄙面乃至阴暗面其实有着深刻透彻的认识，所谓"世路知交薄"正此之谓，久而久之，遂有"畏人""门庭畏客频"这种强烈的反应，也才会有"避俗"和"逃自然"的选择，并终于在风竹林泉之间觅得一处保存真性情之所。所谓"懒性从来水竹居""嗜酒爱风竹，卜居必林泉"与"平生憩息地，必种数竿竹"，实具有养真自适、坚持本性的意义，不独热爱自然而已。此乃李、杜两位大家写作闲适诗时，在性格上近似的共通点。

此外，需补充说明的是，虽然杜甫选择的是以江村田园为闲适之境，乃一处被人工化了的地貌，全然异于李白所处的名山不假人为雕琢而浑然天成，但从杜甫有家庭牵绊的角度来看，安顿于江村田园的选择是必然的结果：一来是江村田园较易于就地取材，获得生活之资；二来更重要的是江村田园介于喧嚷的城市和孤绝的山林之间，既可远避俗物烦扰，又可兼得自然之趣，从而享有"幽居素心之乐"[1]，确为平衡出世与入世的最佳场所。试看杜甫对其地的形容为"城中十万户，此地两三家"（《水槛遣心二首》之二）、"锦里烟尘外，江村八九家"（《为农》），屈指可数的农户悄然地隐蔽在绿野田畴和林荫竹影之中，烟尘不到，与世无争，唯有和谐恬静之风物悦人眼目、融畅心怀，故明王嗣奭评《为农》一诗云：

> 此喜避地之所，而"烟尘外"三字为一诗之骨。自羯胡倡乱，遍地烟尘，而锦里江村，独在烟尘之外，举目所见，圆荷、细麦，皆风尘外物也，故将卜宅而终老于兹，为农以食力而已。……烟尘不到，便同仙隐，而以不得丹砂为憾，戏词也，喜在言外。[2]

此处所谓的"如同仙隐"正是闲居乐的心情，不忮不求，无以己悲，一派的从容淡泊，《江亭》诗中的名句"水流心不竞，云在意俱迟"可谓其最佳脚注，因而杜甫闲适诗中颇多"幽"字、"懒"字，显

---

[1] 此为杨伦评《过南邻朱山人水亭》诗之语，（清）杨伦注：《杜诗镜铨》，页520。

[2] 引自（明）王嗣奭：《杜臆》（台北：台湾中华书局，1986年11月），卷4，页123。

示出内心已安然自足于退居生活的深度自觉。①

此时"幽栖地僻经过少"(《宾至》)、"无人觉来往,疏懒意何长"(《西郊》)、"渐喜交游绝,幽居不用名"(《遣意二首》之一),身心疏懒的杜甫自认为息交绝游,无人来往,莽莽红尘中的繁务俗子如今都断线绝缘了,但"由来意气合,直取性情真"②的诗人幽居退守,其实是清静而不寂寞、避世而未完全出世的,因为总有些深情的少数亲邻友朋为这片江村景色濡染一片人情之美。所谓"唯有会心侣,数能同钓船"③,加一"唯"字,就明确限定了范围,有内外亲疏之分:只有"意气合、性情真的会心侣"才能通过诗人所设下的藩篱,而进入这片闲适的天地,无关乎身份地位,也与出世入世无涉;超过这个范围之外的俗人则会令杜甫感到"老病忌拘束,应接丧精神"④了。

---

① 除本文中引用的"幽事供高卧""疏懒意何长""幽居不用名""地僻懒衣裳""幽居近物情""受性本幽独""褊性合幽栖""懒性从来水竹居""幽栖地僻经过少"和"长夏江村事事幽"之外,尚有《落日》之"落日在帘钩,溪边春事幽"、《早起》之"春来常早起,幽事颇相关"、《独酌》之"薄劣惭真隐,幽偏得自怡"、《漫成二首》其二之"近识峨嵋老,知余懒是真"、《范二员外邈吴十侍御郁特枉驾阙展待聊寄此作》之"幽栖诚简略,衰白已光辉"、《屏迹三首》其三之"晚起家何事,无营地转幽"、《寄李十四员外布十二韵》之"渚柳元幽僻,村花不扫除"、《绝句六首》其二之"幽栖身懒动,客至欲如何"等。

② 见杜甫《赠王二十四侍御契四十韵》,(清)杨伦注:《杜诗镜铨》,卷11,页524。

③ 见杜甫《寄题江外草堂》,(清)杨伦注:《杜诗镜铨》,卷12,页453。

④ 见杜甫《暇日小园散病将种秋菜督勤耕牛兼书触目》,(清)杨伦注:《杜诗镜铨》,卷16,页777。

至于此种田园农村、亲友相守的生活形态，其实是继承陶渊明而来的一脉流绪，陶渊明不但在挂冠求去之后写作了大量的闲适诗，其中更反映出充满人伦情亲的田园岁月，所谓：

- 命室携童弱，良日登远游。（《酬刘柴桑》，《陶渊明集校笺》卷2）

- 试携子侄辈，披榛步荒墟。徘徊丘陇间，依依昔人居。（《归园田居五首》之四，《陶渊明集校笺》卷2）

- 邻曲时时来，抗言谈在昔。奇文共欣赏，疑义相与析。（《移居二首》之一，《陶渊明集校笺》卷2）

- 弱子戏我侧，学语未成音。此事真复乐，聊用忘华簪。（《和郭主簿二首》之一，《陶渊明集校笺》卷2）

- 日入相与归，壶浆劳近邻。（《癸卯岁始春怀古田舍二首》之二，《陶渊明集校笺》卷3）

- 丈夫志四海，我愿不知老。亲戚共一处，子孙还相保。（《杂诗十二首》之四，《陶渊明集校笺》卷4）

- 僮仆欢迎，稚子候门。……携幼入室，有酒盈樽。……悦亲戚之情话，乐琴书以消忧。（《归去来兮辞》，《陶渊明集校笺》卷5）

- 黄发垂髫，并怡然自乐。……自云先世避秦时乱，率妻子邑人，来此绝境，不复出焉。（《桃花源记》，《陶渊明集校笺》卷6）

其中清楚可见，陶渊明在"亲戚共一处，子孙还相保"的信念中，过着"弱子戏我侧""命室携童弱，良日登远游""试携子侄辈，披榛步荒墟""稚子候门。……携幼入室"的家居生活，日常且共邻人相与过从，互访伴归之外更一同谈笑议论，享有"黄发垂髫，并怡然自乐"的人生乐趣，与杜甫晚年的生活形态，确然十分接近。

因此我们了解到，杜甫的闲适内涵是在人情之中，却又在俗世之外，是既有世俗的性质，却又兼具离世的色彩。处于城市边缘的江村田园，一方面成全了杜甫率性养真的人格倾向，一方面也保存了他维系纲常的人伦实践，可以说是出世与入世的交会地，是自然与人为的迭合处，也是自我与社会的折衷点。这与李白闲适诗虽然在具体对象的选择上有着霄壤之别，却都有以"意气合、性情真之会心侣"为伴的相同点，最终结果固然有异，却无碍于原始初衷之相通，可谓两家闲适诗异中有同的地方。

第四节　结　语

人与世界的关系是复杂多变的，但在特定的文化制约之下，往往会有几种特定的反应模式可寻。在中国传统里，穷与达是知识分子区分自我与社会之关系的基本坐标，被二元化的际遇认知也带来了相对而极化的人生内涵。于通达之际，个人的力量与才情可以选择充分外露，向广袤无垠的现实界进军，以理想之名在奋战的过程中迸发激炽的光与热；而当注视的双眼从全体大我转向个人小我时，那被掩藏遮盖的内在本貌，就会以无所征逐、波澜不兴的平静状态更细腻而无碍地呈现出来。向来赢得较大关注的，是具有高度写实成分及社会功能的讽谕诗，因为可藉由微言观大义；但与讽谕诗互为表里的闲适诗却也并非"小道不足观"，因为闲适诗的内涵最易流露出个人的特质，而透显出诗人更微妙深层的自我。

本章基于此一认识而展开了以上两节的论析，综合起来，可以归纳出李、杜闲适诗有下列几项不同的特点：

（一）抒发闲适之情的所在地，在李白为超俗遗世、人迹罕至的世外名山，具有彻底弃绝人间的离世性质；在杜甫则是介于都市与山水之间、位在城镇边缘的江村田园，可以兼顾率性养真的人格倾向，维系纲常的人伦实践，为自我与社会的折衷点、出世与入世的交会地和自然与人为的迭合处，因此与尘俗具有若即若离的关系，属于自陶渊明以来"结庐在人境"又"暧暧远人村"①的闲适系统。

然而，虽然李、杜闲适之所在地有如此明显的差异，但是在空间位置的配置关系上，都表现出与具有轴心意义的都市相对立，而偏向"边界"的特质，如山口昌男所说："在特定的时间内将自己安置在边界上或边界中，以便从日常生活有效性所支配的时空之轭中解放自己……而拥有'生命转换'的体验。"② 若藉由西方学者艾

---

① 两句分别出自（晋）陶渊明：《饮酒诗二十首》之五、《归园田居五首》之一。
② ［日］山口昌男：《文化与两义性》，引自李永炽：《从江户到东京》，页30。

利亚得所提出之"中心神话"（myth of the center）中"圣"与"俗"的对立说法①，则李、杜所择以解脱都市所代表的文明压力与精神之轭，而寻求心灵之自由和生命转换之体验的地方，无疑都可算是与俗世对立的"圣地"，成立于距离俗世里都市中心点以外的边界地带；杜甫之江村田园恰好在边界的内缘，李白之名山幽境则远远超离于边界之外，却都具有不容尘俗侵扰的圣地性质，可与下文之第七点互见。

（二）由于所在地的不同，所塑造的景物意象也随之有别。在李白闲适诗里，描绘的是青山、幽泉、清溪、飞瀑、明月、翠微、白云、松风、河星、青萝、深竹、山花和流莺等山水景致；而出现在杜甫闲适诗里的，则是田野、园林、桑麻、绿竹、黍麦、柳荷、鸥燕、莺雀、凫鹭、蜂蝶、行蚁、飞虫、鸡犬和药草等田园风光。因此李白闲适诗较近于山水诗，歌咏浑然天成、不假人工雕琢的纯粹大自然，清丽中时有阔远之壮美；杜甫闲适诗则偏向于田园诗，抒写文明改造过的半人为的自然环境，亲切中多见细巧之柔美。

（三）能参与这一方闲适情境者，在李白是"未许凡人到此来"②，因此或者只有孤独的自我，或者为隐者、山人、幽人、逸人、僧侣、道士等野逸于世俗框架之外的人，故可尽享世外之趣；

---

① Mircea Eliade, *The Sacred and the Profane: the Nature of Religion*, translated by Willard R.Trask（New York: Harcourt, Brace & World, Inc., 1959）.

② "未许凡人到此来"一句原为《红楼梦》中对"大观园"之创建性质所下的断语，出自《红楼梦》第18回贾元妃归府省亲时，李纨应命所作的题咏。见冯其庸等校注：《红楼梦校注》，页276。

在杜甫则是"未割妻子惜人情"①，因此相伴者往往是妻子、稚子、友朋、舍邻等仍在世情之内的伦常之亲者，而得以分润人情之美。

（四）在闲适情境中所从事的活动，在李白为清吟长歌、酌酒抚琴，充满了品味艺术的滋润；在杜甫则为植树栽竹、下棋钓鱼和读书种药，洋溢着日常生活中躬耕自读的怡悦。

（五）闲适诗固然都以知足保和、恬静自安为必备条件，但因性情不同，闲适之具体心理状态也自然有异。李白在闲适的时刻中，暂时消解了深沉的虚无感，泯化了逼人的线性时间意识，更超越了种种因社会参与而带来的挫折和悲愤，而达到"身世如两忘"的"忘机"或"忘情"的境界；杜甫则超脱了求仕淑世的执着和政治理想，而全然将注意力集中在生活周遭的日常事物上，因此在其细腻的眼光之下，不但有家居人伦之乐，亦呈现出虫鱼鸟兽欣欣然各遂其性、各得其所的可亲面貌，而达到深情无私、均沾万物的境界。

（六）就闲适诗的创作时机和分布情形而言，李白是穿插在一生中各个阶段里短暂而随兴的抒发，是分布于生命流程中一个个"和谐的刹那"，与他奔腾愤激的狂放性情形成高度反差的鲜明对比，而不断在其生活中交替互补，展现了一再向此一闲适乐园"永恒回归"的模式；杜甫则是集中于漫长而持续的晚年时期的成果，是长期奋斗于社会实践之后，完全归于平淡的阶段性和谐，可以说

---

① 此句为笔者熔裁杜甫《谒真谛寺禅师》的"未能割妻子"及《遭田父泥饮美严中丞》的"久客惜人情"两句而成。

是对积极进取的青壮年时代一种无奈却彻底的告别。因此李白的闲适是再出发之前的短暂休息,而杜甫的闲适却是绝意于仕途之后的长期退隐。

(七)除了以上述及的几项差别之外,李、杜闲适诗所赖以奠基的基本条件也有相通的地方,那就是自然无伪、不耐俗物的真率性情。这种维护真我、固守本心的坚持,对两人而言都是一致的,只是李白表现得直接而决绝、明快而彻底,杜甫则表现得较温和而婉转,具有较大的包容性,但两人无心与俗人应接周旋的性格却都十分坦白明确,如此才能划设一方不被侵扰的个人世界,而获取未受减损的真闲适之乐。因此双方所开辟的闲适情境容或大相歧异,然其为封闭而具有选择性的乐园特质,却殊无二致。

论析至此,李、杜闲适诗个别之内涵与特质已明,我们可清楚看到双方的闲适诗恰如其人,为深层人格的展现;而其闲适情境又塑造了不同典型的乐园形态,对探索心灵的文化而言不失为一条途径,且提供了若干答案,这正是闲适诗类值得重视之处。①

(本文原载于《编译馆馆刊》第 27 卷第 2 期,1998 年 12 月,收入本书时有所修订。)

---

① 本章之主要概念及多项结论形成于多年前执教之初,1992 年 4 月 9 日先草成一稿,作为博士班"唐代文学专题"课堂上之报告。唯其稿仅以两千多言勾稽要点,未全然尽其底蕴,遂发展成此篇,以足成其义。是为后记。

第三章
唐代"极玄"诗学体系与杜甫
——以几个关键词为核心

第一节 前 言

姚合（约781—847）[①]所编的《极玄集》是中唐时期一部保存完整的唐诗选本，学者曾对"唐人选唐诗"之研究作一综述，勾勒出《极玄集》的研究不断得到重视而成果迭出的轨迹[②]，不过，

[①] 学界对姚合生卒年的相关讨论，可参张震英：《20世纪姚合研究述论》，《广西大学学报（哲学社会科学版）》第26卷第1期（2004年2月），页87—92；沈文凡、周非非：《唐代诗人姚合研究综述》，《东北师大学报（哲学社会科学版）》2007年第3期，页124—132；邝健行：《姚合考》，《新亚学报》（香港：新亚研究所，1984），页195—230。其中，王达津考订生于大历十四年（779），可能卒于会昌六年（846）三月武宗死后不久，见王达津：《姚合的诗和姚合生平》，《南开大学学报》1979年第2期，页73—74；后易篇名为《姚合的诗及其生平》，收入王达津：《唐诗丛考》（上海：上海古籍出版社，1986年2月），页159—162。郭文镐则考订生于建中二年（781），可能卒于大中元年（847），享年67岁，参郭文镐：《姚合仕履考略》，《浙江学刊》1988年第3期，页43—49。

[②] 见孙桂平：《唐人选唐诗研究》（北京：中国社会科学出版社，2012年9月），引论"'唐人选唐诗'研究综述"，页27—29。

其中似乎并未触及"极玄诗学"的建构,以及此一诗学体系与杜甫的关系。

必须说,"极玄诗学"是由唐代诗坛上的玄派选家所建构出来的特殊概念,不限于姚合个人诗学观的体现,虽然姚合确实是首开其端的选家。由于"唐人选唐诗"是唐人透过"选诗"而进行诗学理念的彰显,可以说是反映唐代诗学观的第一手资料,犹如朱光潜所言:"编一部选本是一种学问,也是一种艺术。顾名思义,它是一种选择。有选择就要有排弃,这就可显示选者对于文学的好恶或趣味。这好恶或趣味虽说是个人的,而最后不免溯原到时代的风气。选某一时代文学作品就无异于对那时代文学加以批评,也就无异于替它写一部历史,同时,这也无异于选者替自己写一部精神生活的自传,叙述他自己与所选所弃的作品曾经发生过的姻缘。一部好选本应该能反映一种特殊的趣味,代表一个特殊的倾向。"① 鲁迅亦指出:"凡选本,往往能比所选各家的全集更流行,更有作用。……对于文术,自有主张的作家,他所赖以发表和流布自己的主张的手段,倒并不在作文心,文则,诗品,诗话,而在出选本。"② 因而"选本所显示的,往往并非作者的特色,倒是选者的眼

---

① 朱光潜:《谈文学选本》,《朱光潜全集》第9卷(合肥:安徽教育出版社,1993年2月),页217—218。

② 鲁迅:《选本》,《集外集》,《鲁迅全集》第7卷(北京:人民文学出版社,1973年12月),页504。

光"①。故此，选本与文学批评的关系甚至如学者所说：选择是文学批评的一种必然行为，而选本是文学批评的一种必然结果。②从这个角度来说，中晚唐开始出现的以"玄"为名的诗歌选本，绝不是一时潮流所趋的泛泛产物，未可轻率以"跟风"视之。就此，探讨在此一以"玄"为命题核心的编选活动中所可能蕴含的"玄／极玄"诗学概念，乃是值得进行的研究尝试。

其次，固然姚合《极玄集》中没有选收杜甫的作品，然而这并不代表此一选本所隐含的诗学内涵与杜甫无关，甚至应该说，杜甫实为预示、开启"极玄"诗学的肇端。最明显的现象是，学者已经注意到，姚合所编《极玄集》的"玄"意，"之于诗在晚唐得到回应的一个重要表现就是另一部诗集《又玄集》的编选"③，从《又玄集》继承《极玄集》而以"玄"字为题称，可见其选诗标准绝非走元、白对杜甫所彰扬的写实讽谕一路，而仍以"玄"作为核心价值，或许甚至可以说，韦庄对于姚合所认知之"玄"的意涵及其源头把握得更为明晰，因此才会选收杜甫之诗篇最多，并置诸《又玄集》之首，形同对《极玄集》所奠定的极玄诗学的显发。

---

① 鲁迅：《"题未定"草（六至九）》，《且介亭杂文二集》，《鲁迅全集》第6卷，页414。

② 李扬：《批评即选择——论〈花庵词选〉的词学批评意识》，《河南大学学报（社会科学版）》第39卷第2期（1999年3月），页17—21。亦可参邓建：《论文学选本的批评原理与批评机制》，《湖北民族学院学报（哲学社会科学版）》2012年第3期，页107。

③ 吕玉华：《唐人选唐诗述论》（台北：文津出版社，2004年8月），"内篇"第一编第二章"五七言律绝"，页205。

实则不仅止于《极玄集》《又玄集》，以"玄"为选集名称者，至中唐以后始多见之，这并非偶然的巧合。明朝胡应麟提到：

> 唐人自选诗，《英灵》《国秀》诸集外，……刘吉有《续又玄集》十卷，陈康图有《拟玄集》十卷、《诗篝》三卷，……韦庄有《采玄集》一卷。①

姑且不论将《又玄集》误作《采玄集》之类的小处出入，此说大体可以呈现以"玄"为核心的诗学发展已然形成，而出现数编以玄为题的诗歌选本。至于这些玄派选家们所把握到的"玄"乃是何意？"极玄"的"极"字是动词（到达）还是副词（极端、极致）？"极玄"和"射雕"的关联又在哪里？《又玄集·序》所说的"清词丽句"是否足以阐述"极玄"的意涵？若然，那是在怎样的意义上与"玄"相通？"清词丽句"一词之所出的杜甫，兼为《又玄集》的冠首诗人与收录作品最多者，则是如何置身于"玄"的诗学脉络？王维、杜甫、大历三者之间，更是如何形成"玄"的诗学脉络？就此而言，重新以诗学的角度探索"极玄"的意义，确实是必要的。

本章即环绕着"极玄"的相关概念，首先厘清或确立"极玄诗学"的基本概念与特殊词汇，接着再探讨杜甫之于"极玄诗学"的

---

① （明）胡应麟：《诗薮》（台北：正生书局，1973年5月），"杂编"卷二，页260。

启引作用,最后则厘定玄派诗歌发展脉络。源、流分明,以收纲目清晰之效。

第二节 "极玄"的诗学概念与创作特色

关于《极玄集》的选收状况,姚合自题仅几句:

> 此皆诗家射雕之手也。合于众集中更选其极玄者,庶免后来之非。凡二十一人,共百首。①

其中所述编选之诗数及诗人数,合乎宋代陈振孙所云:

> 《极元(玄)集》一卷,唐姚合集王维至戴叔伦二十一人,诗一百首,曰此诗家射雕手也。②

这部"于众集中更选其极玄者"的当代选本,在至精的最高标准下仅以百篇为度,入选的二十一位诗家乃荣登诗国的射雕手,甚至被视为创作的标竿,不仅当时的贯休给予"至鉴封姚监"(《览皎然

---

① 见傅璇琮、陈尚君、徐俊编:《唐人选唐诗新编(增订本)》(北京:中华书局,2014年11月),页672。

② (宋)陈振孙:《直斋书录解题》,收入韦力编:《古书题跋丛刊(二)》(北京:学苑出版社,2009年6月,依据武英殿聚珍本影印),页235。

渠南乡集》)之赞叹,宋朝刘克庄《和季弟韵二十首》之一亦云:"室如蒙叟生虚白,诗赛唐人选极玄。"[1]以至于清四库馆臣压轴道:

> 合选《极元(玄)集》,去取至为精审,自称所录为"诗家射雕手",论者以为不诬。[2]

所指的便是姚合所选的《极玄集》,可见其深受肯定的程度。

而姚合选诗的标准,即体现于选本的题名上。由《极玄集》《又玄集》所代表的玄派选本,所共同标示的"玄"字应源自《老子》:"道可道,非常道;名可名,非常名。无名天地之始,有名万物之母。故常无欲以观其妙,有欲以观其窍。此两者同出而异名,同为之玄,玄之又玄,众妙之门。"姚合、韦庄等选家应该也是使用这个概念。作为选集的标题关键字,"极玄"中的"玄"字自当是理解姚合选编标准的关键语词,许慎《说文解字》释"玄"为"幽远也"[3],学者的主题讨论亦不外乎此,如吕玉华以专节讨论"玄"的诗学意义,首先,引述传统文献中对"玄"字的定义,诸如苏辙《老子解》:"凡远而无所至极者,其色必玄,故老子常以玄寄极也。"范应元《老

---

[1] (宋)刘克庄著,王蓉贵、向以鲜校点:《后村先生大全集》第2册(成都:四川大学出版社,2008年12月),卷19,页540。

[2] (清)纪昀总纂:《四库全书总目提要》,《景印文渊阁四库全书》第4册总目集部(台北:台湾商务印书馆,1983),卷151"《姚少监诗集》十卷"条,页70。

[3] (东汉)许慎著,(清)段玉裁注:《说文解字注》(台北:黎明文化事业公司,1984年2月),"四篇下",页161。

子道德经古本集注》:"玄者,深远而不可分别之义。"吴澄《道德真经注》:"玄者,幽昧不可测知之意。"沈一贯《老子通》:"凡物远不可见者,其色黝然,玄也。大道之妙,非意象形称之可指,深矣,远矣,不可极矣,故名之曰玄。"进而推论与"玄"相连的审美特性似可概括为:幽、远、深、不可测、妙等。① 最后结论道:"清冷、精巧、工致的诗禅之意,庶几可当得'玄'字。'玄'只能是锻造的结果,是主观的倾向,与阔大的气象毫无关涉。"② 此说已探本溯源,触及"玄"的重要内涵,且与选集中的诗作特点相应,颇具慧眼。唯其中将"玄"的概念与意象表现限制于诗禅之意,是否足以涵盖"玄"的诗学意义,尚可斟酌。

所谓的"极玄",若参考唐代诗歌中的用例,"极玄"的意义似乎主要是与姚合之所思有关。在《全唐诗》中,"极玄"一词共出现四次,且全数集中于晚唐,第一笔贯休《览姚合极玄集》又恰恰是直接回应姚合《极玄集》的读后心得,诗云:

> 至览如日月,今时即古时。发如边草白,谁念射声□。好鸟挨花落,清风出院迟。知音郭有道,始为一吟之。(《全唐诗》卷833)

---

① 唐人著作中明白以"玄"作题的有牛僧孺《玄怪录》,其中的故事多讲怪异鬼魅,性质亦偏重幽、阴等。

② 吕玉华:《唐人选唐诗述论》,"内篇"第一编第二章"五七言律绝",页204—205。

第二笔则出于受姚合影响的齐己,其《寄谢高先辈见寄二首》之二曰:

> 诗在混茫前,难搜到极玄。有时还积思,度岁未终篇。片月双松际,高楼阔水边。前贤多此得,风味若为传。(《全唐诗》卷841)

比观《四库全书总目提要》卷一五一于齐己"白莲集十卷"条云:"惟五言律诗,居全集十分之六,虽颇沿武功一派,而风格独遒。"并且齐己也将《极玄集》与皎然《诗式》相提并论,其《寄南徐刘员外二首》之二即谓:"昼公评众制,姚监选诸文。……争得重携手,探幽楚水濆。"(《全唐诗》卷841)在这样的背景之下,贯休的评论、齐己所用的"极玄"一词,实皆可以作为诠释极玄诗学的参照坐标。

最后的另二首都是长篇巨制,值得注意的是,其中吕岩《题桐柏山黄先生庵门》这一篇固然是道教的概念用语,文长不录,单举首联以见之:

> 吾有玄中极玄语,周游八极无处吐。(《全唐诗》卷857)

但"玄中极玄语"隐隐然仍触及"极玄"的语言表述,何况另一篇所谈的明确是诗歌创作,孙鲂《题梅岭泉》云:

梅岭旧闻传，林亭势岿然。登临真不易，幽胜恐无先。
楚野平千里，吴江曲一边。标形都大别，洞府岂知焉。
飞阁横空去，征帆落面前。南雄雉堞峻，北壮凤台连。
烂熳三春媚，参差百卉妍。风桃诸处锦，洛竹半溪烟。
燕入晴梁语，莺从暖谷迁。石根朝霭碧，帘际晚霞鲜。
径柳行难约，庭莎醉好眠。清明时更异，造化意疑偏。
不独宜韶景，尤须看暑天。药苗繁似结，萝蔓猛如编。
珠亚垂枝果，冰澄汲井泉。粉墙蜩蜕落，丹槛雀雏颠。
炎气微茫觉，清飙左右穿。云峰从勃起，葵叶岂劳扇。
又见秋天丽，浑将夏日悬。红颗着霜树，香老卧池边。
菱芡谁铺绣，莓苔自学钱。暗虫依砌响，明月逗帘圆。
小砌滋新菊，高轩噪暮蝉。雨声寒飒飒，雁影晓联联。
释此何堪玩，深冬更可怜。窗中看短景，树里见重川。
冈阜分明出，杉松气概全。讴成白雪曲，吟是早梅篇。
拘制谁人解，根基太守贤。或时留皂盖，尽日簇华筵。
谁咏忧黎庶，狂游泥管弦。交加丰玉食，来去迸金船。
侍从非常客，俳谐像列仙。画旗张赫奕，妖妓舞婵娟。
罢宴心犹恋，将归兴尚牵。祗应愁逼夜，宁厌赏经年。
孤贱今何幸，跻攀奈有缘。展眉惊豁达，徐步喜周旋。
<u>讽咏虽知苦，推功靡极玄</u>。聊书四十韵，甘责未精专。

（《全唐诗》卷886）

之所以不惜篇幅全文详引，主要是从中清楚可见，该篇四十韵、八十句中,从首联"梅岭旧闻传,林亭势岿然"起始到"讴成白雪曲,吟是早梅篇"一大段,所铺陈的四季各色幽细景物,占全诗之比例即高达七成,末尾更结穴于"讽咏虽知苦,推功靡极玄。聊书四十韵,甘责未精专",可见孙鲂是自觉地以创作定义"极玄"之义,并确实以"苦吟""推功"作为追企"极玄"的方式,恰与姚合所谓的"功夫过却奇"(《赠张籍太祝》)、"功夫日月深"(《喜览裴中丞诗卷》)吻合。就此而言,这首诗应该也算是姚合极玄诗学的后裔。

确实,从《极玄集》选收的诗家背景与书写特点而言,就这些诗界射雕手的名单,立刻可以把握到一个文学史的现象脉络。首先,《极玄集》选诗以大历诗人为主,凡 18 人(约占 85.7%),88 首(约占 88%)。依据姚合《极玄集》于李端名下注[①],以及《新唐书·卢纶传》,计有功《唐诗纪事》所记,"大历十才子"为:李端、卢纶、吉中孚、韩翃、钱起、司空曙、苗发、崔洞(一作峒)、耿湋、夏侯审,则入选于《极玄集》者就有六人。而这六人不仅有互赠之作,赠诗对象又包括其他未选录的四人,如此一来,便确实隐隐然涵括了大历十才子的作者群。因此学者指出:"入选《极玄集》的诗人里,年代最早的是祖咏,生于六九九年,去世最晚的是卢纶,约逝于七九九年。入选的诗人大都生活于七世纪末至八世纪末的时间内,正是大历年间。尽管《极玄集》可能不是'大历十才子'

---

① 案:此已经学者辨正非姚合所自注,参吕光华:《今存十种唐人选唐诗考》(台北:花木兰文化出版社,2005 年 12 月),第 8 章"《极玄集》考",页 135—136;吕玉华:《唐人选唐诗述论》,"内篇"第一编第二章"五七言律绝",页 196。

说法的提倡者，它的选录却于无意中提供了此说法的现实基础。"①而赵荣蔚认为，大和时期的诗风重清峻、排浮艳、喜大历，甘露之变以后士人心态的苦闷与大历时期接近，《极玄集》的出现，是晚唐诗风向大历诗风回归的标志。②

值得注意的是，在大历时期，诗人"大致可以分为两大群，一是以长安和洛阳为中心，那就是钱起、卢纶、韩翃等大历十才子诗人，他们的作品较多地呈献当时的达官贵人。一是以江东吴越为中心，那就是上文所举的刘长卿、李嘉祐等人，他们的作品大多描写风景山水"③。然而，这种地域性的差别却在《极玄集》中泯灭不存，比较是以共通的创作特色纳入极玄体系中。由此可见，大历诗风诚可以作为极玄诗学的体现，却不足以完全涵盖极玄诗学的内涵。

就内容的写作特色以观之，明朝徐献忠曰："文明（案：即司空曙）诗气候清华，感赏至到，……景物依然，模写切至。……景物萧然，含思凄惋，虽桓大司马汉南之叹，无是过矣。"④清代贺裳

---

① 吕玉华：《唐人选唐诗述论》，"内篇"第一编第二章"五七言律绝"，页 196。
② 赵荣蔚：《晚唐大历诗风的回归与〈极玄集〉》，《盐城师范学院学报（人文社会科学版）》2000 年第 4 期，页 6—9。进一步言之，《中兴间气集》与《极玄集》对唐诗批评理论的贡献主要表现在两个方面：一是对大历诗歌艺术特质的总体概括，二是对大历诗歌与盛唐诗歌继承关系的揭示。王秋红：《唐人选唐诗研究》（烟台：鲁东大学硕士论文，2008），页 60。
③ 傅璇琮：《李嘉祐考》，《唐代诗人丛考》（北京：中华书局，2003 年 5 月），页 244。
④ （明）徐献忠著，陈耀东编纂：《唐诗品》，吴文治主编：《明诗话全编》第 3 册（南京：江苏古籍出版社，1997 年 12 月），页 3021。

亦云："耿湋诗善传荒寂之景，写细碎之事，故钟、谭表章皆当，无失入者。"① 而姚合所选诗作之风格，多取诗人清奇雅淡一面之作品，所谓"清奇雅淡"，即指善于以自然清景入诗，所造就之超尘脱俗、清逸闲远之风格意境；而其艺术技巧方面，炼字修辞讲求平淡简易，而对仗精工贴切，所谓"貌似平易，境实难得"者也，整体意象之塑造则趋向清新雅淡。② 综观《极玄集》中的诗作，表现出鲜明的三大特点：一是景物描写的观察入微，刻画入神；二是浓烈的苦闷和伤感情绪；三是对闲适之趣的亟亟追求，《极玄集》中所体现的这三个方面的特点，奠定了晚唐诗歌，尤其是苦吟诗派回归大历的创作基调。③

具体地说，在《极玄集》中，"清"字出现了 12 次，"寒"字共出现了 13 处，而使用最多的意象是"秋"，多达 24 处。④ 进一步考察，则可知"时间：暮。触觉：冷。气候：雨。心态：孤独。围绕这几个核心，而组织起许多意象，如野竹、秋泉、白露、初雪、霜月、黄叶、白头等等；调动起音声、色彩等词语，营造出立体的

---

① （清）贺裳：《载酒园诗话又编》，郭绍虞编：《清诗话续编》（台北：木铎出版社，1983 年 12 月），页 339。

② 此段参考吴彩娥："极玄集"的选录标准试探》，中国古典文学研究会主编：《古典文学》第六集（台北：学生书局，1984 年 12 月），页 265—299。

③ 赵荣蔚：《晚唐大历诗风的回归与〈极玄集〉》，《盐城师范学院学报（人文社会科学版）》2000 年第 4 期，页 9。

④ 邹艳：《论〈极玄集〉选诗标准的特色及影响》，《南昌大学学报（人社版）》第 35 卷第 4 期（2004 年 7 月），页 120—121。

主观化的细致氛围"①,如此皆可探触到极玄诗风的主要特点。然而,如果仔细思考,就会产生一个疑问,亦即这样的一种大历取向究竟与"极玄"何干?又何以取诸北国刚劲威猛的"射雕"之举为譬?如果只是强调技艺精准高超,大有其他比喻可以采用,何以非藉此为说不可?就此而言,比起贯休、齐己、孙鲂的创作回应,皎然《诗式》的理论支援更具意义。

关于姚合与皎然的关系,经过考证,"即令合不及与皎然直接论交,然由同乡、友人之关系,当于皎然事迹多所听闻,则其论诗受皎然之影响,非无可能"②。证诸齐己《寄南徐刘员外二首》之二的"昼公评众制,姚监选诸文"将《极玄集》与皎然《诗式》相提并论,以及贯休《览皎然渠南乡集》一诗亦曰:

> 学力不相敌,清还仿佛同。高于宝月月,谁得射雕弓。至鉴封姚监,良工遇鲁公。如斯深可慕,千古共清风。(《全唐诗》卷833)

意谓皎然之诗高于南朝萧齐时精于文词的诗僧宝月③之上,而近乎

---

① 吕玉华:《唐人选唐诗述论》,"内篇"第一编第二章"五七言律绝",页199。

② 吕光华:《今存十种唐人选唐诗考》,第8章"《极玄集》考",页139。

③ 宝月见诸钟嵘《诗品》卷下,又《南齐书·乐志》载:"道人释宝月辞颇美,上常被之管弦,而不列于乐官也。"(南朝梁)萧子显:《南齐书》(北京:中华书局,1972年1月),卷11,页196。

得到了"射雕弓",并且受到"至鉴者"姚合的赞赏,有如"良工遇鲁公",这足以证明姚合与皎然在诗歌批评上确有密切的关系,"射雕"一词更显出两者之间的契合迹证,皎然《诗式》一书堪称提供了破解"极玄"之义的总钥匙。

第三节 "极玄"诗学的相关概念

一、"极玄"与"射雕"

"极玄"更为"玄"之极致,姚合于《极玄集》卷首自题云:"此皆诗家射雕之手也。合于众集中更选其极玄者。"此与编于同时的《中兴间气集》所云"述者数千,选者二十六人"(汲古阁唐人选唐诗本)之说相类,但又更进一步,是就二十一位"诗家射雕之手"的诗集中"更选其极玄者",为数仅百首,则所选诗之诗家与选诗当属非凡之流。

所谓"极玄",有人认为是指极精工之作[①],就诗歌艺术技巧而言,谓"其中大有巧妙:如对仗之讲究类比、对比,求其回旋往复、鲜明多姿;意象塑造之趋向清新雅淡;结构之重义、重象,开后人法门,可称为'极玄集'诗歌独诣深至之处,……'极玄集'

---

① 刘开扬:《唐诗通论》(台北:木铎出版社,1983),第4章"中唐时期的诗",页182。

之取名为'极玄',意或在此"①。而在创作实践中足以达到"极玄"境界者,即被称为"诗家射雕之手",但"射雕手"并非姚合的新创。"射雕"一词,典故出自史书《史记·李将军传》《汉书·李广传》《北齐书·斛律光传》,另外《北史·孙晟传》亦载有"一箭双雕"的故事②,一般而言,射雕手指的是射雕的能手,亦借指才技出众的人。③但将之转化成为诗学语汇、传达诗歌创作概念,则始自皎然《诗式》。

在姚合编选《极玄集》④之前,成书于贞元五年(789)⑤的《诗式》里,皎然即曾运用过此一对优秀诗人的代称:

> 评曰:楼烦射雕,百发百中,如诗人正律破题之作,亦以取中为高手。洎有唐以来,宋员外之问、沈给事佺期,盖有律诗之龟鉴也。但在矢不虚发,情多、兴远、语丽为上,不问用事格之高下。宋诗曰:"象溟看落景,烧劫辨沉灰。"沈诗曰:

---

① 吴彩娥:《"极玄集"的选录标准试探》,中国古典文学研究会主编:《古典文学》第六集,页297。

② 事谓:"尝有二雕,飞而争肉,因以箭两只与晟,请射取之,晟驰往,遇雕相攫,遂一发双贯焉。"(唐)李延寿:《北史》(台北:鼎文书局,1976),卷22"长孙晟传",页817。

③ 罗竹风主编:《汉语大词典》(上海:汉语大词典出版社,1988),页1269。

④ 约在大和六年(832)至开成四年(839)的七年之间,见吕光华:《今存十种唐人选诗考》,第8章"《极玄集》考",页131。

⑤ 相关考证见贾晋华:《皎然年谱》(厦门:厦门大学出版社,1992年8月),页134—135。

"咏歌《麟趾》合,箫管凤雏来。"凡此之流,尽是诗家射雕之手。假使曹、刘降格来作律待,二子并驱,未知孰胜。①

同时,皎然也在其创作篇什中两度提及"射雕":

- 清溪路不遥,都尉每相招。落日休戎马,秋风罢射雕。尤花生野径,柏实满寒条。永夜依山府,禅心共寂寥。(《晚秋宿李军道所居》,《全唐诗》卷816)
- 飞将下天来,奇谋阃外裁。水心龙剑动,地肺雁山开。望气燕师锐,当锋虏阵摧。从今射雕骑,不敢过云堆。(《从军行五首》之四,《全唐诗》卷820)

虽然二诗皆系军务而连带所及,未与诗歌创作相关,却延续了"射雕"的最初渊源。探究"射雕"一词典故出自史书,但在唐诗中最早使用的,正是被收入《极玄集》首篇的王维《观猎》一诗,且王维还有另一首《出塞》涉及:"暮云空碛时驱马,秋日平原好射雕。"此外尚可见诸高适《睢阳酬别畅大判官》:"降胡满蓟门,一一能射雕。军中多宴乐,马上何轻趫。"而综观《全唐诗》中的用例,使用次数最多者,又恰恰是皎然以及与之有关的诗作,可见这绝对是一个饶富深意的概念。

---

① (唐)释皎然著,李壮鹰校注:《诗式校注》(济南:齐鲁书社,1987年7月),卷2"律诗",页152。

第三章 唐代"极玄"诗学体系与杜甫

对于"诗家射雕手"的比喻,有学者以为:"乃谓力巧两臻极致,射而能中,巧之事也,射而能至,力之事也,云中射雕,极巧力之能事矣,以喻所选者乃诗家中之佼佼。"① 一般地说,对于"射雕手"的理解,大都只注意到格律的部分②,这也确实符合皎然"诗人正律破题"并视宋之问、沈佺期为"律诗之龟鉴"的用法。清翁方纲早已说道:

> 沈、宋律句匀整,格自不高。杼山(案:即皎然)目以"射雕手",当指字句精巧胜人耳。③

其中,"字句精巧胜人"即相当于极精工之作。唯就前引皎然《诗式》之语以观之,所谓"诗家射雕之手",盖即"但在矢不虚发,情多、兴远、语丽为上"之律诗作家也。④ 如此说来,学者对于"极玄"与"射雕"乃是采取互通的同一定义,归诸作品之对仗、意象、结构、格律等精妙的表现。

应该进一步指出的是,探究"射雕"一词,雕乃为青冥高远渺茫之处的云中物,飘忽无踪、依稀难辨,所体现的恰恰是一种无限

---

① 杜松柏:《禅学与唐宋诗学》(台北:黎明文化事业公司,1976年10月),第2章"唐宋诗学概要",页182。
② 蔡柏盈:《姚合诗研究》(新竹:"清华大学"中文研究所硕士论文,施逢雨指导,2001年),第4章"姚合的诗观",页62。
③ (清)翁方纲:《石洲诗话》,卷1,郭绍虞辑:《清诗话续编》,页1365。
④ 吕光华:《今存十种唐人选唐诗考》,第8章第4节"姚合《极玄集》与皎然诗论之间的关系",页140。

的世界;"射"而能中者自属精准之至,技艺超凡入微,"雕"实为突显神射之技的关键。文献中最早出现"射雕手"一词者,见诸《北齐书》所记载:

> (斛律金之子斛律光)少工骑射,以武艺知名。……尝从世宗于洹桥校猎,见一大鸟,云表飞扬,光引弓射之,正中其颈。此鸟形如车轮,旋转而下,至地乃大雕也。世宗取而观之,深壮异焉。丞相属邢子高见而叹曰:"此射雕手也。"当时传号落雕都督。①

大雕既在"云表飞扬",射雕者必须穿云入天,故杜甫云:"翻身向天仰射云,一笑正中双飞翼。"(《哀江头》)射雕即射云,射云的"云"恰恰表明"玄微"的具体化。从而,皎然《诗式》中有一段关于谢灵运诗的评论,堪称提供了破解"极玄"之义的总钥匙,《文章宗旨》云:

> 评曰:康乐公早岁能文,性颖神彻,及通内典,心地更精,故所作诗,发皆造极,得非空王之道助邪?夫文章,天下之公器,安敢私焉。曩者尝与诸公论康乐,为文真于情性,尚于作用,不顾词彩而风流自然。彼清景当中,天地秋色,诗之

---

① (唐)李百药:《北齐书》(台北:鼎文书局,1975年2月),卷17"斛律光传",页222。

量也；庆云从风，舒卷万状，诗之变也。不然，何以得其格高、其气正、其体贞、其貌古、其词深、其才婉、其德宏、其调逸、其声谐哉。至如《述祖德》一章、《拟邺中》八首、《经庐陵王墓》《临池上楼》，识度高明，盖诗中之日月也，安可扳援哉？惠休所评"谢诗如芙蓉出水"，斯言颇近矣。故能上蹑风骚，下超魏晋。建安之作，其椎轮乎？①

这段话中，"造极"正相当于"极玄"，皆为达到极致之义，而作诗所造之"极"相当于所极之"玄"，即其下文所言的"彼清景当中，天地秋色，诗之量也；庆云从风，舒卷万状，诗之变也"，则"玄"的幽渺难稽乃是由秋色、风云而具体化，"天地秋色"乃呈示"诗之量"，"庆云从风，舒卷万状"则显发"诗之变"。据此，不但解释了在《极玄集》中出现最多的意象是"秋"的原因，再加上以"日月"标示其"识度高明"，恰恰正是极玄诗学的表述模式（请参下文），由此也自然地平行引入云天射雕的联想。

盖秋天之渊深阔远，无边无际，非神雕何以探测穷尽？参照《极玄集》收录为首位诗家的王维，除入选的首篇《观猎》外，另有《出塞》一诗道："暮云空碛时驱马，秋日平原好射雕。"配合杜甫《寄董卿嘉荣十韵》所云："落日思轻骑，高（一作秋）天忆射雕。"清楚呈现出雕与秋的关联性，这也说明了皎然《诗式·文章宗旨》中将"天地秋色"与"风云舒卷"视为"得其格高"的凭借。

---

① （唐）释皎然著，李壮鹰校注：《诗式校注》，卷1，页90。

比观姚合《答窦知言》一诗所说的"格高思清冷,山低济水浑。……金玉日消费,好句长存存",正具体地显示了创作时一种高如"雕"的视野——"山低济水浑",在云表之上俯望大地,只见山低水浑,则"雕"所在的"极玄"便是"格高思清冷",其所锻造的诗篇则可以"好句长存存"了。

由此,极玄诗学中的相关概念也涵盖了雕的空间特性连带所及的日月、冥搜等,这些词汇或概念的提出,完整了极玄诗学的批评架构,同为理解"极玄"指涉的重要参照。

二、"极玄"与"日月"

进一步观之,皎然《诗式·文章宗旨》中,认为这些通过"天地秋色""风云舒卷"而造极于"诗之量""诗之变"的极玄之作,展现了"识度高明,盖诗中之日月也",而在极玄诗学体系中,"日月"正是一个与"射雕"连带有关的关键词汇,也应该一并观察。诸如:

- 至览如日月,今时即古时。(贯休《览姚合极玄集》,《全唐诗》卷833)
- 高于宝月月,谁得射雕弓。至鉴封姚监,良工遇鲁公。(贯休《览皎然渠南乡集》,《全唐诗》卷833)

这两首诗可谓互相定义,《览姚合极玄集》的"至览如日月"一句,其中"至览"也者,即《览皎然渠南乡集》所说的"至鉴";"如日月"

也者，即《览皎然渠南乡集》所说的"高于宝月月"，合而言之，"至览如日月"亦完全对应了皎然《诗式·文章宗旨》的"识度高明，盖诗中之日月也"，"至览""至鉴"即"识度高明"，"如日月"则一致于"盖诗中之日月也"。尤其是"高于宝月月"的"月"又与"谁得射雕弓"的"射雕"上下对应并称，可见"射雕"意谓着臻至日月之高度，也就是极玄的境界，毋怪乎《诗格》的作者王昌龄《斋心》曾道："日月荡精魄。"

此所以姚合《喜览泾州卢侍御诗卷》说道：

> 新诗十九首，丽（一作高）格出青冥。得处神应骇，成时力尽停。

再参照皎然于《诗式·序》中所言，此理更明：

> 彼天地日月、元化之渊奥、鬼神之微冥，精思一搜，万象不能藏其巧。①

据此，"日月"并不只是对仗上天文意象的方便套语，也非指时间的流逝，而是高悬于"青冥"之上，用以展现大化运行、宇宙运转之渊深奥妙，"渊奥""微冥"皆为天地、元化、鬼神之各个世界范畴的极玄者，其高悬足以探测渺冥难测之幽微，正是雕禽翱翔之天

---

① （唐）释皎然著，李壮鹰校注：《诗式校注》，页1。

际云表，射雕者即是参透天地奥秘、"得处神应骇"的创作人，其所书写的"新诗"乃堪称"丽（一作高）格出青冥"。而在创作过程中，"精思一搜，万象不能藏其巧"之说，既是"射雕"这个比喻所要传达的运思过程与终极境界，也是中晚唐才大量出现的相关术语"冥搜"一词的具体阐述。

从而，王维的作品会高居玄派选集之首的原因，也可以就此获得解释。孙桂平注意到，"在编集讲究编次的唐代，编者将诗人安排在选本的什么位置上，在一定程度上昭示了编者的诗学观念。以卷数的编排次序问题而言，研究者对于'唐人选唐诗'位列卷首的诗人，没有予以足够关注。比如，王维在唐代唐诗选本中，是备受青睐的诗人，但将王维诗置于卷首的，只有《极玄集》。……这些现象耐人寻味，却未得到深入探讨。……又如，《极玄集》选王维诗三首，为何按照《送晁监归日本》→《送丘为》→《观猎》这样的顺序排列？这些问题，也有待于深入思考"①。可惜提出了此一值得探究的问题后却也并未提供解释。如果进一步参考继承《极玄集》的《又玄集》，比较两者的编纂架构，这个问题就更加意味深长：《又玄集》也选收王维四首诗，同样包括《送晁监归日本》《观猎》这两篇，可见在"玄"的选收标准下，姚合与韦庄这两位选家认知颇为一致。《观猎》的诗题既是"极玄"的定义来源之一，自应以之为分析的基准。

有学者认为，姚合之所以将王维的《观猎》列为全集之冠，乃

---

① 孙桂平：《唐人选唐诗研究》，引论"'唐人选唐诗'研究综述"，页38。

在于该篇以静写动，用"劲""鸣""枯""疾""尽""轻""平"等形容词成功地写猎，完全符合姚合"极玄"的编选标准；但《极玄集》选录的着眼点，却并不在"画"，而在于"意"，反映了姚合对王维诗作"诗中有画"的特点也并没有明确的认识。① 唯这个批评是不能成立的，既然姚合是以"玄"作为选编的标准，而"玄"与"意"并不能等同，更与"画意"无关，以一个后人所重、选家本身所轻的"图画性"来批评姚合没有明确认识，恐怕无中生有。其实，王维的《观猎》一诗，写出猎的场景节奏轻快而不急躁、敏捷而不威猛、灵巧而不流滑，虽有狩猎的行动过程，猎取的对象则一无所及，泯除了血腥杀戮的动心动魄，只在末尾点出"射"字，与首句的"风劲角弓鸣"相呼应；但即使猎物浮出，却已经是过去式的空景，在"回看"的视野中只存想象的余韵，所射之雕更是历史典故的象征用法，但此一玄影却拔高了整首诗的眼界，在雕的制高点上开展了辽阔宽广的空间幅度，于是在仰射之后"回看射雕处"，乃随之推衍出"千里暮云平"的无限景观，只有纵目展望的踌躇容与，却无丝毫刚猛之态，"千里暮云平"所带有的"无限"意味，应该就是"极玄"的体现。

其中，"千里"固然是远方之至，目极千里之处的"暮云"更是与日月齐平的"玄"的体现——"暮色"的恍兮忽兮、"云"的高渺难测，正都是冥搜的穿透对象，"云"又更是雕的翱翔所在，

---

① 孙桂平：《唐人选唐诗研究》，第3章"论'唐人选唐诗'对王维诗歌的接受"，页130—131。

此句的相关意象与意境，恰如苏轼《又跋汉杰画山二首》之一论王维山水画所言：

> 唐人王摩诘、李思训之流，画山川峰麓，自成变态，虽萧然有出尘之姿，然颇以云物间之。作浮云杳霭，与孤鸿落照，灭没于江天之外，举世宗之，而唐人之典刑尽矣。①

由此清楚可见，在"云物"的引领下"灭没于江天之外"的无限性穷尽了"唐人之典刑"，故举世宗之。移诸诗国，也可以发现"王维山水诗，包括送别、酬赠、边塞在内，有不少诗都包括在浮云、孤鸿、落照这三种意象之内"②，"回看射雕处，千里暮云平"这一联正足以全面而集中地开显其义，善体此意的姚合乃将《观猎》置诸卷首，完成了"极玄"的最佳暗示。

再考量姚合选收王维诗三首，所呈现的《送晁监归日本》→《送丘为》→《观猎》的排列顺序，隐含着自日本⟶五湖⟶长安由远而近的空间维度，显示出日本所在的天边海角尤远在浮云、落照之外，更必须翻空临眺，倘非日月之高度，实不足以观照，而此又端赖澄心凝思以"冥搜"始能致之。

---

① （宋）苏轼著，孔凡礼点校：《苏轼文集》第5册（北京：中华书局，1986年3月），卷70"题跋"，页2216。

② 魏耕原：《盛唐三大家诗论》（北京：北京大学出版社，2017年8月），第8章"王维山水画和山水诗趋向与规律的融合"，页135。

三、"极玄"与"冥搜"

传统的文学批评早已对作家的创作过程给予精密的把握与深入的阐发,清代诗评家薛雪便藉由陆机《文赋》说明"冥搜"的意义:"'罄澄心以凝思,眇众虑而为言','课虚无以责有,叩寂寞而求音',陆士衡之言也。欲求工到,必藉冥搜。"① 可见"冥搜"正是诗家参透那高如"日月"、深入"元化之渊奥、鬼神之微冥"之过程的概念表述。

而时至晚唐五代,"觅搜""冥搜"已成为流行的术语②,徐夤《雅道机要》解释说:"凡为诗须搜觅。……凡搜觅之际,宜放意深远,体理玄微。不须急就,惟在积思,孜孜在心,终有所得。古人为诗,或云得句先要颔下之句,今之欲高,应须缓就,若阆仙经年、周朴盈月可也。"③ 形诸具体的创作成果,姚合的作品已被视为此一理论的实践,四库馆臣对于姚合诗集的分析指出:

> 其自作则刻意苦吟,冥搜物象,务求古人体貌所未到。……至南宋"永嘉四灵"始奉以为宗。其末流写景于琐

---

① (清)薛雪:《一瓢诗话》,丁福保辑:《清诗话》(台北:木铎出版社,1988年9月),页697。

② 其理论意义可参陈勇:《"冥搜"与唐人诗境说》,蒋寅、张伯伟主编:《中国诗学》第21辑(北京:人民文学出版社,2016年7月),页65—78。

③ 张伯伟编:《全唐五代诗格汇考》(南京:江苏古籍出版社,2002年8月),页445—446。

屑，寄情于偏僻，遂为论者所排。然由摹仿者滞于一家，趋而愈下。①

换言之，在上述种种细致的景物刻画之下，还更隐含着一种观物的眼光，探索到古人所未曾发现的世界面貌，"写景于琐屑，寄情于偏僻"只是落于末流的结果，并非极玄诗学与创作的本相。

换言之，一般对姚合诗及其选诗所归纳的相关特色，诸如：清峭、清奇雅淡、清逸闲远的风格，以及苦吟的作法等等，是否仍只就末流的层次为说，而未把握到"写景而不琐屑，寄情而不偏僻"的枢纽何在？既然"极玄"与"射雕"并存互证、合而为一，"射雕"就应该不是以刚劲威猛来理解，但这样一个来自北国的勇武表现，又如何能与"极玄"关联为一？其实是一个至关紧要却又难以轻易破解的问题，四库馆臣所谓的"冥搜物象，务求古人体貌所未到"，正是切中肯綮之说，"冥搜"一词更是解答的关键所在。

根据考证，在古代神话中，"玄冥"是位于北极的水神，本身为"鹜"，一声之转而幻化为"蛮"，"蛮"继演变为"玄冥"，原为水鸟之神话②，则"冥"字除幽深渺远的涵义之外，同时具有飞鸟之义。此正恰恰道出"冥搜"之所以成为"极玄"诗学的关键语汇，并与"射雕"共构为一的内在理路。参照韩愈在评价孟郊《荐士》

---

① （清）纪昀总纂：《四库全书总目提要》集部 4 别集类 4，卷 151，页 3897。
② 朱芳圃遗著，王珍整理：《中国古代神话与史实》（许昌：中州书画社，1982年 11 月），"玄冥"条，页 47—51。

一诗所云：

> 冥观洞古今，象外逐幽好。（《全唐诗》卷337）

其中，"冥观"与"冥搜"意义类似，也相当于"象外逐幽"，正清楚显示"冥观"或"冥搜"的对象乃是"象外之幽"，即现象界之外的"渊奥""微冥"，而现实世界中足以担当"逐幽"之穿玄入微者，舍雕无他。值得注意的是，固然"觅搜""冥搜"的术语是在晚唐五代大为流行，但在唐代诗人的作品中，这个术语的理论化、定量化又可以追踪到杜甫。检索"冥搜"一词的用例，在《全唐诗》中共出现53笔[①]，杜甫虽不是最早的开端，但却使用了5笔，占总数的十分之一弱，乃是所有的唐代诗人里最多的一位，并且杜甫诗中也出现过"射雕"这个用语，如《寄董卿嘉荣十韵》云："落日思轻骑，高（一作秋）天忆射雕。"足见绝非偶然的巧合。

吉川幸次郎早已慧眼洞见地注意到："冥搜"一词可见于《文选》所收晋孙绰《天台山赋》里的"远寄冥搜，笃信通神"，意味着对这无限定的世界、不可知的世界、意义不明的世界、神秘的世界，或至少是别一范畴的世界的探求，而触及这现象背后的世界，正是诗的任务，杜甫则最是对现象背后所展现的无限定的世界抱有敏锐的观察，并且由他爱用总括地表现这样的世界的词语，包括"苍

[①] 据陈郁夫撰作，王国良、许清云校对：《〈全唐诗〉全文检索系统》，东吴大学百周年纪念光盘。

茫""浩荡""冥搜"等显示出来。① 由此，已隐隐然浮现了杜甫在极玄诗学中的前导地位，若进一步扩充杜甫与极玄诗学的关联，从延续了《极玄集》的编纂、形同其续作的《又玄集》着手，以探究玄派选家对杜甫的理解，更适足以证明这一点。

第四节　从杜甫理解《又玄集》对"极玄"的认知

很特别的是，《极玄集》中虽没有选入杜甫的作品，但若干创作概念却与杜甫颇有雷同，甚至一以贯之。这固然不能断言姚合受到了杜甫的直接影响，却无妨说，死于大历五年（770）的杜甫，其晚年已经开启了中唐走向的创作内涵，在一定程度上与中唐的某些思潮彼此暗合；再加上《又玄集》作为《极玄集》的直系继承者，首度标举杜甫并置诸卷首，就"选本通过'选'这一特殊的行为按一定的原则为作家在选本中排列次序，为作家定位"②，也暗示了在韦庄的理解上，杜甫确为"极玄"诗学的最佳体现者。虽然具体实践的成果有高下之别，但透过杜甫诗学观念与创作实践的辅助，也许可以有助于把握《极玄集》的诗学意义。

与入选的热门诗家王维恰恰形成为两个极端，杜甫在现存唐代

---

① ［日］吉川幸次郎著，孙昌武译：《杜甫的诗论与诗——在京都大学文学部的最后一课》，萧涤非主编：《唐代文学论丛》总第七辑（西安：陕西人民出版社，1986年1月），页67—72。

② 邹云湖：《中国选本批评》（上海：上海三联书店，2002年7月），页8。

唐诗选本中,是最被严重忽略的巨擘。学界历来都注意到杜诗不受唐诗选家青睐的现象,闻一多曾说:"奇怪的是盛唐诗几种选本没有一本选杜甫的诗,可见他的作风在当时就跟《箧中集》相近,只因那是太平时代,这种社会描写不太被人重视。如果杜甫不长于各种诗体的话,他的诗很有可能被淹没。"① 当然其原因并非如此简单,学者已经尝试给予种种主客观因素的解释,提出了其他很有意义的说明。② 相对地,杜甫诗只见于韦庄《又玄集》,并且是集中选收篇数最多、又被置于卷首者,与其他的唐人选集呈现两极化的情况,这更是一个非常值得注意的现象。

由于《又玄集》是韦庄明确地仿效《极玄集》且"更采其玄者"而编纂,选收三百首的数目又隐隐然有孔子删诗之意,可见自负。观其自序所述的采择原则是:

> 故知颔下采珠,难求十斛;管中窥豹,但取一斑。自国朝大手名人,以至今之作者,或百篇之内,时记一章;或全集

---

① 闻一多著,郑临川笔录:《闻一多说唐诗》,《闻一多选唐诗》(长沙:岳麓书社,1986 年 11 月),页 500。

② 可参蒋凡:《〈河岳英灵集〉与杜甫》,《草堂》1983 年第 1 期,页 49—53。李珍华、傅璇琮:《河岳英灵集研究》(北京:中华书局,1992 年 9 月),页 31。邱睿:《唐人选唐诗无杜诗现象补说》,《文史杂志》2007 年第 2 期,页 55—57。吴河清:《今存"唐人选唐诗"为何忽略杜甫诗探源》,《河南大学学报(社会科学版)》第 47 卷第 4 期(2007年 7 月),页 42—46。吴淑玲:《唐人选唐诗及敦煌写卷中少见杜诗的传播学因素》,《杜甫研究学刊》2009 年第 1 期,页 17—22。何果:《唐人选唐诗十种的杜诗接受研究》,《周口师范学院学报》第 30 卷第 4 期(2013 年 7 月),页 38—40。

之中，唯征数首。但掇其清词丽句，录在西斋；莫穷其巨脉洪澜，任归东海。总其记得者，才子一百五十人；诵得者，名诗三百首。……昔姚合选《极玄集》一卷，传于当代，已尽精微。今更采其玄者，勒成《又玄集》三卷。[1]

其中的"清词丽句"一语正出自杜甫《戏为六绝句》之五的"清词丽句必为邻"，则将《极玄集》所没有选录的杜甫诗登载于卷首，应该也与韦庄对《极玄集》的理解有关。学界对于韦庄《又玄集》独家青睐杜甫的特殊现象，所归因的理由约有两端：

其一，选家韦庄本身即深具崇杜情结，其弟韦蔼《浣花集·序》中云：韦庄"辛酉春，应聘为西蜀奏记。明年，浣花溪寻得杜工部旧址，虽芜没已久，而柱砥犹存。因命芟夷，结茅为一室，盖欲思其人而成其处，非敢广其基构耳。……目之曰《浣花集》，亦杜陵所居之义也"[2]。所居、所名皆来自杜甫草堂所在的浣花溪，则既寝其处，复袭其名，颇有栖居于其精神空间以安身立命、涵濡转化之意。较诸五代后唐冯贽引《诗源指诀》所载："张籍取杜甫诗一帙，焚取灰烬，副以膏蜜，频饮之，曰：'令吾肝肠从此改易。'"[3]实不遑多让。

---

[1] 傅璇琮、陈尚君、徐俊编：《唐人选唐诗新编（增订本）》，页773。

[2] （唐）韦庄著，（唐）韦蔼编：《浣花集》，《四部丛刊初编》（台北：台湾商务印书馆，1979年），页1。《全唐文》卷889收录此序时，"成其处"作"完其庐"。

[3] （五代）冯贽编：《云仙散录》（北京：中华书局，1998年2月），"杜诗烧灰"条，页93。

其二，就韦庄《又玄集》的编选原则而言，其自序中所说的"清词丽句"一词还出现于《乞追赐李贺皇甫松等进士及第奏》中，成为学界聚焦的核心，从风格、审美特质、批评尺度等方面被阐释定义。或认为那是一种"重恬淡、喜清恬婉丽的文学倾向"①，或认为并非指"清丽"的诗风，而是指诗歌的审美特质，反映了韦庄轻功利、重审美的文学思想倾向，因此所选的多为讲求对偶与声律语言较为精美的近体诗，最能体现诗歌的审美特质，从而绝大多数为日常写景抒情之作，并不特别看重其社会意义和价值，涉及国家大事表现民生疾苦的诗篇相当少②；或兼而有之，认为"清词丽句"一方面包括风格论的意义，即提倡一种"清丽"的风格与审美旨趣，另一方面，"清词丽句"也包含有评判尺度的意义，即可将其理解为"美丽的词句"③，表现为语言的简洁清新，情感的闲适淡远，意境的优美自然。④

由此而延伸出杜甫之所以受到如此重视的原因，有论者认为开卷第一篇的《西郊》，"选取这首诗作为杜甫的代表作充分体现了韦

---

① 莫立民：《韦庄〈又玄集〉文学旨趣略论》，《漳州师院学报》1999 年第 3 期，页 35—38。

② 张学松：《〈又玄集·序〉"清词丽句"义辨——兼论韦庄的文学思想》，《北京大学学报（哲学社会科学版）》2000 年第 4 期，页 230—234。

③ 岳乾：《〈又玄集〉诗学思想浅探》，《乐山师范学院学报》2007 年第 10 期，页 22—25。

④ 崔现芳：《"清词丽句"探析——管窥韦庄的诗学思想》，《三江高教》第 9 卷第 1 期（2013 年 3 月），页 63—72。

庄对'清词丽句'的审美追求"①，另一方面也发现除《春望》外，其余《西郊》《禹庙》《山寺》《遣兴》《送韩十四东归觐省》和《南邻》等诗作均为杜甫寓居成都或在成都附近所作，皆为"清词丽句"的体现。②

本文则以为，杜甫成都时期的作品特点中，还存在着上述对"清词丽句"之种种解释所未能尽显的创作意义。具体地说，此期的杜甫诗不仅多有日常写景抒情之作，其描述倾向更颇多幽、细、轻、小、纤、弱、疏、微等形容词③，所展现出一种致密的眼光，实已启肇极玄诗学的先兆。这不仅是形容词的描述而已，还隐含一种"道通天地有形外，思入风云变态中"④的体物眼光，如宋代范晞文所言：

---

① 黎文丽：《韦庄〈又玄集〉的编纂特点》，《西北农林科技大学学报（社会科学版）》第 11 卷第 3 期（2011 年 5 月），页 138。

② 张小琴：《〈又玄集〉选录杜诗情况浅析》，《华北电力大学学报（社会科学版）》2012 年第 4 期，页 95—97 转 140。

③ 诸如小叶、细麦、轻花、细雨、幽花、细火、幽树、扁舟、细水、小径、微风、细草、疏帘、小舟、小艇、幽径、短墙、小筑、小院，还有竹细、风轻，以及初弦月、小树花、孤云细，和"润物细无声"（《春夜喜雨》）、"杨柳弱袅袅"（《绝句漫兴九首》之九）、"地晴丝冉冉，江白草纤纤"（《绝句六首》之五）、"短短桃花邻水岸，轻轻柳絮点人衣"（《十二月一日三首》之三）等等物色。详参欧丽娟：《李、杜"闲适诗"比较论》，《编译馆馆刊》第 27 卷第 2 期（1998 年 12 月），页 35—61。凡此皆为中唐、尤其是大历诗风之肇端。

④ （宋）程颢：《秋日偶成二首》之二，《河南程氏文集》，卷 3，收入（宋）程颢、程颐著，王孝鱼点校：《二程集》（北京：中华书局，2004 年 2 月），页 482。

老杜诗:"重露成涓滴,稀星乍有无。"前辈谓此联能穷物理之变,探造化之微。①

所引"重露成涓滴,稀星乍有无"一联出自杜甫《倦夜》,这种"露凝竹而成涓滴,星近月而乍有无"②的景象,虽是物理造化之本然,但露气凝聚而成重露,再因重量而落为涓滴的过程乃缓慢漫长而细微几不可辨,若非一细腻的眼光去观察、探求,如何能抉发、造作得出?对稀疏星光闪动之迅疾的把握亦然,此可谓对杜甫致密细腻之眼光的最佳说明。倘若考量到"在这个风景的背后,暗示出某种未限定的、不易理解的、轮廓不清的世界"③,则其穷变探微诚已达"冥搜"之境地。

不独此联为然,直到杜甫的最后一首诗,仍然延续了同样的书写特点,《风雨看舟前落花戏为新句》一篇被谭元春评为:

> 极善写小鸟小虫,至细至微情景。此诗人中天地也。④

---

① (宋)范晞文:《对床夜语》,丁福保辑:《历代诗话续编》(北京:中华书局,1983年8月),卷3,页423。

② (唐)杜甫著,(清)仇兆鳌注:《杜诗详注》(北京:中华书局,2015年5月),卷14,页1176。

③ [日]吉川幸次郎著,孙昌武译:《杜甫的诗论与诗——在京都大学文学部的最后一课》,萧涤非主编:《唐代文学论丛》总第七辑,页67。

④ (明)钟惺、谭元春编:《唐诗归》,卷20,收入《四库全书存目丛书》集部总集类第338册(台北:庄严文化公司,1997),页327。

如是种种，岂非"精思一搜，万象不能藏其巧"的体现？用杜甫自己的话来说，便是"情穷造化理"（《八哀诗·赠秘书监江夏李公邕》）、"毫发无遗憾"（《敬赠郑谏议十韵》）、"纤毫欲自矜"（《寄刘峡州伯华使君四十韵》）的努力和实践，因为欲穷造化之理，所以眼光细腻深微，而没有纤毫之失，可见杜甫对自己的诗歌创作是有着充分自觉的。

杜甫以极其致密深细的眼光观照生活中的寻常景物，堪称达到了"凡搜觅之际，宜放意深远，体理玄微""冥搜物象，务求古人体貌所未到""精思一搜，万象不能藏其巧"的极玄境界，到了中唐姚合等玄派诗家，更大量通过对边僻景物的抉幽发微来展现。例如，在诗评家眼中，姚合乃"得趣于浪仙之僻"①，因此两人合称"姚贾"，贾岛的作品也被推赞为"一一玄微缥缈成，……海底也应搜得净"②，诚属极玄诗学体系的一员，果然双双突显出此一特点，在贾、姚现存作品中，描写有关草、萍、叶、苔、虫、萤、蛩、蝉等细事琐物的篇章或词句占有相当大的比重，据统计，贾岛写蝉虫类约四十五次，藓苔类约二十二次，叶类约三十九次，钟磬约四十七次之多。③如是者，正为对幽玄之境的具象体现。

参照刘克庄对于"极玄"此一语汇还有一处涉及："薛能云'诗

---

① （明）胡震亨：《唐音癸签》，卷7，收入周维德集校：《全明诗话》第5册（济南：齐鲁书社，2005年6月），页3633。

② （唐）李克恭：《吊贾岛》，（清）康熙敕编：《全唐诗》（北京：中华书局，1990），卷667，页7637。

③ 参见马承五：《中唐苦吟诗人综论》，《文学遗产》1988年第2期，页81—90。

深不敢论'，郑谷云'暮年诗力在，新句更幽微'。诗至于深微极玄，绝妙矣，然二子皆不能践此言。唐人惟韦、柳，本朝惟崔德符、陈简斋近之。"① 其中所引郑谷诗，出自《寄题方干处士》，而方干正是极玄派诗人之一，则刘克庄加以摘录并整合所成的"诗至于深微极玄，绝妙矣"，所拈出之"深微"诚然契合"极玄"的内涵。

从《又玄集》所选的杜甫诗作都集中于成都草堂时期，可见其"玄"乃是一种具象的体现，并非抽象性的哲理思辨，也不是宗教化的禅趣禅理，更不是现代主义式的内在探索，而是一种"特于事物理态，毫忽体认"②的功夫与境界。当然，要能如此之观察细微、体物深至，非有一种澄静从容之身心状态而不可得，这也是极玄诗学体系中的选本、诗家都频繁出现"闲"字③的真正原因。而杜甫的成都草堂时期，也正恰恰是他一生中唯一集中出现闲适诗的生命阶段，韦庄《又玄集》专取杜甫寓居成都或在成都附近所作之诗篇，实非偶然。

---

① （宋）刘克庄著，王蓉贵、向以鲜校点：《诗话·续集》，《后村先生大全集》第 8 册，卷 178，页 4528。

② （宋）方岳：《深雪偶谈》（台北：广文书局，1971 年 9 月），页 2a。

③ 据统计，"闲"字在《极玄集》中出现了 10 次，《众妙集》中出现了 31 次，《二妙集》贾岛诗中出现了 10 次、姚合诗中出现了 32 次，涉及诗作大多表现出一种悠闲、从容的生活态度和高雅、闲适的人生情趣。见陈斐：《试论〈众妙集〉、〈二妙集〉的编选倾向——兼谈与姚合〈极玄集〉之关系》，《信阳师范学院学报（哲学社会科学版）》第 30 卷第 1 期（2010 年 1 月），页 123。

第五节　杜甫与"极玄"诗学体系

在韦庄《又玄集》之后，杜甫于"极玄"诗学体系的地位，宋代王汶也曾巧妙涉及，所谓："然君家爱刘长卿诗，余一日偶问姚、贾如何，则曰：某自爱此，何论姚、贾。后十年，复过之，则手翻口讽，一以杜老为师矣，且时时为余言诗，惟恐其不空远，空易到，远难及，余洒然识其所谓。今是集所编，大概趣极澹、意极玄、句法极精妙。"① 在以杜甫为师、以"空远"为论诗原则、以"意极玄"为选集标准的情况下，形同间接表示了杜甫乃是极玄诗学的示范。也确实，除前述被杜甫定量化的"冥搜"一词之外，极玄诗学中常见的重要语汇，诸如"混茫""飞动"等，也都在杜甫身上出现了可观的用例。

一、"极玄"与"混茫"

玄派诗人齐己《寄谢高先辈见寄二首》之二曰："诗在混茫前，难搜到极玄"，饶富意义地指出诗所面对的乃是"混茫"，而在探秘、搜索的努力中，最难触及之处便是"极玄"，可见"混茫"之极致即为"极玄"。换言之，"冥搜"所及的"穷物理之变，探造化

---

① （宋）王汶：《薛师石〈瓜庐集〉·跋》，（宋）陈起：《江湖小集》，卷73"附录"，收入杨讷、李晓明编：《文渊阁四库全书补遗——据文津阁四库全书补》第8册（北京：北京图书馆出版社，1997年7月），页208—209。

之微"已探触到"彼天地日月、元化之渊奥、鬼神之微冥",其渊奥微冥的样态,还可以统合为"混茫"的视觉意象,是为"冥搜"的终极所在。

程本《子华子》言:"夫混茫之中,是名太初,实生三气。上气曰始,中气曰元,下气曰玄,玄资于元,元资于始,始资于初。太真剖割,通三而为一,离之而为两,各有精专,是名阴阳。两两而三之数,登于九而完矣。"①扬雄《剧秦美新》李善注云:"混混茫茫,天地未分;矗闻罕漫,不明之貌。"②可见"混茫"便是"凡搜觅之际,宜放意深远,体理玄微"中的"深远玄微"。作为极玄诗家的偏好用语,"混茫"于《全唐诗》中共有9个用例,其中最早使用、兼首先将之用诸诗歌创作者,正都是杜甫,而齐己则是杜甫此一用法的唯一继承人,益发透显出杜甫与极玄诗学的密切关系。

杜甫《寄彭州高三十五使君适虢州岑二十七长史参三十韵》云:

老去才难尽,秋来兴甚长。物情尤可见,辞客未能忘。海内知名士,云端各异方。高岑殊缓步,沈(约)鲍(照)得同行。意惬关飞动,篇终接混茫。

---

① (晋)程本:《阳城胥渠问》,《子华子》,卷上,收入(清)张海鹏纂辑:《墨海金壶》第28册(台北:文友书店,1969年),页16585。
② (南朝梁)萧统编,李善等注:《六臣注文选》(台北:华正书局,1980年9月),卷48,页909。

同样是秋天的意兴湍飞,辞客对朗朗显发的幽微物情尤为注目挂怀,身处云端的诗人都参与了这场秋色的探索,以至于飞动的灵思通贯于混茫,透入了超越现象界的无限宇宙。值得注意的是,此诗中写诗人所在的"云端"一词,正对应于杜甫《敬赠郑谏议十韵》所说的"思飘云物外,律中鬼神惊",恰恰暗示了雕的空间属性,因而杜甫《幽人》亦云:

> 孤云亦群游,神物有所归。麟凤在赤霄,何当一来仪。

群游的孤云中有神物与归,神物也者,即"麟凤在赤霄"的麟凤,倘若化超现实为现实,又不失其穿幽入微之深渺特性,则云雕最是相宜。换句话说,赤霄上的麟凤恰恰对应于翱翔青冥的云雕,呈现出从空间定位、存在特点的同质性平行转移。

同样地,极玄诗学家皎然也采用了类似的说法,《诗式·序》举以为"律诗之龟鉴"的宋之问、沈佺期,所例示的诗句是"象溟看落景,烧劫辨沉灰""咏歌《麟趾》合,箫管凤雏来",并认为"凡此之流,尽是诗家射雕之手"。其中固然包含了"律诗"的格律标准,但如果我们注意到这两联代表诗句的内容特征,可以发现同样带有"极玄"的特质:麒麟、凤雏都是超现实的动物,"烧劫辨沉灰"则是佛教的宗教神话,只有"象溟看落景"是现实取径,然其终极境界仍是透过黄昏的阳光参透恍惚幽秘的"象溟","象溟"即相当于"混茫"。可见当欲表达"极玄"的境界时,若要透过日常景物来呈现,"夕阳"便是其中的主要意象,而天外的"凤雏"则堪当翱翔于秋空云表的大雕,皆为所谓的"云物"——足以穿幽入冥的云端神物。

二、"极玄"与"飞动"

我们发现,杜甫所喜用以总括地表征现象背后的无限定之世界的词语,除吉川幸次郎已经注意到的"苍茫""浩荡""冥搜"之外,还有同样重要的"飞动"一词,正形象地展现神思的运行轨迹。就在《寄彭州高三十五使君适虢州岑二十七长史参三十韵》一诗的"意惬关飞动,篇终接混茫"中,清楚呈现"混茫"与"飞动"的关联性,亦即在诗人冥搜的过程中,贯通混茫的"搜"字又往往以"飞动"为表述,而这更是众多诗人对创作的共识。

"飞动"作为一个完整词汇,于《全唐诗》中共出现 25 次,包括:宗楚客、苏颋、陶翰、李白、韦应物、韩翃、独孤及、窦庠、刘禹锡、元稹、姚合、韩愈、皎然各 1 次,孟郊、方干、吴融各 2 次,杜甫则囊括其中的 6 笔,占近四分之一,属唐代诗人中之最多者,并且杜甫也是首先将"飞动"与诗歌创作连系为言者。尤其值得注意的是,观察中唐以后此一词汇的运用状况,益可证明杜甫可以说是极玄诗学的首开其端者。

试看杜甫最早涉及此词的《夜听许十一诵诗爱而有作》云:

诵诗浑游衍,四座皆辟易。应手看捶钩,清心听鸣镝。精微穿溟涬,飞动摧霹雳。

很明确地，"飞动"一词用诸诗歌的创作朗诵上，并且与"精微穿溟涬"并言，足以证成其间的内在一致性。盖"溟涬"者，天地未形成之前，自然之气混混沌沌的样子，汉代张衡曰："太素之前，幽清玄静，寂漠冥默，不可为象。厥中惟虚，厥外惟无，如是者永久焉，斯谓溟涬。"① 王充亦云："儒书又言：'溟涬蒙澒，气未分之类也。及其分离，清者为天，浊者为地。'"② 则"精微穿溟涬"实即"冥搜"的同义词。再参照《寄刘峡州伯华使君四十韵》所说："学并卢（照邻）王（勃）敏，书偕褚（遂良）薛（稷）能。老兄真不坠，小子独无承。近有风流作，聊从月继征。放蹄知赤骥，捩翅服苍鹰。卷轴来何晚，襟怀庶可凭。会期吟讽数，益破旅愁凝。雕刻初谁料，纤毫欲自矜。神融蹑飞动，战胜洗侵凌。妙取筌蹄弃，高宜百万层。"其理益发显明，并与同诗中"捩翅服苍鹰"的云物者流上下相对应。

杜甫之后，"飞动"一词流衍不歇，其含义基本可分为两类，一类数量较少，包括：陶翰《望太华赠卢司仓》的"如有飞动色，不知青冥状。巨灵安在哉，厥迹犹可望"、韦应物《古剑行》的"忽欲飞动中有灵，豪士得之敌国宝"、窦庠《于阗钟歌送灵彻上人归越（钟在越灵嘉寺，从天竺飞来）》的"东南之美天下传，环文万

---

① （汉）张衡：《灵宪》，（清）洪颐煊辑：《问经堂丛书》，严一萍选辑：《原刻景印百部丛书集成》第 620 册（台北：艺文书局，1968 年），页 1。

② （汉）王充著，黄晖撰：《论衡校释》（北京：中华书局，1990 年 2 月），卷 11 "谈天篇"，页 472。

象无雕镌。有灵飞动不敢悬,锁在危楼五百年",以上三首,皆言一种存在于圣山、古剑、奇钟中的神灵,同为超越现实的、巨大的未知力量。但更多的是与诗歌结合为说的另一类,诸如:

- 非唯孤峭与飞动,吟处斯须能变通。(方干《赠李郢端公》,《全唐诗》卷652)
- 一石雄才独占难,应分二斗借人寰。……可怜丽句能飞动,苟宋精灵亦厚颜。(方干《赠郑仁规》,《全唐诗》卷652)
- 别来如梦亦如云,八字微言不复闻。世上浮沉应念我,笔端飞动只降君。(吴融《寄贯休上人》,《全唐诗》卷684)
- 飘然飞动姿,逸矣高简情。……始欣耳目远,再使机虑清。体正力已全,理精识何妙。(皎然《读张曲江集》,《全唐诗》卷820)

最值得注意的是,极玄诗作的选家姚合自己亦有《赠张籍太祝》一诗云:

> 绝妙江南曲,凄凉怨女诗。古风无手敌,新语是人知。飞动应由格,功夫过却奇。麟台添集卷,乐府换歌词。李白应先拜,刘祯必自疑。

由此可见,"极玄"是指现象界表面以下、背后难见的世界,乐府诗基于其本身的类型性格,则是现实层面的入世书写,张籍的古风新语尚能"飞动应由格",因此说"乐府换歌词"。据此而言,也说明了姚合《极玄集》之所以并不选收当代元、白之作的原因,乃是诗学追求截然不同之故。

《极玄集》中完全刊落元和诗坛元、白等名家之作,彻底背离创作主流走向,形成了此一选集的明显特征。对此一现象,孙桂平曾特别以专节加以阐述,认为《极玄集》与元和诗风对立的情况与意义,乃是出于嫉妒心理,以其在政坛上与在文坛上都处于边缘状态,而有意背离元和时期以白居易为核心的主流士风。[①] 然而,心理问题幽微难稽,双方乖违的现象大有其他导因的可能,本不宜率尔认定,若以简单的情绪反应解释之,恐怕过于表浅。何况姚合不仅赞赏元、白一派的张籍,更有几首诗高度赞美白居易,如《寄东都分司白宾客》云"阙下高眠过十旬,南宫印绶乞离身。诗中得意应千首,海内嫌官只一人。宾客分司真是隐,山泉绕宅岂辞贫。竹斋晚起多无事,唯到龙门寺里频"(《全唐诗》卷497),展现出多元的开阔胸襟,足以显示姚合本身的包容性。

因此本章主张,《极玄集》的取舍标准其实还是在于诗学追求的不同目标,一旦选本以"玄"为题称,就注定了与沉浸于现象界、热中于世情人事的元和体绝缘。透过对"极玄"的重新定义,可以清楚把握到两者的分途殊归在于诗学理念的歧异,而不在于世俗际遇的荣枯,虽然这两者也可以在某种程度上彼此相关。

---

① 见孙桂平:《唐人选唐诗研究》,第3章"论'唐人选唐诗'对王维诗歌的接受",页139。

于此可以附带说明的是，"诗魔"一词于中唐开始大量出现，主要也应与玄派的追求有关。固然"非极玄系"的刘禹锡（一次）、白居易（三次）也有所涉及，但其实最是频繁出现在包括姚合（一次）、齐己（六次）、李中（九次）、贯休（三次）、司空图（二次）等"玄派"诗人笔下，这当然不会是偶然的巧合。试看贯休《秋晚野居》这一首诗：

> 僻居人不到，吾道本来孤。山色园中有，诗魔象外无。
> 霜禾连岛赤，烟草倚桥枯。何必求深隐，门前似画图。

便与白居易的"诗魔"名同实异、相去甚远，体现的乃"极玄"的境界。相较之下，白居易的"诗魔"乃意指一种耽溺于吟写诗篇的入魔状态，诸如：

- 自从苦学空门法，销尽平生种种心。唯有诗魔降未得，每逢风月一闲吟。（《闲吟》）
- 酒狂又引诗魔发，日午悲吟到日西。（《醉吟二首》之二）

据此，一般将白居易与"诗魔"一词关涉为一的联结，恐怕是以偏概全的结果；实则无论是从质、量两个范畴以观之，将"诗魔"一词置诸极玄诗学体系中加以理解，应该是更精确的把握。

第六节　结语："丹霄路在五言中"

总上文所论，应可为中晚唐出现的玄派诗歌选本中所蕴含的"玄"的概念下一定义，即"穷物理之变，探造化之微""冥搜物象，务求古人体貌所未到"的观物方向与体察境界。"极玄"的"极"字如果是副词，则"极玄"意味着玄之至也、最玄之境，其意涵与日月、溟涬、混茫、幽微、象溟等相关；"极"字若是动词，则"极玄"用指对玄的探索、穷究至极，相关的概念用语包括射雕、冥搜、飞动、象外逐幽等；从而极玄诗作的相关意象，乃多见浮云、暮色、秋景等隐含着一种无限性的"玄微"的具体表征。因此必须说，学者所概括出与"玄"相连的幽、远、深、不可测、妙等，其实并不只是极玄诗歌的审美特性，也不限于禅的意境，而更是一种创作根柢的世界观，融合于艺术眼光而缔造出一种穿幽入仄、体察毫忽的心灵探求。吉川幸次郎颇具慧眼地指出，"杜甫诗的优越处，不单在眼光的细密，而且由于他有那种突入另一世界的意欲。用我前面使用过的词语，就是这种细密与飞跃的方向、超越的方向并存"[①]。旨哉斯言，可以说是对极玄诗学之真正核心的绝佳阐释，也是杜甫对极玄诗学的启发、引导所在。

不仅如此，倘若再注意到王维于极玄诗学中的地位，以及王维的前后承衍脉络，似乎还可以形成"谢朓—王维—杜甫晚年—大

[①] ［日］吉川幸次郎著，孙昌武译：《杜甫的诗论与诗——在京都大学文学部的最后一课》，萧涤非主编：《唐代文学论丛》总第七辑，页71—72。

历—姚贾"的诗学史新轴线。

先以唐朝的部分而言,关于"王维—大历—姚贾"的诗歌发展一系,当代选家高仲武以"体状风雅""理致清新"概括大历时期的诗歌创作倾向时,便看出钱起、郎士元"文宗右丞"①,后世揭橥此义者甚多,如明代的诗评家一再指出:

- 大历才子及接开、宝诸公相唱和者,未可缕指。钱起、司空曙之于王维,戎昱之于杜甫,其尤著者。②
- 唐律之由盛而中,极是盛衰之介。然王维钱起,实相倡酬,子美全集,半是大历以后,其间逗漏,实有可言,聊指一二。如右丞"明到衡山"篇,嘉州"函谷""磻溪"句,隐隐钱、刘、卢、李间矣。③

现代学界也认为,《极玄集》所选中唐诗人几乎或多或少都受到了王维的影响,从王维到大历诗人再到姚合,似乎可以看到一条诗歌

---

① (唐)高仲武:《中兴间气集》,卷上"钱起"条;卷下"郎士元"条则谓"右丞以往,与钱更长"。傅璇琮、陈尚君、徐俊编:《唐人选唐诗新编(增订本)》,页459、494。

② (明)胡震亨:《唐音癸签》(上海:上海古籍出版社,1981),卷26"谈丛二",页275。

③ (明)王世懋:《艺圃撷余》,何文焕辑:《历代诗话》(北京:中华书局,1981年4月),页776—777。

发展的线索①，应无疑义，而这一系的前承实际上还可以溯及南朝萧齐诗人谢朓。谢朓乃是大历"时代的偶像"②，"以谢朓为其心理追摹的重要艺术范型皆随处可见"③，原因虽不只一端，以诗歌美学而言，则在于谢朓"着眼于努力将细致微妙地变化着的自然、衰亡下去的瞬间的事物，对逝去的美好而又可惜的时光之眷恋等，总之即纤细的精神具象化"④。毋怪乎谢朓也被纳入极玄诗学体系里，继承《极玄集》的《又玄集·序》开篇即云：

谢玄晖文集盈编，止诵"澄江"之句；曹子建诗名冠古，唯吟清夜之篇。⑤

韦庄所举例的第一位诗家即是谢朓，时代更早的曹植反倒尾随在后，可见谢朓也应该是理解"玄"之意义的重要参照系，"澄江静如练"一句乃成为其作品中的"极玄"者。如此一来，"谢朓——

---

① 王茹：《论〈极玄集〉入选诗人原因》，《语文学刊》2011年第10期，页9—11转20。

② 蒋寅：《大历诗风》（上海：上海古籍出版社，1992年8月），第3章，页27—37。

③ 许总：《唐诗史》（南京：江苏教育出版社，1994年6月），下册，页111。其中举例甚多，可参。

④ ［日］盐见邦彦：《大历十才子与谢朓》，弘前大学教养部《文化纪要》第13号（1976年3月）。引自蒋寅：《大历诗风》，第3章，页27。

⑤ 傅璇琮、陈尚君、徐俊编：《唐人选唐诗新编（增订本）》，页773。

王维—大历—姚贾"的承续关系已无疑义。

至于杜甫，虽然从表面上来看，五代王赞《元（玄）英先生诗集序》中云："杜甫雄鸣于至德、大历间，而诗人或不尚之。呜呼！子美之诗，可谓无声无臭者矣。"①但实情并非如此简单，"雄鸣"既属事实，"诗人或不尚之"则为少数、为表象；同样地，杜甫对中晚唐的广泛影响，也并不止于一般所熟悉的元白写实讽谕路线，所谓"杜甫五律闲适诗状物抒情的细致精微，对扩大他们幽微细碎情趣的表现，也能产生一定的作用"②，此一关联正可以通过极玄诗学的建构而得到确立与深化。从前文所探讨的极玄诗学表述，已足以确立杜甫在此一系列中的位置，前引王世懋《艺圃撷余》所说的"子美全集，半是大历以后，其间逗漏，实有可言"，就是由内容风格立言者，何况还有韦庄以《又玄集》明确给予认证，殆无可虑。

兹不烦再举若干诗句具体佐证于一二：王维《晚春闺思》的"春虫飞网户，暮雀隐花枝"，被认为是大历诗人的样板，影响及于《极玄集》所收郎士元《赠张南史》的"虫丝粘户网，鼠迹印床尘"③，然而这类细致入微的事物描写，杜甫晚期诗中尤见其例，诸如：

---

① （清）董诰等奉敕编：《钦定全唐文》（京都：中文出版社，1976年9月），卷865，页11435。

② 详参陈尚君：《杜诗早期流传考》，《中国古典文学丛考》第1辑（上海：复旦大学出版社，1985年7月），页152—183，引文见页182。

③ 蒋寅：《大历诗风》，第5章，页133。

"啅雀争枝坠,飞虫满院游"(《落日》,《全唐诗》卷226)、"仰蜂黏落絮,行蚁上枯梨"(《独酌》,《全唐诗》卷226)、"衔泥点污琴书内,更接飞虫打着人"(《绝句漫兴九首》之三,《全唐诗》卷227),至于体物深细的名句"绿垂风折笋,红绽雨肥梅"(《陪郑广文游何将军山林十首》之五),比诸王维《田家》诗的"多雨红榴拆,新秋绿芋肥"(《全唐诗》卷127)更是青出于蓝。倘谓杜甫晚期诗作启振了大历先声,实不为过。毋怪乎,玄派诗人贯休《读杜工部集二首》之一便有如此之说法:

> 造化拾无遗,唯应杜甫诗。岂非玄域藁,夺得古人旗。日月精华薄,山川气概卑。古今吟不尽,惆怅不同时。(《全唐诗》卷829)

其中,首句"造化拾无遗"正是极玄的最高境界,次句"唯应杜甫诗"则清楚推崇杜甫是唯一究极的诗人,接着第三句的"玄域藁"一词,最是挑明杜诗与极玄的内在关联,而后续的"日月""山川"更恰恰都属极玄诗学的重要术语,显系绝非偶然,更证示了杜甫确为极玄诗学的开派宗师。

当然,单单只有此一穿幽入仄、体察毫忽的心灵能力是不够的,艺术乃是一种人为的文字形式,欲将冥搜、飞动之灵视所参透的溟涬、混茫之奥秘形诸笔墨,并且巧妙传达,令人心领神会,非有对诗歌体式之精准把握而不可得。这也是自杜甫开始,往往将心灵飞跃的一面与律诗的精严格度结合为言的原因,诸如:"精微穿溟涬，飞动摧霹雳"(《夜听许十一诵诗爱而有作》)、"钟律俨高悬，鲲鲸喷迢递"(《八哀诗·赠秘书监江夏李公邕》)等等，此点也早已经吉川幸次郎指出。微妙的是，中唐所确立的极玄诗学中，也明确延续了这个方向，不仅皎然《诗式》说："夫五言之道，惟工惟精。"① 姚合《和郑相演、杨尚书蜀中唱和诗》亦云："元气符才格，文星照笔毫。五言全丽则，六义出风骚。"更值得注意的是方干《赠李郢端公》所言：

> 物外搜罗归大雅，毫端剪削有余功。……别得人间上升术，丹霄路在五言中。

原来"物外搜罗"的冥搜、飞动之心，并非一往不返的漫衍纵放，乃必须经过"毫端剪削"之功夫才能归于大雅之境界，"丹霄路在五言中"恰恰另类地表明了"五律"的格式是达到"极玄"的关键因素之一，盖"丹霄路"正形象地具现冥搜、飞动之心的运思轨迹。而丹霄即云表之所在，若非精准之技巧，岂能探中隐含于混茫中的幽微影踪，故杜甫说"精微穿溟涬"(《夜听许十一诵诗爱而有作》)、"思飘云物外，律中鬼神惊"(《敬赠郑谏议十韵》)，这也间接呼应了射雕的比喻，以及射雕手多为五律作者的原因。如杜甫全部1450多首的诗集中，八百多篇的五律占了超过一半以上的

---

① （唐）释皎然著，李壮鹰校注：《诗式校注》，卷4，页197。

比例，到了玄派选家手里，选诗的体式也以五律最多①，而姚合《极玄集》中居首的安排乃是归宗返本于盛唐诗人王维，正因为王维的五律最为后世的典范，诗评家往往指称：

- 五言律杜老固属圣境，而王、孟确是正锋。②
- 盛唐人诗固无体不妙，而尤以五言律为最。此体中又当以王、孟为最，以禅家妙悟论诗者，正在此耳。……中唐大历诸贤尤刻意于五律，其体实宗王、孟，气则弱矣，而韵犹存。③

《观猎》一诗更被视为"五律准绳"④，这与《又玄集》开宗明义以杜甫为张本，实同出一理。由此可见，"玄"这个概念确与格律有关。

则"极玄"之作，便是开展对玄溟的探索、穷究至极，飞臻云雕之所在的高远幽深之处；同时将此一过程以五律进行"毫端剪

---

① 《极玄集》中，五律有85首，五绝8首，五排、七绝各3首，参吴彩娥：《"极玄集"的选录标准试探》，页265—299。《又玄集》中，五律有118首，七律次之，96首，五古再次之，21首。杂言古诗、五言绝句，各9首，七言古诗，7首，五言排律，5首。参吕光华：《今存十种唐人选唐诗考》，第9章"《又玄集》考"，页152。另一个统计是：《又玄集》中五律116首，约占39%；七律93首，约占31%；五排11首，约占3.6%；七排2首，约占0.6%，很明显，其中近体诗占了绝大多数，尤其以五、七言律诗为多，七言绝句次之。见岳乾：《〈又玄集〉诗学思想浅探》，《乐山师范学院学报》2007年第10期，页24。

② （清）李重华：《贞一斋诗说》，丁福保编：《清诗话》，页925。

③ （清）姚鼐选：《今体诗钞》（台北：广文书局，1962），"序目"，页1b—2a。

④ （清）张谦宜：《絸斋诗谈》，卷5，郭绍虞编：《清诗话续编》，页846。

削"，达到精微切中的展现，这就是"射雕"的完整意义。据此，衡诸韦庄《又玄集·序》所说"昔姚合撰《极玄集》一卷，传于当代，已尽精微"，可谓若合符契："精微"二字包含两个意义范畴，即精致、精工、精准，以及细微、幽微、微妙，固然彼此可以互涉重叠，却仍各有所偏，"精"可以对应于格律的精严，"微"则侧重于内容的幽深，二者兼具，乃臻乎"极玄"。就此，身为极玄诗学之前导乃至奠定者的杜甫，实更当之无愧，而首先洞见此一诗学发展脉络并加以抉发者，则不得不推功于韦庄。换言之，姚合以《极玄集》隐然追踵杜甫之余踪，建构了极玄诗学；韦庄继之编定《又玄集》将极玄诗学发扬光大，并将隐形的杜甫加以显像，确立了杜甫之为极玄诗学的宗师地位。这是吾人在探讨《又玄集》时，极应注意却又严重忽略的重要意义。

（本文原载于《新亚学报》第35卷，2018年8月。）

第四章
李康成《玉台后集》蠡测
——"玉台诗史""玉台美学"的建构

第一节　前　言

根据吴企明、陈尚君、张固也、卢燕新等学者的研究[①]，今可知确属唐人编纂者达二百余种；然多数佚失，其具体内容难以确考。

其中，关于李康成《玉台后集》一书，宋代的公私书目多著录，但自明以后则消失不见，从《永乐大典》尚多次引用来看，其

[①] 参吴企明：《"唐人选唐诗"传流、散佚考》，载《唐音质疑录》（上海：上海古籍出版社，1985年），页127—161；陈尚君：《唐人编选诗歌总集叙录》，载《唐代文学丛考》（北京：中国社会科学出版社，1997年），页184—222；张固也：《新唐书艺文志补》（长春：吉林大学出版社，1996年）；卢燕新：《唐人编选诗歌总集补考》，载《古籍研究》，2008（卷上），页192—199；卢燕新：《唐人编选诗歌总集续补考》，中国唐代文学学会等主编：《唐代文学研究（第十四辑）》（桂林：广西师范大学出版社，2012年），页136—144；卢燕新：《唐人编选诗文总集研究》（北京：中国人民大学出版社，2014年）。

亡佚当在明初以后。虽明末吴琯编《唐诗纪》、胡震亨编《唐音癸签》均曾多次引用及此集，然从各种状况，只能认为二人所见最多仅为残本，甚或根本未见该集，所引皆转录他书。清编《全唐诗》所引，则系转录胡书及以吴书为基础而成的季振宜《全唐诗》稿本。[①] 就其纂著者，王尧臣《崇文总目》、晁公武《郡斋读书志》、陈振孙《直斋书录解题》等皆称为李康成，但《新唐书·艺文志》云："李康《玉台后集》十卷。"漏一"成"字，《通志·艺文略》《宋史·艺文志》也沿袭此说，误作"李康"。

就保存其人其书之资料最丰富的南宋刘克庄《后村诗话》而言，则应以"李康成"为是。尤其是刘克庄曾见过《玉台后集》原书，有两段诗话提供了最完整的说明，一曰：

> 郑左司子敬家有《玉台后集》，天宝间李康成所选，自陈后主、隋炀帝、江总、庾信、沈、宋、王、杨、卢、骆而下二百九人，诗六百七十首，汇为十卷，与前集等，皆徐陵所遗落者。往往其时诸人之集尚存。今不能悉录，姑摘其可存者于后。[②]

又云：

[①] 本段参陈尚君：《〈玉台后集〉前记》，傅璇琮、陈尚君、徐俊编：《唐人选唐诗新编（增订本）》（北京：中华书局，2014年），页381。

[②] （宋）刘克庄撰，王秀梅点校：《后村诗话》（北京：中华书局，1983年），《续集》，卷1，页84；以下所摘录的诗句，见页84—86。

> 天宝间大诗人，如李、杜、高适、岑参辈迭出，康成同时，乃不为世所称。若非子敬家偶存此编，则许多佳句失传矣。中间自载其诗八首，如"自君之出矣，弦歌绝无声。思君如百草，撩乱逐春生"，似六朝人语。如《河阳店家女》长篇一首，叶五十二韵，若欲与《木兰》及《孔雀东南飞》之作方驾者。末云："因缘苟会合，万里犹同乡。运命傥不谐，隔壁无津梁。"亦佳。但木兰始代父征戍，终洁身来归，仲卿妻死不事二夫，二篇庶几发于情性，止乎礼义。店家女则异是，王姁儿虽蓬头历齿，母许婿之矣。女慕郑家郎裘马之盛，背母而奔之。康成卒章都无讥贬，反云："传语王家子，何为不自量。"岂诗人之义哉！①

考量下文的讨论所需，兹全录如上。其中所谓"皆徐陵所遗落者"，就"续编"的性质，以至于所收对象皆晚生于原编者而言，自是理所当然。

在目前所知的唐人选唐诗的卷秩里，李康成《玉台后集》十卷原书收录了670首诗作、209位诗家，既亚于韦縠《才调集》的一千首，也不及晚唐顾陶耗时三十年所编选的《唐诗类选》二十卷，收1232首诗②，数量上虽不是冠冕，却已是绝大多数唐人选唐诗所

---

① （宋）刘克庄撰，王秀梅点校：《后村诗话·续集》，卷1，页86。
② 见（唐）顾陶：《唐诗类选·序》《唐诗类选·后序》，收入（宋）李昉等编纂：《文苑英华》，卷714，（清）永瑢、纪昀等编：《景印文渊阁四库全书》（台北：台湾商务印书馆，1986年），册1339，页735。

望尘莫及的，编者之用心不言可喻。只可惜，《玉台后集》作为散失严重、勉强重辑的残本，欲就其编选的形式，包括：(1) 卷数的编排次序、(2) 诗人的编排次序、(3) 诗作的编排次序等探讨其中所隐含的诗学观念①，恐怕是不可能的；相较之下，就选录动机和选录原则（有否反映共同的文化倾向）而言，或许是可以有所斩获的切入点。

第二节　李康成及其作品

李康成的生平资料很少，生卒爵里仕历等，今皆已无考。从刘克庄所言："天宝间大诗人，如李、杜、高适、岑参辈迭出，康成同时，乃不为世所称。"再就现存与李康成交游之相关诗作，只有刘长卿《严陵钓台送李康成赴江东使》一诗（见《刘随州集》卷十），严陵钓台在睦州桐庐，当时李康成自睦州将赴江东使幕，刘长卿为诗送之，可知此诗为刘长卿大历十三年（778）前后任睦州司马时作。②故李康成的主要生活时期或在盛唐至大历年间。③

---

① 参孙桂平：《唐人选唐诗研究》（北京：中国社会科学出版社，2012 年），页 38。

② 参见傅璇琮：《刘长卿事迹考辨》，载《唐代诗人丛考》（北京：中华书局，1980 年），页 238—268。

③ 本段参陈尚君：《〈玉台后集〉前记》，傅璇琮、陈尚君、徐俊编：《唐人选唐诗新编（增订本）》，页 381—382。

固然李康成的成就主要是以编选《玉台后集》为主，不过，除了编选《玉台后集》之外李康成所集纂的续编之作，疑还有《丽则集》五卷。

关于《丽则集》的作者，考各种文献所著录者，共有三种表述：一是未著撰人。如《新唐书·艺文志》、宋王尧臣《崇文总目》卷十一仅列书目，另于书目之下简述收诗范围者，如宋郑樵《通志·艺文略》言"自梁至唐开元间歌诗"、明焦竑《国史经籍志》卷五云"自梁至唐诗"，皆未著撰人。

二是泛称"李氏"。如晁公武云：

> 唐李氏撰，不著名。集《文选》以后至唐开元词人诗，凡三百二十首，分门编类。贞元中，郑余庆为序。①

此后，元马端临《文献通考·经籍考》、明胡震亨《唐音癸签》卷三十一、清代李富孙《校经庼文稿》卷七、佚名《唐书艺文志注》卷四，则直接引述晁公武之说，对象仍不确定。

三是径题为李吉甫（758—814）所编。如宋王应麟《玉海》卷五十四、《宋史·艺文志》、明柯维骐《宋史新编》卷五十四、清钱东垣《崇文总目辑释》卷五，等等。

以上三种说法中，李吉甫生于安史乱后，于宪宗朝任宰相，其

---

① （宋）晁公武撰，孙猛校证：《郡斋读书志校证》（上海：上海古籍出版社，1990年），卷20"总集类"，页1060。

子李德裕则于武宗时代拜相。何以集《文选》以后诗仅至"开元"词人,而未及身前包括天宝时期在内的整个诗史,殊不可解。而疑"李氏"可能是李康成者,见于明代包节《苑诗类选·后序》云:

> 若唐人李康成辈所辑《选》以后之诗,有《丽则集》,有《玉台后集》,今皆不可复见。①

其中,《丽则集》与《玉台后集》并列,同置于"唐人李康成辈所辑"之后,隐隐然是视李康成为纂辑者,且从姓氏、选诗的时间范围,都与李康成相合;从"贞元中,郑余庆为序"之说,若不排除是后人所加的序,则《丽则集》似亦为李康成所编,且属于《续文选》之类的续编。若果如此,李康成以一人之手进行六朝两大总集的续编,成珠联璧合之势,既属十分罕见的现象,则其续《玉台新咏》之《玉台后集》所蕴含的诗学意义必然更为深沉,值得深入探究。

首先,值得注意的是,李康成纂辑《玉台后集》时,在在都是刻意追仿《玉台新咏》的,从刘克庄所言"往往其时诸人之集尚存",这和徐陵编撰《玉台新咏》的情况是一样的,此其一。其次,全书从卷数、篇数的规模都"与前集等",这更是形式上的踵步为之,属于后人延续命脉的致敬表示。其三,从刘克庄所言《玉台后

---

① 见(明)黄宗羲编:《明文海》(北京:中华书局,1987年),册3,卷225,页2312。

集》"中间自载其诗八首"，则两位作者都在自编诗集中收入自己的作品①，尤其是李康成的自载八首，包括《河阳店家女》长篇一首，叶五十二韵"，就《玉台后集》中的单一诗人而言，似乎是数量最多，篇幅也最长者。对于这种自录己诗的做法，一种看法是认为有假公济私之嫌，如四库馆臣对《国秀集》之编选者自选其诗一事，甚表不以为然，责其"露才扬己，先自表章，虽有例可援，终不可为训"②。然而，这种"先自表彰"的做法不仅"有例可援"，后世也不绝如缕，直到清代《红楼梦》的小说类创作中，知之甚深的评点家脂砚斋也曾认为："雪芹撰此书，中亦为传诗之意。"③姑且不论其用心是否为"露才扬己"，可见"传诗"的方式不仅直录己诗一端，而其效果也不可一概而论。

一般地说，李康成"中间自载其诗八首"的做法应亦有借以传诗的用意，然而是否单单只为了满足"露才扬己"的虚荣私心，还是为了张扬"玉台美学"的亲力实践，如刘克庄所言："《河阳店家女》长篇一首，叶五十二韵，若欲与《木兰》及《孔雀东南飞》之作方驾者"，实不可确知；从结果来看，诚然也部分地达到传诗

---

① 刘跃进也推论道："从刘克庄《后村诗话》所引《玉台后集》中的诗来看，李康成也像徐陵一样收录了自己的创作。这说明李康成所见《玉台新咏》确实已经收录了徐陵自己的作品。"且从情理上言，应该也会收录父亲的作品。刘跃进：《〈玉台新咏〉成书年代考正》，《玉台新咏研究》（北京：中华书局，2000年），页83。

② 见（清）永瑢、纪昀等撰：《〈国秀集〉提要》，（清）永瑢、纪昀等编：《景印文渊阁四库全书总目》，册5，卷186，页8。

③ 甲戌本第一回夹批，见陈庆浩编：《新编石头记脂砚斋评语辑校（增订本）》（台北：联经出版公司，1986年），页26。

的成效，不仅刘克庄庆幸道："若非子敬家偶存此编，则许多佳句失传矣"，属于刘克庄观览《玉台后集》后所摘录的"许多佳句"之一，也因此避免失传的遭遇，就《全唐诗》承刘克庄所言，亦云："自载其诗八篇，今存四首。"可见李康成的诗作正是从《玉台后集》中辑录而来，且迄今保留于《全唐诗》中。从后世的角度而言，传诗之举未为不可，其良窳得失自有公断。

其四，李康成承《玉台新咏》而纂辑《玉台后集》，最重要的是确立并彰扬"玉台美学"，其醒目的做法之一，即是继承《玉台新咏》将女性创作的拔擢入列之举，突破初盛唐诗歌选本的男性天下，如学者已然观察到的："唐代前期编纂的诗总集如《古今类序诗苑》、《续诗苑英华》、《续古今诗集》、《古今诗类聚》、《正声集》、《搜玉集》、《国秀集》、《河岳英灵集》等均未纂选女性诗什，至《玉台后集》，总集编纂家始将目光投向女性诗。"① 《玉台后集》成为今日可考选收女性诗者五种中的先锋。这种"女性"倾向当然最主要的是表现在诗歌的内容书写上，包括题材、风格等，李康成自收之诗也没有例外。

就编选者的个人创作倾向而言，可见诸《全唐诗》卷 203 所收李康成的四首诗、一残句，如下：

- 杨柳青青莺欲啼，风光摇荡绿蘋齐，金阴城头日色低。日色

---

① 傅璇琮、卢燕新：《从〈玉台后集〉到〈瑶池新咏〉——论唐总集编纂对女性诗什的接受》，《文学评论》2009 年第 3 期，页 128、131。

低,情难极,水中凫鹥双比翼。(《江南行》,《文苑英华》首有"梅花落,好使香车度"二句)

- 采莲去,月没春江曙,翠钿红袖水中央。青荷莲子杂衣香,云起风生归路长。归路长,那得久。各回船,两摇手。(《采莲曲》)

- 紫阳仙子名玉华,珠盘承露饵丹砂。转态凝情五云里,娇颜千岁芙蓉花。紫阳彩女矜无数,遥见玉华皆掩嫮。高堂初日不成妍,洛渚流风徒自怜。璇阶霓绮阁,碧题霜罗幕。仙娥桂树长自春,王母桃花未尝落。上元夫人宾上清,深宫寂历厌层城。解佩空怜郑交甫,吹箫不逐许飞琼。溶溶紫庭步,渺渺瀛台路。兰陵贵士谢相逢,济北风生尚回顾。沧洲傲吏爱金丹,清心回望云之端。羽盖霓裳一相识,传情写念长无极。长无极,永相随。攀霄历金阙,弄影下瑶池。夕宿紫府云母帐,朝餐玄圃昆仑芝。不学兰香中道绝,却教青鸟报相思。(《玉华仙子歌》)

- 自君出之矣,弦吹绝无声。思君如百草,撩乱逐春生。(《自君之出矣》)

- 因缘苟会合,万里犹同乡。运命傥不谐,隔壁无津梁。(《河阳店家女》残句)

这些可以说都是《玉台后集》中的姊妹作,从刘克庄特别就"自君之出矣"一篇挑明说"似六朝人语",足证是《玉台新咏》的延续。但从常理推之,李康成一生所为当不致仅有收入《玉台后集》的八首诗，也不只是专以女性倾向的玉台美学写作，却因自选其诗而稍获存世之机。或许可以说，李康成作为一个对诗史发展有着清晰认识、对诗歌美学有其个人主张的选家，以一个宏观的立场上下古今，视自己为"文章千古事"中的客观存在之一，对自己的创作一体看待，因此将合乎此一玉台美学的书写实践纳入选集，这或许是对"传诗"的更好诠释。

只不过，李康成个人所偏好的诗歌美学及其选集，毕竟随着其追拟之经典的历史地位而相对消沉。

《文选》及《玉台新咏》是六朝仅有的两部文学总集，《玉台新咏》的经典地位无庸置疑，从敦煌石室所出之唐写本残卷可知；但在以言志为创作主流的传统中，其影响力与重要性却仍不能与梁昭明太子萧统（501—531）招集文人学士所编纂的《文选》相提并论，与《文选》在唐朝形成了"选学"，此后于历代都是文学宝库的地位[①]相比，《玉台新咏》的接受则颇为坎坷。清纪容舒以去古较远的历史距离，勾稽两部经典的流传状况，于《玉台新咏考异·序》云：

> 六朝总集之存于今者，《文选》及《玉台新咏》耳。《文选》

[①] 可参汪习波：《隋唐文选学研究》（上海：上海古籍出版社，2005年）；林英德：《〈文选〉与唐人诗歌创作》（北京：知识产权出版社，2013年）；郭宝军：《宋代文选学研究》（北京：中国社会科学出版社，2010年）；王书才：《明清文选学述评》（上海：上海古籍出版社，2008年）；王小婷：《清代〈文选〉学研究》（上海：上海古籍出版社，2014年）。

盛行,《玉台新咏》则在若隐若显间,其不亡者幸也。①

必须说,《玉台新咏》的幸而不亡,"很大程度上幸赖明代刊刻家不遗余力的刊印。现存《玉台新咏》传世版本,除一部唐写本残卷外,最早的就是明刻本了"②。然而,《玉台新咏》的"不亡之幸"却没有分润到它的第一部续集上,《玉台后集》在此一"若隐若显间"的流传下,则不幸而隐沦,明代一方面不遗余力地刊印《玉台新咏》,却又是它的第一部续编的亡佚之时,诚可感慨。

在明初以后亡佚的情况下,《玉台后集》已注定难复旧观,其复原工作在陈尚君的辑录与分擘之后,乃粗具梗概。③ 兹将其所收之诗人与篇目,整理表列如下:

诗　人	篇　名	诗作数	诗联数	收录文献
萧子范				《郡斋读书志》
徐　陵	《中妇织流黄》《乌栖曲二首》《乌栖曲》	4		《后村诗话·续集》《古诗纪》
沈君攸	《采莲诗》	1		《九家集注杜诗》
周弘正	《采桑》	1		《后村诗话·续集》

---

① (清)纪容舒:《玉台新咏考异》(北京:中华书局,1985年),"序",页1。

② 见张蕾:《玉台新咏论稿》(北京:人民出版社,2007年),第5章"明刻本增补《玉台新咏》的价值",页133。并且明代《玉台新咏》版本有近二十种,见雷磊:《论玉台体》,《求索》2004年第3期。

③ 陈尚君辑校:《玉台后集》,见傅璇琮、陈尚君、徐俊编:《唐人选唐诗新编(增订本)》,页385—442。

续表

诗　人	篇　名	诗作数	诗联数	收录文献
陈后主				《后村诗话·续集》
江　总	《长安路》、《宛转歌》《梅花落》《诗》	3	1	《后村诗话·续集》《类要》《九家集注杜诗》《纪纂渊海》
张正见	《赋得佳期竟不归》	1	1	《古诗纪》《后村诗话·续集》
苏子卿	《落梅》	1		《后村诗话·续集》
乐昌公主	《诗》	1		《九家集注杜诗》
徐之才	《下山逢故夫》	1		《唐诗纪·初唐》
庾　信	《归人望月》	1		《后村诗话·续集》
唐　怡	《咏破扇》《述怀》	2		《唐诗纪·初唐》《全唐诗》
隋炀帝	《荡子不归》《春日》《诗》		3	《后村诗话·续集》
卢思道	《和徐参卿秋夜捣衣》			《杜诗赵次公先后解》
虞世基	《衡阳王斋阁奏妓》	1		《杜诗赵次公先后解》
蔡　瓊	《夏日闺怨》	1		《唐诗纪·初唐》
李　播	《见美人闻琴不听》	1		《唐诗纪·初唐》
丁六娘	《十索四首》	4		《后村诗话·续集》
虞世南	《中妇织流黄》	1		《后村诗话·续集》
陈子良	《学小庾体》	1		《后村诗话·续集》
谢　偃	《踏歌词三首》	3		《后村诗话·续集》

续表

诗 人	篇 名	诗作数	诗联数	收录文献
杨师道	《阙题》	1		《唐诗纪·初唐》
郑世翼	《见佳人负钱出路》	1		《唐诗纪·初唐》
张文琮	《咏王昭君》	1		《后村诗话·续集》
潘求仁	《咏烛寄人》	1		《唐诗纪·初唐》
上官仪	《八咏应制二首》	2		《九家集注杜诗》
杜易简	《湘州新曲二首》	2		《类要》
董思恭	《咏王昭君二首》《春日代情人》	3		《后村诗话·续集》《永乐大典》
辛弘智	《自君之出矣》《诗》	2		《唐诗纪·初唐》
王 勃	《铜雀妓二首》	2		《后村诗话·续集》
杨 炯				《后村诗话·续集》
卢照邻				《后村诗话·续集》
骆宾王				《后村诗话·续集》
沈佺期	《古离别》	1		《后村诗话·续集》
宋之问	《和赵员外桂阳桥遇佳人》	1		《唐诗纪·初唐》《唐音统签》
李 峤	《倡妇行》	1		《后村诗话·续集》
张修之	《长门怨》	1		《后村诗话·续集》
郎大家宋氏	《长相思》、《朝云引》《拟晋女刘妙容宛转歌二首》《采桑》	5		《唐诗纪·初唐》
刘希夷				《唐诗纪·初唐》

续表

诗人	篇名	诗作数	诗联数	收录文献
王适	《古离别》	1		《后村诗话·续集》
刘处约	《下山逢故人》	1		《永乐大典》
张昌宗	《太平公主山亭宴》	1		《后村诗话·续集》
乔氏	《临镜晓妆诗》	1		《永乐大典》
萧意	《长门失宠》	1		《唐诗纪·初唐》
常理	《古离别》《偷薄命》	2		《后村诗话·续集》《唐诗纪·初唐》
刘元叔	《妾薄命》	1		《唐诗纪·初唐》
郭元振	《咏昭君三首》	3		《后村诗话·续集》
吴少微	《古意》《古怨歌》	2		《类要》
阎德隐	《薛王花烛行》《三月歌》	2		《唐诗纪·初唐》
冯待征	《虞姬怨》	1		《唐诗纪·盛唐》
张子容	《诗》	1		《后村诗话·续集》
张潮	《江风行》	1		《后村诗话·续集》
沈宇	《捣衣》《代闺人》	2		《初唐诗纪》
丁仙芝	《江南曲》	1		《类要》
祖咏	《愁怨》	1		《后村诗话·续集》
崔国辅	《采莲》	1		《后村诗话·续集》
崔颢	《王家小妇》《卢女曲》《相逢行》《汉宫春》	4		《后村诗话·续集》《类要》
冷朝光	《越谿怨》	1		《唐诗纪·盛唐》
卫万	《吴宫怨》	1		《唐诗纪·盛唐》

续表

诗　人	篇　名	诗作数	诗联数	收录文献
王　翰	《飞燕篇》	1		《类要》
李　暇	《拟古东飞伯劳歌》《怨诗三首》《碧玉歌》	5		《唐诗纪·盛唐》《全唐诗》
王　沈	《婕妤怨》	1		《唐诗纪·盛唐》
王　偃	《夜夜曲》《明君词》	2		《唐诗纪·盛唐》
李　章	《春游吟》	1		《唐诗纪·盛唐》
毕　曜	《古意》《情人玉清歌》	2		《杜工部草堂诗集》《唐诗纪·盛唐》
李康成	《自君之出矣》《河阳店家女》《江南行》《采莲曲》《玉华仙子歌》	4	1	《后村诗话·续集》《唐诗纪·盛唐》
张　继	《望归舟》	1		《后村诗话·续集》
张　赴				《郡斋读书志》
晁祖道	《咏屏风》		1	《后村诗话·续集》
刘　聃			1	《后村诗话·续集》
无名氏	《梁陈杂歌》《古神女宛转歌》《巨鹿公主歌辞》《白符鸠》《黄竹子歌》《江陵女歌》《如意娘曲》	6	1	《后村诗话·续集》《类要》《乐府诗集》
(附录)张　陵	《虏患》	1		《唐诗纪·盛唐》《全唐诗》
(附录)张　祜	《采莲》		1	《后村诗话·续集》

第四章　李康成《玉台后集》蠡测　173

　　较诸前一版本共收作者六十一人（其中七人无诗，另二人疑有误）、诗八十九首（其中八首仅存残句，另存疑二题）①，共增收沈君攸、乐昌公主、徐之才、卢思道、虞世基、上官仪、杜易简、吴少微、丁仙芝、王翰等十个诗人、十五首诗作、三联诗句，且出处多来自《类要》《九家集注杜诗》《杜诗赵次公先后解》等文献。但即使如此，共总也仅得七十一个诗人（其中八人无诗，另二人疑有误）、一〇六首诗作（其中十首仅存残句，一首仅存题，另存疑二题），所存诗人为原书的三分之一稍强、诗作则仅存六分之一弱，远逊于原本的规模。

　　据此，关于《玉台后集》的研究注定是以管窥豹。可喜的是，学界仍陆续有刘跃进②、吕玉华③、张蕾④、傅璇琮与卢燕新⑤、李静⑥等一些成果出现，值得参考。

----

①　见傅璇琮编撰：《唐人选唐诗新编》（台北：文史哲出版社，1999年），页315—323。

②　刘跃进：《关于〈玉台新咏〉的续编》，收入《玉台新咏研究》，附录一，页100—108。

③　吕玉华：《唐人选唐诗述论》（台北：文津出版社，2004年），"内篇"第二编"唐人选唐诗的承续性和独特性"，第1章"不折不扣的续集——《玉台后集》"。

④　张蕾：《玉台新咏论稿》，第6章"关于《续玉台新咏》的几个问题"，页156—175。

⑤　傅璇琮、卢燕新：《从〈玉台后集〉到〈瑶池新咏〉——论唐总集编纂对女性诗什的接受》，《文学评论》2009年第3期，页127—131。

⑥　李静：《唐李康成〈玉台后集〉研究》（太原：山西大学硕士论文，2011年）。

第三节　"选学"盛行下的典律之争?

《四库全书总目·集部总叙》谓:"总集之作,多由论定。"[①]意谓总集的编撰多寓含轻重可否的价值观与诗学主张。如果说"选本"是典范的展示,则"后集"的编撰则可以说是典范的延续或确立。

在六朝多方耕耘的丰硕基础上,唐人展开了各种反省思索,作为取舍、调整、发展的依据,"续编"就是其中之一。在当世鼎盛的选学风潮之下,有高宗时孟利贞编《续文选》十三卷,开元时卜长福编《续文选》三十卷、卜隐之编《拟文选》三十卷;不仅如此,萧统所编的另一部《古今诗苑英华》,到了唐太宗时,也有慧净编撰《续古今诗苑英华》十卷直接加以继承,李康成的《玉台后集》同为此一风潮的反映。这可以说是唐代吸收、转化六朝文学精华的一种方式,并形成了盛大的时代风潮。

不过,李康成编《玉台后集》的意义不只是跟随潮流而已,实更有着"典律之争"的深层意涵。

一、《文选》和《玉台新咏》的异同

首先,关于《文选》和《玉台新咏》这两部编纂时间相距不到

[①] 收入(清)永瑢、纪昀等编:《景印文渊阁四库全书总目》,册4,页1。

十年①、内容出入甚大的总集，其选诗之高下优劣一直是评论家的争议所在，而《文选》高于《玉台新咏》乃是一般性的主流共识。如宋陈振孙针对楼炤编《谢朓集》，便就其去取用舍的标准说道：

> 集本十卷，楼炤知宣州，止以上五卷赋与诗刊之，下五卷皆当时应用之文，衰世之事，可采者已见本传及《文选》，余视诗劣焉，无传可也。②

刘克庄亦云：

> 徐陵所序《玉台新咏》十卷，皆《文选》所弃余也。六朝人少全集，虽赖此书略见一二，然赏好不出月露，气骨不脱脂粉，雅人庄士见之废卷。昔坡公笑萧统之陋，以陵观之，愈陋于统。如沈休文《六忆》之类，其亵慢有甚于《香奁》《花间》者，然则自《国风》《楚词》而后，故当继以《选》诗，不易之论也。③

---

① 《文选》稍早成书于普通（520—527）末至中大通（529—534）初的三四年间，《玉台新咏》则成书于中大通六年（534）前后。参曹道衡、沈玉成：《南北朝文学史》（北京：人民文学出版社，1991年）。

② （宋）陈振孙撰，徐小蛮、顾美华点校：《直斋书录解题》（上海：上海古籍出版社，2015年），卷16。此后有若干诗话加以引述，如《文献通考》卷230、《四六丛话》卷30、《拜经楼诗话》卷3、《四库全书总目》卷148，等等。

③ （宋）刘克庄撰，王秀梅点校：《后村诗话》，《前集》卷1，页6。

这可以说是最普遍的主流看法,而"赏好不出月露,气骨不脱脂粉"的题材与风格便是一干诟病之所在。

至于这样的题材与风格,并不是只有淫靡卑弱的负面评价而已,常见的回护之说,如朱存孝编《唐诗玉台新咏》书尾有沈珍之跋语:

> 古者,臣不忘君,往往借男女之情以致悠柔怨慕之思,如义山无题诸什,虽近于靡,而楚雨含情,隐然寄托,未尝不归于正也。青溪朱子编唐人艳诗,以继孝穆《玉台》之选,前人所谓耀艳深华、含情申慊者备焉,丽以则非丽以淫者也。善读是编者,谓唐人骚语也可。慈溪沈珍跋。①

由此便取得该类诗歌作品的合法性。特别是《文选》和《玉台新咏》内容出入甚大,重出诗歌共仅69首,不及《玉台新咏》全书的十分之一,在此情况下,更可以互补的概念持衡双方,相为全璧,如清朱彝尊《书〈玉台新咏〉后》谓:"诵诗论世者,宜取《玉台》并观,毋偏信《文选》可尔。"②梁章钜《退庵随笔》亦云:"既读萧《选》,不可不参读徐孝穆《玉台新咏》。"③皆可为此种心态之代表。

---

① (清)朱存孝编:《唐诗玉台新咏》,康熙五十六年(1717)绿满窗刻本,北京:首都图书馆藏。

② 见(陈)徐陵编,(清)吴兆宜笺注,(清)程琰删补,穆克宏点校:《玉台新咏笺注》(北京:中华书局,1999年),页538。

③ 见郭绍虞辑:《清诗话续编》(上海:上海古籍出版社,1983年),页1972。

然而，除互补持衡的观点外，也有一种视角是针对《玉台新咏》之独特取径，抉发其创新的积极意义。如明末赵均即认为《玉台新咏》是"咏新而专精取丽"[①]，故萧纲一人便入选109首。事实上，其"咏新"的宗旨一方面表现于与《文选》选诗相重的此一现象，重出的69首诗歌被视为"并非偶然的巧合"，都是当时诗坛追求"新变"的共同体现；[②]另一方面，其"咏新"的宗旨则表现在"专精取丽"上，此乃《玉台新咏》后出于《文选》而别开蹊径的策略。正面地看，梁启超早已指出：

> 总集之选，贵有范围。否则，既失诸泛滥，又失诸罣漏。今存者《文选》及《玉台新咏》而已。然《文选》之于诗，去取殊不当人意，《新咏》为孝穆承梁简文意旨所编，目的在专提倡一种诗风，即所谓言情绮靡之作是也。其风格固卑卑不足道，其甄录古人之作，尤不免强彼以就我。虽然，能成一家之言。欲观六代哀艳之作及其渊源所自，必于是焉。故虽漏略，而不为病。[③]

[①] （陈）徐陵编，（清）吴兆宜笺注，（清）程琰删补，穆克宏点校：《玉台新咏笺注》，页532。

[②] 张蕾：《并非偶然的巧合——〈玉台新咏〉与〈文选〉选诗相重现象析》，《郑州大学学报（哲学社会科学版）》第36卷第6期（2003年11月），页16。

[③] 收入（陈）徐陵编，（清）吴兆宜注，（清）程琰删补，穆克宏点校：《玉台新咏笺注》，附录《景宋本〈玉台新咏〉跋》，页551。

即指《玉台新咏》继承了陆机《文赋》中"诗缘情而绮靡"的认识，而加以淋漓发挥，因此乃成为"六代哀艳之作及其渊源"的集大成，因此不是《文选》的补充、更不是弃余。

因此，以"选本"为典范的展示而言，徐陵自云："曾无忝于雅颂，亦靡滥于风人。"①清楚可见其争夺正统的自我定位，而黄芸楣《玉台新咏引言》亦言："孝穆固欲假彼众制，标的方来，非苟焉掇拾而已者。"是故甚至有论者认为："《玉台新咏》是萧纲为中心的新的文学集团，为抗争排斥原有的武帝和昭明太子等为中心的中央文坛，并使他们的宫体诗风得以盛行发展才特意编纂的。因此该诗集的编纂是萧纲文学集团与萧统文学集团对决的手段，而《玉台新咏》则是一部具有浓厚权力斗争色彩的诗歌选集"②，其间可能隐含了政治的、美学的话语权之争，故有学者指出，从"文"的概念而言，《文选》与《玉台新咏》以不同的理解进行选诗工作，在一定程度上可以说，《玉台新咏》的编纂是意在矫正《文选》选诗标准的偏颇，包括：其一，与《文选》所作相比，《玉台新咏》的选诗突出了诗歌合乐性这一特征，所论多与歌辞演唱有关，故题名不言"诗"而言"咏"，可以理解为是在表达对《文选》"典、丽"选诗标准的不满。其二，《玉台新咏》录选了许多轻松活泼的诗歌，所选又"主要是女性诗作或以女性生活为内容的诗作，这相当于

---

① 见（陈）徐陵编，（清）吴兆宜笺注，（清）程琰删补，穆克宏点校：《玉台新咏笺注》，页13。

② ［日］冈村繁著，陆晓光译：《文选之研究》（上海：上海古籍出版社，2002年），页98。

想在男性为主的文坛格局中,确立一个以女性为中心的亚文学圈子",致力于表现女性的生活、情感和心灵世界。就此,"如果我们将《文选》视为男性诗人成就的一次大总结①,而将'文德观'看作男性文学的核心思想,那么《玉台新咏》就是对'文德观'的颠覆"。其三,《玉台新咏》选诗,比较关注男女之情,这样的题材不仅容易理解,也比较有趣,是以适情悦性为目的,娱乐与游戏才是《玉台新咏》的本色。因此,《文选》和《玉台新咏》的编集思想相反而相成。②

上述的背景与理解,实有助于深窥《玉台后集》的纂辑用意。

二、《玉台后集》与"玉台诗史"的建构

《文选》和《玉台新咏》的"典律之争",又延续到了唐代。

如前所述,《文选》不仅因其正统性、实用性而推波助澜,在唐朝形成了鼎盛的"选学",早在初唐更已有《文选》的续作大量涌现,其影响还在于"为唐人选唐诗的出现奠定基础,《文选》在选录宗旨、文学追求等方面为唐人选唐诗提供模板,优秀的'唐人选唐诗'多以《文选》为逻辑起点"。③一直到了李康成所处的盛唐天宝至大历年间,同为选家的高仲武《中兴间气集》自序仍云:"《英

---

① 《文选》仅录1位女诗人,诗1首,因此我们可以如此论断。
② 详参孙桂平:《唐人选唐诗研究》,第1章"'唐人选唐诗'与前代诗选比较",页59—62。
③ 石树芳:《唐人选唐诗研究》(杭州:浙江大学人文学院博士论文,2013年)。

华》失于浮游,《玉台》陷于淫靡,《珠英》但纪朝士,《丹阳》止录吴人。"①表露出对《玉台新咏》有所不满,以上种种,对于李康成的诗歌美学必然造成压迫性与紧张感。于是在《文选》续作大量涌现的背景下,李康成的编纂《玉台后集》实际上并不是这股"续作"风潮的反映,而是带有一种分庭抗礼的制衡之意,进而完成"玉台诗史"的建构。

尤其应该注意的是,在《文选》的庞大势力之下,《玉台新咏》所聚焦的题材与风格仍然不绝如缕,以潜流之姿成为文思之奥府。因此,乾隆二十六年保元堂本《玉台新咏》华绮跋曰:

《玉台新咏》十卷,自汉迄梁,作者具备,诗多《文选》所未登。唐人渊源,皆出于此。②

作为"唐人渊源",也流入若干唐人诗歌选本的支脉中,单单以大约同时、成于唐玄宗天宝年间的《国秀集》而言,固然芮挺章是以国子监生徒的身份进行编选,主要的目的是应对科举的"试诗赋",可视为一种应试者的自我诗学教育,但就其选录诗作所流露的品味格调,亦不乏呈露"玉台"倾向者,这一点在楼颖的序文中即已可见端倪:

---

① 其自序又云:此编所采录者乃"起自至德元首,终于大历十四年己未"。与李康成所处时代有所重叠。见傅璇琮、陈尚君、徐俊编:《唐人选唐诗新编(增订本)》,页381。

② 自张蕾:《从〈唐诗玉台新咏〉看唐诗与〈玉台新咏〉的因缘》,《湖南大学学报(社会科学版)》第18卷第3期(2004年5月),页35。

昔陆平原之论文，曰"诗缘情而绮靡"。是彩色相宣，烟霞交映，风流婉丽之谓也。仲尼定礼乐，正雅颂，采古诗三千余什，得三百五篇，皆舞而蹈之，弦而歌之，亦取其顺泽者也。①

其中如梁锽《观美人卧》、张谔《岐王美人》、崔颢《岐王席观妓》、屈同仙《乌江女》、常非月《咏谈容娘》等等，犹如直接系出"玉台"，可见该体的流行程度与创作上的必要性。于是李康成不仅以其审美偏好实践了玉台风格的创作，更索性以《玉台新咏》之继承人的立场，进行一部专门续集的辑录，让潜流浮出地表，形成了当代最完整的玉台诗史。

就"玉台诗史"的建构而言，所谓"诗史"即诗歌的历史，"玉台诗史"便是"玉台诗"在时间中的发展脉络，而《玉台新咏》之编排原则，乃是将选诗按时代先后，一卷之中又基本以作者卒年先后排列（存世作者则按官阶排序）②，这正是自觉的诗史意识的展现。③至于《玉台后集》的编辑规模、选录旨趣，除刘克庄的描述之外，李康成实有夫子自道，其说由宋人之引述略可窥知，主要见诸宋代晁公武《郡斋读书志》的相关说明与所引述的序言。其一是

---

① （唐）芮挺章编：《国秀集》，傅璇琮、陈尚君、徐俊编：《唐人选唐诗新编（增订本）》，页280。

② 见傅刚：《〈玉台新咏〉编纂时间再讨论》，《北京大学学报（哲学社会科学版）》2002年第3期，页53—61。

③ 张蕾：《从〈唐诗玉台新咏〉看唐诗与〈玉台新咏〉的因缘》，页37。

对《玉台新咏》的解题中连带涉及者:

> 玉台新咏十卷:右陈徐陵纂。唐李康成云:"昔陵在梁世,父子俱事东朝,特见优遇。时承华〔平〕好文,雅尚宫体,故采西汉以来词人所著乐府艳诗以备讽览〔,且为之序〕。"①

其二是针对《玉台后集》的解题所言者,谓:

> 玉台后集十卷:右唐李康成采梁萧子范迄唐张赴二百九人所著乐府歌诗六百七十首,以续陵编。序谓"名登前集者,今并不录,惟庾信、徐陵仕周、陈,既为异代,理不可遗"云。②

可见李康成的续编亦是采取先后次序的顺时形式,同样具备了对诗史发展的清晰认识,其首选者萧子范卒于梁简文帝大宝元年(550),恰恰与成书于中大通六年(534)前后的《玉台新咏》相衔接,以之为收录对象的起点,沿着时间轴顺流往下再选取二百七人、共六百七十首诗,规模与《玉台新咏》相当,贯连为一首尾完整、前后结构均衡的"玉台诗史",用心良深。

然而,这是时间范畴上的"诗史"意识使然,此外,若就美学

---

① (宋)晁公武撰,孙猛校证:《郡斋读书志校证》(上海:上海古籍出版社,1990),卷2"乐类",页97。

② (宋)晁公武撰,孙猛校证:《郡斋读书志校证》,卷2"乐类",页97。

范畴上的"诗学"意识来看，在此一"玉台诗史"的建构行动中，李康成心目中"玉台诗史"真正的接榫点实为庾信、徐陵。

三、"徐庾"的宗主地位

以庾信、徐陵为接榫，除欲与《玉台新咏》无缝接轨，以汇编为一首尾完整的"玉台诗史"之外，李康成又带有推尊徐、庾的心理。李康成序中特别说道："名登前集者，今并不录，惟庾信、徐陵仕周、陈，既为异代，理不可遗。"两人成为前后两部《玉台》选集的唯一重见者，表面上的理由是两人为"仕周、陈"的"异代"之士，实质上则是以"徐庾"作为一个传统的压轴，又是将此一传统加以延续的开端，两人是典律建构的纽带与坐标，奠立宗主地位。因此，《玉台后集》中即收有陈子良《学小庾体》一诗，展现出直接的、明确的呼应。

《周书》卷四一《庾信传》曰："时肩吾为梁太子中庶子，掌管记。东海徐摛为左卫率。摛子陵及信并为抄撰学士。父子在东宫，出入禁闼。恩礼莫与比隆。既有盛才，文并绮艳，故世号为'徐庾体'焉。当时后进，竞相模范。每有一文，京师莫不传诵。"后世论者所谓的"徐庾体"，以徐陵和庾信的骈俪文章作为骈文成熟的标志[①]，而《玉台新咏·序》不但为徐庾体之典型，亦为南朝唯美

---

① 有关"徐庾体"特色之讨论，详见钟涛：《六朝骈文形式及其文化意蕴》（北京：东方出版社，1997年），页99—115。

骈文之代表，影响及于诗章，亦塑造出自有特色的风格标志。

事实上，"徐庾"的影响直贯到了唐代，其影响力几乎是全面性的，不仅作有宫体诗的太宗皇帝亦写有《秋日效庾信体》一诗，显示出初唐以宫廷为中心的诗坛趋向；更值得注意的是，一般被视为复古派的改革者陈子昂，所谓："唐兴，文章承徐庾余风，骈丽秾缛。子昂横制颓波，始归雅正。李杜以下，咸推宗之。"（《全唐诗》卷83）但陈子昂其实也是南朝文学的直接受益者与实质承袭者，由长孙正隐《上元夜效小庾体同用春字（并序）》云："上元之游，凡六人，皆以春字为韵，长孙正隐为之序。"当时同题作者除陈子昂之外，尚有崔知贤、韩仲宣、高瑾、陈嘉言、长孙正隐，可见"效小庾体"之为一时风潮，陈子昂并没有例外。

且其《上元夜效小庾体》一诗并非偶然为之，只是在诗题上将其吸纳齐梁血脉的实践坦露得极为醒目而已。元代方回评价陈子昂《度荆门望楚》一诗时说道："陈拾遗子昂，唐之诗祖也。不但《感遇》诗三十八首为古体之祖，其律诗亦近体之祖也。"[1] 明胡应麟也指出，陈子昂从谢朓名句"天际识归舟"一联，脱化出自己的景句；又谓陈子昂"鹤舞千年树，虹飞百尺桥"，句律"全类六朝"，并言："子昂《感遇》，尽削浮靡，一振古雅，唐初自是杰出。盖魏、晋之后，惟此尚有步兵余韵。……第自三十八章外，余自是陈、隋格调，与《感遇》如出二手。"[2] 若将"全类六朝""陈隋格调"的

---

[1] （宋元）方回选评，李庆甲校点：《瀛奎律髓汇评》（上海：上海古籍出版社，2005年），卷1，页1。

[2] （明）胡应麟：《诗薮》（台北：正生书局，1973年），"内编"卷2，页35。

作品一一搜剔，可以发现：陈子昂"共计大约六七首诗构思立意与谢朓相近，造句用词相同者有 30 多处，这在他 127 首诗中，比例不能算小"，而"直用齐梁陈隋诗成句 6 处，化用 18 处。……若加上对谢朓的追踪，超过 60 多处（包括体制立意），数量已占陈诗的一半。倘若加上风格接近而非模仿的，数量则更可观"。① 由此看来，不仅不能说他是打击齐梁诗风最有力的人，甚至必须说，他是广大吸纳齐梁诗风的时代一员，而徐庾是绝大多数诗歌创作者的共同渊源。

据此可以说，在《文选》的盛大澜潮之间，"徐庾体"一直并行不歇，附丽于"徐庾体"的种种写作特色也处处可见；而历经初唐的诗学之争，以及盛唐复古派的矫枉过正，编于盛、中唐之交的《玉台后集》可以说是对六朝主流之一的"玉台诗史"的确立。就这一点而言，对于何谓"玉台诗"的定义也提供了很大的帮助。从前引李康成的自序所言："昔陵在梁世，父子俱事东朝，特见优遇。时承华〔平〕好文，雅尚宫体，故采西汉以来词人所著乐府艳诗以备讽览。"可见李康成对其所续的《玉台新咏》乃是定义为"宫体＝乐府艳诗＝徐庾体"。

而目前学界也有主张所谓"徐庾体"即是"宫体诗"者，区别仅在于一是以徐庾父子为主导，一是以萧纲为主导，在实质上并没

---

① 魏耕原：《谢朓诗论》（北京：中国社会科学出版社，2004 年），第 16 章"传统的双向抉择：陈子昂对齐梁诗的阳违阴奉"，页 298—299、301—302。

有太大不同。① 其中，虽然关于"宫体"的义界一如"徐庾体"般不容易简单确定，但一般而言，若是以内容为准绳，则比较具有代表性的定义乃是：一、声韵、格律比永明体"要求更加精致"；二、风格"由永明体的轻绮而变本加厉为秾丽"；三、内容"较之永明体时期更加狭窄，以艳情、咏物为多"。② 而这确实也是《玉台新咏》的主要内容。③ 至于与之画上等号的"乐府艳诗"，亦属一特定的概念，由晚唐皮日休《正乐府序》所言："今之所谓乐府者，唯以魏晋之侈丽、陈梁之浮艳，谓之乐府诗，真不然矣！"可见以"魏晋之侈丽、陈梁之浮艳"作为"乐府诗"的风格定义由来已久，所形成的"乐府艳诗"更成为"宫体""徐庾体"的同义词。

只不过，关于"宫体""徐庾体"的义界颇有歧见，若能以李康成之选本直接考察，应能更清楚地把握其本旨。以下将透过毕曜这个盛唐诗人的个案研究，以见一隅。

第四节　毕曜：个案研究

从前文第二节的表列中可见，后世引述《玉台后集》的文献，以《后村诗话・续集》《唐诗纪・盛唐》为最大宗，《九家集注杜诗》

---

① 李娟：《"沈宋体"研究》（浙江：浙江大学出版社，2015年），上编第2章《"沈宋体"形成前的诗歌律化进程》，页51。

② 见曹道衡、沈玉成：《南北朝文学史》，页241。

③ 见沈玉成：《宫体诗与〈玉台新咏〉》，《文学遗产》1988年第6期，页55—65。

《杜诗赵次公先后解》等其次,后者也是《玉台后集》复原工作第二阶段新增的九个诗人、十五首诗作的主要文献来源,与宋人的杜诗注解密切相关。其所以值得注意之处,在于《玉台后集》的内容颇与杜甫相涉,因此在宋人注解杜诗的过程中乃多所引述。这便是本节探讨的主要出发点。

首先,《玉台后集》中所收之若干盛唐诗家,如郭元振、崔国辅、王翰、毕曜等都与杜甫具有交谊关系[①],但除崔国辅是其他选本的常客(如《河岳英灵集》《国秀集》《又玄集》《才调集》等)之外,余者多罕为选家所青睐。尤其是毕曜(亦作毕耀或毕燿),仅有《玉台后集》收录其诗,而这一点在宋代的各家杜诗注本中皆有提及,诸如:《杜工部草堂诗笺》卷12、《九家集注杜诗》卷19、《补注杜诗》卷19、《分门集注杜工部诗》卷19,而复原过程中所找到的毕曜二诗,其中的《古意》一篇即来自蔡梦弼《杜工部草堂诗笺》所载录。十分珍贵的是,在杜甫写赠毕曜的诗作中,清楚地指出了毕曜诗歌风格的特征,是我们把握《玉台后集》之审美趋向的重要线索之一。

毕曜善诗,除钱起《送毕侍御谪居》一诗有"宁嗟人世弃虞翻,且喜江山得康乐"之说,独孤及《夏中酬于逖毕燿问病见赠》诗亦云:"新诗见久要,清论激深衷。"杜甫赠诗更每每及之,有"忆君诵诗神凛然"(《偪仄行赠毕曜》)、"文章开突奥,……新诗更忆听"(《秦州见敕目薛三璩授司议郎毕四曜除监察与二子有故远喜迁官

---

① 参陈冠明、孙愫婷:《杜甫亲眷交游行年考》(上海:上海古籍出版社,2006年)。

兼述索居凡三十韵》）等句，尤其于《赠毕四曜》一诗云：

> 才大今诗伯，家贫苦宦卑。饥寒奴仆贱，颜状老翁为。同调皆谁惜，论文笑自知。流传江鲍体，相顾免无儿。（肃宗乾元元年作）

在杜甫引以为"同调"，彼此"论文"切磋的情况下，其诗歌被比作江淹、鲍照，以"江鲍体"流传于世，至称扬为"诗伯"。因此当毕曜逝世时，杜甫作《存殁口号二首》表示悲悼，其一云：

> 席谦不见近弹棋，毕曜仍传旧小诗。玉局他年无限笑，白杨今日几人悲。

句下原注：

> 道士席谦善弹棋，毕曜善为小诗。

可知毕曜以"小诗"见长，而杜甫悼念时犹加以称颂，颇有盖棺定论的意味，这很可能便是《玉台后集》收录毕曜作品的着眼点，南朝的"江鲍体"或为其内涵之一。

"江鲍"者，江淹、鲍照也。固然在现代中国文学史的"五四史观"中，刘宋时期的鲍照以其摇荡动人的《拟行路难十八首》，成为着墨与肯定的焦点，甚至被许之为可与谢灵运分庭抗礼的伟大诗人；而梁陈诗坛的江淹则以其骈丽的诗赋与"江郎才尽"的故事而饱受讥讽，实则若能不割裂、不偏执地观察，在当时的文学发展脉络中，两人原本是异中有同，同质性多过于异质性，这应该才是"江鲍体"的术语基础。

江、鲍之同质性，就在于鲍照具有侧艳轻靡、清新俊逸的两面，而此两面又实为一体。就侧艳轻靡的一面，刘师培早已指出："梁代宫体，别为新变也。宫体之名，虽始于梁；然侧艳之词，起源自昔。晋、宋乐府，如《桃叶歌》《碧玉歌》《白纻词》《白铜鞮歌》，均以淫艳哀音，被于江左。迄于萧齐，流风益盛。其以此体施于五言诗者，亦始晋、宋之间，后有鲍照，前则惠休。特至于梁代，其体尤昌。"① 则鲍照实为宫体的前导。至于杜甫《春日忆李白》所说：

　　白也诗无敌，飘然思不群。清新庾开府，俊逸鲍参军。
　　渭北春天树，江东日暮云。何时一尊酒，重与细论文。

其中所谓的"俊逸"之义，再参考刘濬对杜甫《戏为六绝句》之四的"或看翡翠兰苕上"一句所做的分析：

　　翡翠、兰苕，秀丽之至，所谓清新俊逸也；诗不到此地

---

① 刘师培著，舒芜校点：《中国中古文学史·论文杂记》（北京：人民文学出版社，1998年），第五课"宋齐梁陈文学概略"，"丁　总论"，页90。

位,终是凡胎。自中唐迄今,知之者鲜矣。①

则其清新俊逸之一面,也离不开翡翠、兰苕之类的"秀丽之至",此亦江淹的主要创作风格。如此说来,正恰恰呼应了杜甫《戏为六绝句》之五所言:

> 不薄今人爱古人,清词丽句必为邻。窃攀屈宋宜方驾,恐与齐梁作后尘。

从这一坚强内证,足见杜甫所谓的"江鲍体"诚即"齐梁"所擅的"清词丽句"。

令人注意的是,在共同指涉毕曜诗歌特长的情况下,"江鲍体"似乎又与"小诗"相通。所谓的"小诗",这个词汇又在杜甫的诗中出现第二次,其《巫山县汾州唐使君十八弟宴别兼诸公携酒乐相送率题小诗留于屋壁》云:

> 卧病巴东久,今年强作归。故人犹远谪,兹日倍多违。
> 接宴身兼杖,听歌泪满衣。诸公不相弃,拥别惜光辉。

其内容实与女性书写相去甚远,由篇名中的"率题小诗"加以揣摩,"小诗"指的是一种真情流露、率性而为的即席创作,与毕曜专擅

---

① (清)刘濬编撰:《杜诗集评》(台北:大通书局,1974年),卷15,页1151。

的"江鲍体"并不完全等同。

若进一步检索《全唐诗》[①],从中可知"小诗"这个词汇的出现,正是始于杜甫晚年,由此以迄整个中晚唐阶段,总共达十四次之多:

- 摆落遗高论,雕镌出小诗。(韩愈《奉和仆射裴相公感恩言志》,《全唐诗》卷344)
- 户大嫌甜酒,才高笑小诗。(白居易《久不见韩侍郎戏题四韵以寄之》,《全唐诗》卷442)
- 走笔小诗能和否,泼醅新酒试尝看。(白居易《初冬即事呈梦得》,《全唐诗》卷457)
- 深巷久贫知寂寞,小诗多病尚风流。(许浑《送元昼上人归苏州兼寄张厚二首》之一,《全唐诗》卷536)
- 天阴不得君王召,嚬著青蛾作小诗。(薛能《吴姬十首》之三,《全唐诗》卷561)
- 缉缀小诗钞卷里,寻思闲事到心头。(韩偓《思录旧诗于卷上凄然有感因成一章》,《全唐诗》卷683)
- 庄叟静眠清梦永,客儿芳意小诗多。(殷文圭《题吴中陆龟蒙山斋》,《全唐诗》卷707)
- 金马辞臣赋小诗,梨园弟子唱新词。(徐铉《柳枝词十首[座中应制]》之一,《全唐诗》卷756)

---

① 根据陈郁夫撰作,王国良、许清云校对:《〈全唐诗〉全文检索系统》,东吴大学百周年纪念光盘。

- 横泥杯觞醉复醒,愁牵时有小诗成。(顾甄远《惆怅诗九首》之九,《全唐诗》卷778)
- 夸我饮大酒,嫌人说小诗。(吕岩《赠江州太平观道士》,《全唐诗》卷858)
- 南阳张不疑,开成间宏词登科,授秘书,寓京国。市一青衣于胡司马,名春条,指使无不惬适,兼好学,善书录,潜为小诗,往往于户牖间题之。(诗云:"幽室锁妖艳,无人兰蕙芳。春风三十载,不尽罗衣香。")(《青衣春条诗》,《全唐诗》卷867)

此外,陆龟蒙《和过张祜处士丹阳故居(并序)》中所云:

　　张祜,字承吉,元和中,作宫体小诗,辞曲艳发,当时轻薄之流。能其才,合噪得誉,及老大,稍窥建安风格。诵乐府录,知作者本意,短章大篇,往往间出,谏讽怨谲,时与六义相左右。善题目佳境,言不可刊置别处,此为才子之最也。由是贤俊之士,及高位重名者,多与之游,谓有鹄鹭之野,孔翠之鲜,竹柏之贞,琴磬之韵。(《全唐诗》卷626)

又齐己"为大沩山寺司牧,往往抒思,取竹枝画牛背为小诗"[①]。

[①] (元)辛文房撰,周本淳校正:《唐才子传校正》(台北:文津出版社,1988年),卷9,页128。

统观以上所提到的"小诗",有几种可能的指涉：

一、指篇幅短小的诗,包括绝句。而正式启用"绝句"之名称并成为诗歌的一种体裁,即始于《玉台新咏》,影响及唐人喜用绝句"言情"的做法。①

二、内容上歌咏个人性情、私人生活情味的作品,犹如杜甫所说的"率题小诗",因此相较于大雅之作而称"小诗"。包括韩偓《思录旧诗于卷上凄然有感因成一章》的"缉缀小诗钞卷里,寻思闲事到心头"、殷文圭《题吴中陆龟蒙山斋》的"庄叟静眠清梦永,客儿芳意小诗多"、徐铉《柳枝词十首》之一的"金马辞臣赋小诗"、顾甄远《惆怅诗九首》之九的"横泥杯觞醉复醒,愁牵时有小诗成",占最大宗。

三、由此若涉及女性风情者,则为轻丽艳薄的诗篇,如薛能《吴姬十首》之三的"嚲著青蛾作小诗",由《青衣春条诗》的内容,知春条"往往于户牖间题之"的小诗亦属此类。尤其是陆龟蒙《和过张祜处士丹阳故居（并序）》之序所云："张祜,字承吉,元和中,作宫体小诗,辞曲艳发,当时轻薄之流。"则"小诗"与宫体艳曲的关联最是明白可征。

就毕曜收入《玉台后集》的《古意》与《情人玉清歌》这两首诗,则显系上述的第三类。再就与杜甫相关的其他《玉台后集》诗家来看,郭元振在《全唐诗》中,仅收《子夜四时歌·春歌二首》《春江曲》,而收入《玉台后集》的《咏昭君三首》中,"陌头杨柳

---

① 章必功：《玉台体》,《文史知识》1986 年第 7 期,页 109。

枝"一篇在《全唐诗》里则属《子夜四时歌·春歌二首》之二，无论如何，都是五言绝句、歌咏女性的"小诗"。至于崔国辅，亦擅长南朝小乐府，殷璠品评称："国辅诗婉娈清楚，深宜讽味，乐府数章，〔虽绝句，〕古人不能过也。"① 这里所谓的绝句应非只是后世近体诗定义下的律绝，而指的是四句小诗，包含了古绝（例如录诗中的《怨词》等）、律绝与齐梁调绝句。② 如清代管世铭云："专工五言小诗，自崔国辅始，篇篇有乐府遗意。"③ 乔亿也说："五言绝句，工古体者自工，谢朓、何逊尚矣，唐之李白、王维、韦应物可证也。唯崔国辅自齐、梁乐府中来，不当以此论列。"④ 晚唐韩偓称为"崔国辅体"，实包括这类"小诗"在内，衡诸李康成收入《玉台后集》的《采莲》一诗，正是五言绝句的形式，亦有学者称为"南朝小乐府"⑤。

然而，毕曜所擅长的"小诗"，并无碍于杜甫给予"才大"的评价，甚且还引以为"同调"，可见对主张"清词丽句必为邻"的杜甫而言，都是开拓宏大诗国时涓滴不辞的必要滋养，杜甫自己更

---

① （唐）殷璠：《河岳英灵集》，卷下，傅璇琮、陈尚君、徐俊编：《唐人选唐诗新编（增订本）》，页236。

② 这三类绝句，参葛晓音：《初盛唐绝句的发展——兼论绝句的起源和形式》，《诗国高潮与盛唐文化》（北京：北京大学出版社，1998年），页353—361。

③ （清）管世铭：《读雪山房唐诗序例·五绝凡例》，收入郭绍虞辑：《清诗话续编》（台北：木铎出版社，1983年），页1560。

④ （清）乔亿：《剑谿说诗》，卷下，收入郭绍虞辑：《清诗话续编》，页1095。

⑤ 参陈冠明、孙愫婷：《杜甫交游行年考》，《杜甫亲眷交游行年考》，页159。

进行了许多的相关实践。① 即使出自《曲江对雨》的"水荇牵风翠带长"一句,其风格也被曹雪芹归类为"媚语"②,与沉郁顿挫之作并存于杜甫诗集中,以证诗人并非独沽一味的多元风格;而从黄生评此句曰:"景则寂寥,诗语偏极秾丽,其俯视中晚以此。"③足见该句启振中晚唐的秘响先声。

至于最精彩的一例,是在最正统的夫妻伦理关系中所施为的,杜甫著名的忆内诗《月夜》,全篇以思忆开端,复以地母、神女两极辩证为主体,终以泪望收尾的内在结构,正是南朝沈约《梦见美人》一诗的翻版再现,所谓:

> 夜闻长叹息,知君心有忆。果自阊阖开,魂交睹颜色。
> 既荐巫山枕,又奉齐眉食。立望复横陈,忽觉非在侧。
> 那知神伤者,潺湲泪沾臆。④

篇中透过想象的浓缩拼合,投射出男性潜意识中兼美俱全的女性形象,举案齐眉之贤妻与巫山横陈之美人交错并出,诗人所魂交的女

---

① 详参欧丽娟:《论杜甫诗中伦理失序的边缘女性》,《文与哲》第 12 期(2008年 6 月),页 233—276。

② 见(清)曹雪芹著,冯其庸等校注:《红楼梦校注》(台北:里仁书局,2008),于第四十回、第七十回两度皆由薛宝钗引用,该"媚语"之评语见第七十回。

③ (清)黄生:《杜诗说》(合肥:黄山书社,1994 年),卷 8,页 309。

④ 逯钦立辑校:《先秦汉魏晋南北朝诗》(台北:木铎出版社,1983 年),《梁诗》卷 6,页 1640。

性综摄了妇道德行与神女魅力的双重性质;而这般依违摆荡于伦常道德与情欲耽想之间的夫妻关系,使《月夜》一诗成为对六朝"夫妻风怀"诗类的回顾与发扬,也是延续岑参《夜过盘石隔河望永乐寄闺中效齐梁体》的最佳继承人,强化了夫妻风怀诗此一特殊的诗歌谱系。① 而沈约《梦见美人》一诗,正收入《玉台新咏》卷五。杜甫的忆内诗《月夜》,可以说是"玉台体"的另类实践。

毋怪乎,杜甫《数陪李梓州泛江有女乐在诸舫戏为艳曲二首赠李》之二云:

> 白日移歌袖,青霄近笛床。翠眉萦度曲,云鬟俨成行。
> 立马千山暮,回舟一水香。使君自有妇,莫学野鸳鸯。

黄生阐释道:"首言'数陪',末言'赠李',则知此公盖游于逸、淫于乐矣。撰为《艳曲》,虽曰戏之,而实所以规之。曲终奏雅,其辞丽以则,实本诗人作赋之义,岂《玉台》杂体,淫而非典;《香奁》众制,猥而近亵,所可望其后尘耶!"② 其中即挑明了"玉台体",反言若正,与诗题所谓的"艳曲"可以互相定义,足可资鉴。

---

① 参欧丽娟:《杜甫诗中的妻子形象——地母/神女之复合体》,《汉学研究》第 26 卷第 2 期(2008 年 6 月),页 35—70。

② (清)黄生:《杜诗说》,卷 6,页 230。

第五节 "玉台体"试探

"小诗"一词在杜甫晚年时出现,并不是偶然的。我们发现,"小诗""齐梁体""南朝体""玉台体"等相关词汇呈现出历史的同步性,亦即都是从盛、中之交开始浮显,而后持续见诸中晚唐诗坛,这个现象也许有助于对"玉台体"的认知。

一、相关词汇的历史同步性

1. "齐梁体"

在唐代诗坛上,"齐梁体"一词最早见于岑参《夜过盘石隔河望永乐寄闺中效齐梁体》一诗,此时离中唐齐梁文风的复苏已相距不远。

与李康成存世时间相当的李嘉祐,《全唐诗》卷206称:"天宝七年擢第,……上元中,出为台州刺史。大历中,复为袁州刺史。与严维、刘长卿、冷朝阳诸人友善。为诗丽婉,有齐梁风。"至于李绅《忆登栖霞寺峰》诗,题下自注:"效梁简文。"又有《忆东郭居》诗,题下自注:"效丘迟。"丘迟也是齐梁时期以辞藻华美而著称的骈文家兼诗人,还有李贺《花游曲(并序)》自云:"寒食日,诸王妓游。贺入座,因采梁简文诗调。赋花游曲,与妓弹唱。"再如刘禹锡有《和乐天洛城春齐梁体八韵》,晚唐时,则有李商隐的《齐宫词》《齐梁晴云》《效徐陵体赠更衣》等相关作品,另有曹邺的《霁后作（齐梁体）》、皮日休的《寄天台国清寺齐梁体》与《杂体诗·奉和鲁望齐梁怨别次韵》、陆龟蒙的《寄天台国清寺齐梁体》与《齐梁怨别》，以及贯休的《陈宫词》《拟齐梁酬所知见赠二首》《闲居拟齐梁四首》《拟齐梁寄冯使君三首》，而温庭筠的《春晓曲》《边笳曲》《侠客行》《春日》《咏嚬》《太子西池二首》等多首诗，题下皆注云："一作齐梁体。"再加上郑谷《李夷遇侍御久滞水乡因抒寄怀》所言："簪豸年何久，悬帆兴甚长。江流爱吴越，诗格愈齐梁。"阵容就越加庞大。

据此，如清姚范所归纳者："称永明体者，以其拘于声病也；称齐梁体者，以绮艳及咏物之纤丽也。"① 于是学者总结道：中唐文学的一大特点就是齐梁文风的复苏，不但有皎然在理论上作指导，还有一大批人公开效仿齐梁诗歌。② 再加上"宫体"又往往通向"齐梁体"，如纪昀曰：

> 齐，即所谓"永明体"；梁，即所谓"宫体"。后人总谓

---

① （清）姚范：《援鹑堂笔记》（台北：广文书局，1971年），册4，卷44，页1694。

② 可参孟二冬：《论齐梁诗风在中唐时期的复兴》，《文学遗产》1995年第2期，页41—53，收入《中唐诗歌之开拓与新变》（北京：北京大学出版社，1998年），"齐梁诗风的复兴"一节；刘玉玲：《中唐诗歌向齐梁诗的回归——〈诗品〉与〈中兴间气集〉之比较》，《西南民族学院学报（哲学社会科学版）》1996年第S6期，页116—120；杜晓勤：《唐开成年间齐梁格诗考论》，中国唐代文学学会等主编：《唐代文学研究（第十四辑）》（桂林：广西师范大学出版社，2012年），页467—488。

之齐梁体。……喜作艳辞而乏风旨。①

如此一来，李康成所定义的"宫体＝乐府艳诗＝徐庾体"，又可以扩延为"宫体＝乐府艳诗＝徐庾体＝齐梁体"，就此来说，"齐梁体"与"玉台体"的正式提出与延续是同步并行的历史现象，可以作为"玉台美学"的义界参照。

2."南朝体"

在《全唐诗》中，曾出现一笔"南朝体"的词汇，见中唐戴叔伦（732—789）《送裴明州效南朝体》：

沅水连湘水，千波万浪中。知郎未得去，惭愧石尤风。
（《全唐诗》卷274）

此篇为唐代极为常见的一般送别诗，诗题却标示"效南朝体"，则其使用五言绝句的小诗体式，以及送行者采取女性口吻，以"郎"称呼离人，这两个特点即来自南朝吴歌西曲的乐府民歌，应该就是"南朝体"的体现，恰与前引的"南朝小乐府"相呼应，而这也正属于齐梁体的范围。

试观宫体诗之倡导者萧纲，其所作诗篇中颇见尝试将乐府与诗

---

① （清）纪昀：《删正二冯评阅才调集》，镜烟堂版。

章相结合①,集团成员萧子显亦主张"杂以风谣,轻唇利吻,不雅不俗,独中胸怀"②,乐府化的特性明显可见。再参照《玉台新咏》卷十专录五言四句,其中即包括萧纲名下的二十五首;而《文选》则排除断句(或称绝句)不收,与其体来自吴歌西曲的俗调密切相关。显然因为齐梁两代属于南朝,遂延伸出"南朝体"之名,是为"齐梁体"的扩充代称。

3. "玉台体"

宋朝诗论家严羽以专章论诗体,分别区隔为"以时而论""以人而论""又有所谓选体""又有古诗,有近体(即律诗也),有绝句,有杂言,有三五七言","玉台体"则归于"选体"类,与选体、柏梁体、西昆体、香奁体、宫体并列。但"玉台体"作为一个专称,其实最早是见诸唐代文献,并且提出"玉台体"这个词汇者,是实际创作的诗人而不是诗学理论家,显示出唐诗人不仅热中于对《玉台新咏》的模仿运用,比批评界更早地意识到《玉台新咏》已经足以形成一种诗学上的概念定式,甚至自觉地直接于诗题上标示,包括:皇甫冉(717—770)《见诸姬学玉台体》、戎昱(744—800)《玉台体题湖上亭》、权德舆(759—818)《玉台体十二首》、顾况之子

---

① 例如"赋题法",详见钱志熙:《齐梁拟乐府诗赋题法初探——兼论乐府诗写作方法之流变》,《北京大学学报(哲学社会科学版)》1995年第4期,页60—65。

② (南朝梁)萧子显:《南齐书》(北京:中华书局,1974年),卷52"文学列传","史臣曰",页908—909。

顾非熊（约公元836年前后在世）《六言玉台体三首》①、罗隐（833—910）《仿玉台体》，共十八篇作品。

这五位以诗题标明"玉台体"的诗人，中唐、晚唐各居半，尤其是皇甫冉，作为最早使用这个词汇的人，其《见诸姬学玉台体》一诗云：

> 艳唱召燕姬，清弦待卢女。由来道姓秦，谁不知家楚。
> 传杯见目成，结带明心许。宁辞玉辇迎，自堪金屋贮。
> 朝朝作行云，襄王迷处所。（《全唐诗》卷249）

首先，其诗题显示出玉台体的闺阁性质，而且特属于正统之嫡妻正室以外的姬妾之辈，盖妻室以贤德风教为重，姬妾则以美色风情为主，此类读者／作者群恰与玉台体的格调相一致。衡诸徐陵为《玉台新咏》所写的序中全幅铺陈各方佳丽，连及众姝之才情芳什，并申明本编乃以"撰录艳歌"为宗旨，复结穴于"孌彼诸姬，聊同弃日，猗欤彤管，丽矣香奁"，可见《玉台新咏》确实具有"宫教之用"②的女性读本性质，而皇甫冉《见诸姬学玉台体》的诗题也辅证了这一点。至于其所授受对象，则定位于伦理体系里"以色事人者"之

---

① 顾非熊这一组诗见陈尚君辑录：《全唐诗续拾》，卷29，收入陈尚君辑校：《全唐诗补编》（北京：中华书局，1992年），中册，页1108。

② 许云和：《南朝宫教与〈玉台新咏〉》，《文献》第3期（1997年），页15。曹道衡也指出："南朝皇宫中的妇女数以万计，长日无聊，需要读书、作文以为消遣。"见曹道衡、沈玉成：《南北朝文学史》，页270。

类非嫡正的女性身份,才是玉台体的主要范畴,这也才真正解释了何以玉台体往往与绮艳风格相关的关键。

其次,这首《见诸姬学玉台体》的书写内容也明确地回应《玉台新咏》,其中第三句"由来道姓秦",正出自南朝梁刘缓《敬酬刘长史咏名士悦倾城诗》:"未嫁先名玉,来时本姓秦。"① 这几乎已经成为男女艳情的热门代言,直到《红楼梦》的言情笔墨,在曹雪芹区分为"纯情"与"艳情"的两种范畴中,仍然以"艳情"直承其血脉,针对一个猎艳追欢、大涉偷情不伦的人物"秦钟",第一评点家脂砚斋便就其谐音"情种"下了一段批语:

> 设云秦钟(有正本"秦钟"作"情种")。古诗云:"未嫁先名玉,来时本姓秦。"二语便是此书大纲目、大比托、大讽刺处。②

其中所引的两句诗乃将梁刘缓诗加以巧妙转换,形成情(秦)和欲(玉)的谐音双关,透过"未嫁先名欲(玉),来时本姓情(秦)"——"未嫁"前先以"欲"为"名"、"来时"已以"情"为"姓",综合起来便是嫁来之前即以"情欲"为"姓名",隐含了一种对非正统性的批判和反对,可见南朝文学的滋养之深、沾溉之远。

---

① 收入(陈)徐陵编,(清)吴兆宜注,(清)程琰删补,穆克宏点校:《玉台新咏笺注》,卷8,页345。

② 甲戌本第七回批语,陈庆浩编:《新编石头记脂砚斋评语辑校(增订本)》,页172。

再值得注意的是，皇甫冉身为第一位明标"玉台体"者，又恰恰与编纂《玉台后集》的李康成年齿相当，更说明了到盛、中唐之际，诗界已不满足于默默习染而已，更透过"正名"的宣示，提升为清晰的概念性行动，并树立鲜明的风范，由此也带来更大的影响力。果然，从此以后的诗人标举"玉台体"进行创作者陆续出现，与"小诗""齐梁格（体）"等概念相牵引，贯穿了整个中晚唐诗坛。

除标举"玉台体"的作品之外，被后人认知为玉台美学之实践的艳诗，也确实以中晚唐诗居多，例如清代朱存孝《唐诗玉台新咏》的编辑动因，即是有感于李康成《玉台后集》所收录之"艳诗之撰止于初唐，殊有不全不备之感"，"因仿孝穆之例撰自初唐至晚唐诗八百余首，分为十卷，仍以《玉台新咏》为名，亦犹续骚者不废三闾之义，续史者一准龙门之规云尔"。据该编所选的唐诗加以统计，整体可见中晚唐入选514首，数量上明显多于初盛唐的313首，与各阶段的诗坛风尚相应[①]，足见理论与实践的相辅相成。

二、"玉台体"的意义

关于《玉台新咏》所收录的作品倾向，编选者徐陵的自序势必提供了关键说明，就其中所云：

[①] 见张蕾：《从〈唐诗玉台新咏〉看唐诗与〈玉台新咏〉的因缘》，页35。

（丽人）优游少托，寂寞多闲。……无怡神于暇景，惟属意于新诗。……于是，燃脂瞑写，弄笔晨书，撰录艳歌，凡为十卷。①

可见"新诗""艳歌"即为其选录的标准，"新诗"也者，即齐梁时期追求新变的产物，包括格律形式方面的篇什；而"艳歌"也者，即当代与女性有关的题材，包括宫体之作，其内容实如胡应麟所言："今但谓纤艳曰玉台，非也，此不熟本书之故。《玉台》所集，于汉魏六朝无所诠择，凡言情则录之。"②又如纪容舒云：

- 盖此集所录，皆裙裾脂粉之词，可备艳体之用。其非艳体而见收者，亦必篇中字句有涉闺帏。③
- 按此书之例，非词关闺阃者不收。④

换言之，所谓的"玉台体"的书写内容必与女性有关，言情、脂粉兼具，更精确地说，其主要之授受对象乃定位于伦理体系里"以色事人者"之类非嫡正的女性身份，这也是绮艳之风格倾向的根源；

---

① 见（陈）徐陵编，（清）吴兆宜笺注，（清）程琰删补，穆克宏点校：《玉台新咏笺注》，页 12—13。
② （明）胡应麟：《诗薮》，《外编》卷 2，页 151。
③ （清）纪容舒：《玉台新咏考异》，卷 9，为考论张衡《四愁诗》之按语，页 124。
④ （清）纪容舒：《玉台新咏考异》，卷 9，为考论沈约《古诗题六首》之按语，页 142。

而其书写形式则反映了"新诗"对声调格律的追求,这与宫体诗确有重叠,也符合李康成对《玉台新咏》的定义乃是"宫体＝乐府艳诗＝徐庾体"。因此,有学者认为,"玉台体"概念的提出有逃避和反拨"宫体"意义①,但恐怕实情是适得其反。

至于何为"玉台体"?似乎还是一个不易清楚界定的概念。除章必功认为《玉台新咏》的诗体即"玉台体"外②,多数学者均认为"玉台体"是后人在接受《玉台新咏》的过程中所产生的诗体概念。③刘克庄曾引述萧千岩《采莲曲》云:"清晓去采莲,莲花带露鲜。溪长须急桨,不是趁前船""相随不觉远,直到暮烟中。恐嗔归得晚,今日打头风",认为这两首"绝似玉台体"。④然而这两首诗的风格并不足以含括"玉台体"的全部内涵。现代学者以其分析的结果,或曰:"'玉台体'是一种在中唐兴起的以效仿《玉台新咏》、摹拟齐梁诗风为主要手段,以超越盛唐、追求新变为主要目的,以'清新俊逸、妩媚艳冶'为主要风格的诗歌体式。"⑤或就这些中唐出现的拟玉台体诗,具体指出"玉台体"所满足的几个规定性包括:言情、刻画、纤艳、婉约、追求形式美等,从着意言情、工于描绘、讲究形式等几个方面,复现了玉台体的几个特点,而其抒情有三种情形,"一是

---

① 雷磊:《论玉台体》,《求索》2004年第3期,页184。
② 章必功:《玉台体》,《文史知识》1986年第7期,页107—109。
③ 如雷磊:《论玉台体》,《求索》2004年第3期,页183—185。
④ (宋)刘克庄撰,王秀梅点校:《后村诗话·续集》,卷2,页101。
⑤ 傅根生、王琪:《论唐代拟"玉台体"诗歌创作》,《宜宾学院学报》第9期(2005年9月),页68。

模拟女性口吻,揣摩女性心理作代言体言情诗;二是以第三人称写女性之情,摹女性之态;三是运用玉台体这一体式抒诗人真挚的一己之情"①。以上诸论都提供了更全面也更清楚的解析。

应该说,"宫体诗、齐梁体、六朝体、艳诗、艳情诗、玉台体所有这些概念都有一个较为清晰的内核——与六朝诗风有关的、与言情女性有关的风格绮丽的诗作"②。并且,"玉台体"这一概念名称之所以出现在中唐,是因为"至中唐,借复兴齐梁诗风寻求创新之路,成为一个突出的文学现象。《玉台新咏》又引起诗人们的关注,于是'玉台体'这一概念诞生了"③。而由初唐到中唐,"李康成的《玉台后集》恰恰帮我们填补这一段空白的诗史——初盛唐在对宫体诗的反思中转向对《玉台新咏》的接受,从而成为连接从南朝到中、晚唐艳诗的回潮的中间环节"④。这便十分深刻地阐释了《玉台后集》的诗史意义。

当然,学者们多数都承认"玉台体"仍然是个模糊概念,作为一个历史性的语词,其内涵的变动驳杂几乎是注定的。以上的种种界定都以已经触及"玉台体"的深层认识,但也许还有进一步的思

---

① 参张蕾、张秀琴:《从拟玉台体诗看玉台体》,《河北师范大学学报(哲学社会科学版)》第28卷第1期(2005年1月),页89—93。

② 李静:《唐李康成〈玉台后集〉研究》,第4章"从《玉台后集》到'玉台体'",页34。

③ 张蕾:《从〈唐诗玉台新咏〉看唐诗与〈玉台新咏〉的因缘》,页34。

④ 李静:《唐李康成〈玉台后集〉研究》,第4章"从《玉台后集》到'玉台体'",页37。

考空间，尤其是对选集中的作品本身，更有待后续的研究，或有助于对"玉台体"的进一步理解。

第六节　结论："接受史"的"接受史"

从载录文献来看，在目前对李康成《玉台后集》的复原成果上，绝大多数都是来自宋人典籍。第一阶段的复原情况大体上确如吕玉华所言，是"辑自《后村诗话》《郡斋读书志》《乐府诗集》《永乐大典》，及吴琯《初唐诗纪》《盛唐诗纪》"①。不过，这只是一个粗略的说法，必须更精细地指出，《郡斋读书志》《永乐大典》皆仅二见，《乐府诗集》一见，留存《玉台后集》之相关信息者，实以《后村诗话·续集》为大宗，凡三十六见，占总数的一半；即使加上第二阶段的复原情况，也只是稍稍降低所占比例，却同时增加了宋人引述《玉台后集》的比重。这一方面是因为宋代去唐最近，具备了时间上的有利条件，但或许也和刘克庄个人的诗学观有关。最重要的是，《后村诗话·续集》并不等于《后村诗话》，《后村诗话》共有四个部分，是刘克庄在漫长的过程中逐渐地累积形成的，也因此或许存在着前后时期的不同变化。

四库馆臣指出：《后村诗话》前集二卷、后集二卷、续集四卷、新集六卷，"共十四卷，末有自跋，称前后二集为六十至七十

---

① 吕玉华：《唐人选唐诗述论》，"导言"，页3。

岁时所作,续集四卷为八十岁时所作,新集六卷则八十二岁时作也。克庄晚节颓唐,诗亦渐趋潦倒,……然论诗则具有条理,真德秀作《文章正宗》,以诗歌一门属之克庄。……持论亦或偶疏,至于既诋《玉台新咏》为淫哇,而又详录其续集;既称欧阳修厌薄杨、刘,又称其推重杨、刘,尤自相矛盾。然要其大旨,则精核者多,固迥在南宋诸家诗话上也"①。据学者考证:后村写的前、后集各二卷《诗话》,始于他六十岁后,即淳祐至宝祐(1247—1257)之间;《续集》四卷,则编成于他八十岁时的咸淳二年(1266),这相距约二十年的时间之流是否带来诗学观的迁异,也是值得探讨的问题。

四库馆臣所观察到的"既诋《玉台新咏》为淫哇,而又详录其续集",其实并非自我矛盾,从《后村诗话·前集》卷一所言:

  徐陵所序《玉台新咏》十卷,皆《文选》所弃余也。六朝人少全集,虽赖此书略见一二,然赏好不出月露,气骨不脱脂粉,雅人庄士见之废卷。昔坡公笑萧统之陋,以陵观之,愈陋于统。如沈休文《六忆》之类,其亵慢有甚于《香奁》《花间》者,然则自《国风》《楚词》而后,故当继以《选》诗,不易之论也。

---

① 见(清)永瑢、纪昀等撰:《〈后村诗话〉提要》,(清)永瑢、纪昀等编:《景印文渊阁四库全书总目》,册5,卷195,页236—237。

明显是以《文选》贬低《玉台新咏》，但到了《后村诗话·续集》中则大量引述其续编《玉台后集》，其间自有心态转换的消息存焉，与其"晚节颓唐，诗亦渐趋潦倒"的阶段性变化相符，也恰如纪容舒致力于《玉台新咏》之考异，又不免自我解嘲"耗日力于绮罗脂粉之词，殊为可惜"①。这种文学心态逸离正轨、转向流连香奁花间的现象，再度印证了玉台美学非关大雅的次要性、补充性，以及面对大千世界尤其是在伦理松绑之后不可或缺的感觉性。

总而言之，六朝以《玉台新咏》所开启的纯艺术美学追求，到了唐代的三百多年之间，一直是诗人群无法割舍的创作实践，其中包括了杜甫。当"大传统"沛然而下，唐代诗坛更是众声喧哗，本身就夹杂诸多的美学争辩，如"选体"与"玉台体"的分合就是一个从南朝延续到唐代的不平等交锋，作为一种诗歌美学的体现方式，"玉台体"其实是"选体"的支援与补充，而作为"唐人渊源"，同属唐诗伟大力量的根底之一。

单单以诗歌选集来看，就盛唐初期芮挺章的《国秀集》（编于唐玄宗天宝三年，公元744年）与殷璠的《河岳英灵集》（比《国秀集》约晚十年②）这两部，学者便指出：

> 就历史事实而论，芮挺章与殷璠的看法，很能反映盛唐诗人的风尚。盛唐诗人在齐梁靡弱之后，有意回复到汉魏的风

---

① （清）纪容舒：《玉台新咏考异》，"序"，页1。

② 关于《河岳英灵集》编定的大约年代，参王梦鸥：《王昌龄生平及其诗论》，《古典文学论探索》（台北：正中书局，1984年），页288。

骨,这是无可否认的大趋势。但他们仍然保留六朝诗的词采与声律,使之与建安风骨相糅合,却也是有目共睹的。①

从中晚唐起,诗坛上对"玉台美学"更是不但大量实践,并且确立了专有术语给予明确的创作指引,可见六朝诗"缘情绮靡"的"美学吸引力仍然十分巨大,即使那些在理论上尖锐攻击它的人,也无法在实践上避免它"(its aesthetic appeal was so great that even those who bitterly attacked it in theory could not escape from it in practice)。②盛唐时期开始自觉地延续"玉台诗史"和"玉台美学",在盛、中唐之交出现了《玉台后集》,毋宁是顺理成章的结果。

诚如奥登(Wystan Hugh Auden, 1907—1973)为其编选之《19世纪英国次要诗人选集》(Nineteenth-Century British Minor Poets)而写的序言所指出:"诗选的首要功能应当是教育:既塑造品味,也展现品味。"③就此而论,《玉台后集》并非《玉台新咏》到唐代"玉台体"的过渡,应该说,《玉台后集》是唐代"玉台体"的建立者或提示者,在它的同时与此后,唐朝的文献资料里才出现了"玉

---

① 吕正惠:《元和诗人研究》(台北:东吴大学中国文学研究所博士论文,1983年),第4章第2节"元和诗人与六朝诗",页189。

② Stephen Owen, *The Poetry of the Early T'ang* (New Haven and London: Yale University Press, 1977), p.13. [美]宇文所安著,贾晋华译:《初唐诗》(北京:生活·读书·新知三联书店,2004年),页11。

③ 见蔡海燕翻译、马鸣谦修润,网址:https://read01.com/zh—tw/nxDQz63.html#.XERY2VqP6Ek, 2019年1月19日检索。

台体"一词。换言之,"玉台诗史"是对"玉台美学"的抉发与肯定,而"玉台美学"则是"玉台诗史"的建构根基,在"玉台诗史"的建构过程中,便隐含了"玉台美学"的定义行为,《玉台后集》的出现对于"玉台美学""玉台诗史"的建构是很有帮助的,甚至可以说产生了有效促进的力量,由此将可以把握《玉台后集》在文学批评史上的意义。

(本文原载于《人文中国学报》第 28 期 [2019 年 6 月])

第五章
李贺诗历代评论之分析

李贺,中唐时期一位早夭之诗人。年命虽短,天才喷薄难以自掩,以有限之生命却足以与其他名家在诗歌艺术中一争长短,其特殊之风格更独树一帜,吸引历代读者之注目。虽然难与李杜并列大家,但于中国诗坛上仍有其深切影响,据有一席之地,因此,从历代诗注评论中观其地位升沉、评价取向与乎论议优劣,亦不失为掌握李贺于文学史中被了解、被接受情形之一法;同时可观各代诗歌风气潮流之一般倾向。

本章依据的资料来源主要有:清代何文焕辑《历代诗话》、丁福保辑《历代诗话》与《清诗话》、郭绍虞编《清诗话续编》,与成文出版社出版、编译馆主编之唐、宋、元、明、清历代《文学批评资料汇编》,并检索评论专书如宋代魏庆之《诗人玉屑》、明代胡应麟《诗薮》、胡震亨《唐音癸签》等,旁及李贺诗各家选注者之意见,加以综合分类。一则参考罗联添先生《白居易诗评论的分析》[①]一文所作的断代考察方法,分唐、两宋、元、明、清及现代以来六个阶段逐一讨论;二则也希望从历代唐诗选本的择次情形,观察李贺

---

① 罗联添:《白居易诗评论的分析》,收入中国唐代学会编:《唐代研究论集第二集》(台北:新文丰出版公司,1992年11月),页671—716。

诗歌被接受的一般状况。

以下便分历代唐诗选本之考察、笺注之情况及评论之内容三个重点进行讨论。

第一节　唐五代时期

李贺短短二十七年生命，生息于中唐时期，生于德宗贞元六年庚午（790），卒于宪宗元和十一年丙申（816）。① 其诗歌流传在生前便已腾喧一时，遍在人口（说详下文），反映于唐人选唐诗中，理应多被采择，与其流行状况符契为是；然而检阅现存唐人选本之编选情形，却又大相径庭。除了一些编选者早于李贺，而年岁不相及的案例，如元结《箧中集》主选开元天宝间诗人之不遇者，殷璠《河岳英灵集》和芮挺章《国秀集》俱于天宝年间结集，高仲武《中兴间气集》着眼于肃代两朝诗，所选终于大历暮年，这些不能作为反映李贺被唐人所接受之程度的依据外，其他选本竟亦对李贺诗歌少有青睐，如结集年代与李贺卒年相当之姚合《极玄集》和令狐楚《御览诗》中，遍寻不着李贺诗作之踪影，直到五代后蜀韦谷所编《才调集》里才收录《七夕》一诗，不但量数单薄，其质亦未足以

---

① 李贺之生年有《旧唐书》根据李商隐《李贺小传》所言的约二十四岁之说，与《新唐书》根据杜牧《李长吉歌诗序》所主张的约二十七岁之说两种。兹依叶庆炳《两唐书李贺传考辨》一文定其生卒年岁如此，见叶庆炳：《唐诗散论》（台北：洪范书店，1977 年 8 月），页 126。

呈显李贺诗之风格特色。与这些选本相对照之下，张为《诗人主客图》取李贺诗句"飞香芝红满天春""酒酣喝月使倒行""蹋天磨刀割紫云"，以之为"高古奥义"一派中客从"上入室""入室""升堂""及门"四等中第二等之"入室"者①，推尊之意似亦未有过之。因此如果只就唐五代唐诗选本以观李贺之声誉地位，无疑将会得到负面而消极的答案，误以为他虽跻身诗人之列，其声音却是十分微弱而乏人倾听的。

但是如果转向时人散见于诗、序、表奏及诗话中对李贺诗之评论，我们却能得到全然不同的观感。与李贺同游韩愈门下的友人沈亚之曾云：

> 余故友李贺善择南北朝乐府故词，其所赋不多，怨郁凄艳之功，诚以盖古排今，使为词者，莫得偶矣。惜乎其终亦不备声弦唱。贺名溢天下，年二十七，官卒奉常，由是后学争踵贺，相与缀裁其字句以媒取价，呜呼，贡讽合韵之勤益远矣！②

就其所述李贺名溢天下，后学争相接踵缀裁之盛况，五代人亦多所记载：

---

① （唐）张为：《诗人主客图》，丁福保辑：《历代诗话续编》（北京：中华书局，1983年8月），页80。

② 见（唐）沈亚之：《序诗送李胶秀才》，《沈下贤文集》，《四部丛刊初编》第160册（台北：台湾商务印书馆，1965年），页47。

- 其文思体势如崇岩峭壁，万仞崛起，当时文士从而效之，无能仿佛者。其乐府词数十篇，至于云韶乐工，无不讽诵。①
- 词人才子，时有遗贤，不沾一命于圣明，没作千年之恨骨。据臣所知，则有李贺、皇甫松、李群玉、陆龟蒙……俱无显遇，皆有奇才。丽句清词，遍在词人之口；衔冤抱恨，竟为冥路之尘。②
- 李贺，字长吉，唐诸王孙也。父瑨肃，边上从事。贺年七岁，以长短之制，名动京华。③

由此可见李贺以其清词丽句的乐府长短之制赢得世人之倾爱，乃至同门友人推许为登室造极、古今莫偶，的确是受到极大肯定。至于各家所肯定的成就，则几乎一致地指向他奇诡魅艳、刻露天巧的诗歌内容与风格，如贞元中人张碧自序己诗云：

> 碧尝读李长吉集，谓春折红翠，霹开蛰户，其奇峭者不可及也。④

---

① （五代）刘昫等撰：《旧唐书》（台北：鼎文书局，1977年6月），卷137本传，页3772。
② （唐）韦庄：《乞追赐李贺皇甫松等进士及第奏》，（清）董诰辑：《全唐文》（台北：大通书局，1979年7月），卷889，页11716。
③ （五代）王定保：《唐摭言》，卷10，罗联添编：《隋唐五代文学批评资料汇编》，页268。
④ 见（宋）计有功著，王仲镛主编：《唐诗纪事校笺》（成都：巴蜀书社，1989年8月），卷45，页1235。

陆龟蒙《书（李商隐）李贺小传后》一文亦云：

> 吾闻淫畋渔者，谓之暴天物。天物既不可暴，又可抉摘刻削露其情状乎？使自萌卵至于槁死，不得隐伏，天能不致罚耶！长吉夭，东野穷，玉溪生官不挂朝籍而死，正坐是哉，正坐是哉！①

僧齐己《读李贺歌集》一诗中对其奇峭凌纵、出乎意外之想象更有极为形象化的描写：

> 赤水无精华，荆山亦枯槁。玄珠与虹玉，璨璨李贺抱。清晨醉起临春台，吴绫蜀锦胸襟开。狂多两手掀蓬莱，珊瑚掇尽空土堆。②

李贺诗巧夺天工、无险不入，能上天纵海，将隐微之天物抉摘出来，并毕肖其情状，泄露天机于苦吟描摹中，甚至换得陆龟蒙以此为夭寿之故的推测，可知李贺呕心沥血之写作方向及其极端的程度。而在这些述评文字中最具有代表性的，首推杜牧为李贺文集所作的序言：

---

① 见（唐）陆龟蒙：《甫里先生文集》，《四部丛刊正编》第37册（台北：台湾商务印书馆，1965年），卷18，页150。

② 见（清）康熙敕编：《全唐诗》（北京：中华书局，1990年2月），卷847，页9585。

云烟绵联,不足为其态也;水之迢迢,不足为其情也;春之盎盎,不足为其和也;秋之明洁,不足为其格也;风樯阵马,不足为其勇也;瓦棺篆鼎,不足为其古也;时花美女,不足为其色也;荒国陊殿,梗莽丘垄,不足为其恨怨悲愁也;鲸呿鳌掷,牛鬼蛇神,不足为其虚荒诞幻也。盖《骚》之苗裔,理虽不及,辞或过之。《骚》有感怨刺怼,言及君臣理乱,时有以激发人意。乃贺所为,无得有是!贺能探寻前事,所以深叹恨今古未尝经道者,如《金铜仙人辞汉歌》《补梁庾肩吾宫体谣》,求取情状,离绝远去笔墨畦径间,亦殊不能知之。……世皆曰:"使贺且未死,少加以理,奴仆命《骚》可也。"①

这段序言要言不烦,不但以极其形象性的语句描述李贺奇艳诡媚、虚荒诞幻之特点,较前引诸说更为生动贴切,又指出李贺诗与楚骚幽趣之关联,加上"无理"之憾的提出,可以说已全面开显评论李贺诗歌的几条途径,为后代塑造了体会或论议的方向,不论是赞成或反对,是引申或保留,这些时花美女、牛鬼蛇神的比譬,楚骚苗裔之赞叹,以及有理与否的辩证,广泛地散见于历代的评论之中,带有不可磨灭的痕迹。例如五代孙光宪即因前有杜牧首倡"无理"之说乃敢自抒同感,其《北梦琐言》曰:

---

① 见(唐)杜牧:《樊川文集》(台北:汉京文化公司,1983年11月),卷10,页149。

> 愚尝览李贺《歌诗篇》,慕其才逸奇险,虽然尝疑其无理,未敢言于时辈。或于《奇章公集》中,见杜紫薇牧有言,长吉若使"稍加其理,即奴仆命骚人可也"。是知通论合符,不相远也。①

此说便是明显一例。因此我们可以断言,杜牧这篇序乃是帮助读者及评论家了解李贺,并进而评价其整体成就的最早且最充沛的源头,渊远流长,沾溉后世独多且厚,值得再三探索。

从以上的资料可以看出,唐五代人对李贺诗的接受与评价是广泛而正面的,不但赞赏其绝去畦径、奇诡莫偶的文思体势,连"牛鬼蛇神"之类的意象塑造亦未有负面之批评,可见其艺术魅力独出一格,吸引人心所向之一斑。唯一白璧微瑕的"无理"之憾,也因李贺英年早逝,未能拥有充分发展机会的无奈而冲淡,与其说是对其缺陷的不满,毋宁说是读者对其整体创作的期许,期许一个成熟而完善之李贺的诞生,其意味是温厚而深长的。

其次,历代将李贺与诗仙李白并列比较的评论方法也在这个时期开始。前引贞元中人张碧于诗集自序中云:

> ……其奇峭者不可及也。及览李太白词,天与俱高,青且无际,鹏触巨海,澜涛怒翻,则观长吉之篇,若陟嵩之巅视诸

---

① (五代)孙光宪著,贾二强点校:《北梦琐言》(北京:中华书局,2002年6月),卷7,页166。

阜者耶。余尝锐志，狂勇心魄，恨不得摊文阵以交锋，睹拔戟挟辀而已矣。①

其行文间虽将二李作一优劣判别，以为李贺之于李白犹如小阜之于嵩山，高下自异；但其中已可循绎出两人风格间近似的关系，虽一高一低，却同属奇峭绝俗、天外翻空的性质，因而给予人们发展联想的线索。同样地，齐己也有《还人卷》一诗，以杜牧式的形象语言叙写二李充满幻思奇想的诗歌特质，道：

李白李贺遗机杼，散在人间不知处。闻君收在芙蓉江，日斗鲛人织秋浦。金梭札札文离离，吴姬越女羞上机。鸳鸯浴烟鸾凤飞，澄江晓映余霞辉。仙人手持玉刀尺，寸寸酬君珠与璧。裁作霞裳何处披，紫皇殿里深难觅。②

已视两人为二位一体，因此从首句"李白李贺遗机杼"之后甚至不再区分，而通篇一统为论，并极尽淋漓颂赞之能事，以至在《谢荆幕孙郎中见示〈乐府歌集〉二十八字》中，更直接表露说："长吉才狂太白颠，二公文阵势横前。谁言后代无高手？夺得秦皇鞭鬼鞭。"③其次，裴虔余《唐故秀才河东裴府君（岩）墓志铭》亦指出：

---

① （北宋）计有功著，王仲镛主编：《唐诗纪事校笺》，页1235。
② （清）康熙敕编：《全唐诗》，卷847，页9588。
③ （清）康熙敕编：《全唐诗》，卷847，页9593。

> （裴岩）数年之间，遂博通群籍，能效古为歌诗，迥出时辈，多诵于人口。前辈有李白、李贺，皆名工，时人以此方之。①

以今日眼光看来，将裴岩比诸二李实在未免溢美；然而李白、李贺之联名并提，并被视为诗歌艺术的制高点，成为衡量作品程度的标准，则又再添一例。自此以后，宋人将二李比并互观之论蔚然成风，或优劣长短，或互为补充，皆可以唐代张碧之语为滥觞。

总上文可见，唐朝时李贺诗歌即普遍流行，广被管弦。唐人对其评价几乎全属正面肯定，学效者亦众。然其时诗选本却完全不反映此一事实，形成极大的落差。在评论角度方面，对李贺诗风格之特殊已有深入之抉发，而杜牧"无理"说的提出，更影响了后代的评议线索，加上李贺与李白风格比较论的呈现，和指出李贺诗具有楚骚及南北朝乐府的渊源，可谓触及了李贺诗的全面讨论，是极具创发意义的一个阶段。

第二节　两宋时期

就宋人（含金）选唐诗而言，对李贺似更加忽视，竟于选本中一无所及。王安石《四家诗选》选收李杜韩欧四家作品，另编《唐

---

① 吴钢主编：《全唐文补遗·千唐志斋新藏专辑》（西安：三秦出版社，2006年6月），页394。

第五章　李贺诗历代评论之分析　221

百家诗选》以录余子,不但无李贺之作,于王维、韦应物、元、白、张籍、孟郊亦未尝取之,因此难以判断其择次臧否之标准何在,只能确定其于李贺寄意不高;另赵蕃昌、韩淲仲选,谢枋得注《唐诗绝句选》中有贾岛,无李贺;而周弼分绝句体、七言体、五言体以论唐贤的《三体诗法》也是频频引用贾岛、郑谷、陆龟蒙以论诗法度,却刊落李贺,一无所取;金元好问《唐诗鼓吹》中首尾不见其作品。因此就两宋时期唐诗选本而言,李贺是湮灭不闻的。

就诗论而言,则因为"北宋论诗者于唐代诗人,除李、杜外,最重视者厥为韩愈及其门人……此外,于唐代其他诗人,所论及者则不多"[①]。至南宋苦吟风气盛行,贾岛之流更被推称[②],对李贺诗歌之评论亦呈纷然多样之貌,正反俱足。为醒眉目起见,兹分风格、内容及字句锻炼三方面看宋人对李贺之批评态度。

就风格而言,"谲怪"(或"奇诡")两前缀被宋人拈出,成为李贺诗评论的惯用术语。如宋祁《新唐书·文艺传序》曰:

言诗则杜甫、李白、元稹、白居易、刘禹锡,谲怪则李

---

① 见黄启方编:《北宋文学批评资料汇编》(台北:成文出版社,1978年9月),绪论,分见页64、66。

② 如(南宋)刘克庄《后村先生大全集》卷97《晚觉翁藁序》一文曰:"近时诗人竭心思搜索,极笔力雕镌,不离唐律,卷98《林景子序》一文又曰:"虽郊岛才思拘狭,或安一字而断数髭,或先得上句,经岁始足下句,其用心之苦如此,未可以唐风少之。"分见张健编:《南宋文学批评资料汇编》(台北:成文出版社,1978年12月),页475、481。

贺、杜牧、李商隐,皆卓然以所长为一世冠,其可尚已。[1]

黄裳《陈商老诗集序》亦云:

> 然使诸子才之靡丽者不至于元稹……新奇飘逸者不至于李白……谲怪奇迈者不至于贺牧商隐辈,亦无足取者,安能得名于世哉?[2]

相对于唐人大量运用形象化之评述方式,如前引杜牧、僧齐己、张碧、陆龟蒙和《新唐书》等所表现者,宋人则偏向于用一言以蔽之的抽象形容词简洁明要地总括诗歌风格,这些语词实际上包涵了许多阅读经验中具体如牛鬼蛇神、崇岩峭壁、春拆红翠的意象感受,却只提炼出简单而抽象的整体概念用于诗歌评论之中,呈现与唐人批评方式的明显差异,"谲怪"一词的使用便是彰著之一例。张耒于《李贺宅》一诗中所谓:

> 少年词笔动时人,末俗文章久失真。独爱诗篇超物象,只应山水与精神。[3]

---

[1] (宋)欧阳修等撰:《新唐书》(台北:鼎文书局,1992年1月),卷201,页5726。

[2] (北宋)黄裳:《演山集》,卷21,引自黄启方编:《北宋文学批评资料汇编》,页211。

[3] (南宋)张耒:《张右史文集》,卷26,引自黄启方编:《北宋文学批评资料汇编》,页257。

其"超物象"之说也属于这个性质,整体诗作与僧齐己之《读李贺歌集》对照,其表达方式之不同真足堪玩味。此外,由此数家之说,也可以看到宋人对李贺以独特风格标志时代之成就的肯定,所谓"为一世冠"可为明证。

其次,我们可以发现,唐人将李贺与李白并论之端倪,于宋代更得到推激扩衍,形成一种风格比较论之风气。最早发此比较论者,当推宋初宋祁(景文),马端临记其评述曰:

> 宋景文诸公在馆,尝评唐人诗云:"太白仙才,长吉鬼才。"①

其后以仙、鬼并称,轨二李比较者一时大盛,《沧浪诗话》云:

> 人言太白仙才,长吉鬼才。不然,太白天仙之词,长吉鬼仙之词耳。②

另外《迂斋诗话》也指出:

> 世传杜甫诗,天才也;李白诗,仙才也;长吉诗,鬼

---

① (元)马端临:《文献通考》,《景印文渊阁四库全书》第614册(台北:台湾商务印书馆,1986年3月),卷242"经籍考69",页519。

② (宋)严羽著,郭绍虞校释:《沧浪诗话校释》(台北:里仁书局,1987年4月),页178。

才也。①

叶廷珪《海录碎事》亦云：

> 唐人以李白为天才绝，白乐天人才绝，李贺鬼才绝。②

不论是鬼才或鬼仙，都是旗帜鲜明，足以与大诗人李白各擅胜场，一仙一鬼，都不属人间所有，却又才高神逸，各为人间之外、天上地下两个世界之抉发者。这种不分优劣、共赏其绝的态度，比之张碧更加持平宽容，也提高了李贺于诗史上的地位，从上引诸条都可反映这个倾向。其中严羽对李贺尤其激赏，不但于划分诗体时特立"李长吉体"，又云："玉川之怪，长吉之瑰诡，天地间自欠此体不得。"因而当他刊落中晚唐名家，如元白、小李、小杜乃至韩愈，而说：

> 大历以后，我所深取者，李长吉、柳子厚、刘言史、权德舆、李涉、李益耳。③

---

① 见（宋）叶廷珪著，李之亮校注：《海录碎事》（北京：中华书局，2002年5月），卷19，页844。《迂斋诗话》的作者有李椿、楼昉两说，皆南宋人，唯郭绍虞以为不可信，见郭绍虞：《宋诗话考》（北京：中华书局，1979年8月），页158—159。

② （宋）叶廷珪著，李之亮校注：《海录碎事》，卷19，页823。

③ （宋）严羽著，郭绍虞校释：《沧浪诗话校释》，页163。

便不致令人过于意外。其推尊李贺之意乃有宋一代之最，对于李贺所开拓面对世界、发抒性情的独特风格，可谓全心接纳、肯定备至了。

于二李比较论中自亦有区分优劣、评判高下之说，如张戒《岁寒堂诗话》卷上云：

> 贺诗乃李白乐府中出，瑰奇谲怪则似之，秀逸天拔则不及也。贺有太白之语，而无太白之韵。①

朱子《语类》卷一四〇亦云：

> 李贺较怪得些子，不如太白自在。②

金元好问《论诗绝句》第十六首中亦隐隐有一乐观明朗、一悲观晦暗之分：

> 切切秋虫万古情，灯前山鬼泪纵横。鉴湖春好无人赋，岸夹桃花锦浪生。③

---

① 丁福保辑：《历代诗话续编》，页462。
② （宋）朱熹著，（宋）黎靖德编：《朱子语类》（台北：文津出版社，1986年12月），卷140，页3328。
③ （金）元好问著，姚奠中主编，李正民增订：《元好问全集（增订本）》（太原：山西古籍出版社，2004年1月），页269。

李贺诗乃苦吟而得,由"吟诗一夜东方白"(《酒罢张大彻索赠诗》)之自道,及李商隐《李贺小传》中所记,以古锦囊盛日间所得而后足成之故事,其诗之雕琢斧痕当可以想见,与李白斗酒百篇,直抒胸臆、纯任神行的自在秀逸,自然造成风格之差异,优劣之分即由此而生。值得注意的是,张戒不只比较两人风格之异同而已,尚且指出李贺诗"自李白乐府中出"的渊源关系,虽然明指贺不如白,但因为其间渊源之故,却反使两人有更紧密之联系,乃二李风格比较重要之一端。

对李贺风格持反面态度,发为訾议者,亦颇有其人,石介《三豪诗送杜默师雄》一诗讥曰:

> 回顾李贺辈,粗俗良可憎。玉川月蚀诗,犹欲相凭凌。①

张表臣《珊瑚钩诗话》卷一曰:

> 篇章以含蓄天成为上,破碎雕镂为下。……以平夷恬淡为上,怪险蹶趋为下。如李长吉锦囊句,非不奇也,而牛鬼蛇神太甚,所谓施诸廊庙则骇矣。②

卢仝(玉川)《月蚀诗》奇谲险怪,足以为韩门好奇者之尤,对曾

---

① (宋)石介:《徂徕集》,卷2,引自黄启方编:《北宋文学批评资料汇编》,页112。

② (清)何文焕辑:《历代诗话》,页455。

撰《怪说》批评杨亿，以为"反厥常则为怪矣。……杨亿之穷研极态，缀风月，弄花草，淫巧侈丽，浮华纂组，其为怪大矣"①的石介来说，自是不能苟同；而李贺之谲诡，自然也被视为"粗俗可憎"，全无与于圣人之道了。亦因执此"施诸廊庙"之标准，张表臣将杜牧客观持平、全无贬义的"牛鬼蛇神"一语加入负面意涵，以为怪险蹶趋、骇人眼目，因而不足为取。由此可见，胸无定见、不执着于圣人之理的批评家，多能欣赏李贺穿幽入仄的脱俗风格，乃至将其与大诗人李白比肩；而手持特定标准以衡量艺术作品者，则不免有以訾议了。

由此，可进一步观宋人对李贺诗歌内容之看法。

李贺诗内容本多神话鬼境等荒诞虚诡之说，对社会民生、圣统大道确然着墨甚少，自杜牧"理虽不及，辞或过之"及"少加以理，奴仆命骚"之说提出后，"无理"也成为宋人批评李贺诗之一端。所谓"理"，便是杜牧所谓"感怨刺怼，言及君臣理乱，时有以激发人意"之骚旨②，亦即裨补于时用的实用性质。李贺诗无得有是，特别引起几位南宋士子的批评，范晞文《对床夜语》卷二引陆游之批评道：

> 或问放翁曰："李贺乐府极今古之工，巨眼或未许之，何

---

① （宋）石介：《徂徕集》，卷5，引自黄启方编：《北宋文学批评资料汇编》，页116。

② 罗联添《李贺诗"无理"问题》一文，引证所谓"理"乃指"篇意"之义，为歌诗之内容。见台大中文研究所1992年"唐代文学专题"课堂讲义，此处据之。

也?"翁云:"贺词如百家锦衲,五色炫耀,光夺眼目,使人不敢熟视,求其补于用,无有也。杜牧之谓稍加以理,奴仆命骚可也。岂亦惜其词胜!"①

张戒《岁寒堂诗话》卷上亦云:

> 元白张籍以意为主,而失于少文,贺以词为主,而失于少理,各得其一偏。故曰:"文质彬彬,然后君子。"②

又有戴复古《昭武太守王子文日与李贾严羽共观前辈一两家诗及晚唐诗,因有论诗十绝。子文见之,谓无甚高论,亦可作诗家小学须知》第五首曰:

> 陶写性情为我事,留连光景等儿嬉。锦囊言语虽奇绝,不是人间有用诗。③

都认为李贺虽得于词胜语奇,却失于"无用"而受限一偏,因此未甚许之,张戒甚且以峻切之语责斥曰:

---

① 见丁福保辑:《历代诗话续编》,页422。
② 见丁福保辑:《历代诗话续编》,页462。
③ 见(宋)戴复古:《石屏诗集》,卷7,引自张健编:《南宋文学批评资料汇编》,页401。

李长吉诗只知有花草蜂蝶，而不知世间一切皆诗也。①

此真无异于李白被王安石认为"十句九句言妇人酒耳"②，同样堂庑狭小、识见不宽之劣评了。事实上，常被宋人拿来与李贺作风格比较论的李白，的确也因"无理"而受到排诋，《诗人玉屑》卷十四引苏辙之批评道：

> 李白诗类其为人，俊发豪放，华而不实，好事喜名，不知义理之所在也。语用兵则先登陷阵，不以为难；语游侠则白昼杀人，不以为非：此岂其诚能也。……杜甫有好义之心，白所不及也。汉高祖归丰沛，作歌曰："大风起兮云飞扬，威加海内兮归故乡，安得猛士兮守四方。"高帝岂以文字高世者，帝王之度固然发于中，而不自知也。白诗反之，曰："但歌大风云飞扬，安用猛士守四方。"其不识理如此。③

李白诗既然难易不明、是非不分，论事用典又多所扭曲，乃至"不知义理"，自亦属无理之流了，可见二李同褒同贬之近似风格。当然也有人以较保留的态度为李贺诗"无理"之说试作辩护，北宋田锡《贻陈季和书》即曰：

---

① 见丁福保辑：《历代诗话续编》，页 464。
② （宋）陈善著：《扪虱新话·王荆公论李杜韩欧四家诗》，《四库全书存目丛书》第 101 册（台南：庄严文化事业公司，1997 年），页 300。
③ （宋）魏庆之：《诗人玉屑》（台北：世界书局，1980 年 10 月），页 295。

> 夫人之有文，经纬大道，得其道则持政于教化，失其道则忘返于靡漫。……若豪气抑扬，逸词飞动，声律不能拘于步骤，鬼神不能秘其幽深，放为狂歌，目为古风，此所谓文之变也。李太白天赋俊才，豪狭吾道，观其乐府，得非专变于文欤！……世称韩退之、柳子厚萌一意、措一词，苟非美颂时政，则必激扬教义，故识者观文于韩柳，则警心于邪僻，抑末扶本，跻人于大道可知矣！然李贺作歌，二公嗟赏，岂非艳歌不害于正理，而专变于斯文哉！①

田锡虽然以经纬大道来划分文字的功能，而有得道、失道之区别，但是并不黑白极端、自囿眼界，反于二者之外又承认一个不能被"道"的标准所拘限的"专变"一体，肯定李白、李贺之类不拘于正轨、幽深秘于鬼神的特殊风格，并谓李贺诗曾受韩公推重，应是"艳歌不害于正理"的结果。从这段话可以看到田锡不拘一执的调停态度，以及李白、李贺二家在宋代批评家眼中同时升沉、共列正变之命运，此又一佳例也。

田锡以"专变于文"来解决李贺诗"无理"之问题，而南宋末评点李贺诗集的刘辰翁，在"旧看长吉诗，固喜其才，亦厌其涩；落笔细读，方知作者用心"之后，索性以长吉所长恰在理外，正因其不近人情而自成一家，来摆落有理与否的纠缠，曰：

---

① 见（宋）田锡：《咸平集》，卷2，引自黄启方编：《北宋文学批评资料汇编》，页78—79。

> 樊川反复称道，形容非不极至，独惜理不及骚，不知长吉所长正在理外，如惠施坚白，特以不近人情，而听者惑焉是为辩。若眼前语众人意，则不待长吉能之。此长吉所以自成一家欤！①

辰翁以苛察缴绕、不近人情的惠施坚白之说，来说明李贺之所长的"理外"特色，以与杜牧"理不及骚"之说对抗，此处之"理"显然被理解为具有逻辑关系的"条理之理"，而非"道理之理"，指不拘步骤、变化不近人习之常的篇法结构，并无美刺怨颂、裨补时世之意旨。虽与前人解释不同，仍可见其欲超脱李贺于无理之讥之外的苦心。而由此一说，李贺诗歌即可磊然臻于无缺的完美之地，不受传统道学和正规诗法之羁绊，此真斧底抽薪之法也。

除了从风格、内容评断李贺诗歌成就之外，宋人也在锻炼功夫这一角度上有不同意见。对李贺苦吟之功夫表示同情的了解，乃至表示赞赏之意者不乏其人，如北宋唐庚《自说》曰：

> 诗最难事也，吾于他文，不至寒涩，惟作诗甚苦，悲吟累日，然后成篇。初读时，未见可羞处，姑置之明日，取读，瑕疵百出，辄复悲吟累日，返复改正，比之前时稍稍有加焉，复数日，取出读之，病复出，凡如此数四，方敢示人，然终不能

---

① 见陈弘治：《李长吉歌诗校释》（台北：嘉新水泥公司文化基金会，1969年8月），附录，页380。

奇。李贺母责贺曰："是儿必欲呕出心乃已。"非过论也。今之君子，动辄千百言，略不经意，真可贵哉！①

以李贺之苦吟锻炼、谨慎将事，来责备时人率尔操觚、动辄千百的弊病，不但有针砭时弊之意，亦且有夫子自道的切身经验感受，故对李贺自能产生一种了解的同情。南宋刘克庄也是如此，其于《跋吕炎乐府》中曾云：

乐府李贺最工，张籍、王建辈皆出其下，然全集不过一小册。……余幼而学之，老矣无一字近傍焉。②

由于自幼至老学习李贺，仍无一字近之，如此始知李贺诗之难及也，于是对苦吟成家之诗人更能赏其妙处、推尊其位了，故《跋方寔孙乐府》中云：

"看似寻常最奇崛，成如容易却艰辛。"半山语也。乐府妙处，要不出此二句。世人极力模拟，但见其寻常而容易者，未见其奇崛而艰辛者。……昔之名家惟张籍、王建、李贺……贺

---

① （宋）唐庚：《眉山唐先生文集》，卷28，引自黄启方：《北宋文学批评资料汇编》，页301。

② （宋）刘克庄：《后村先生大全集》，卷100，引自张健编：《南宋文学批评资料汇编》，页484。

母忧贺呕出心肝,以思苦而传也。①

于《诸士友词》又云:

> 长吉古锦囊,皆苦吟而得者;少游小石调,岂放泼之谓乎?②

刘克庄从李贺诗之奇崛而更体会其艰辛,并且由其所推许的张籍、王建、李贺三位乐府名家的成就,肯定了苦吟功夫的重要,所谓"思苦而传",便是明示苦吟乃诗歌传世的一大法门。也由于李贺诗强烈的苦吟倾向,其佳句也常于宋人笔下流传,如司马光《续诗话》中记载:

> 李长吉歌"天若有情天亦老",人以为奇绝无对。曼卿对"月如无恨月长圆",人以为勍敌。③

许顗《彦周诗话》亦云:

---

① (宋)刘克庄:《后村先生大全集》,卷100,引自张健编:《南宋文学批评资料汇编》,页486。

② (宋)刘克庄:《后村先生大全集》,卷123,引自张健编:《南宋文学批评资料汇编》,页500。

③ 见(清)何文焕辑:《历代诗话》,页277。

李长吉诗云："杨花扑帐春云热。"才力绝人远甚。如"柳塘春水漫，花坞夕阳迟"，虽为欧阳文忠所称，然不迨长吉之语。①

此外如杨万里以"女娲炼石补天处，石破天惊逗秋雨"为惊人句②；吴玕《优古堂诗话》认为李贺以"桃花乱落如红雨"之句名世③；曾季狸《艇斋诗话》谓："李贺《雁门太守行》语奇。"④理学大家朱子亦赞之曰："贺诗巧。"⑤这些记载都显示宋人颇能欣赏李贺奇绝惊人之诗句，甚至在与各家佳句轩轾之中肯定其傲视群伦的艺术效果，可见李贺诗以其独特风貌流传于宋人口耳之间的情形，足以据一席之地。

然则誉之所至，谤亦随之，李贺诗之雕琢工巧、刻意求新，也引起某些批评家的反动，如南宋袁燮《题魏丞相诗》便云：

唐人最工于诗，苦心疲神以索之，句愈新巧，去古愈邈。……诗本言志，而以惊人为能，与古异矣。后生承风，熏染积习，甚者推敲二字，毫厘必计；或其母忧之，谓是儿欲呕出心乃已。镌磨锻炼，至是而极，孰知夫古人之诗，吟咏情

---

① 见（清）何文焕辑：《历代诗话》，页383。
② （宋）杨万里：《诚斋诗话》，见丁福保辑：《历代诗话续编》，页138。
③ 见丁福保辑：《历代诗话续编》，页241。
④ 见丁福保辑：《历代诗话续编》，页295。
⑤ （南宋）朱熹著，（南宋）黎靖德编：《朱子语类》，卷140，页3328。

性，浑然天成者乎！①

袁燮认为李贺呕心沥血地求新求巧，为有唐诗人之冠，锻炼雕镂之工达到极致，然而也因此去古最远，无法像陶渊明一般唯写其胸中之妙，臻于浑然天成的最高境界，其得正复其失，立场丕变，褒贬亦随之易位。

从以上两宋人对李贺诗风格、内容及锻炼功夫三方面的评论情形，可知他们大致上并未越出唐人所开出的范围，但由对李贺诗评论资料之丰富，也可看出这位早夭之诗人并未受到过分冷淡，仍据有其一席之地，只是褒贬不一而已。事实上，笺注李贺诗集也正由此期始，有南宋末刘辰翁评点、吴正子笺注；而效长吉体为诗者，更有其人，如萧贯之《宫中晓寒歌》及刘克庄有三乐府效李长吉体②，金朝亦有王郁（字飞伯）踵继，可见李贺之影响力。

总结本期而言，有宋一代承唐人所开展的途径，对李贺诗之风格、内容、锻炼功夫皆有正反两面之意见，评论参差、褒贬不一，呈现纷然多样的丰富面貌。尤其在宋人眼中，李贺与李白同其浮沉，共具升降之命运，不仅风格内容之比较论形成一代风气，且亦指出二李之间渊源的关系，最具突破前人的新诗观；而对"无理"

---

① （宋）袁燮：《絜斋集》，卷8，张健编：《南宋文学批评资料汇编》，页370。
② （明）杨慎：《升庵诗话》卷12"刘后村三诗"条云："刘后村集中三乐府效李长吉体，人罕知之，今录于此。其一《李夫人招魂歌》云……其二《赵昭仪春浴行》……其三《东阿王纪梦行》……"诗歌内容不录。见丁福保辑：《历代诗话续编》，页893。

问题之探讨也另出一说，更形丰富。

第三节　元朝时期

元代一朝，师效李贺之风大盛，踵步李贺诗法者风起云涌、蔚为可观，有杨维桢（铁崖）、李孝光、张昱与马可翁、曾可则、张榉（字君材）①，乃至程巨夫《严元德诗序》曰：

> 自刘会孟尽发古今诗人之秘，江西诗为之一变。今三十年矣。而师昌谷、简斋最盛，余习时有存者。②

清人纪昀论列唐末以后诗风体制之流变，亦指出元代风从趋附之情形，其《冶亭诗介序》曰：

---

①　杨维桢者，王世贞《艺苑卮言》卷4谓："廉夫本师长吉。"见丁福保辑：《历代诗话续编》，页1022。至于李孝光、张昱两人，宋琬《姚文燮昌谷集注序》则谓："竞工其体，而不明其心。"见（清）王琦等评注：《三家评注李长吉歌诗》（上海：上海古籍出版社，1998年12月），页197。马可翁、曾可则、张君材者则见于吴澄为三人所作诗序，一谓"诗效昌谷者逼昌谷"，一谓"集中古体颇仿昌谷"，一谓"七言杂言似昌谷"，分见（元）吴澄：《吴文正公集》卷10、11、13，引自曾永义编：《元代文学批评资料汇编》（台北：成文出版社，1978年9月），页408、416、429。

②　见（元）程文海：《雪楼集》，卷15，引自曾永义编：《元代文学批评资料汇编》，页480。

> 元人变为幽艳，昌谷、飞卿遂为一代之圭臬，诗如词矣。
> 铁厓矫枉过直，变为奇诡，无复中声。①

可见其中盛况。降及明初，此风犹炽不衰，胡应麟便道："长吉则宋末谢皋羽得其遗意，元人一代尸祝，流至国初，尚有效者。"②元风之强劲波及明初，其势之盛可以想见。在此情形下，选诗及评诗也倾向于对李贺的正面肯定，与此时代风潮相符。

就选诗而言，杨士弘《唐音》十四卷分"始音、正音、遗响"三级，李杜韩三大家不入选，因为"李杜韩诗，世多全集，故不及录"（《唐音》凡例）。而置李贺于"遗响"，主要是基于时代晚后之考虑，观其引陆龟蒙及严羽等之佳评为导论，又选李贺诗二十三首可知；此乃前此唐诗选本之所未见，颇和元人踵效李贺之情形一致。就诗评而言，自然流誉众口，奉李贺为圭臬，如杨维桢将之与李杜并列为诗之高格，其《两浙作者序》曰：

> 仲容季和放乎六朝而归准老杜，可立有李骑鲸之气，而君采得元和鬼仙之变。

《赵氏诗录序》亦云：

---

① 见（清）纪昀：《纪文达公遗集》，卷9，引自吴宏一、叶庆炳编：《清代文学批评资料汇编》（台北：成文出版社，1979年9月），页487。

② （明）胡应麟：《诗薮》（台北：正生书局，1973年5月），"内编"卷3，页54。

风雅而降为骚,而降为十九首,十九首而降为陶杜、为二李。①

李贺不仅与李白并称,且与陶杜共列为直承风雅骚古风十九首正统诗歌发展之苗裔,杨维桢推誉程度可谓至极,无怪其师效李贺亦最近似,甚至以此故留名明清诗论之中了。另外郝经仿唐僧齐己《读李贺歌集》之作法,有《长歌哀李长吉》一诗三十八句,通篇鲸呿虹绕、云裂星摘,对李贺诗境之描摹及对李贺诗才之推崇,皆极备至:

元和比出屠龙客,三断韦编两毛白。黄尘草树徒纷绋,几人探得神仙格。青衣小儿下玉京,满天星斗两手摘。……赤虬嘶入造化窟,千丈虹光绕明月。人间不复见奇才,白玉楼头耿孤洁。自此雄文价益高,翠华灼烁紫霓掣。我生不幸不同时,安得从衡鹜清绝。②

刘将孙《刻长吉诗序》中亦云:

先君子须溪先生于评诸家诗最先长吉。……每见举长吉诗

---

① 上引两序皆见(元)杨维桢:《东维子文集》,《四部丛刊初编》(台北:台湾商务印书馆,1979年),页47、页49。

② (元)郝经:《陵川集》,卷8,引自曾永义编:《元代文学批评资料汇编》,页91—92。

教学者,谓其思深情浓,故语适称,而非刻画无情无思之辞,徒苦心出之者。若得其趣,动天地、泣鬼神者固如此。又尝谓,吾作《兴观集》,最可以发越动悟者在长吉诗。①

以为长吉非为奇而奇,乃有思深情浓以为根柢,两相符契,最可以发越人心,使人感悟,其诗趣乃能动摇天地鬼神,于是评论诸家诗时最先长吉,又举长吉诗教学者,已将私心所好奉为诗国之最,以至教授诸人,于李贺诗之流布更添推广之助力,直接促进时代风气。尤可注意者,李贺与李白共以"颠诗"并列,合为"作丰大"之创作者摹临师学之对象,刘埙《诗说》便云:

> 越二日往金溪访平山曾公,作诗多雄健,于近世诗深取苍山翁,且云:"少谒苍翁于行都,翁曰:'君作丰大,合作颠诗一番。'然后约而归之,正乃有长进,问何谓颠诗,曰:"若太白、长吉、卢仝是已。"然性不喜为此体,竟不果学。今老而思当时,傥不以己见横于胸次,而从前辈之教,用工一番,则吾诗当不止此,叹息久之。②

这里"颠诗"非但毫无贬毁之意,反而为褒誉之词,当是不遵常理、

---

① (元)刘将孙:《养吾斋集》,卷9,引自曾永义编:《元代文学批评资料汇编》,页366。

② (元)刘埙:《水云村稾》,卷13,引自曾永义编:《元代文学批评资料汇编》,页251—252。

不循习道，法度非循规蹈矩而自在衍生之义。太白长吉同具此格，自亦是作丰大、摆落细碎规矩者才能学习的对象，非束缚拘于理者可比。刘埙以未学而悔，可见对太白长吉"颠诗"之肯定。由以上各条也昭然可觇元代以李贺诗教授的诗坛风气。

但在李贺诗风行草偃之下，亦不乏不以为然者，如论诗大家方回即曾表示李贺诗歧出大雅，无补世道，其《观渊明工部诗因叹诸家之诗有可憾者二首》之二便云：

> 大雅寥寥迹已陈，观诗徒重两眉颦。蛙鸣蝉噪祇喧耳，鼍掷鲸呿尚骇人。岂但出言无补世，或犹挑祸自戕身。惟余陶杜知其道，便只苏黄驳未纯。①

"鼍掷鲸呿"乃杜牧评李贺诗歌之语，此处以为与世无用，甚且徒然招祸戕身，可见方回否定之情。此外，范德机《木天禁语》将李贺运用最佳之乐府篇章贬抑至低，曰：

> （乐府篇法）张籍为第一，王建近体次之，长吉虚妄不必效。②

连李贺成家扬名之乐府体皆不足效之，则其成就真一无是处，欲

---

① （元）方回：《桐江集》，卷3，引自曾永义编：《元代文学批评资料汇编》，页151。

② 见（清）何文焕辑：《历代诗话》，页746。

"唯留一简书,金泥泰山顶"(《咏怀二首》)的李贺若地下有知,当更不瞑目矣;其理由只在长吉乐府篇法"虚妄",概指内容多幻诞不经、脉络无理可寻之故,因而不能与张、王比肩,唯有屈居下乘。敖器之亦评之曰:

> 李长吉如武帝食露盘,无补多欲。①

汉武帝求仙,金茎玉露,花费不赀,然长生之欲望未尝得到满足,依旧如凡人一般化归尘土,这里将李贺诗比之武帝食露盘,似亦是惜其虚妄,于世用无益。

总结此期,如李贺于元代诗坛臻至一代导师之地位,或风从效之,或以之教授,形成时代风气。虽亦有以之背离正道者,然整体言之,乃以称誉者为主流,具一面倒之趋势;反映于选本上亦相契合。

第四节　明朝时期

李贺诗刻本于明代大出,有小筑明末叶刊本、凌刊朱墨印本、万历癸丑刊本、万历曾益昌谷诗注本及宝翰楼姚佺笺阅昌谷集句解

---

① 见(元)刘壎:《隐居通议》卷6所引,引自曾永义编:《元代文学批评资料汇编》,页262。

定本；笺注者更有徐渭、董懋策、余光三家，还有丘象升、丘象随、陈惇、陈开先、杨妍、吴甫六家之辩注，及孙枝蔚、张恂、蒋文运、胡廷佐、张星、谢启秀、朱潮远七家之同评①；诗风踵继元代习尚，以李贺为师者，又有李德、杨慎、徐渭等② 遥承不辍。整体观之，评论倾向似应趋于正面为是，然绳诸各家议论，却又不然。综合观之，乃以负面评价为主导，正与元代评价相反。

就唐诗选本而言，试从号称"选唐诗者，无虑数百家"③ 中举其较著者以观之。

明初高棅《唐诗品汇》在"编排体例上的匠心独运，更属创举。……用体例来强调个人诗观，而不受常规限制"④，其书卷帙浩繁，分"正始、正宗、大家、名家、羽翼、接武、正变、余响、傍流"九目。李贺于七古类与韩愈列于正变，于五绝、七绝列于接武，五律、七律、五排不列目，虽能反映李贺诗于体制上之长短优劣，然其无与于大家，名家亦不可及，或屈居正变、余响之附庸地位，或竟至除名不录，除有身处中唐、时势文风已衰之因素外，仍

---

① 参陈弘治：《李长吉歌诗校释》，"凡例"，页 1。

② 袁宏道《答冯侍郎座主》云："宏于近代得一诗人曰徐渭，其诗尽翻窠臼，自出手眼，有长吉之奇，而畅其语。"于杨慎，王世贞谓"其微趣多在长吉"。分别引自叶庆炳、邵红编：《明代文学批评资料汇编》（台北：成文出版社，1979 年 9 月），页 665、416。

③ （明）屠隆：《唐诗类苑序》中语，见《栖真馆集》卷 10，引自叶庆炳、邵红编：《明代文学批评资料汇编》，页 512。

④ 见蔡瑜：《高棅诗学研究》，《台大文史丛刊》之 85（台北：台湾大学出版委员会，1990 年 6 月），页 18。

可显示高棅未甚重之的心态。胡震亨即指出其缺失，《唐音癸签》卷31曰："大谬在选中、晚必绳以盛唐格调，概取其肤立仅似之篇，而晚末人真正本色，一无所收。"①高棅另有《唐音正声》一编，以盛唐的音律表现为取选中唐诗作的标准，不取贾岛、李贺等苦吟奇诡的诗人，可见其选李贺诗时的偏差态度。

其后李攀龙有《唐诗选》一编，由于其人为主张复古模拟的后七子之一，曾曰："文自西京，诗自天宝而下，俱无足观。"②故选诗亦详于盛唐，多李杜、王孟、王昌龄之作，而略于中晚唐，唯收孟郊一首、贾岛二首，对李贺诗作一无所录。接着钟惺、谭元春以竟陵派独树诗场，师心李贺，造怪句、押险韵，幽深孤峭之格调擅一时之胜，因此两人合编《唐诗归》中方收有李贺诗十六首，并对李贺加意回护，称之为"词家妙语"，谭曰："长吉诗在唐为新声，实有从汉魏以上来者，人但以为长吉孤耳。"钟惺评《苦昼短》诗亦云："放言无理，胸中却有故。"③充满善意体证之心态，此殆因文学主张相近之故。

至明末熹宗天启甲子（1624）时，姜道生有《唐中晚名家诗集》五卷，收李贺、温庭筠、李商隐、韩翃、韩偓五家诗集，显有重视扬励之迹象，然不久龚贤汇集明末野香堂、贞隐堂等刊本所编《中

---

① （明）胡震亨：《唐音癸签》（台北：木铎出版社，1982年7月），页327。

② 见（清）张廷玉修撰：《明史》（台北：鼎文书局，1975年6月），卷287《李攀龙传》，页7378。

③ （明）钟惺、谭元春编：《唐诗归》，《四库全书存目丛书》第338册，卷31，页468、471。

晚唐诗》六十卷,又对李贺诗阙而不录,反不及其他不见经传之碌碌小家。由此观之,虽有少数编选者慧眼相加,然一般选本却有意刊落,遗漏不顾。另外陆时雍编《唐诗镜》一书,仿前人分初盛中晚四期,于卷 47 中唐部分收录李贺诗四十五首,且不避诡魅幽异之作,质与量似乎表现出赏重之意,但实则陆时雍视李贺为"妖"、为"魔",贬抑之程度似为历代之冠(详见后),造成诗论与诗选的矛盾现象;其又曰:"贺诗之可喜者峭刻独出。"①或许因"可喜"之部分亦不少,瑕不掩瑜,故亦大力收录。

就评论而言,明代对李贺诗之论评十之八九为恶评,其中不乏訾议程度极为严酷者,足以为历代诗评之尤,整体说来毁多誉少。首先有宋濂主张"文者,道之所寓也"的文学理论,执之以谓"牛鬼蛇神,佹诞不经而弗能宣通者,非文也"。②基于此种标准,对李贺诗自无好评,其《答章秀才论诗书》一文置之于刘禹锡、杜牧、孟郊、卢仝之后,并曰:

至于李长吉、温飞卿、李商隐、段成式专夸靡曼,虽人人各有所师,而诗之变又极矣。比之大历,尚有所不逮,况厕之

---

① (明)陆时雍编:《唐诗镜》,《景印文渊阁四库全书》第 1411 册(台北:台湾商务印书馆,1986 年 3 月),页 802。

② (明)宋濂:《宋文宪公全集》,卷 37,引自叶庆炳、邵红编:《明代文学批评资料汇编》,页 106。

开元哉？①

以夸张靡曼之故贬抑李贺，于其诗论十分契合。接着茶陵诗派主盟者李东阳出，以李贺诗雕琢新巧太过而表示不满，其《麓堂诗话》云：

> 李长吉诗，字字句句欲传世，顾过于剉钵，无天真自然之趣。通篇读之，有山节藻棁而无梁栋，如其非大道也。②

指出拘限于字字句句之雕琢，则必伤于整体之浑厚，因此无天真自然的浑融之趣，故而非作诗大道，无法支撑诗国之骨干。其后前后七子主张模拟复古，后七子领袖王世贞乃谓："文必秦汉，诗必盛唐，大历以后书勿读。"③于是仍对李贺无甚好评，于习染长吉诗风之同代人亦不容情。其《艺苑卮言》卷四云：

> 李长吉师心，故尔作怪，亦有出人意表者。然奇过则凡，老过则稚，此君所谓不可无一，不可有二。④

---

① （明）宋濂：《宋文宪公全集》，卷26《徐教授（大章）文集·序》，引自叶庆炳、邵红编：《明代文学批评资料汇编》，页93。
② 见丁福保辑：《历代诗话续编》，页1381。
③ （清）张廷玉修撰：《明史》，卷287本传，页7381。
④ 见丁福保辑：《历代诗话续编》，页1010。

又批评同代杨慎之诗云：

> 修撰笔任手运，诵由目成……凡所取材，六朝为冠，固一代之雄匠哉。特其搜撷太饶，格调时左，繁饰人工，或累天悟，又其微趣多在长吉，振奇之士，卑其刻羽雕叶；陋中之徒，骇其牛鬼蛇神。班郢之思独苦，膏肓之病难医，良可叹也。①

以李贺"作怪"，语意不善；又推翻历来对李贺诗"谲怪奇诡"之概论，谓之过于奇老而沦为凡稚，此真前所未有之看法；批评杨慎，则直与李贺同其卑薄，甚至谓之病入膏肓，可见其贬抑之情。

另外，谢榛及胡应麟也对李贺诗多有微词，两人皆以李贺不入大雅正道为憾。谢榛《四溟诗话》卷2云：

> 白乐天正而不奇，李长吉奇而不正。奇正参伍，李杜是也。②

卷3又曰：

> 正者，奇之根；奇者，正之标，二者自有重轻。若歧而又

---

① 见（明）王世贞：《凤洲笔记明海虞文告黄美中校刊本》，卷9明诗评，引自叶庆炳、邵红编：《明代文学批评资料汇编》，页416。

② 见丁福保辑：《历代诗话续编》，页1169。

奇，则堕长吉之下，惜乎！长吉不与陈拾遗同时，得一印正，则奇正相兼，造乎大家，无可议者矣。①

胡应麟《诗薮·内编》"古体七言"部分亦曰：

太白幻语，为长吉之滥觞；少陵拙句，实玉川之前导。集长去短，学者当先明此。②

又曰：

昌黎而下，门户竞开，卢仝之拙朴，马异之庸猥，李贺之幽奇，刘叉之狂谲，虽浅深高下，材局悬殊，要皆曲径旁蹊，无取大雅。③

谢榛以正为重，以奇为轻，对奇而不正、不能正奇相兼的李贺抱憾之情溢于言表；认为李贺有奇才却生不逢时，未能与陈子昂同坛共创新机，于是丧失了与李杜共跻于大家之位的机会。此处提出李贺之成就受限于时代之说，乃发前人所未发，细玩其意亦颇有见地。中唐以后，前有光焰万丈之李杜，已少有着手之处，韩门开奇崛之庭户，牢笼郊、岛、仝、异，共辟新径，李贺身处其时难免已有先

---

① 见丁福保辑：《历代诗话续编》，页1192。
② 见（明）胡应麟：《诗薮》，"内编"卷3，页47。
③ 见（明）胡应麟：《诗薮》，"内编"卷3，页48。

天限制,只能顺势往"奇"之一途发展,以此胡应麟故有"要皆曲径旁蹊,无取大雅"之说,由此可见谢榛所见的过人之处。而胡应麟承前之见,指出太白与长吉之渊源关系,除"太白幻语,为长吉之滥觞"之外,又谓:

> 长吉险怪,虽儿语自得,然太白亦滥觞一二。①

虽非将二李比肩并列,而以白长贺短,叮咛学者当明去取之道,以免自误,仍属有见;此外值得注意的是,他首先提出韩愈和李贺之间的渊源关系,前此虽有高棅《唐诗品汇》曾说:"韩愈李贺文体不同,皆有气骨。"②但其只就气骨相近而偶然并称,未若胡应麟明指李贺为韩愈门下,来得眼力切入,明挑其间脉络,在历代李贺诗评论中可谓巨眼首见。其后明末胡震亨亦有此说,其《唐音癸签》卷7注云:

> 自张文昌、郊、岛、长吉以至卢仝、刘义,并一时游韩公门,长声价。公首推郊诗,与籍游燕无间,岛、贺亦指诱勤奖。……③

---

① 见(明)胡应麟:《诗薮》,"内编"卷3,页54。
② 见(明)高棅:《唐诗品汇》(台北:学海出版社,1983年7月),"七言古诗"第11卷叙目,页269。
③ (明)胡震亨:《唐音癸签》,页67。

李贺与张籍、孟、贾、卢、刘之同游韩门,形成一文学集团,虽为当时之事实,但评论李贺诗歌源流者,除了《离骚》、李白之外,直到此时才提出李贺与韩愈门派之关系,所谓"指诱勤奖",隐隐然有李贺接受韩愈指导之意,透露了两人间渊源影响之关联,此亦前人之所未道者也。

陆时雍于其所编《唐诗镜》中谓李贺"幽楚于鬼趣最近",又曰:"李贺好作怪句,其实下语多拙。"① 对李贺诗评语之严厉可谓前无古人,后无来者。其《诗镜总论》曰:

> 书有利涩,诗有难易。难之奇,有曲涧层峦之致;易之妙,有舒云流水之情。王昌龄绝句,难中之难;李青莲歌行,易中之易。难而苦为长吉,易而脱为乐天,则无取焉。②

又曰:

> 妖怪感人,藏其本相,异声异色,极伎俩以为之,照入法眼,自立破耳。然则李贺其妖乎?非妖何以惑人?故鬼之有才者能妖,物之有灵者能妖。贺有异才,而不入于大道,惜乎其所之之迷也。③

---

① (明)陆时雍编:《唐诗镜》,《景印文渊阁四库全书》第1411册,分见页802、803。

② 见丁福保辑:《历代诗话续编》,页1418。

③ 见丁福保辑:《历代诗话续编》,页1422。

《唐诗镜》评语亦曰：

> 世传李贺为诗中之鬼，非也，鬼之能诗文者亦多矣，其言清而哀。贺乃魔耳，魔能瞇闷迷人。①

一则以李贺诗"难而苦"故一无取之；一则虽肯定李贺有异才，却惜其迷失于大道之外，更直以"妖""魔"目之，将前人"鬼才"一词所包涵的赞叹之情全部取消，代换以异声异色惑人的"妖怪"之意，李贺非但不得抉幽发冥、能人所不能的褒赏，反而担当藏邪惑、极伎俩，不堪法眼照见的贬责，对李贺诗之负面评价可谓至是而极。

除了流行文坛之负面评价外，亦有独嗜与众不同，偏好长吉特殊风格者，如屠隆首先缓和时见，以为各家诗风虽有不同，然殊途同归，亦各有价值，其《唐诗类苑序》云：

> ……东野苦心，其诗枯瘠；长吉耽奇，其诗谲宕，譬如参佛豫流，各自其见解而入焉，不无小大，及其印可证果则同。②

以各家入路不同，却能共同印可证果，故不以其小而非之。而一代奇人徐渭不但白眼与世绝交，独好李贺亦与世不伴，其《与季友》

---

① （明）陆时雍编：《唐诗镜》，《景印文渊阁四库全书》第 1411 册，页 802。
② 叶庆炳、邵红编：《明代文学批评资料汇编》，页 512。

一文便云：

> 韩愈、孟郊、卢仝、李贺诗，近颇阅之，乃知李杜之外，复有如此奇种，眼界始稍宽阔。……菽粟虽常嗜，不信有却龙肝凤髓，都不理耶？①

以"龙肝凤髓"目李贺等人之诗，且以之宽阔眼界，无怪徐渭诗作颇有效李贺体者，为时代潮流中之异数。另有江盈科将李贺称为"奇之奇"，与杜甫之正、李白之奇并列，推许为一代异才，其《解脱集引》曰：

> 至于长吉，事不必宇宙有，语不必世人解，信口矢音，突兀怪特，如海天蜃市，琼楼玉宇，人物飞走之状，若有若无，若灭若没，此夫不名为正，不名为奇，直奇之奇者乎！盖有唐三百年，一人而已。②

而郎文焕《李贺诗解序》亦将李贺与李杜并列为深得《诗经》之旨，而鼎足成一源三派，各擅其雄：

---

① 见（明）徐渭：《徐文长文集》，卷17，引自叶庆炳、邵红编：《明代文学批评资料汇编》，页613。

② 见（明）江盈科：《雪涛阁集》，卷8，引自叶庆炳、邵红编：《明代文学批评资料汇编》，页728。

《诗》有风有雅有颂。婉而讽，逸宕而有致，风之遗，李白得之；博大浑雄、庄丽典则，颂之遗，杜甫得之；曲而尽，崄而多变，雅之遗，贺得之。之三子者源汇而派分者也，世有李杜，不可无贺。①

以李贺诗得雅之遗，其说前所未有；据此更推与李杜共尊，摆落其他无数唐代诗人，更是别具一格。可见在时代风潮之下仍容有这种独特见解，不被压倒。这种将李贺与李杜并称之诗论，开启了清代以李贺为"诗史"以与杜甫比附之端，而渐成穿凿附会、深文索隐之风气，亦值得注意。实则明代评论中已有以"豪杰之士""荆轲之心"目李贺者，如杨慎《升庵诗话》卷11云：

　　晚唐惟韩柳为大家。韩柳之外，元白皆自成家，余如李贺、孟郊祖骚宗谢，李义山、杜牧之学杜甫……不可以晚唐目之。数君子真豪杰之士哉！②

方以智《通雅诗话》曰：

　　长吉好以险字作势，然如"汉武秦王听不得，直是荆轲一

---

① 见（明）曾益：《李贺诗解·序》，收入（清）王琦等：《李贺诗注》（台北：世界书局，1991年6月），页2。

② 丁福保辑：《历代诗话续编》，页851。

片心",原自浑老。①

此处所谓"豪杰之士""荆轲一片心"乃指其人足以置身诗国争雄,其诗势险而又浑老,一如荆轲用剑之心。然则如此比譬,推尊之余,亦与传统评论方式有异,隐隐然有歧出于旧、自铸新意之感,可说颇为独特。而杨慎"祖骚宗谢"之说又在李贺诗渊源论中加入了谢灵运,亦是前所未有之创见,惜未见申论,不知根据何在。

另外,在明代诗论中除了注意到李贺与韩愈的关系之外,也提到了李贺与李商隐风格的近似现象,在影响论上,有比前人独到的发现。如焦竑《李贺诗解·序》云:

> 唐人诗率冲融和适,不为崖异语;独长吉、义山二家,摆落常诠,务为奇崛,非得博雅多通者为之注释,难以通晓。……义山既表长吉之作,而其自运几与之埒,长吉气韵,义山词藻,所操者异,而总非食烟火人所能办。曾君当并注之以行,亦胜事也。②

其中指出:一则长吉义山同秉奇崛,不为常理牢笼,因此有赖博雅

---

① 周维德集校:《全明诗话》(济南:齐鲁书社,2005年6月),页5100。
② 收入(清)王琦等:《李贺诗注》,页1—2。

注释以助通晓,此点胡震亨《唐音癸签》亦曾指出过①;二则义山自云与李贺相埒,又曾表其诗作,风格近似间隐隐然有一脉相承之关联。后者至清代民国大加发挥,李贺为义山之前导几成定论,可见明人发明此说,颇有创见。

其次,明代诗评家的眼光似更见精细,能抉发李贺诗中构成特色的字眼,如王思任《李贺诗解序》云:

> 人命至促,好景尽虚,故以其哀激之思,必作涩晦之调,喜用鬼字、泣字、死字、血字,如此之类,幽冷溪刻,法当夭乏。②

谢榛《四溟诗话》则认为诗中用血字会流于粗恶,而李贺不避。③此二家观察入微,抉其幽渺,故发他人之所未见。尤其王思任指出李贺诗中充满人命至促、时光逝速之作意,于李贺诗之内在精神更能深入一层,实属难能。

以上可见明代李贺诗之刻本及评注大出,前朝莫比;但唐诗选本及一般评论多属负面,或谓之牛鬼蛇神、专夸靡漫、师心作怪、奇而不正,又山节藻棁、过于刿𫓧,而以不入大道、无取大雅非

---

① (明)胡震亨云:"有两种不可不注:如老杜用意深婉者,须发明,李贺之谲诡、李商隐之深僻,及王建宫词自有当时宫禁故实者,并须作注,细与笺释。"《唐音癸签》(台北:木铎出版社,1982年7月),卷32,页338。

② (明)曾益:《李贺诗解·序》,收入(清)王琦等:《李贺诗注》,页1。

③ 见丁福保辑:《历代诗话续编》,页1204。

之，或竟直接视之为"妖"为"魔"，评语之严厉至是而极。而潮流之外的少数声音，或以各有见解、同印证果而不非其小，或以龙肝凤髓目之，或许为有唐三百年之一人，乃至有将其与李杜并称，鼎足为《诗经》一源三派者，推许之程度亦趋向极端。值得注意的是在渊源方面，本朝首先注意到韩愈对李贺之影响，又提出"宗谢"之说，并谓李贺得"雅之遗"，加上李贺与李商隐风格之近似关系，亦于此时初发其端，此皆前人未道之创见。此外开始有批评家注意到李贺诗好用之字与其作意之所在，眼光亦较往昔深入也。

第五节　清朝时期

清代唐诗选本亦不少，试举其荦荦大者以观之：

清初顾有孝编（钱谦益序）《唐诗英华》，袭明人选本体制分初、盛、中、晚四期，中唐部分收贾岛十六首、姚合七首，却一无李贺作品；金圣叹《贯华堂选批唐才子诗》中亦未见李贺踪影；王士禛《唐贤三昧集》一编乃其晚年所定，《四库全书提要》云"皆录盛唐之作，名曰三昧，取佛经自在义也"①，以此亦无李贺诗；陈延敬等奉康熙敕编《御选唐诗》虽有收罗，但一共只有两首凡淡之作，不但不足以突显李贺诗歌特色，在数量上甚至无法和同为中唐险怪派的贾岛十二首相比，可见御选对李贺诗之不取；乾隆敕编、沈德潜等主编

---

① （清）王士禛：《唐贤三昧集》，《景印文渊阁四库全书》第1459册，页1。

之《唐宋诗醇》未采任何李贺之作；沈德潜又自选《唐诗别裁》，收李贺七言古、绝八首及五言律、绝二首共十首作品，然因其选编标准在"去郑存雅……去滛滥以归雅正，于古人所云微而婉、和而庄者，庶几一合焉。此微意所在也"（见前序），可见其着眼处未见得与李贺诗特色相合，此观其所谓"特取明丽几章以志畦径之变"①可知；蘅塘退士孙洙所编《唐诗三百首》中于李贺诗无一所录；此外，方东树评今古诗选不收长吉诗作，曾国藩《十八家诗钞》中亦无一踪影。可见有清一代几位名家对李贺不加重视之情形。

然衡诸其他选本，却又颇有提高李贺地位之趋势。康熙时黄之隽有韩孟李三家诗选②，特将中唐奇险一派选出，刊印流传，可见其对李贺之私心赏爱；乾隆时《全唐诗》编定后，徐倬复就之删削裁汰，辑为《全唐诗录》百卷，收有李贺诗古体六十二首、近体三十九首，合共超过百首，其数虽次于李、杜、刘长卿、钱起、韦应物、刘禹锡、韩愈、孟郊、张籍、王建、杜牧、温庭筠、李商隐，但同于元稹，胜于柳宗元、贾岛，且此百余首已几占其全集二分之一，比例之大引人注目，显见徐倬录诗时对李贺的重视；其后陈沆《诗比兴笺》专以抉发幽隐、发明比兴之意，也收有常被讥为无补于用的李贺诗二十首，可谓别出心裁。另陈世镕《唐诗选》收长吉、飞卿、义山为一卷，曰："今观七言古诗，昌谷奇丽，飞卿绮靡，异曲同工，亦可称温李也，故今以三人合为一卷。"③于长吉

---

① 见（清）沈德潜：《唐诗别裁集》（台北：广文书局，1970年1月），页248。
② 参钱锺书：《谈艺录》（香港：龙门书局，1965年8月），页56。
③ 引自吴宏一、叶庆炳编：《清代文学资料汇编》，页713。

与晚唐唯美诗人之关系可谓深有所见,故反映于选本取次上。此为由选本反映之正面一端,比诸先前各朝,已有明显转变。

而清朝评注李贺诗者更属辈出,与此一正面潮流似有暗合,有姚文燮《昌谷诗集注》、王琦《李长吉歌诗汇解》、陈本礼《协律钩元》、黄陶安、黎二樵、蒋楚珍、陈式、叶衍兰、钱澄之、周玉凫、黄秋涵、吴汝纶、吴闿生、方世举等,可见其盛况。而检视清代各家评论,可以发现他们大都跳出明代严酷之立论,而趋于正面肯定与赏爱,并且就前人所执以为憾的"无理"问题提出反面的辩解,大力证明李贺创作有补于世用之一面,可谓开出前此未有的全新批评途径。为便于陈述起见,下文依风格、内容、用字琢句及源流关系四方面进行分析。

就风格而言,有舒位将李贺与大小李杜并列,其《赞三李二杜集竟,岁暮祭之,各题一首》中云:

> 一赋高轩自有情,惊才绝艳少年行。倾囊别撰元和体,协律兼工乐府声。天上宫楼征著作,人间场屋避嫌名。幽兰啼露香兰笑,长瓜通眉肯再生。①

此诗将李贺一生重要遭遇,其人及其诗的特色与成就完全镕铸为一体,堪称慧心独具;而与其他二李二杜四人并列,其势丝毫未让,

---

① （清）舒位:《瓶水斋诗集》,卷1,引自吴宏一、叶庆炳编:《清代文学资料汇编》,页592。

可见对李贺之赏重。除此之外，其他评论家多以李贺诗为诗途中侧出之别调，自能于天壤间屹立，据一席之地，不可或缺，如施闰章《定力堂诗序》云：

> 唐以之取士，千人一律，几同帖括，于是李杜诸大家而外，昌黎之崛奥，长吉之诡奇，阆仙、东野之巉削、幽寒，皆于唐人淹熟中，另为别调以孤行者也，夫惟充乎其内，不徒务异其词，故其盘空凿险，风雨鬼神百出而不可殚究。①

推崇长吉之诡奇于唐人千篇一律之淹熟中自成一格，内充而词异，自能成家。尤侗《许漱石粘影轩词序》亦云：

> 于诗得李贺、卢仝，于文得孙樵、刘蜕，天地间自有此副笔墨，侧生挺出，山不厌高，水不厌深，诗文岂厌幽灵哉？②

由于这种诗文不厌幽灵，天地间自有此体的态度，推而言之，不单欣赏方面如此，袁枚甚至以为选诗者宜收此格，方称全备，无亏选诗之道，其《再与沈大宗伯书》曰：

---

① （清）施闰章：《学余堂文集》，卷5，引自吴宏一、叶庆炳编：《清代文学资料汇编》，页128。

② （清）尤侗：《西堂杂俎二集》，卷3，引自吴宏一、叶庆炳编：《清代文学资料汇编》，页141。

至于卢仝李贺险怪一流，似亦不必摈斥；两家所祖，从《大招》《天问》来，与《易》之龙战、《诗》之天妹同波异澜，非臆撰也。一集中不特艳体宜收，即险体亦宜收，然后诗之体备，而选之道全。①

施补华《岘佣说诗》亦云：

李长吉七古，虽幽僻多鬼气，其源实自《离骚》来，殊不可废，惜成章者少耳。

长吉七古，不可以理求，不可以气求，譬之山妖木怪，怨月啼花，天壤间宜有此事耳。②

李重华《贞一斋诗说》也道：

至昌谷七言，须另置一格存之。自有韵语，此种不可无一，亦不可有二也。③

各家所谓"险体亦宜收""殊不可废""宜有此事"和"不可无一"之语，都表明李贺诗风格虽然奇诡特出，险异不常，但仍受到普遍

---

① （清）袁枚：《小仓山房文集》，卷17，引自吴宏一、叶庆炳编：《清代文学资料汇编》，页453。
② 丁福保辑：《清诗话》，页989。
③ 丁福保辑：《清诗话》，页926。

的认可，不以诡魅而被斥，亦不以非关大道而被毁薄，反被视为诗道总体中自备一格的偏殊成就，可见评论角度之宽博。而推崇李贺者，更不吝惜尊高其位，视之为中晚唐之大家，如翁方纲《石洲诗话》卷 2 判分其与险怪同调之孟郊的高下差别，曰：

> 李长吉惊才绝艳，镂宫夏羽，下视东野，真乃蚯蚓窍中苍蝇鸣耳。虽太露肉，然却直接骚赋，更不知其逸诗复当何如？此真天地奇彩，未易一泄者也。①

直接骚赋、天地奇彩之李贺与蚯蚓窍中苍蝇鸣聒之孟郊，其间差距真判若天壤。毛先舒则以李贺为大历以后乐府之唯一大家，其《诗辩坻》卷 3 曰：

> 大历以后，解乐府遗法者，唯李贺一人。设色秾妙，而词旨多寓篇外，刻于撰语，浑于用意，中唐乐府，人称张、王，视此当有郎奴之隔耳。②

中唐张籍、王建以乐府闻名，然毛先舒却视之如郎奴，直以李贺为正主，此真李贺诗成就之一辉煌冠冕也。至吴闿生乃推而广之，更进一步抬高其地位，而谓：

---

① 郭绍虞辑：《清诗话续编》，页 1389。
② 郭绍虞辑：《清诗话续编》，页 49。

> 长吉苦心孤诣,戛戛独造,在杜韩后卓然为一大家。①

能与杜韩前后互映,鼎足而三,尊隆之势,确然可观。此处所谓"苦心孤诣"者,乃指险怪及风致之外,孤臣孽子之心与刺怨之意;杜甫号称诗史,韩愈主张文以载道,皆苦心孤诣之表现,李贺继之为大家,亦属此理;由此可知,自杜牧以来历代评论李贺诗"无理"之说已开出新的发展了。

首先,贺贻孙为李贺诗辩,以为"无理"正是李贺诗及其所从出之骚体的根本妙处,非但不可以理求之,正应当固其无理,方成其体。其《诗筏》云:

> 夫唐诗所以夐绝千古者,以其绝不言理耳。宋之程、朱及故明陈白沙公,惟其谈理,是以无诗。……楚骚虽忠爱恻怛,然其妙在荒唐无理,而长吉诗歌所以得为骚苗裔者,政当于无理中求之,奈何反欲加以理耶?理袭辞鄙,而理亦付之陈言矣,岂复有长吉诗歌?又岂复有骚哉?②

所谓"理"者,当是表现于事物之运行变化的"玄理",为程朱陈白沙所谈之哲学内容,并非传统中"感怨刺怼、君臣理乱"之理,亦非宋人刘辰翁所谓"惠施坚白、不近人情"之理,更不是本朝朱

---

① 见高步瀛:《唐宋诗举要》(台北:艺文印书馆,1970年9月),页280。
② (清)贺贻孙:《诗筏》,见郭绍虞辑:《清诗话续编》,页191。

鹤龄所谓"杜陵之言悭、言高、言老成,即樊川之所谓理也"①,以及翁方纲所言"此理字,即神韵也……其实格调即神韵也,……其实肌理亦即神韵也"②的理。因而唐诗以不言文理而夐绝千古,与忠爱恻怛之楚骚皆以情胜,不堕理袭辞鄙之陈言,如此乃成就楚骚及李贺诗诡艳幽渺之特色。此乃贺贻孙为李贺诗"无理"说的辩护。而对传统以为李贺诗孤芳自赏外,无补世用的"无理"论,亦有不少评家正面提出反驳,一时蔚为大观。如清初顺治时姚文燮特表其孤忠之志、切劘时政之意所成《昌谷集注》一书,将李贺与杜甫并举,列其为有唐之"诗史"。"自序"曰:

  且元和之朝,外则藩镇悖逆,戎寇交讧;内则八关十六子之徒,肆志流毒,为祸不测;上则有英武之君,而又惑于神仙。……贺不敢言,又不能无言,于是寓今托古,比物征事,无一不为世道人心虑。……故贺之为诗,其命辞命意命题,皆深刺当世之弊,切中当世之隐……藏哀愤孤激之思于片章短什。③

"凡例"部分又云:

---

① 吴宏一、叶庆炳编:《清代文学资料汇编》,页69。
② 吴宏一、叶庆炳编:《清代文学资料汇编》,页534。
③ 见(清)王琦等:《李贺诗注》,页191—192。

世称少陵为诗史……昌谷余亦谓之诗史也。①

而为其书作序者，如陈式、姜承烈、钱澄之、陈倬、宋琬、方拱干、何永绍、黄传祖等皆承其旨而推阐其意，使"诗史"之说一时并盛，可谓前无古人、奇峰突起。嘉庆时，陈沆随之深文周内，索求比兴之深意，务必得其所据，其《诗比兴笺》卷4以姚文燮能推杜牧之旨，而承其意笺注李贺诗云：

（《还自会稽歌》）故自西京东还也，秋衾梦铜辇，脉脉辞金鱼，孰谓长吉无志用世者，不然何取于庾肩吾之还家而必为补之？

（《走马引》）刺修恩怨之徒也，但快报复于睚眦，曾无保身之明哲，孰谓长吉诗少理者？

（《金铜仙人辞汉歌》）长吉志在用世，又恶进不以道，故述此二篇以寄其悲，特以寄托深遥，遂尔解人莫索。②

都以长吉有志用世，以诗寄悲，故乃切中时弊，命意深长，评注李贺诗遂一反传统，别出心裁，为历来"无理"之说提出新的辩护，呈现前所未有之风貌。此乃此期李贺诗评论于内容方面发明之一端。

---

① 见（清）王琦等：《李贺诗注》，页203。
② （清）陈沆：《诗比兴笺》（台北：广文书局，1970年10月），分见页508—509、页514、页519。

就用字琢句方面，诗评家不但极度推崇李贺锻炼之工、造语之巧，又能深入于诗作之中，抉发李贺诗用字之特色，较之前人更进一步。前者如叶燮《原诗》曰：

> 李贺鬼才，其造语入险，正如仓颉造字，可使鬼夜哭。[1]

黄子云《野鸿诗的》曰：

> 昌谷之笔，有若鬼斧，然仅能凿幽而不能抉明，其不永年宜矣。呕心之句，亦亘古仅见。[2]

叶衍兰亦云：

> 李长吉诗，如镂玉雕琼，无一字不经百炼，真呕心而出者也。[3]

黎二樵复曰：

> 从来琢句之妙，无有过于长吉者。

---

[1] 见丁福保辑：《清诗话》，页604。
[2] 见丁福保辑：《清诗话》，页865。
[3] 见陈弘治：《李长吉歌诗校释》，页384。

细读长吉诗，下笔自无庸俗之病。①

所谓可使鬼哭、皆经百炼，乃至琢句之妙，亘古仅见，都是对李贺诗歌艺术的最高推崇，较之前人有过之而无不及。而在抉发李贺诗用字特色也更加精细深入，发前人之所未发，如马位《秋窗随笔》曰：

长吉善用"白"字，如"雄鸡一声天下白""吟诗一夜东方白""蓟门白于水""一夜绿房迎白晓""一山唯白晓"，皆奇句。②

叶矫然《龙性堂诗话初集》曰：

长吉好用"牛""蛇"字。如"黄金络双牛""牛头高一尺""书司曹佐走如牛""道逢驼虞，牛哀不平"。用蛇字，如"舞席泥金蛇""蕃甲锁蛇鳞""竹蛇飞蠹射金沙""丹成作蛇乘白雾""蛇子蛇孙鳞蜿蜿"。信樊川谓"牛鬼蛇神，不足为其虚荒诞幻也"③。

《龙性堂诗话续集》又谓长吉诗中多用代字：

① 两条皆见陈弘治：《李长吉歌诗校释》，页384。
② 见丁福保辑：《清诗话》，页830—831。
③ 见郭绍虞辑：《清诗话续编》，页979。

《笔精》载李长吉诗本奇峭，而用字多替换字面。如吴刚曰"吴质"，美女曰"金钗客"，酒曰"箬叶露"，剑曰"三尺水"，剑具曰"麗鬘"，甲曰"金鳞"，磷火曰"翠烛"，珠钏曰"宝粟"，冰曰"泉合"，嫦娥曰"仙妾"，读书人曰"书客"，桂曰"古香"，裙曰"黄鹅"，钗曰"玉燕"，蚕曰"八茧"，月曰"玉弓"、曰"碧华"，日曰"白景"、曰"颓玉盘"……①

代字之例甚伙，不及备载。由此诸条可知，清人评李贺诗不止就整体风格作浮面印象之陈述或抽象之概称而已，已能进入内层，就其用字之技巧与惯例作具体而细微的阐发，可见其评阅李贺诗时之细心投入，堪称明代王思任发现李贺好用鬼、泣、死、血等字的扩大发展。

再就李贺诗的渊源及影响而言。先就渊源论以观之，清人承袭前人所见，也指出李贺与风骚、汉魏乐府、李白、韩愈之关系，尤其是风格近似的现象多被注意。除前面引文或有所及之外，又有钱谦益《徐元叹诗序》指出李贺为骚之苗裔曰：

　　钩剔抉摘，人自以为长吉，亦知其所以为骚之苗裔者乎？②

---

① 见郭绍虞辑：《清诗话续编》，页1046。
② 见（清）钱谦益：《牧斋初学集》，卷32，引自吴宏一、叶庆炳编：《清代文学资料汇编》，页13。

王琦《李长吉歌诗汇解序》又加上汉魏乐府之源头,曰:

> 探求长吉诗中之微意,而以解楚辞汉魏古乐府之解以解之,其于六义之旨庶几有合。①

谢堃《与诸弟论诗八首》之六以长吉与太白并称:

> 长吉岂鬼语,太白岂仙才。不过篇什中,仙鬼借言怀。古人有深意,各立一门楣。区区抱菲薄,强派何为哉?②

以为仙鬼不过是伸怀之所借,自有深意可求,此义可与前面论李贺诗内容部分互观。另何栻亦以二李为同调,其《袁谷廉年丈邃怀堂诗钞序》云:

> 大才则前有陈思,后有子美,韩苏其庶几焉。奇才则青莲长吉,异曲同工,此外无闻也。③

---

① (清)王琦:《李长吉歌诗汇解序》,(清)王琦等评注:《三家评注李长吉歌诗》,页3。
② 见(清)谢堃:《春草堂集》,卷2,引自吴宏一、叶庆炳编:《清代文学资料汇编》,页671。
③ 见(清)何栻:《悔余庵文稿》,卷4,引自吴宏一、叶庆炳编:《清代文学资料汇编》,页749—750。

此外翁方纲以李贺为韩门之最,其《石洲诗话》卷2道:

> 韩门诸君子,除张文昌另一种,自当别论。……惟孟东野、李长吉、贾阆仙、卢玉川四家,倚仗笔力,自树旗帜。……此内惟长吉锦心绣口,上薄风、骚,不专以笔力支架为能。①

而朱庭珍亦注意到韩愈与李贺七古一体风格之近似,并以为李贺不及韩愈,其《筱园诗话》卷3云:

> 长吉奇而篇幅局势不宽,退之奇而堂庑意境甚阔。长吉奇伟,专工炼句;退之奇伟,兼能造意入理。长吉求奇,时露用力之痕;退之造奇,颇有自得之致。长吉专于奇之一格,退之则奇正各半,不止一体。此退之才力大于长吉,学养深于长吉处,所以能与李杜鼎足而立,为古今大家也。②

其中所言长吉诗专于奇之一格,专工炼句,时露用力之痕,且篇幅局势不宽都能指出其缺点,与韩愈高下之论自属有据,非为私心之见。而较奇特的是叶矫然《龙性堂诗话续集》指出长吉诗与谢灵运风格之类同:

---

① 见郭绍虞辑:《清诗话续编》,页1389。
② 见郭绍虞辑:《清诗话续编》,页2384—2385。

> 长吉诗不及二百首，而字里行间，秀拔天然，谢客之"芙蓉出水"也。不知者徒诧其替换字面，则皮相耳。①

前此明人杨慎有李贺"祖骚宗谢"之说，似为此处先导。所谓"秀拔天然""芙蓉出水"也许只就部分篇章成立，此评得当与否见仁见智，然亦可见评论家所见之一端。

就李贺诗之影响论而言，清人所见更具创发性：其一乃大力阐明温庭筠、李商隐学效长吉之关系；其二乃指出长吉与词风格之近似。前者明人焦竑《李贺诗解序》初发其端，至此则以为义山学长吉殆无可疑，如陈世镕《唐诗选》以长吉与飞卿异曲同工，亦可称温李，故合三人为一卷；另李重华《贞一斋诗说》亦云：

> 如温、李七古，步步规橅长吉，其弊俱失之俗。②

贺裳《载酒园诗话又编》复曰：

> 李贺骨劲而神秀，在中唐最高浑有气格，奇不入诞，丽不入纤。虽与温、李并称西昆，两家纤丽，其长自在近体，七言古勉强效之，全窃形似，此真理不足者。③

---

① 见郭绍虞辑：《清诗话续编》，页1047。
② 见丁福保辑：《清诗话》，页925。
③ 见郭绍虞辑：《清诗话续编》，页353。

方世举于《兰丛诗话》曾云：

> 李贺集固是教外别传，即其集而观之，却体体皆佳。……大抵学长吉而不得其幽深孤秀者，所为遂堕恶道。义山多学之，亦皆恶。①

于李贺诗集批语中又谓：

> 李白、李贺皆取法于《九歌》，贺尤幽渺，学其长句者，义山死，飞卿浮，宋元人俗。工力之深如义山，学杜五排，学韩七古，学小杜五古，学刘中山七律，皆得其妙，独学贺不近，贺亦诗杰矣哉！②

全以为温李学长吉之七古，却又不能探骊得珠，遂堕恶道，徒窃形似，亦俗亦死。然而其间师法渊源关系已成定论，李贺之影响力又增。

至于李贺诗与宋词之关系，潘德舆《养一斋诗话》卷5所云最值得注意：

> 李长吉"天若有情天亦老"，秦少游以之入词，缘此句本

---

① 见郭绍虞辑：《清诗话续编》，页781。
② 见陈弘治：《李长吉歌诗校释》，页385。

似词也。……变险而媚，则又如"一双瞳人剪秋水""小槽酒滴真珠红"……等句，此尤词场骋妍之惯技。①

又云：

> 长吉古诗，吾惟取其"星尽四方高，万物知天曙"……"雄鸡一声天下白"，"凉风雁啼天在水"诸句……余非鬼语，则词曲语，皆不得以诗目之。②

以为长吉诗表现了词场妍媚之风调，部分语句直为"词曲语"，甚至不可视之为诗，抉发李贺诗与宋词间风格近似之内在关联，可谓深有所见。前此虽有明朝许学夷间接表示过：

> 商隐七言古，声调婉媚，太半入诗余矣。与温庭筠上源于李贺七言古，下流至韩偓诸体。如……等句，皆诗余之调也。③

然而直接将李贺诗与词等同为论，仍以潘德舆诸说最为明确，不但为李贺之影响力再添一笔，也间接提高了李贺在文学史上之地位。其后民国学者畅言李贺与词之发展关系，实自此初发其端，不可

---

① 见郭绍虞辑：《清诗话续编》，页2079。
② 见郭绍虞辑：《清诗话续编》，页2078。
③ （明）许学夷著，杜维沫校点：《诗源辩体》（北京：人民文学出版社，1998年2月），卷30，页288。

忽视。

除以上论述中所见大多数评论趋向于对李贺的肯定之外,亦有少数诗评家持负面评价,如郎庭槐《师友诗传录》记王士禛之语曰:

> 至于卢仝、马异、李贺之流,说者谓其"穿天心、出月胁",吾直以为牛鬼蛇神耳。其病于雅道诚甚矣。何惊人之与有?①

庞垲《诗义固说》下亦云:

> 中庸外无奇,作诗者指事陈词,能将日用眼前、人情天理说得出,便是奇诗。李长吉、卢仝辈故为险僻,欺世取名,所谓索隐行怪,后世有述者,有识之士不为也。②

陈世镕《唐诗选》评语也道:

> 若长吉呕心索句,锦囊所得,本无片段,大率粘缀成章,求其一篇首尾相属,可以解说者,十不得一二。③

或以李贺牛鬼蛇神,病于雅道;或以之行怪欺世,有识者不为;陈

---

① 见丁福保辑:《清诗话》,页142。
② 见郭绍虞辑:《清诗话续编》,页739。
③ 见吴宏一、叶庆炳编:《清代文学批评资料汇编》,页713。

世镕则以李贺诗条理不一贯,乃饾饤成篇、粘缀而就,故难以索解,自与太白不能比肩,此乃就内容风格而持否定看法。至于郑板桥则分"私爱"与"公道",因愿子孙从事"富贵寿考"之公道,故不以私爱训子弟,其《仪真县江村茶社寄舍弟》曰:

> 郊寒岛瘦,长吉鬼语,诗非不妙,吾不愿子孙学之也。①

长吉诗虽妙,亦只能割舍,以免子孙亦步穷寒槁夭之地,有违家长深衷。可见对李贺诗抱持负面态度者,不超出前人见解之范围,其程度也不激烈,评价李贺诗歌之主流终让于正面肯定者矣。

总结有清一代,评注者并起不衰,为正面肯定李贺诗者铺陈了有利环境;就唐诗选本所反映之情形,也可明显看到李贺较先前各朝受到重视。肯定李贺者,接受其特殊风格,以为宜有此体,殊不可废,不但胜于孟郊,亦高过张籍、王建,为杜韩后一大家,甚至是大历以后唯一的乐府作手,无人可比;其次,本期为"无理"之理提出种种有异以往的解释,包括玄理之理、悭高老成之风格之理、格调神韵之理各端,而针对传统以"感怨刺怼"为本的"无理"说,也兴起以李贺为"诗史"的辩护,此皆突破传统之见;再次,除了以楚骚、汉魏乐府为李贺诗渊源,与谢灵运、李白、韩愈之风

---

① 见(清)郑燮:《郑板桥全集》"家书"类,引自吴宏一、叶庆炳编:《清代文学批评资料汇编》,页424。

格比较外，更提出晚唐温庭筠、李义山与李贺之间的师承关系，及李贺与宋词格调之近似，亦为一大创见；复次，除了大力推崇李贺鬼斧琢句之巧妙外，对其诗用字遣词之技巧和习惯也有更精细的抉发。至于非毁李贺诗者相形之下寥寥可数，仍继承传统所谓牛鬼蛇神、险僻行怪之说非之，唯有提出李贺诗粘缀片段、条理不明的见解，稍为特殊而已。整体观之誉多毁少，较之前人评论亦多所创发。

第六节　现代以来

现代以来，主要由于西风东渐，加上国内社会政治变迁剧烈，批评方法及着眼角度更加开阔，也较易摆脱传统评论，更创新局，呈现与前人有别的新风貌。为便于陈述起见，兹分国人与国际汉学研究情况两方面分别讨论。

就国人部分，1911年以后唐诗选本中多有李贺的一席之地，如高步瀛《唐宋诗举要》收李贺诗七古五首，余冠英《唐诗选注》收二十一首，上海辞书出版社编《唐诗鉴赏辞典》分析李贺诗三十二首，大陆编《中国历代诗人选集》约四十家中李贺亦位列一家，单独成书，另巴蜀书社所出赏析集中，亦有李贺一集。较例外者为早期学者所编，如戴君仁《诗选》及巴壶天《唐宋诗词选》皆不收李贺作品，可见愈是晚近，能欣赏李贺诗者愈夥，且不分两岸，共有此一趋势。

对李贺诗的评论,一般都能超越诡魅险怪之感的局限,而正面接受其高度的艺术价值和个人特色,如梁启超《中国韵文里头所表现的情感》讲稿中归之于《楚辞》、郭璞、李白、韩愈、卢仝一支,并以"超现实"一词评之,又道:

> 不知者以为是卖弄词藻,其实每一句都有他特别的意境,大抵长吉脑里幻象很多……我们不能不承认他在文学史上的地位。①

而钱锺书对李贺诗之批评允称现代以来最持平而深入者,《谈艺录》指出长吉好取金石硬物作比喻;好用啼泣等字,有化工之笔;又好用代词,不肯直说物名;而其作意,于光阴之速、年命之短,世变无涯、人生有尽,每每感怆低回,屡见不鲜;于探讨李贺诗比喻之法时,又以条理章法解释传统"无理说"之理,谓:

> 古人病长吉好奇无理,不可解会,是盖知有木义而未识有锯义耳。②

但也不否认长吉"近则细察秋毫,远则大不能睹舆薪,故忽起忽

---

① 引自余光中:《象牙塔到白玉楼》,吕正惠编:《唐诗论文选集》(台北:长安出版社,1985年4月),页392。

② 钱锺书:《谈艺录》,页61。

结,忽转忽断,复出傍生",与《离骚》情意贯注固不相类①,较近于宋代刘辰翁之说。钱锺书所论或承前人已发之端,发论更为精详,或自出己见,亦鞭辟入里,为评论李贺诗兼具深广度之完整著作。

而各家文学史多能肯定李贺唯美浪漫之风格,以及他对晚唐唯美文学的影响。如胡云翼《中国文学史》谓其"所作诗,辞多奇诡,人称为'鬼才'。然其情韵浓厚,富有诗趣,并非韩愈卢仝一流"②。苏雪林《中国文学史》称:"其诗探幽入奥,而以极壮丽之辞采出之。……一切象征死亡,和非常凄惋的字句,常在笔底涌现,然而偏偏写得十分美丽。"③郑振铎《插图本中国文学史》乃以李贺为"并有退之之奇与建、籍之艳者"④。而较值得注意者为以下诸家,如刘大杰《中国文学发达史》云:

> 领导这一个新文学运动(指晚唐唯美文学)而得着最好的成绩的,是开始于李贺,而完成于李商隐。……他有乐府的精神,李白的气势,齐梁宫体的情调,再加以孟韩一派的险怪,互相融和,而成为他一种特有的作风,使他在中国唯美诗歌的

---

① 钱锺书:《谈艺录》,页55。
② 胡云翼:《中国文学史》(台北:三民书局,1966年8月),页140。
③ 苏雪林:《中国文学史》(台北:光启出版社,1971年10月),页140—141。
④ 郑振铎:《插图本中国文学史》(台北:庄严出版文化事业公司,1991年1月),页366。

地位上，占着极重要的地位。①

游国恩《新编中国文学史》承此亦云："李贺融化并发展了'楚辞'、古乐府和齐梁诗的一些优点，创造了自己独特的艺术个性。……是中唐最后的诗人，也是晚唐诗的开创者。"②都强调了李贺开创晚唐唯美诗风的地位，并将前人所涉及的几个渊源融合为李贺诗独特的风格，是对传统所论进一步强调的结果。其中较引人注意的是他们提出"齐梁宫体"为渊源论之一端，乃前人未发之见。加上钱锺书所指出六代中李贺与鲍照风格最相近似③，对李贺诗歌渊源之探索，益加发达。

而在影响论方面，早在钱锺书已指出"李义山学昌谷"，缪钺亦曰："义山集中亦多仿李贺体之作……取李贺作古诗之法移于作律诗。"④而钱锺书复略论历代习效李贺者，较诸其余各家更为详尽。其后朱君亿《李长吉歌诗源流举隅》就此大力发挥，可资参考。⑤近人则论及宋代词人如美成、梅溪、白石、梦窗、碧山、须溪等皆受李贺沾馥，甚至指出："温韦得其沉着；欧晏得其深厚；

---

① 刘大杰：《中国文学发达史》（台北：台湾中华书局，1975年9月），页482、484。

② 游国恩：《新编中国文学史》（高雄：复文书局，1991年），页268。

③ 见钱锺书：《谈艺录》，页57。

④ 缪钺：《论李义山诗》，《诗词散论》（台北：开明书店，1979年3月），页64。

⑤ 朱君亿：《李长吉歌诗源流举隅（上）》，《东方杂志复刊》第5卷第11期（1972年5月），页54—67。

秦姜得其丰神；苏辛得其骨力；吴张得其秀炼。"①乃就清人初发之论进一步推阐，虽有过论之虞，可见李贺诗与词之关系受到重视之一斑。

在风格比较方面，则由于西门洞开，将李贺比诸西方诗人之风气一时鼎盛，如钱锺书举戈替耶（Cautier）、爱伦·坡、波德莱尔等以为李贺之伦；苏曼殊以拜伦比太白仙才，雪莱比长吉鬼才②；刘沧浪等将李贺与济慈相比③；余光中则注意到李贺某些作品与柯勒律治、西特韦尔（Edith Sitwell）之近似，并以之为超现实主义的先驱，又具有意象主义的风格。④这些都在李白、韩愈、李商隐之外形成新的比较对象，与逐渐国际化的时代潮流具有同步并行之关系。

另一方面，就国际汉学研究部分而言，李贺研究已成为英美日学者的一桩盛举，依唐诗选本观之，自1947年之后《白驹集》《寂寥集》《晚唐诗选》分别收录三十、十二、二十二首，1970年英国牛津大学复出版《李贺诗集》，为李贺诗英译之集大成。就研究成果来看，日人翻译批注、统计分析、考证及诠释，加上传记研究；英文方面，除传记历史外，亦偏重于语言分析、主题探讨和作品评价方面，可谓洋洋大观。李贺如此受到重视，在英美较之寒山有过

---

① 见张惠康：《词与李贺诗》，《中华诗学》第8卷第5期（1973年5月），页29。
② 苏曼殊语见钱锺书：《谈艺录》，页59。
③ 刘沧浪：《李贺与济慈（John Keats）》，《幼狮月刊》第43卷第6期（1976年6月）。
④ 余光中：《象牙塔到白玉楼》，页380—389。

之无不及，在日本除了鲁迅无出其右者，其原因当在李贺诗中浪漫主义的悲切激情和世纪末的病态感性都极为强烈之故，因此引起现代人之共鸣与激赏。①

由上文可见，1911年以后，不分海峡间隔与国界分割，李贺诗都受到极大重视与好评，并扩大了风格比较之对象范围，直接提高了地位；在渊源影响论上亦有超出前人之观点，内容之研究更加精细严密，形成李贺诗研究与评论之新阶段。

第七节　结　论

总结上文，可约为以下数端：

（一）唐代对李贺诗之评价全属正面推赏，所开启的几个评论角度笼罩后世，不绝如缕。如李贺诗瑰奇诞幻之风格，离绝翰墨畦径之艺术技巧，缺乏感刺怨怼、激发人意的"无理"问题，与李白的风格比较，以及指出楚骚与南北朝乐府为其渊源等，堪称全面。

（二）就风格技巧而论，宋人贬誉参半；元人则奉之为一代圭臬，习效者如潮；明人则毁多誉少，或直以牛鬼蛇神、妖魔视之，或以之为有唐一人而已，足与李杜鼎立天下，各趋极端；清人则以别调肯定其特殊地位为主流，誉多毁少。

---

① 本段参杜国清：《李贺研究的国际概况》，《现代文学复刊号》第2期（1977年11月），页133—141。

(三）就"无理"问题而言，除了是否裨补世用的社会性解释外，宋人刘须溪提出"惠施坚白、不近人情"逻辑之理的解释，并以长吉所长正在理外来超脱"贺诗无理"之质疑和批评。清人贺贻孙亦以为当于"无理"处求得李贺诗与楚骚之所以成立的特性，故不当以此非毁，而其所谓"理"，乃指程朱义理之理；同代另有朱鹤龄以"惬高老成"之风格境界为理，翁方纲以神韵格调肌理为理；而以姚文燮、陈沆为主的批评家则针对传统"无理说"，提出"昌谷亦诗史"之论加以反驳。钱锺书、郑骞先生等以章法条理解释"理"字，各有所见。

（四）就风格比较及渊源、影响之探讨而言，历代都将李贺与李白并论，尤其在宋代，两人更有升沉一致、同褒共贬的命运。至明代则注意到韩愈对李贺的影响，提出"宗谢"和"雅之遗"的说法，并开始留意李贺与李商隐风格之接近。清代则除了与楚骚、汉魏乐府、谢灵运、李白、韩愈之关系外，大力陈明李贺对于晚唐温李的师承影响，并指出李贺诗与词的密切关联。于民国时期，学者又为李贺诗加上齐梁宫体与鲍照诗两个源头，进一步发挥他与词的承启关系，并将之与西方大诗人比拟，扩大了比较的范围。此乃历代评论不断扩充之现象。

（五）就笺注和刊本而言，宋末元初始有刘辰翁评点、吴正子笺注；明、清更为评、批、注、刊之丰收期；民国以后则增加翻译者。由此可见李贺诗被接受之一斑。

（六）就历代唐诗选本而言，唐、宋皆未见收有李贺作品；元代始得有之；明代则收与不收互见，收录者却未必推赏李贺诗；清代时，未录者固有，然收进李贺诗之选本大增，所收质量亦俱佳；至现代以来，收录李贺诗者占绝大部分。由此可见李贺诗历代以来逐步被肯定的情形。

（本文原载于《编译馆馆刊》第 22 卷第 1 期 [1993 年 6 月]，后列入陈友冰主编《海峡两岸唐代文学研究史（1949—2000）》[台北："中研院"文哲所，2001] 附录"台湾唐代文学研究论文要目"，并以摘要形式收入陈友冰主持编纂《唐代文学研究论著集成》卷 8 [西安：三秦出版社，2004]，收入本书时有所修订。）

第六章
李商隐诗之神话表现

第一节 前 言

　　神话（或神话化的传说）原本是集体创作，表现各时代民族共同的心理作用或精神活动，在其成就之"原型"涵育的固定意涵而言，的确已具备"化石性"的基本内容。但在神话传说凝聚各项角色、情节等要素而结晶下来后，随着后代辈出之新人的重新反省、另眼观照，在诗人心灵个别倾向的引导下，透过不同的感受模式与运用手法，神话传说便呈现了风貌各异的转变。

　　既然"共同神话"受到了个人化的制约，于诗人个别特质影响的前提下，神话素材便获得新的组合与诠释，进而构筑了诗人心灵世界的一部分，足以作为我们探索诗人的一大途径。然而，以善用典故闻名，甚至被目为"獭祭鱼"[①]的义山诗，对读者而言，不但

[①] 杨文公《谈苑》曰："义山为文，多检阅书册，鳞次堆积，时号獭祭鱼。"（宋）杨亿：《杨文公谈苑》,《獭祭鱼》,《宋元笔记小说大观》第1册（上海：上海古籍出版社，2001年12月），页486。后王士禛《戏仿元遗山论诗绝句三十二首》之十一亦称："獭祭曾惊博奥殚，一篇锦瑟解人难。"（清）王士禛著，（清）惠栋、金荣注，伍铭辑校：《渔洋精华录集注》（济南：齐鲁书社，1992年1月），页244。

有"因用典而来的难懂"①，更有非关用典，来自于诗意朦胧隐晦、不易确指的"多义性的难懂"，往往造成一事多喻、隐射数端之解释，孰轻孰重、主仆之分，都是颇具争议的问题。虽曰"魏晋以降，多工赋体，义山犹存比兴"②有颇复古风之誉，但正是出于这种比兴深微、测度不易的体认，因此本章在进行时便准备采取廓清枝蔓的态度，不论李商隐是藉神话典故以赠内悼亡、以寄朋党纠结之痛，或是用来寓托世俗不能容忍的绮恋幽情，乃至一股苍凉难言的身世之感，这些神话的运用都一概单纯地被视为诗人与神话遭遇时，一种人格基调的流露，或是心灵向度的展现；在以认知模式为根本主体的体认下，比兴之意都被视为此一基调或向度与具体对象接触时才衍生的个别内容，是"理型"具体化以后的不同摹本，以达到"探本溯源""以一摄万"的目标。

其次，由于诗人的生命才是神话改造与创生的真正土壤，当一则则自远古传递而下的"故事"重新被诗人所理解，经由"心镜"的折射与变形，以及个人视野的熔裁整合后，便是神话新生之契机所在。"有我之境，则物皆着我之色彩"③，主观宇宙中那个视察万物、思索事理的主体——"我"，使得客观世界产生了新的理解的可能性，也提供了新的呈现方式。因此，下文在进行探讨时，不免

---

① 详见徐复观：《环绕李义山（商隐）锦瑟诗的诸问题》，第4节，《中国文学论集》（台北：学生书局，1974年10月），页177—254。

② 见（清）贺裳：《载酒园诗话又编》，郭绍虞辑：《清诗话续编》，页376。

③ 引自王国维著，滕咸惠校注：《人间词话新注》（台北：里仁书局，1987年8月），页58。

须以李商隐整个一般表现形态为参照，以使其神话世界在这大背景之下得到适当的定位。

第二节　神话与诗

　　神话（于本章中兼指神话与神话化的传说），是孕育自非逻辑性之思维运作和感性之想象力互动的心灵的结晶，"神话仿佛具有一副双重面目。一方面它向我们展示一个概念的结构，另一方面则又展示一个感性的结构。它并不只是一大团无组织的混乱观念，而是依赖于一定的感知方式"①。当神话以特有的方式来感知世界时，这种兼具理论要素与艺术创造要素的特质，使得神话与诗就像血脉互通的孪生子，卡西尔（Ernst Cassirer, 1874—1945）说，一涉及神话，"我们首先得到的印象就是它与诗歌的近亲关系。……'神话创作者的心灵是原型；而诗人的心灵……在本质上仍然是神话时代的心灵'"②。固然，在面对感知对象时，审美心灵所表现的对它实存与否漠不关心的态度，迥异于神话之成立必然包含"信仰活动"在内的构成条件；但除此之外，本质的共通已足够使得神话更秉具通向诗歌范畴的特权了。

　　当神话被援引入诗，担任诗的主要题材或组成部分时，诗与神

---

　　①　[德] 恩斯特·卡西尔（Ernst Cassirer）著，甘阳译：《人论》（上海：上海译文出版社，2004年6月），页106。

　　②　[德] 恩斯特·卡西尔著，甘阳译：《人论》，页104。

话的界限不但能够泯灭难分，而且在两相浃化的状态下，使各自都得到扩充和深化，从而形成一个交融共生的共同体，在丰富性和提升境界方面，携手一起拓展生命的宇宙。由于人类"不得不在一定时空的意识中约束自己，从而失去了精神的自由。而诗，尤其是抒情诗，是对于这种不自由状态的挑战，是对于人类精神自由的强烈呼唤。诗的主观化，对客观存在的时、空限隔实行了突破与超越，其实质无异于创造一种新的神话。是的，古往今来一切真诗，若不是恢复神话，就是制造神话"①。于此，将"恢复神话与制造神话"视为真诗的同义语，或许是推论稍过的命题，不易得到一般的认同；但是若就神话与诗同在主观世界立足，以超越经验可能性的想象和意志来建立自己的特点而言，不失为对神话的确是更容易在诗中恢复活力的重要认识。

所以如何驱策神话材料，使之成为展露自我真生命、真情感的凭借，是诗人的努力范围；而探讨诗人创作之成果，抉发其中神话运用之命意机杼，也是读者须认真对待的任务。因为当神话与诗亲和地遭遇时，一种"教导人们学会观看"（sapervedere）②的新视野便随之诞生了。

---

① 引自董乃斌：《李商隐的心灵世界》(上海：上海古籍出版社，1992年12月)，下编第2章，页139。

② 此乃李奥纳多·达·芬奇（Leonardo da Vinci, 1452—1519）用来表达绘画和雕塑之功能的用语，亦可扩大涵盖一切艺术的最高价值。引自[德]恩斯特·卡西尔著，甘阳译：《人论》(上海：上海译文出版社，1985年12月)，第9章"艺术"，页183。

第三节　李商隐诗中神话题材之类型
　　　　与意象表现之特色

于唐代诗人中，以李白、李贺、李商隐三人最以神话运用之多、之深而闻名，尤其是李商隐，冯浩曾指出："义山身世之感，多托仙情艳语出之。不悟此旨，不可读斯集也。"①神话（即所谓"仙情"）与身世之感互为表里的结果，便是李商隐诗更深入于神话肌理，彼此沦浃如一，因而也是我们不得不善视其神话运用，以更深入把握其人其诗之故。

李商隐诗中好用神话仙典，早已受到普遍的注意②，而不论是作为重点的表现主题，或是作为全诗构成之一的用典单位，实则都能使读者产生多方面的联想，等于在诗句背后隐伏了或大或小的辽远世界，无形中增加了诗境的广度和深度③，尤其是"他的用典则

---

①　见（清）冯浩：《玉溪生诗集笺注》（台北：里仁书局，1981年2月），《海上》诗附笺，页27。

②　如沈秋雄便曾说："从来诗家用典，却以史书、子书及经书为主。神仙故事是稗官杂说，一般不大援用。杜诗局面开阔，用典无所不可，剪裁神仙故事入诗的例子是有的，所占的比例却也不大。比较起来，李义山在诗中引用神仙故事的分量，实在大大地超过了前人，我们一打开他的诗集，随处可以邂逅这一类的例子。"见《试论李义山诗的用典》，收入张仁青编：《李商隐诗研究论文集》（台北：天工书局，1984年9月），页621。

③　有关用典的功能，详参徐复观：《诗词的创造过程及其表现效果——有关诗词的隔与不隔及其他》，见《中国文学论集》，页118—139。

为了故事的完成"，从中我们可以"感觉到不尽之意"①，因此当我们检视李商隐诗集中运用的神话，尝试作整体之类型区分时，便包括所有表现方式下的题材内容，统整为一体，以观其神话世界的完整轮廓。

根据主题与情节，李商隐运用的神话传说包括嫦娥、紫姑、（牛郎）织女、麻姑、弄玉、湘妃、素女、西王母、青女、萼绿华、杜兰香、宓妃、玉女、瑶姬、高唐神女、钧天、精卫、望帝、句芒神、紫府仙人、吴刚、羲和、徐福、汉武帝、东方朔、韩凭、费长房等题材，其中又以嫦娥、紫姑、织女、西王母、麻姑、湘妃、青女、弄玉等项更常为诗人所用，因此就整体比例而言，李商隐所建立的神话版图大幅度地偏向女性意象，充满了婉约哀怨之基调，而难脱柔韧难断之伤情。以下试举几个表现力较强、兴象较饱满的神话主题为例，具体言之，以观其类型之一斑。

在嫦娥主题中，我们见到的是银河碧海之寂静里，衣薄襟寒、夜夜悔偷灵药的断肠者，伴随此一人物共同成立的环境，也充满了"兔寒蟾冷桂花白"之类的孤冷情调（详参下节引证），所谓"青女素娥俱耐冷，月中霜里斗婵娟"（《霜月》），铺陈的正是与冷霜同质的月世界，恰恰适合不宜热闹繁华的月神追悔其窃药之错误，品尝那孤立天外、远别人间的孤寂与苦涩；于湘妃神话里，诗人运用《博物志》《述异记》《水经注》的记载，一面倒地将焦点放在尧女追舜不及，乃洒泪成斑、终古不灭的悲剧核心，抒写一股不尽的哀

---

① 见林庚：《中国文学史》（厦门：国立厦门大学，1947年5月），页209。

感——"终古苍梧哭翠华"(《咏史》)、"湘篁染泪多"(《离思》)、"湘江竹上痕无限"(《泪》)、"斑竹岭边无限泪"(《深宫》)、"湘竹千条为一束"(《河阳诗》),似可由湘竹之广生不息,证此一离恨之绵延悠长,莫可云止,因此当此一代表离别主题之意象出现时,甚至足以作为衡量远隔程度之终极基准,而扩大了别愁其无边无极之苦,《燕台四首·冬》曰:"青溪白石不相望,堂中远甚苍梧野。"便是用舜与湘妃生死舛隔之神话扩张了现实界咫尺天涯之绝望的例证。

麻姑者,在《麻姑山仙坛记》中是个手似鸟爪、见东海三为桑田的神异人物,人世起伏,水浅复为陆陵,都只不过是其永恒生命中的弹指变化而已,唯值谈笑之资,而无损其芳华与灵力。至于李商隐笔下,麻姑所表现之形象则是:

- 直遣麻姑与搔背,可能留命待桑田!(《海上》)
- 欲就麻姑买沧海,一杯春露冷如冰。(《谒山》)
- 好为麻姑到东海,劝栽黄竹莫栽桑。(《华山题王母祠》)

姑不论冯浩注《海上》一联所云"此究海痛府主之卒而自伤也"[①],过于指实;就诗论诗,仍可见麻姑搔背之厚爱毕竟不能久长,桑田之期无法蹈实如愿的遗憾;尤有进者,响应沧海之买的愿望的,竟只是一杯如冰之冷露而已,若非麻姑本就力有未逮,便是位高自

---

① 见(清)冯浩:《玉溪生诗集笺注》,卷1,页27。

守、汲引不力的结果。与神人接触的诗人，其心中怨望之深当如何难以自遣！于此一神话题材中，李商隐虽非一如嫦娥、湘妃题材般直接自我投射，与神话角色叠合为一，自居为情节故事的主要人物，但作为一个切近遭遇的对应者而言，所呈露出来的幽怨哀情却是殊途同归、雷同无别的。另外就以《淮南子》《述异记》《荆楚岁时记》和崔寔《四民月令》等民俗传说为主，敷衍而成的牛郎织女故事而言，李商隐主要乃侧重在织女之心理勾画和别离之主旨上，牛郎之形象因而显得模糊不彰，于诗人的神话世界中沦没。试看下列诸例：

- 海客乘槎上紫氛，星娥罢织一相闻。只应不惮牵牛妒，聊用支机石赠君。(《海客》)
- 鸾扇斜分凤幄开，星桥横过鹊飞回。争将世上无期别，换得年年一度来。(《七夕》)
- 恐是仙家好别离，故教迢递作佳期。由来碧落银河畔，可要金风玉露时。清漏渐移相望久，微云未接过来迟。岂能无意酬乌鹊，惟与蜘蛛乞巧丝。(《辛未七夕》)

《海客》中所谓"不惮牵牛妒"说得大胆强烈，出人意表，赠石之举尤其反映长年独守之下微妙的女性心理；至于迢递岁月中，佳期有如昙花一现的状况，虽有别离之无奈与欢会之喜悦，且比诸世上种种再见无期的生离死别，年年一度之许诺已然值得感到安慰，但在诗人的诠释下，似乎又不免有一些超出传统之外的言外之意，所谓"恐是仙家好别离"等说法，使神仙心理也染上了人间变化复杂的俗情色彩，可以说是李商隐别出心裁地重塑神话人物意象之特质的表现（此一特质将于下文第四节详论）。于此，织女之光芒不但大大掩盖共同成就此一传说故事的另一位主角牛郎，其形象也更加突出而立体，在诗人为之添加现实血肉之余，已不再是平贴在特定情节范畴中的固有零件，而是具备了鲜明之人格属性，能够自行呼吸、也可以言行自决的新生人物了。

除上文所及的嫦娥、湘妃、麻姑与织女之外，其他尚有象征意义浓厚、意象兴味充足而出现频率亦高之神话人物，此处不拟赘述。由点的分析而至普遍的面的归纳，就一般表现而言，透过上文对李商隐诗中神话题材与意象重点之分析，我们可以发现这些神话传说之题材有三种特色：

第一，女性人物占绝大多数。因此在李商隐神话世界中生存活动的灵魂，莫不充溢着女性特有的幽微情思和寂寞哀感，反映出纤敏之韧性与阴柔之凄美，而缺乏英雄之规模、宏伟之构图以及阳刚之劲力。在此一以女性人物为主的想象土壤中，并不激射意志之箭直冲向对抗目标而奋力挑战，只是弥漫着一股盈盈漫生、朦胧难诉之哀情；是向内地纠缠自缚，而不是向外地激越抗争，于是满胀着柔韧屈延的女性意识，绝少昂扬奋厉的积极情调。

第二，其神话中人物与情节开展自身之内容意义的环境背景，多具有高寒、清寂、深幽、贵重却凉冷的质感，不论是瑶池、月宫、银汉、青天、碧海、紫府之地，或是清漏、锦瑟、碧箫、宝钗、金殿、玉楼、春露、云波、霜雪、湘泪、水光、云梯、星石、水精帘与云母屏等等构设物，多来自冷坚凉硬而不失贵重之质地，传达一种偏向寒色系的无温度感，酝酿出一个充满距离感与超越感的氛围，精致而孤冷如冰，与那些缥缈天外、可望而不可即的女性神人恰恰协调，正适合作为上演以女性悲剧为主要内容的神话舞台，乃李商隐心灵上感性生命的辐射延伸。

第三，这些神话内容多用汉代以后之仙话传说，除了鸾凤、青鸟及精卫等少数题材具有先秦资料（如《山海经》）之来源外，其余大多出自成书于秦汉与六朝之史传杂说和仙书逸闻，如《吕氏春秋》《淮南子》《史记》《汉书》《穆天子传》《异苑》《荆楚岁时记》《博物志》《述异记》《列仙传》《水经注》《真诰》《麻姑山仙坛记》等后出文献，都不复早先酝酿期之质朴简陋，而较具有完整之故事情节与明显之主题意识，因此不但可以使诗歌内容无形中因史料精繁之故而更为丰富，诗人能够驱遣选择的范围和切入的角度也更加扩大且精微化，有助于作品深度和广度的提升。

以下，便针对其他方向继续进行李商隐诗中神话运用之内在探讨。

第四节　李商隐诗中神话展现的时空架构

时间和空间是任何存在物存在的基本形式，也是任何实在体在构成上的先验条件，一切理解和感受活动的发展都必然与之相连。虽然时空两大概念存在着不同的了解层次，就诗歌内容所展现的时间和空间性质而言,它既不是数学的,也不是几何的,更不是观念化的有机体式,而是一种"包含着所有不同类型的感官经验的成分——视觉的、触觉的、听觉的以及动觉的成分在内"的"知觉空间"①,以及具有同一性质的"知觉时间";如果用机械原理去加以了解的话,绝无法对文学世界中呈现的时空架构产生适当而相应的掌握。因此,在特别是由诗人超离现实基础、在常理之外构作的神话题材上,更是需要这种"知觉空间"与"知觉时间"的先决认识,才能奠定探索神话时空的基础。

神话因为是想象力突破自身限制、超越既有格局的产物之一,其中神话人物活动的时空网络非一般可比,或变千古、渺今昔,或缩万里、傲青冥,容且已是奇出诡生的谬悠之境,时间和空间合组的四度坐标轴都可以推衍至于无限,上下四方、古往今来,皆足以延伸至复绝难稽之处。然而,若从李商隐一般的诗境着手,我们可以发现他诗中之时空架构,形成一种极不均衡匀整的坐标模式,呈现一扁平状态,其中空间轴特别突出,尽其所能地扩充;相反地,时间轴则放弃渺远的历史感,只凝聚在充满"当下现前"之意味的意识原点,就生命所寄的"现在"时刻来展现其熟悉如在目前的感受。也就是说,空间上是一横绝万里、无法企及的庞大存在,上穷碧落银汉,远至杳然无寻的天地边际,为难以显示其边界的无限领域;而时间则远较为凝缩,往往限于一春一年,或者即使仍在时间

---

① 此种"知觉空间"之认识与提出,见[德]恩斯特·卡西尔著,甘阳译:《人论》,页59。

延展中，却因为情感意念之强烈重复而显得近在眼前，不但没有远离现实的渺茫难及之感，反而由于情念相重或瞬间即成沧桑递嬗的表现形态，而显得日新又新，伸手可触。这便是李商隐诗中时空间架的一大特色，于神话部分也反映了相类的模式。

一、空间意识

先就空间意识论起。检视他的诗歌作品，可以发现集中经常出现代表空间距离的"万里"和"万重"二词，合计达三十三次之多的总数[①]，显示"万里"等词已构成具有特定意义的符码，象征诗人对空间意识的落实；而在以"万里"为"无限"之代词的想象之下，推衍出一个宜于展露李商隐生命空间的舞台。兹举数诗以为例：

- 不知人万里，时有雁双高。(《迎寄韩鲁洲瞻同年》)
- 万里风波一叶舟，忆归初罢更夷犹。(《无题》)
- 万里忆归元亮井，三年从事亚夫营。(《二月二日》)
- 扇风淅沥簟流离，万里南云滞所思。(《到秋》)
- 玉珰缄札何由达？万里云罗一雁飞。(《春雨》)

这种羁旅远隔的悲叹情境，莫不是由"万里"那绵延难越的背景所

[①] "万里"一词出现二十九次，"万重"一词出现四次(后者包括别指"万层纱罗"之"香缇千万重"一次，可不计入)，据《全唐诗索引・李商隐卷》(北京：中华书局，1991年7月)之统计，页331。

构成，黄永武曾表示："远隔孤独的流离心态，是李商隐诗中的基本情调。"① 而我们可以进一步指出，空间的远隔感在"万里""万重"等词语中得到充分的具体化。虽然在唐朝盛文章中，"万里"一词的大量出现已是国运宏扬下眼界胸怀推扩拓展的自然结晶，也是对偶技巧成熟后方便法门大开的结果，但是在特定诗人的用语中形成具有象征意涵的语言符码，仍是值得探究的特殊现象。即以李商隐用力习效之前辈杜甫而言，杜集中"万里"一词出现的次数更繁，约达七十九次之多②，但杜甫之使用"万里"，所显示的乃是一种厚累博积、浑涵实育的结果，正如杜甫《戏题王宰画山水图歌》一诗中所谓"十日画一水，五日画一石"，是生命与艺术双方面地负海涵、稳扎无遗的进展程度，于不辞细壤弱流的累积凝聚下而成就的博大存在感。反观李商隐运用"万里"的手法，却是要极力突显自己在广阔天地间渺小受限、力有未逮之困顿无助，在无限的空间与沧粟微渺的自身之间，存在着巨大的紧张与压迫，束缚着诗人呼之不应、唤之不得，在触及理想物之前，总是不免远隔着万里的横绝。这是值得比较的差别特质，显出两人迥异的生命格局。

这种心态反映在神话题材中，也莫非如此，观下列诗例可知：

- 混沌何由凿，青冥未有梯。(《寄罗劭兴》)

---

① 见黄永武：《李商隐的远隔心态》，张仁青编：《李商隐诗研究论文集》，页58。
② 此数字乃笔者根据杨伦注《杜诗镜铨》统计之结果。

- 玉壶渭水笑清潭，凿天不到牵牛处。(《无愁果有愁曲北齐歌》)
- 万里谁能访十洲？新亭云构压中流。(《奉同诸公题河中任中丞新创河亭四韵之作》)
- 万里峰峦归路迷，未判容彩借山鸡。(《凤》)
- 刘郎已恨蓬山远，更隔蓬山一万重。(《无题四首》之一)

其中无论是幽邈青冥、海外十洲或蓬山仙岛，追寻途中都是重重障蔽、窒碍难行，"未有梯""谁能访""归路迷""凿天不到"和"更隔万重"之慨叹，真复有无限怅惘；而唯一能藉助神话突破隔限之力量，进行超越这万里阻隔之尝试的"梦"与"青鸟""鸾凤"等，却在诗人提出之后又遭到自我彻底否决的下场，终究还是逼近到绝望无援的死角中。下面我们就依序继续探讨梦与青鸟、鸾凤如何为诗人所寄望却又一一落空的心理转折。

"梦"的原始意涵便包括虚幻不实、有形无质的特性；而在西方心理学大师弗洛伊德（Sigmund Freud, 1856—1939）的研究之下，所谓梦"是一种愿望的达成，梦的刺激来源，完全是一种主观心灵的运作"[1]，作为补偿心理缺憾的功能之另一特性，更突显其在心理机制中弭平冲突、掩过饰非的角色，比诸梦的其他特性，更为世

---

[1] [奥] 弗洛伊德（S. Freud）著，赖其万、符传孝译：《梦的解析》（台北：志文出版社，2001年5月），页55。

人所重。翻检李商隐诗,其中的梦出现共约七十七次[①],频率之高十分令人瞩目,每一位乍然与李商隐初见的读者,或许都不免为随处寓目可见的"梦"字而感到讶异吧!细究集中出现的梦,即使连极少数义山梦后据梦而作的作品(如《七月二十八日夜与王郑二秀才听雨后梦作》《梦令狐学士》)在内,就其发用之情境与方向而言,莫不是环绕在"补偿心理缺憾以一圆未能实现之渴望"的这一核心而向外辐射,却终究又回归到虚幻落空之情的感伤中,不论是念远、怀乡或青云之思,都可藉由"梦"这个媒介聊以完成,只不过梦中的圆满总会在清醒时刻现实残酷的对照下化为幻影而已。

以梦作为实践媒介之诗,例如:

- 十顷平波溢岸清,病来惟梦此中行。(《病中早访招国李十将军遇挈家游曲江》)
- 上帝钧天会众灵,昔人因梦到青冥。(《钧天》)
- 故山归梦喜,先入读书堂。(《归墅》)
- 故念飞书及,新欢借梦过。(《肠》)
- 京华他夜梦,好好寄云波。(《西溪》)
- 莫学啼成血,从教梦寄魂。(《杏花》)

由这些诗例可见,无论是归乡之望、乐游之思、青冥之意,或是一切新欢旧愁之感,无一不以梦为传达寄托的最佳途径。冯浩注其中

---

① 根据《全唐诗索引·李商隐卷》所计,页325—326。

《归墅》一联诗云："身未到梦先到也。"①亦颇能传示那份以虚寄实、以幻托真的跃动的渴望。

除了梦之外，禽鸟类如雁，以及原本即脱胎于神话传说中的青鸟和鸾凤更是肩负探路与追行之责的重要凭借。诸如下列诗例：

- 蓬山此去无多路，青鸟殷勤为探看。(《无题》)
- 青雀西飞竟未回，君王长在集灵台。(《汉宫词》)
- 有娀未抵瀛州远，青雀如何鸠鸟媒？(《中元作》)
- 昨日紫姑神去也，今朝青鸟使来赊。(《昨日》)
- 消息期青雀，逢迎异紫姑。(《圣女祠》)
- 身无彩凤双飞翼，心有灵犀一点通。(《无题二首》之一)
- 云路招邀回彩凤，天河迢递笑牵牛。(《韩同年新居饯韩西迎家室戏赠》)

加上前文已引之"玉珰缄札何由达？万里云罗一雁飞"之句，可见李商隐十分善用二足无毛的人类心灵底层一直潜藏着的飞翔的欲望，将远征万里、超越隔碍的任务交予秋去春来、高飞远走的大雁，尤其是托付给神话中更无与伦比的青鸟与鸾凤之属。青鸟，又名青雀，《山海经·海内北经》中谓之"为西王母取食"者②，同书《大荒西经》郭璞注云："皆西王母所使也。"③在《艺文类聚》

---

① 见（清）冯浩：《玉溪生诗集笺注》，页 333。
② 见袁珂：《山海经校注》（台北：里仁书局，1982 年 8 月），页 306。
③ 袁珂：《山海经校注》，页 399。

卷 91 所引《汉武故事》一书中，青鸟更已被确立为仙使或信使的角色："七月七日，上于承华殿斋正中，忽有一青鸟从西方来，集殿前。上问东方朔，朔曰：'此西王母欲来也。'有顷王母至，有二青鸟如乌夹侍王母旁。"① 可见李商隐巧妙地撷取此一神话素材，作为构设其神话世界的成分之一。而鸾凤之类也是生存在神话中的禽鸟，于《山海经》中多以"鸾鸟自歌，凤鸟自舞"的形态出现②，本是一种太平盛世安宁有德之象征；但在李商隐诗中，则以同具精美华贵之姿、神奇灵异之质与翩翩远扬之双翼，而和青鸟共享诗人在一绝望又迷失的"远征情境"③ 中无所成就的苦寻。因此可以说，李商隐于外在政治、社会、人情与内在自身生命形态所罗织而成的万里远隔的知觉空间中，不但尝试由神话中的青鸟鸾凤所引导，进行一场"远征"式的努力，甚至足以进一步断定，这些精艳绝伦的神话鸟禽根本便是诗人情感和意志的化身，企图超越重重限制以触及或寻获他的理想所在之地，达到现实与理想的统一，而完成自己所渴盼的完美生命。只是梦境虽好虽真，亦不过泡影而已，所谓：

---

① 见范之麟、吴庚舜主编：《全唐诗典故辞典》（武汉：湖北辞书出版社，1989年1月），页1126。

② 见《山海经》中之《海外西经》《大荒南经》《大荒西经》《海内经》等处，分见袁珂：《山海经校注》，页222、372、397、445。

③ 所谓"远征情境"的境界表现出一种"追求"的原始类型，详见张淑香：《李义山诗析论》（台北：艺文印书馆，1987年3月），页188—199。

- 远书归梦两悠悠，只有空床敌素秋。(《端居》)
- 书长为报晚，梦好更寻难。(《晓起》)

梦所具有的这种捕之不及、追之不得的性质，必然要使自己陆沉于更广大清明的意识层中，陷入以意识主体否定意识内容的窘境；而青鸟鸾凤虽稍为具体可感，但其虚幻之本质却与梦媒并无二致。既然现实与理想结合无望，陷身于其间巨大之裂缝中的奋力举翼、殷勤探看的青鸟鸾凤之类，便也只有落得迷途彷徨、空舞无栖之境地了。李商隐诗中这类意象所在多有，如：

- 紫鸾不肯舞，满翅蓬山雪。(《海上谣》)
- 彩鸾空自舞，别燕不相将。(《夜思》)
- 旧镜鸾何处，衰桐凤不栖。(《鸾凤》)
- 枉教紫凤无栖处，斲作秋琴弹坏陵。(《蜀桐》)

加上前引"青雀西飞竟未回""万里峰峦归路迷"之句，我们可以明显看到，李商隐以情感意志凝塑而成的梦与神鸟媒介来克服困局的企图仍不得不归于失败，以至于在悲剧中再覆以一层更深的悲剧。他的心灵开展着一个连自我都无法笼罩、无法自宰的无限空间，然后再反过来架空自己、压迫自己，从而在这广大宇宙间迷失，成为宇宙间一个徒有羽翅的飘荡的点。

二、时间意识

就李商隐诗中神话世界所展现的时间意识而言，从下列所举诗例的诠释中，我们可以清晰地发现那种"在原点重复"的强烈的"现下意识"，使时间要素变得不是延展的，而是不断向当前特定点回归的形态。与其说"神话创造了永恒的时间"，在李商隐诗里，不如说"神话表现了永恒的现在的时间"，一切远古神话传说所指涉的莫不是诗人当前生命的核心，都为了诗人现下的情境而蜕变出特定的面貌，例如有关嫦娥之诗即是明显的例子：

- 云母屏风烛影深，长河渐落晓星沉。常娥应悔偷灵药，碧海青天夜夜心。（《常娥》）
- 姮娥捣药无时已，玉女投壶未肯休。（《寄远》）
- 兔寒蟾冷桂花白，此夜姮娥应断肠。（《月夕》）
- 浪乘画舸忆蟾蜍，月娥未必婵娟子。（《燕台四首·冬》）
- 秋娥点滴不成泪，十二玉楼无故钉。（《无愁果有愁曲北齐歌》）
- 常娥衣薄不禁寒，蟾蜍夜艳秋河月。（《河内诗二首》之一）

自从《淮南子·览冥训》最早提出嫦娥奔月的神话："羿请不死之药于西王母，姮娥窃以奔月。"[①] 其不死仙躯着落于天外孤星上，开

---
① 引自（东汉）高诱注：《淮南子》（台北：艺文印书馆，1974年4月），卷6，页175。

始涵摄无数凡人长生的想望,在尘宇之上凝固一永恒而完整的美好状态,于奔月故事完成的瞬间之后,便以喜剧的姿态无限延长,不再随时间而变化,因此可以不断填补饱受生死之间一切苦的人们心中的深渊。但是李商隐却将这原应永远继续保持下去的美好状态又收束到时间变化之中,所谓"夜夜心""无时已"和"此夜应断肠"之说,无异使超越人间的嫦娥回到日日重复的心理活动里,像凡夫俗子般,在每一个最具体的现在时间中构成最真实的生存感受。于是,永恒不变的神话时间就从延伸的轴缩为有限的点,全然为当前的存在状况所限制。

这个有限的特定的时间点,往往是以"一年"的单位为其最大界垠,在大自然界四季循环、消长往复的节奏下,成为意义展现的主要格局。例如,"万里重阴非旧圃,一年生意属流尘"(《回中牡丹为雨所败二首》之二)、"不辞鹈鴂妒年芳,但惜流尘暗烛房"(《昨夜》)、"摇落伤年日,羁留念远心"(《摇落》)、"荷叶生时春恨生,荷叶枯时秋恨成"(《暮秋独游曲江》)等都以一年之变化为体察对象,同时又着重在春去秋来生意沦没、成虚化无的趋向,因而充满了沧桑不定、佳期难再之感,《一片》诗里所谓"人间桑海朝朝变,莫遣佳期更后期",《辛未七夕》中所云"故教迢递作佳期"以及《赠句芒神》中所称"佳期不定春期赊,春物矢阕兴咨嗟"等最足以为此种时间感之代表。

既然流阴变化中盛时难得,而一年之中又是春光易减、佳期常虚,唯余迢递之岁月以日日横生之悲剧情境不断在徒劳中原地踏步,因而我们可以说,李商隐诗中的时间意识虽以一年为幅度,而一年其实又是每一日相同之伤情悲感的承续与累积而已，于是神话时间便停留在一个特定的焦点上，藉由无休止地自我重复，而显出一种历久弥新的迫近感，造成"现在"的原点印象。除了"碧海青天夜夜心"的嫦娥之外，"玉女投壶未肯休"的防天笑生电之神、"青女丁宁结夜霜，羲和辛苦送朝阳"（《丹邱》）的主霜雪之神与驾日御行者等等，都刻意突显神话仍在当前活生生进行的状态，因此冯浩注《丹邱》一联诗才会说："夜复夜日复日也。"① 我们可以看到，当古代的神话不但已经在完足的情节中确立下来，以"过去完成式"的封闭形态存在，并且在神话故事结束的时刻与后世诗人再度面临神话的时刻之间，留下一个时间距离的情形下，李商隐却跳进神话情节进行的时间之中，让神话与现实重叠，让现实成为神话的延续，于是神话时间并未过去，也并未完成，它在诗人当下的生存时间中天天获得新生，且因为不断重演而显出"现在进行"的新鲜血脉。这便是上文所谓"不断向特定时间回归之原点意识"的真实意涵。

三、时空失衡的扁平架构

由上文可见，李商隐诗中的时空架构乃以一种特殊形式出现，同时也反映于神话题材之中，在以"万里"为符码的无限空间与以"当前"为核心的原点时间之间，造成极端强烈的对比张力和极端

---

① 见（清）冯浩：《玉溪生诗集笺注》，页663。

第六章　李商隐诗之神话表现　303

脆弱而不均衡的紧张关系；往往时、空要素并存于诗歌脉络中，使悲怆、徒劳之主体意识显得更为突出，如：

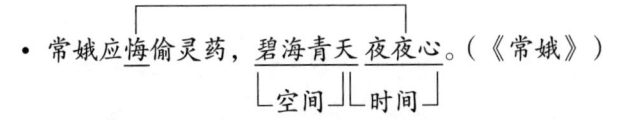

- 常娥应悔偷灵药，碧海青天夜夜心。（《常娥》）
  　　　　　　　　　　空间　　时间

- 青女丁宁结夜霜，羲和辛苦送朝阳。
  　　　　　　时　间

- 丹邱万里无消息，几对梧桐忆凤凰？（《丹邱》）
  　　　　　　空　间

- 莲华峰下锁雕梁，此去瑶池地共长。好为麻姑到东海，
  　　　　　　　　　空　间

  劝栽黄竹莫栽桑。（《华山题王母祠》）①
  └─时间─┘

以上三例或在一句中自对，或上、下两联彼此颉颃，甚或以三衬一，末句奇峰突起，比例虽有差别，其内在张力却强韧如一。相对于不断重演的辛劳和悔恨以及好景常虚的沧桑变化，环宇横阔的绵延无限便显得无从把握、难以着落，而那日日反复的悲怆与徒劳落空之感也就永远难期终了之时了。

---

① 此诗题为《华山题王母祠》，末句之"劝栽黄竹莫栽桑"表面上似与时间因素无关，实际上却完全是时间感的具体表现，冯浩注云："竹贯四时而不改，桑田有时变海，故结句云。"所言甚是。（清）冯浩：《玉溪生诗集笺注》，页724。

第五节　李商隐诗神话运用模式之特质：
人情化——一般神话思维运作的反命题

既然诗歌的表现方式是植根于诗人整体生命形态之中，也是其特殊人生倾向之投射或映象的反应，同时，除了自然流露的一般因果关系之外，诗歌内容实际上也具有诗人自身内省的一种意识的作用，所以卡西尔曾指出：

> 易卜生宣称，做一个诗人，就意味着像法官一样对自己作评判。诗歌乃是那种人可以通过它对自己和自己的生活作出裁决的形式之一。这就是自我认识和自我批评。这种批评不应当在一种道德的意义上来理解，它并不意味着去对诗人个人生活作评价或责难、辩护或定罪，而是意味着一种新的更深刻的理解，意味着对诗人个人生活的再解释。①

很显然，这种对个人生活的新理解或再解释，通过了诗人的自觉意识后清晰地呈现在诗语词情之中，也表现在各类素材的构成手法上。为了更明确而深入地突显李商隐神话运用模式之特质，我们先扼要地稽勾他在诗篇中流露之自我认识，再进一步逼出他面对素材安排时思维运作的特殊程序。

---

①　引自[德]恩斯特·卡西尔著，甘阳译：《人论》，页71—72。

李商隐是一个"自溺其中、不能也不愿超脱出来"的人，属于"往而不返"者流，绝不似庄子、李白之类"入而能出"[①]的洒然超旷那般，对深情厚意虽有非常之体认，却不溺于温情或恨憾中。这种一往情深之唯情性格的标举，于玉溪生诗集中属"夫子自道"者，可谓俯拾得见：

- 埋骨成灰恨未休。（《和韩录事送宫人入道》）
- 轻身灭影何可望，粉娥帖死屏风上。（《日高》）
- 世界微尘里，吾宁爱与憎。（《北青萝》）
- 微生尽恋人间乐，只有襄王忆梦中。（《过楚宫》）
- 春蚕到死丝方尽，蜡炬成灰泪始干。（《无题》）
- 深知身在情长在，怅望江头江水声。（《暮秋独游曲江》）

所谓未休之恨、人间之乐、不舍之爱与憎，与夫至死不干之泪，莫不是理性智慧之外，完全生自于随着生命之形成便秉具的七情之性，可以说是未经文明斧凿之前原始生命最强烈、最郁勃之元素；

[①] "入而能出""往而不返"两种诗人面对哀乐之两种类型，所谓："诗以情为主，故诗人皆深于哀乐，然同为深于哀乐，而又有两种殊异之方式，一为入而能出，一为往而不返，入而能出者超旷，往而不返者缠绵，庄子与屈原恰好为此两种诗人之代表。"详见缪钺：《论李义山诗》，收入缪钺：《诗词散论》（台北：开明书店，1979年3月），页57；叶嘉莹亦曾谓李商隐"特别耽溺于心魂深处的某一种残缺病态的美感"，见叶嘉莹：《从比较现代的观点看几首中国旧诗》，《迦陵谈诗》（台北：三民书局，1984年1月），页268。

只是在这最原始的感性土壤上,李商隐发之以诗人之锐感,塑之以艺术家之纤敏,遂使其沉沦其中的爱憎乐恨不但不失之粗率直野,反而像一笔一线皆不可轻易改动甚至令人不敢轻触以免损毁的艺术品,其精细至极,也沉溺至极,《唐诗贯珠》卷15所谓:"皆幽秀精腻,去尽渣滓。"[1]即是感此而发。观李义山加诸这些情感之上的程度副词,所谓"成灰"、所谓"尽恋",以及"到死""长在"之语,莫不是将自己的这份沉溺、这份投注推到极致,其间不容丝毫保留;若再对照他自己对"世界微尘"与"微生"这种有感于生命微小短暂之自觉,就更显出他不愿以旷达超脱自己,反而宁可固守并深化这白居易所谓"蜗牛角""石火光"[2]般人生中过多又过重之情感的执着;而尤其不幸者,就在于"恨"才是所有这些"情"的归总结穴之处,除了《暮秋独游曲江》中所谓"荷叶生时春恨生,荷叶枯时秋恨成"显示出一股与生俱来的悲剧感,和与悲剧相始终的宿命意识,在《谢先辈防记念拙诗甚多,异日偶有此寄》一诗中,他更明白申述自己在诗歌创作中所欲传达的,便是一股郁积难化的"恨"字:"夫君自有恨,聊借此中传。"因此我们可以说当李商隐出入于神话世界之中,并连系于现实尘寰时,从神话世界带来之素材也就赋持了这种鲜明而浓烈的色彩。

---

[1] 引自张步云:《唐代诗歌》(合肥:安徽教育出版社,1990年8月),页470。

[2] 白居易《对酒五首》之二云:"蜗牛角上争何事?石火光中寄此身!随富随贫且欢乐,不开口笑是痴人。"表现的是随缘自在、不被短暂生命中承载之忧苦所限的旷达人生观。(唐)白居易著,顾学颉校点:《白居易集》(北京:中华书局,1979年10月),卷26,页598。

原始神话中，除了少数是全然出于单纯地解释自然乃至人文现象，如"有女子名曰羲和，方日浴于甘渊。羲和者，帝俊之妻，生十日"①、"帝俊生晏龙，晏龙是为琴瑟""帝俊有子八人，是始为歌舞"② 等之外，多数神话情节之构作，目的常指向弥补生命缺憾，使人生中无可奈何、难以避免的斫伤得到心灵的补偿，尤其是那些涉及"死与再生"之主题的变形神话，如逐日之夸父死而杖化桃林、为黄帝所杀之蚩尤弃械化为枫木、被帝所戮之鼓与钦䲹各化为鵔鸟与大鹗，以及溺于东海之女娃化为衔石填海之精卫等③，莫不有"以生继死"、执意求偿的强大意志，结合超越生死大限的想象力，以寻求生命重心完满实践的契机，使千疮百孔的生命仍然能够缝合经验断裂的碎片，而栖身于完美的理型之中，扩充同时也实现对此一充满欠缺的有限世界的终极想望。

　　但李商隐在遭遇神话世界时却往往反其道而行，将前人本来已勉强地为生命构筑出作为心安处的神话世界重新打碎，使表面圆满的镜面重新产生出裂缝，再度填充弥漫人间的永恒的隔阂与哀愁，于是闪耀着天上七彩光芒的神话泡沫沉沦于现实的海洋中，瞬时消失，留下一个无穷的情天恨海翻腾起伏，迫使诗人与读者面对泡沫

---

　　① 见《山海经·大荒南经》，袁珂：《山海经校注》，页381。

　　② 两则皆见《山海经·海内经》，袁珂：《山海经校注》，页468。

　　③ 以上四例，情节内容见《山海经》中之《海外北经》《大荒南经》《西山经》《北山经》，分见袁珂：《山海经校注》，页238、373、42、92。另外，有关死与再生之神话主题及其意蕴，可参考王孝廉：《死与再生——原型回归的神话主题与古代时间信仰》，《神话与小说》（台北：时报文化公司，1986年），页91—125。

揭破之后，更加彻底的无所依归之失落与不得安顿之残酷。

于是，不仅嫦娥应悔偷灵药，在获得不死之躯后反而忍受着夜夜侵袭而来的寂寞，甚至会面临"桂子捣成尘"（《房君珊瑚散》）的困境；李诗中的其他人物也莫不在完成神话内涵后，反向受到人情化的重新定位，竟然于故事原型结束时，以残缺的情节继续延长：在《穆天子传》《列子》等书中，驾驭造父所御之八匹骏马宾于西王母，被西王母测为"将子无死，尚能复来"的周穆王，于李商隐笔下却是：

- 神仙有分岂关情？八马虚追落日行。莫恨名姬中夜没，君王犹自不长生。（《华岳下题西王母庙》）
- 瑶池阿母绮窗开，黄竹歌声动地哀。八骏日行三万里，穆王何事不重来？（《瑶池》）

将留存于神话中两位神人重见欢会的可能性一笔勾消，穆王的神性也在人性中全然消解，复其速朽之凡体；《吕氏春秋·有始》说明："天有九野，中央曰钧天。"《史记·赵世家》则记载扁鹊视赵简子疾，谓与秦缪公同症，二日半后赵简子寤，语大夫曰："吾之帝所甚乐，与百神游于钧天，广乐九奏万舞，不类三代之乐，其声动人心。"① 这可到之钧天帝所、可闻可赏之仙乐，李商隐却有路迷难

---

① 引自《寄令狐学士》诗冯浩注，见（清）冯浩：《玉溪生诗集笺注》，卷2，页318。

寻、知音何求之叹：

- 钧天虽许人间听，阊阖门多梦自迷。(《寄令狐学士》)
- 上帝钧天会众灵，昔人因梦到青冥。伶伦吹裂孤生竹，却为知音不得听。(《钧天》)

如此则钧天虽有实无，妙音虽设而虚矣。此外之类似例子甚多，如《北禽》诗谓"石小虚填海，芦铦未破矰"，填一"虚"字，使精卫拳拳于木石之衔的长久努力和深切希望顿时化为乌有；《赠白道者》诗云"壶中若是有天地，又向壶中伤别离"，反用《后汉书·方术传》所载费长房与卖药老翁共入壶中，尽享华宇玉堂与旨酒甘肴后乃出之故事，使向来象征着得道圆满的壶中天地竟弥漫了俗世离情；牛郎织女年年一度金风玉露之会，在思苦情悲中本兼有坚贞不夺之志节与佳期难得之悦慰，《海客》诗却混用《博物志》所记乘浮槎至天河之故事，与《荆楚岁时记》所载张骞寻河源犯牛女之传说，复另出心裁，谓"海客乘槎上紫氛，星娥罢织一相闻。只应不惮牵牛妒，聊用支机石赠君"，而传统之爱情构图便不得不染上三角关系的暧昧性质，破坏了原有的美好的信心与期待，乃至于他在《辛未七夕》诗中更将牛郎织女秋夕之情节解释为"恐是仙家好别离，故教迢递作佳期"，不但推翻了原有的无奈之哀感与信守之庄严，反而添加一股辛辣的怀疑与嘲讽；更有甚者，在《谒山》一诗中，李商隐深感"从来系日乏长绳，水去云回恨不胜"，而希望挽留住时间、安定那流转无常之身世时，假借了原本在短短接待期间便见东海三为桑田的神人麻姑之力，结果竟只是"欲就麻姑买沧海，一杯春露冷如冰"，期望与结果悬殊得不可同日而语。这些例子都呈现出李商隐将神话内容牵回人间，以一般人情重新诠释的特色，造成与一般神话思维运作的反命题。下面以表列比较两者差异：

一般神话思维运作之模式
↓
心灵补偿作用
缺憾──→追求与超越────→改造与完满

李商隐运用神话之思维模式
既有神话之完满──→人情化之想象移转──→永劫之更深缺憾

两相对照之下，可以明显看出李商隐不但从神话结束的地方重新出发，而且其思维进行的步骤恰恰是神话思考程序的逆反，结果便是回到神话产生时那促使神话萌发的缺憾原点，虽然缺憾之内容与层次容或有二致，但其为缺憾之性质则根本如一，甚至在缺憾的表现程度上还要来得更深更痛，因而构成了李商隐运用神话材料的特殊原则。这个原则普遍地贯串于李商隐有关神话的大部分诗作中，发挥了作为撑起神话血脉进行之支架的极大功能，因此，李商隐虽然有"神仙有分岂关情？"（《华岳下题西王母庙》）这一疑问的提出，却以自己所构设的异质神话作了全盘的解答，其答案便是此一疑问的彻底否定。事实上，神仙固然有其"分"，但也只不过是僵死的基本材料而已，仅是一般性对神话的普泛认知与基本了解，真正主导神仙人物之生存重心与存在意义的，乃是这个立足于人间的诗人心眼所出的"情"，而非有别凡俗的神仙之分。所谓："未羡仙家有上真，仙家暂谪亦千春。"（《同学彭道士参寥》）便足证仙凡之际所成就的，毕竟是一个特属于李商隐个人的生命宇宙，存在于其中的神话故事和人物不过是在为他人生的缺憾作一番切近的见证而已，因而也焕发着无限的悲感。于此，我们也可以了解到李商隐如何更新鲜、更深入地进入活生生的神话之中，又以他的生命情感在诗中创造了新的神话，提供给后人在面对旧神话时一种体味的新角度和思索的新空间，确然教导人们一种截然有别的观看方式，达到了艺术价值的最高要求。这是我们探讨李商隐表现在运用神话方面的思维模式时所不能忽略的。

第六节　结语：文学史之一般观察

环境与人的互动关系一直是微妙而难以用固定标准来衡量的，究竟人从环境取得多少构成要素，又从先天带来多少强制性的遗传因子，最后，自主独立的成分又能发挥多大的可能性，都是我们探讨一个诗人之独创价值与诗史地位时，必然会面临的难题。因此在本节结语部分，我们试图从李商隐处身环境之一般倾向，为其神话表现之特质作一适当定位时，便排除这种社会学、心理学及生物学的角度，而纯就同期或前后阶段的诗人之间，在创作成果上进行观察和比较，以避免单论时孤悬蹈空之弊，兼以突显李商隐的创作成就。

首先，本章第二节中所论李诗中金玉之质与冷寂寒漠之性的构成基调，其实中唐的李贺已具有相类的表现特色。如《李凭箜篌引》之"昆山玉碎凤凰叫，芙蓉泣露香兰笑"、《梦天》之"玉轮轧露湿团光，鸾佩相逢桂香陌"、《苏小小墓》之"风为裳，水为佩"以及《秦王饮酒》之"剑光照空天自碧，羲和敲日玻璃声"等等，莫不反映出钱锺书所谓"好镂金刻玉……取金石硬物作比喻"①的特征，使整片诗境染上质地冷凉清贵之感；降至李商隐同代齐名的杜牧身上，呈显同一种清冽凉澈之格调的诗也不乏其例，如"烟笼寒水月笼沙，夜泊秦淮近酒家"（《泊秦淮》）、"远上寒山石径斜，白云深处有人家。停车坐爱枫林晚，霜叶红于二月花"（《山行》）、"银烛秋光冷画屏，轻罗小扇扑流萤。天阶夜色凉如水，坐看牵牛织女星"（《秋夕》），其中的寒山寒水、晚枫霜叶及银烛冷屏、流萤凉夜等风景名物，都以寒色调敷设出一种清寂透肌的肤泽，使人见之如入冰宫玉殿，不免遍体生凉，尘世温度不复可感。

从这个现象出发，我们可以注意到似乎自中唐开始，一种讲求唯美之情调、偏向幽冷无温之感受的审美态度已有不容忽视之萌芽，到了晚唐小李杜之辈，便蔚为一时之趋势，反映了诗歌发展上随运而转、后出代兴的新主流，与所谓的"盛唐气象"展现迥异其

---

① 详见钱锺书：《谈艺录》（香港：龙门书局，1965年8月），页57。

趣的倾向。若自主题式的纵向发展进行观察，这种审美意趣的差别当更明显。就嫦娥诗为例，以"孤寂"为重点来诠释这则神话的诗人并非自李商隐始，李白便曾在《把酒问月》中感慨说："白兔捣药秋复春，嫦娥孤栖与谁邻？"杜甫于《月》诗中也尝臆想道："兔应疑鹤发，蟾亦恋貂裘。斟酌姮娥寡，天寒耐九秋。"其中出自于人情化之揣度意味都显得十分浓厚，似乎与李商隐那"嫦娥应悔偷灵药"与"此夜姮娥应断肠"的投射有异曲同工之妙。然则仔细推究，便能区分其间大异之处，所谓：

> 李杜对于景物采用白描的手法，一切景物以真实本色的面目呈现，却仍见情，造成人与物完全复合的效果，这是因为李杜能以丰盛的生命力逼近一切意象物……使得一切经手的素材，无不转生。……但这（指李白《把酒问月》及杜甫《月》二诗）只是借原形的神话很朴质地加以抒情，而且在这则作品之后，并没有具有暗示力的系统意象，因此不能像义山的嫦娥诗那般幽婉深曲，而这番幽深的意味，得以完全具象化。①

这番见解是可以接受的。具有暗示力的系统意象亦即涵摄完足、自成体系的象征表现；由零至整，从盛唐偶现之点的运用到晚唐李商隐整体象征系统之完成，无疑是跨进神话世界门槛的一大步；

---

① 见陈器文：《白月意象的嬗变论李义山的月世界》，张仁青编：《李商隐诗研究论文集》，页610、616。

而蕴含在神话世界中那幽冷孤绝的一面也就随之被充分挖掘出来，与时代之移换互相结合，因使用另一种观看之方式而走上另一条诠释之道路。故所谓"唯美诗系由李贺发端，至李义山始集大成"①，亦可作如是观。

其次，李商隐所处身的晚唐诗坛，其风尚不可避免地影响到他的创作风格，或者也可以反过来说，李商隐使一般诗歌表现上的普遍倾向显得更加突出。例如清人贺裳便指出"晚唐人多好翻案"②的现象，而证诸李商隐作品，此好益显昭著。

本章中，曾以"一般思维逆向的反命题"试图更精细地分析李商隐神话运用手法的内在理路；前人则较笼统地用"翻案"或"进一层法"点出诗人翻新出奇的技巧，称许他使旧瓶因装入新酒而焕发卓颖之面目。如胡震亨认为《回中牡丹为雨所败二首》之二末联的"前溪舞罢君回顾，并觉今朝粉态新"，乃针对《前溪曲》所说之"花落随流去，何见逐流还？ 还亦不复鲜！"而"翻案用之"，冯浩则以为："非翻用也。花为雨败，原非应落之时。迨至落尽之后，回念今朝，并觉雨中粉态尚为新艳矣。此进一层法。"③实则不论是翻案或进一层法，都是一种推陈出新、超越俗套的努力，可以帮助诗意警策有力，耐人咀嚼。但这种"有所为而为"的技巧论稍嫌浮面粗糙，尚可待进一步深入探索；且此技巧也非一般学者所注

---

① 宜珊：《李义山其人其诗》，张仁青编：《李商隐诗研究论文集》，页314。
② （清）贺裳：《载酒园诗话》，卷1，郭绍虞辑：《清诗话续编》，页220。
③ 胡、冯二家意见，引自（清）冯浩：《玉溪生诗集笺注》，卷1，页119。

意到的，实际上并不独于咏史与故典为然。① 从前文的分析中可知，李商隐不但热切地将生命投入于更深邃辽阔的神话传说中，结合自己幽渺难述的身世之情，以两者混沦而产生的一种有别以往的观看方式，对古往今来、上下四方的神话内容重加辩证，其最佳成果便是无异创造了新的神话。因而在流行翻案，视之为诗歌表达之精致技巧的晚唐诗坛，我们必须重估李商隐运用手法的内在意义，特别是他表现在神话素材上反命题的思维方式，显然同时为神话与诗注入了新的活力，而在衰颓的时代开出灿烂的花朵。这种不离时代、又不为时代所囿的创造力正是使李商隐突出于诗坛的一大因素，带领他的成就更上层楼，不容忽视。

以上便是以诗史的角度重估李商隐其人其诗的两点意见，就外缘进行观察，作为前文之外额外的补充。是为结语。

（本文原载于《编译馆馆刊》第 24 卷第 1 期，1995 年 6 月，收入本书时有所修订）

---

① 如沈秋雄《试论李义山诗的用典》、陈文华《比较与翻案——论义山七律末联的深一层法》，主要都是针对李商隐之一般创作泛论其藉翻案反用以拓诗境的用意，于占据更大比例的神话题材少有措意。二文皆收入张仁青编：《李商隐诗研究论文集》，页 617—639、655—664。

第七章
论唐诗中日、月意象之嬗变

第一节 前 言

　　意象，是诗歌表达的基本要素。在万象纷呈的天地之间，物象品类繁多而触目即是，钟嵘曾指出："若乃春风春鸟，秋月秋蝉，夏云暑雨，冬月祁寒，斯四时之感诸诗者也。"① 而我们可以从这众多的景物中，更进一步探取到在纷然万象背后支撑着一切存在的根本动因，那就是与一般自然意象平列，却又高于一般自然意象的日、月意象。

　　因为日、月之存在具有"光源"的价值，它们是赋予物种以生命、赐予自然界以种种样貌的根源力量，因此是我们所熟知的世界赖以维系的先决条件；其次，日、月彼此轮番交递更替的现象，又展现出世界运转的必然规律，这些因素综合起来，便使日、月成为自原始神话之创作以迄种种文学艺术之表现时所不可或缺的原型意义。就其"原型"的意义而言，学者甚至指出："一切自然现象基

---

① 见（南朝梁）钟嵘著，杨祖聿校注：《诗品校注》（台北：文史哲出版社，1981年1月），页3。

础上产生的神话,全部都是太阳神话,或者是与朝霞、晚霞相关的神话。"① 这是因为人既然无法自外于自然界,当必须对宇宙进行理解或诠释的时候,则作为整个自然界存在之根源的太阳,也就展示了无所不在的象征意义。而神话和诗歌可以说是血缘相近的孪生子,卡西尔已经指出:一涉及神话,"我们首先得到的印象就是它与诗歌的近亲关系。……'神话创作者的心灵是原型,而诗人的心灵……在本质上仍然是神话时代的心灵。'"② 因此,探讨诗歌中的太阳意象(此处包含由太阳派生出来的月意象而同时为言),无疑是一条探入诗人深层意识的途径;此外,日、月又同时是攸关乐园之想象、决定乐园内部之属性的关键因素,因此日、月意象的变化也会反映出时代精神的发展趋势。由是观之,探讨唐诗中有关日、月意象之塑造方式,将提供一个掌握唐诗发展的新视野,这便是本章撰述之目的所在。

从唐代政治、社会、经济与社会氛围各方面的比较来看,安史之乱都明显是一个重要的转折点:在开元、天宝的失落之后,也正开启了唐朝历史文化与诗歌艺术的后半期;而以安史祸起为分界,所大约划分出来的初盛唐和中晚唐这两个时代断限,同样清楚表现出日、月意象在塑造上的鲜明对比。

---

① 参刘魁立:《欧洲民间文学研究中的第一个流派——神话学派》,《民间文艺集刊》第三集(上海:上海文艺出版社,1982年)。

② [德]恩斯特·卡西尔著,甘阳译:《人论》,页104。

第二节　初盛唐时期"日出月生"的乐园表述

先就初盛唐时期来进行观察。在日、月意象的呈显方面，首先引起我们注意的，是时人不约而同地把握住这两种光源所带来的生机与活力，因此所强调的便是日升月出的创生形象：

- 微月生西海，幽阳始代升。（陈子昂《感遇三十八首》之一）
- 月生西海上，气逐边风壮。（崔融《关山月》）
- 海上生明月，天涯共此时。（张九龄《望月怀远》）
- 海日生残夜，江春入旧年。（王湾《次北固山下》）
- 春江潮水连海平，海上明月共潮生。滟滟随波千万里，何处春江无月明。（张若虚《春江花月夜》）

不论是日还是月，在诸诗中所反映的宇宙眼光里，都是从无到有的全新的创造，是从黑暗到灿亮之际瞬间点燃的光辉，所谓"微月生西海""月生西海上""海上生明月""海日生残夜"和"海上明月共潮生"，各句中皆着一"生"字，便十分传神地透显其中为初唐诗人所共感的"宇宙新生之鲜活力量"[①]，而充满着旭光东升的明朗与希望。另外，相传为"初唐四杰"之一的骆宾王所作的"楼观沧海日，门听浙江潮"[②]，整联诗作所展开的宏阔气魄和磅礴力量，

---

① 引自欧丽娟：《唐诗选注》（台北：里仁书局），页35。

② 此一传说见（唐）孟棨：《本事诗·微异》，丁福保辑：《历代诗话续编》，页18。

更显得有过之而无不及；至于盛唐时李白所描写的月，也以"明月出天山，苍茫云海间"①的姿态，毫不费力地提升一种空阔超逸而无限延伸的宇宙视野。这种兼具了从无到有之创生性和居高临下之高度的气象，是奠基于初唐乃一向上攀升而健劲有力的时代整体背景上的，于是相应于初日跃升的雄伟恢宏，连规模小得多且视觉效果亦不甚炫目的月出现象，都连带地受到同化，而被赋予阳刚、动态的壮美了。

这种"日出月生"的创生意象，其实是具有原始神话思维的根源的，德人利普斯（Julius E. Lips）曾指出："在所罗门群岛上，灵魂是和落日一起进入海洋。这一观念和太阳早晨升起就是出生、黄昏落下就是死亡的信仰是有密切关系的。因为地球上没有任何活的东西比太阳更早，太阳第一个'出生'，也第一个'死亡'。"②所谓"太阳早晨升起就是出生"的观念，原就是遍存于人类宇宙情怀中的共

---

① 此乃李白《关山月》诗中句，见詹锳主编：《李白全集校注汇释集评》（天津：百花文艺出版社，1996年12月），卷3，页495。

② ［德］利普斯著，江宁生译：《事物的起源》（兰州：敦煌文艺出版社，2000年2月），页342。同样的概念也见诸许多原始部落的信仰，如人类学曾有一项关于峇里岛东南方的Pisangkaja人的知名研究，在他们的观念里，就认为"东"是太阳上升的方向，赋予人类和万物生命；反之，"西"代表的是夜晚、死亡、危险、世俗等。见黄应贵：《仪式、习俗与社会文化——人类学的观点》，《新史学》第3卷第4期（1992年12月），页129—130。另外台湾的兰屿雅美族也是视日出为生命的象征，因此行婴儿的命名仪式时需面向日出的方向；而日落为死亡的象征，故尸体的摆放是头部朝向日落的方向，日常睡觉的姿势则不可头部向西。参陈玉美：《夫妻、家屋与聚落——兰屿雅美族的空间观念》，黄应贵主编：《空间、力与社会》（台北："中央研究院"民族学研究所，1995年12月），页136、页151。

通感受，只是在初盛唐诗人的作品中被充分强调，而且更进一步推日及月，将月出意象也纳入创生的诠释角度之中，便益发显示此一时代腾跃向上之力量的非比寻常了。

至于利普斯所称，所罗门群岛上"黄昏落下就是死亡的信仰"是否适用于初盛唐时期的落日意象呢？就诗作本身进行具体的观察和比较之后，我们发现此一说法的确与中晚唐时的诗歌表现颇为切合，但对初盛唐这个前期阶段而言，便大有出入而值得商榷。

首先，相对于中晚唐时夕阳意象的俯拾即是（详见下文），此期的落日描绘实在是处于数量上的弱势，显示初盛唐时期诗人关注的对象乃别有甚于是者，此其一。其次，除了统计上的刻板反映之外，更重要的是这时所刻画的夕阳意象所呈现的意向（intention）究竟传达了何种对宇宙人生的诠释，这才是意象表现的本质所在。就此而言，我们可以透过对某些特定诗人及其作品之观察，而得到其中内蕴的真实心象。

在初唐诗人中，陈子昂的《感遇三十八首》之二曾说："迟迟白日晚，袅袅秋风生。岁华尽摇落，芳意竟何成！"即明显地以日落来象征一种青春锐志不幸摇落成空的悲感，但若将此诗纳入陈子昂的整体创作之中而不孤立看待的话，我们可以发现其中依然存在着"虽然处处流露出不能摆脱'大化'的无奈，却掩盖不住青春的躁动、生命的渴望"，于是在"迟迟白日晚"的形象背后所蕴藏的"青春的躁动、生命的渴望"①，才真正是诗人面对垂暮而深致感慨的

---

① 此乃葛晓音对陈子昂《感遇三十八首》的观察，见葛晓音：《山水田园诗派研究》（沈阳：辽宁大学出版社，1993年1月），页129。

主要动力。到了盛唐时,王之涣《登鹳雀楼》一诗写出:"白日依山尽,黄河入海流。欲穷千里目,更上一层楼。"以无比健动的精神,为西山之薄日添注了昂扬向上的意志与积极进取的视野,开拓出无限宽广的人生版图;而李白的《送友人》一诗所云:"浮云游子意,落日故人情。"则是以落日之徘徊难舍和温煦暖意与故人之依依深情联系在一起,王琦所谓"落日衔山而不遽去,故以比故人之情"①,便正确地指出"落日"与"故人情"之所以能够产生联想或进行模拟的共同性质。而此一模拟的形成与确立,不但在夕阳的意象系统中增添了新的内容,也使夕阳正面而温馨的一面得以充分开显。

至于盛唐自然诗派的作品中也出现不少点染着夕阳意象的诗句,如孟浩然《秋登万山寄张五》一诗曾将极端对反的感受纳入短短的一联结构之中,呈现出矛盾却和谐的诗境:"愁因薄暮起,兴是清秋发。"这其中因薄暮而起的,并非"愁"之一字可以了得,因为紧接而来的是与之适得其反的旷然爽豁的"秋兴",因此"愁"的深沉便在初起之际就受到一定程度的消解;正是出于诗人多感而丰富多元的心灵向度,使"暮愁"与"秋兴"并列在一起而发生彼此交融的互动关系,于是在秋兴的提领和振拔之下,黄昏的哀愁便冲淡了许多,甚至最终完全消翳不存。同样的情形也可以解释其《宿建德江》一首:前半段的"移舟泊烟渚,日暮客愁新"在后半段"野旷天低树,江清月近人"的承续之后,整个意向进行的脉

---

① 引文见瞿蜕园:《李白集校注》(台北:里仁书局,1981年3月),页1050。

络乃是从"暮愁"中悠然荡开,而在野旷江清、树低月近之清新景致的吸引和酣赏之中,摆落或抵消那日暮之时初初生发的乡愁。由此可见孟浩然诗里的夕日所展现的,是短暂的清愁,而不是沉重的忧郁;可以冲消淡化,而不易层层累积,纠缠自缚成为心灵的负荷。

自然诗派的另一位大家王维,则称得上是此期诗人中对黄昏意象表现出最大之关注和偏好的一位,在他的作品中,我们找到为数不少而质量俱胜的诗例,因此足以标示初盛唐阶段对夕阳之意象塑造的主要趋向。先观其中的部分诗作如下:

- 空山不见人,但闻人语响。反景入深林,复照青苔上。(《鹿柴》)
- 大漠孤烟直,长河落日圆。(《使至塞上》)
- 渡头余落日,墟里上孤烟。复值接舆醉,狂歌五柳前。(《辋川闲居赠裴秀才迪》)
- 忽山西兮夕阳,见东皋兮远村。平芜绿兮千里,眇惆怅兮思君。(《送友人归山歌二首》之二)
- 斜光照墟落,穷巷牛羊归。野老念牧童,倚杖候荆扉。雉雊麦苗秀,蚕眠桑叶稀。田夫荷锄至,相见语依依。即此羡闲逸,怅然歌式微。(《渭川田家》)

诸诗之中,皆透过夕阳斜光点染出自然风物与人事关系的温柔、暖馨和生机之类的正面属性,如"反景入深林,复照青苔上"透显的是一种即使微弱淡薄却不被茂林繁树所遮没的生机,一种即使在微不足道的角落里生长的低等植物都能日复一日充分享有的生命力;而"大漠孤烟直,长河落日圆"所表现的,则是画家特有的对构图之美的敏锐,整个画面充满几何线条简洁的美感和对比的张力;至于《送友人归山歌二首》之二由"忽山西兮夕阳"所引发的"眇惆怅兮思君"之情,则与李白所说的"落日故人情"十分近似。再就《渭川田家》一诗来看,全作整体的基调是一首视农村为文化摇篮和人情归宿的田园牧歌,在舐犊情深的人伦关怀里,"斜光照墟落"表现的正是一种温暖的期待。更重要的是,跳脱以上个别诗篇的具体指涉之外,我们还可以发现贯穿诸作之间的一个共同点,那便是源于宁静、平和、安恬之心的闲适之情,所谓"辋川闲居""即此羡闲逸"中的"闲"字已然透露了此中消息。

事实上,与退居归隐的闲适之情相结合的意象,更是王维诗中的主流,较多数的作品都是在这一基础上触及夕阳的摹写:

- 落日山水好,漾舟信归风。玩奇不觉远,因以缘源穷。(《蓝田山石门精舍》)
- 夜漏行人息,归鞍落日余。悬知三五夕,万户千门辟。(《同比部杨员外十五夜游有怀静者季》)
- 端居不出户,满目望云山。落日鸟边下,秋原人外闲。(《登裴迪秀才小台作》)
- 闲门寂已闭,落日照秋草。(《赠祖三咏》)

- 秋色有佳兴，况君池上闲。悠悠西林下，自识门前山。千里横黛色，数峰出云间。嵯峨对秦国，合沓藏荆关。残雨斜日照，夕岚飞鸟还。故人今尚尔，叹息此颓颜。(《崔濮阳兄季重前山兴》)
- 晴川带长薄，车马去闲闲。流水如有意，暮禽相与还。荒城临古渡，落日满秋山。迢递嵩高下，归来且闭关。(《归嵩山作》)
- 谷口疏钟动，渔樵稍欲稀。悠然远山暮，独向白云归。(《归辋川作》)

日落时分正是"归鞍"而"行人息"的时刻，身心舒放的诗人不但安顿于恬然自适的悠闲之中，甚至还兴起到"落日山水好"的美景中尽情"玩奇"的雅兴，就此所表现的乃是退居之余的闲情逸致。另外，这类诗歌还以落日来彰显归隐之际脱略俗务世情的冲融自得之感，试看"端居不出户""闲门寂已闭""况君池上闲"和"归来且闭关"诸句，莫不指出归隐的处境，尤其"残雨斜日照，夕岚飞鸟还"和"流水如有意，暮禽相与还"两联，更遥契陶渊明"山气日夕佳，飞鸟相与还"(《饮酒诗二十首》其五)的精神，充满一种夙愿得偿而欣然自足的圆满感受。因之诸诗之叙写，往往点出"闲"字或"闲意"，以及"归"字或"归意"，使落日意象显出从容悠然的余韵，而展现自在玩赏的盎然兴味，以及身心获得归宿与安顿的平静自得。这种结合了退居归隐之闲适情境的落日意象，无疑是远古时代"日出而作，日入而息"之存在样态的潜在应和与模拟延伸,而初民淳朴自足、忘机无待的生命情调也就自然融入其间了。此外,丘为《题农父庐舍》的"薄暮饭牛罢,归来还闭关"也属此类。

至此,我们从王维、孟浩然、李白等初盛唐诗人的作品中观察得知,"日出月生"的宏阔、动态的意象,展现了光明、希望之类的创生意义,而落日意象更与温情、闲适相结合,从正面展示此期诗人们健全的生命格局。以下所论述的,则是此期诗歌中所塑造的月意象,以足成其全幅风貌。

在先唐悠久传统的浸染之下,唐诗中的月意象仍有一支是走上与闺怨愁思或怀乡念远相即相融的路线,诗人捕捉到的,乃深夜清寂之时容易生发的孤怀幽思的一面。例如表达闺怨愁思的,有下列诸诗:

- 谁为含愁独不见,更教明月照流黄。(沈佺期《古意呈补阙乔知之》)
- 不知乘月几人归,落月摇情满江树。(张若虚《春江花月夜》)
- 斜抱云和深见月,朦胧树色隐昭阳。(王昌龄《西宫春怨》)
- 长安一片月,万户捣衣声。秋风吹不尽,总是玉关情。(李白《子夜吴歌·秋歌》)
- 却下水精帘,玲珑望秋月。(李白《玉阶怨》)
- 今夜鄜州月,闺中只独看。……香雾云鬟湿,清辉玉臂寒。(杜甫《月夜》)

属于表现怀乡客愁的,主要以下列数首为代表:

- 举头望明月,低头思故乡。(李白《静夜思》)
- 月色不可扫,客愁不可道。(李白《拟古十二首》之八)
- 露从今夜白,月是故乡明。(杜甫《月夜忆舍弟》)

至于怀友念远的想象转移,则不妨以李白诗为例证:

- 登舟望秋月,空忆谢将军。(《夜泊牛渚怀古》)
- 月下沉吟久不归,古来相接眼中稀。解道澄江净如练,令人长忆谢玄晖。(《金陵城西楼下月吟》)
- 我寄愁心与明月,随风直到夜郎西。(《闻王昌龄左迁龙标遥有此寄》)

这些作品承袭的是贯穿了漫长诗史而不绝如缕的传统流派,而发展得更丰富、更动人。①如此包含了闺怨愁思、客居怀乡和怀友念远的意象内容,其实已超越了历史阶段而形成为固定常用的指涉,因此我们可以将之设定为一个稳定不变的参考架构而存而不论,转把注意力放在某些与时俱变的诠释差异上,以突显不同时代的不同精神向度。不过,即使如此,从前列诸诗中,我们已然注意到初盛唐

---

① 有关先秦以迄六朝诗中"月"之意象内容和表现形态,可参欧丽娟:《杜诗意象论》(台北:里仁书局,1997年12月),页74—79。

诗中的月虽然结合的是闺怨、客愁、怀远等属于孤怀幽思的内容，就其形象的塑造而言，仍都以清朗皎洁为基本表现形态，如"明月照流黄""玲珑望秋月""清辉玉臂寒""月是故乡明"等皆是；而其闺怨中深蕴温情，客愁中充满思念，对古人的遥想更是扣住对其高风亮节和不凡情致的向往而引发，整个情境都反映出初盛唐诗中月意象的主要风貌。由此出发，接下来我们便进入初盛唐月意象的主要论述范畴了。

在唐诗史前半段的发展上，诗中所出现的月，基本上是一个继日间太阳而起的夜间光源，孟浩然所谓"山光忽西落，池月渐东上。散发乘夕凉，开轩卧闲敞"和"夕阳度西岭，群壑倏已暝。松月生夜凉，风泉满清听"①的叙述结构，正显示其间接继承续的关系，而"渐"字、"凉"字更表现出专属于月意象的特质，也就是较诸太阳，能明亮而不炽烈、发光而不刺眼的一种柔和。这种柔和的光与夜晚相结合，再配合上古以来"日出而作，日入而息"的生活规律，便成为诗人在疲于征逐之余，于休生养息中取得闲适之情的一个背景。除孟浩然之外，王维、李白、杜甫等人都大有月下逍遥的体验，如：

- 明月松间照，清泉石上流。（王维《山居秋暝》）
- 松风吹解带，山月照弹琴。（王维《酬张少府》）
- 对酒不觉暝，落花盈我衣。醉起步溪月，鸟还人亦稀。

---

① 两段分别出自《夏日南亭怀辛大》和《宿业师山房期丁大不至》二诗。

（李白《自遣》）

- 醉月频中圣，迷花不事君。（李白《赠孟浩然》）
- 感之欲叹息，对酒还自倾。浩歌待明月，曲尽已忘情。（李白《春日醉起言志》）
- 已从招提游，更宿招提境。阴壑出虚籁，月林散清影。（杜甫《游龙门奉先寺》）
- 醒酒微风入，听诗静夜分。绨衣挂萝薜，凉月白纷纷。（杜甫《陪郑广文游何将军山林十首》之九）

诗人或在山居、或从林游，或弹琴听诗、或浩歌对酒，在凉月清影的明光照耀之下，青松、溪石、云林、阴壑、虚籁等都呈现宁谧详和的美感，诗人的心情也得到充分的涤荡和净化，其悠然闲适之感溢于言表；甚至在闲适之极致还可以脱略世俗之束缚，展现"散发乘夕凉""松风吹解带""绨衣挂萝薜"之类放旷自得的境界。另外，诗人还在明月如昼的背景下，以有别于宁静闲适的欢快夜游来开创足以模拟白日的热闹繁华，王维的《同比部杨员外十五夜游有怀静者季》一诗云：

夜漏行人息，归鞍落日余。悬知三五夕，万户千门辟。夜出曙翻归，倾城满南陌。陌头驰骋尽繁华，王孙公子五侯家。由来月明如白日，共道春灯胜百花。

原本日落之后行人皆应归鞍歇息，但在十五夜月明辉如昼的光照之下，千门万户一一开启，人人外出游赏，对"春灯胜百花"的情景一致赞叹。这实在是月意象的展现形态中最缤纷绮丽而喧阗腾跃的一种。

由闲适的感受出发，月的存在便突破天人之隔而更进一步迫近诗人的心灵，透过拟人化的移情想象，在消泯彼此距离之后成为形体相依、分享私密感情的友伴，因此这段时期的作品中出现不少以亲爱有情的笔调，叙写人与月相即相融、契合无间的诗句：

- 玉户帘中卷不去，捣衣砧上拂还来。（张若虚《春江花月夜》）
- 野旷天低树，江清月近人。（孟浩然《宿建德江》）
- 深林人不知，明月来相照。（王维《竹里馆》）
- 白云劝尽杯中物，明月相随何处眠。（高适《赋得还山吟送沈四山人》）
- 暮从碧山下，山月随人归。（李白《下终南山过斛斯山人宿置酒》）
- 举杯邀明月，对影成三人。……我歌月徘徊，我舞影零乱。（李白《月下独酌》）
- 青天有月来几时，我今停杯一问之。人攀明月不可得，月行却与人相随。（李白《把酒问月》）
- 举手可近月，前行若无山。（李白《登太白峰》）
- 俱怀逸兴壮思飞，欲上青天览明月。（李白《宣州谢朓楼饯别校书叔云》）
- 醉看风落帽，舞爱月留人。（李白《九日龙山饮》）

- 几时杯重把？昨夜月同行。（杜甫《奉济驿重送严公四韵》）

诸诗中的月或在"人不知"的情形下"卷不去""拂还来""来相照"，为深闺寂寞的少妇和幽独自适的诗人带来深厚的慰藉；或以"月近人""月留人""月徘徊"的友爱减轻羁旅的愁思和独处的孤怀；或与深夜独行的诗人扶持相伴，并肩同行，所谓"可近月""随人归""明月相随""与人相随""明月送君"和"月同行"，都显示出月完全是人们最亲密的友侣和知己。因此李白"人攀明月""举杯邀明月""我今停杯一问之"和"欲上青天览明月"的痴想也就不足为奇了，原来月早已是诗人伸手可触、近在咫尺的灵魂分享者！

综观前述所言，初盛唐诗中所塑造的日月意象，不但展现了"日升月出"的创生意义，而即使在日落时分和清夜幽寂的时刻，日与月都依然结合了退居归隐的闲适之感，和温馨暖霭的慰藉之情，甚至在描写闺怨、乡思、怀远的哀愁时，月的形象都不失其清新玲珑之致与诗人深厚的系念和期待。这在弗莱（Northrop Frye）透过晨昏春秋人生文学的模拟研究所提出的"基型论"中，恰恰合乎"黎明——春天——诞生"和"日午——夏天——胜利"的基型表现，而这些基型又通往正面的喜剧境界；在喜剧境界之中，展现的是坐谈、围叙、秩序、友谊、爱情等意象基型，其植物世界则是花园、小丛林或公园、生命树、玫瑰或莲花，其不定形的流体世界则是河流，同时，在喜剧境界中的东西都可以被看作是发光或火热的,树尤其如此。① 由此可见,初盛唐诗歌中日月意象所传示的乃一乐园表述,当日月在天,为人间遍洒光辉时,既有黎明的诞生和日午的温热,又有夜间徜徉于林中溪畔的闲适,此外还更享有友爱的芬芳。这就为整个初盛唐清朗健全的时代氛围下了明确的注脚。

第三节 中晚唐时期"日落月冷"的失乐园情境

诗入中晚唐,日、月原型在时代的推衍过程中已面临质变的变局。以安史之乱为划分大唐帝国盛衰的关键和乐园意识转变的分水岭,在唐朝前半部的诗史上,日、月意象在作品中的塑造主要是偏向升而不是落,偏向创造而不是毁灭,偏向明朗而不是阴冷,因此"日出月生""日朗月明"的景致便较为突出且历历可观;相对地,在唐诗史后半部的发展上,日、月意象就主要是往倾落的时刻和阴冷的色调进行位移,从运动曲线和温差色度双方面都显然展现了由跃升到颓落、由暖适到森寒的重大转折。

就日原型而言,其有别于前期的最重要的两个特点,第一是呈

---

① [加]弗莱著:《文学的原型》(*The Archetypes of Literature*),[美]约翰·维克雷编,潘国庆等译:《神话与文学》(上海:上海文艺出版社,1995年4月),页54—59。另外亦可参黄维梁《春的悦豫与秋的深沉——试用佛莱"基型论"观点析杜甫的"客至"与"登高"》一文的综述,中国古典文学研究会主编:《古典文学》第7集(台北:学生书局,1985年8月),页345—347。

现冷薄残破而失温无色的特性,诸如:

- 寒日外澹泊。(杜甫《飞仙阁》)
- 正怜日破浪花出。(杜甫《阆水歌》)
- 女乐余姿映寒日。(杜甫《观公孙大娘弟子舞剑器行》)
- 幽州白日寒。(刘长卿《穆陵关北逢人归渔阳》)
- 日寒关树外。(钱起《送张管书记》)
- 松荫禅庭白日寒。(独孤及《登山谷寺上方答皇甫侍御卧疾阙陪车骑之后》)
- 旌旗无光日色薄。(白居易《长恨歌》)
- 篱菊花稀砌桐落,树阴离离日色薄。(白居易《秋晚》)
- 杲杲寒日生于东。(韩愈《谒衡岳庙遂宿岳寺题门楼》)
- 日寒光浅水松稀。(刘言史《桂江逢王使君旅榇归》)
- 日轮西下寒光白。(韦庄《秦妇吟》)

原本日色的温暖与光亮,在"日破""寒日""日色薄""寒光白"的描述之中势必将荡然无存;其次,中晚唐之日原型的最重要特质,主要是表现在夕阳意象使用次数上更有过之的激增,以及夕阳意象本身所开展之意向结构的巨大调整。针对这质与量的两种变化现象,日本汉学家吉川幸次郎(1904—1980)曾有一段关于唐诗中夕阳意象的论述,可以作为此处论析的起点,他指出:

> 大体上唐诗与六朝诗的不同之处在于,六朝诗还只是追随

感觉而被动的，相对于它，唐诗则更为能动，更深入到无限定的世界。作为诗中出现的形象，如夕阳、斜阳、斜照、落日、落照之类形容西下日光的词语，很容易断言这是中国任何时代的诗中都普遍存在的形象，但在六朝诗中却很少见，搜求起来必须花费力气。但到了唐诗，以杜甫诗为代表，就大量出现了，甚至达到了成为程序的程度。……夕日、柳絮，这都是暗示某种不安定的世界的形象，对它们的敏感，到唐诗急遽增高了。这在历来的文学史上好像还没有注意过。……杜甫在唐代诗人中正是最能体现这个方向的。①

于这段十分新颖的创见中，揭示了一个诗歌发展史上极为有趣的事实，那便是"夕阳、斜阳、斜照、落日、落照之类形容西下日光的词语"是到了唐诗才大量出现的，也就是"对它们的敏感，到唐诗急遽增高了"，而相对于"追随感觉而被动的"六朝诗，唐诗的能动性和深入探索世界的程度无疑是提高了许多。

不过，透过对唐诗演化过程更精密的观察与分析，我们发现事实上用以"暗示某种不安定的世界"而与前述利普斯所说"黄昏落下就是死亡"的意涵相应的夕日意象，其大量出现的时间，主要是集中于中晚唐阶段；前此的初盛唐时期固然也有不少出现夕阳的诗句，但在"量"上而言，仍比不上此期的众多。仅以晚唐韦庄一

---

① ［日］吉川幸次郎著，孙昌武译：《杜甫的诗论与诗——在京都大学文学部的最后一课》，萧涤非主编：《唐代文学论丛》总第7辑（西安：陕西人民出版社，1986年1月），页7。

人来看,清代诗评家冯班即发现"韦公诗篇篇有夕阳"①,薛雪亦指出:

> 口熟手溜,用惯不觉,亦诗人之病,而前人亦往往有之。若李长吉之"死"……韦端己之"夕阳",不一而足。②

所谓"口熟手溜"实际上并不仅是韦庄个人独享的现象,而是包含刘长卿、贾岛、李商隐在内的中晚唐诗人共通的特点:在刘长卿的《刘随州集》中,吟咏秋风夕阳的诗句已然俯拾即是③;贾岛诗中写夕阳暮色则多达六十六次④;而李商隐的作品中,对夕日黄昏的描写同样是触目可见。个别诗人对夕阳意象既是用惯手溜,则总体上出现次数的大幅累增便在情理之中了。至于"质"的一面所显示的变化,更比数量的层次足以传示此一趋向。我们可以注意到:于盛唐王之涣《登鹳雀楼》中,透过"白日依山尽,黄河入海流。欲穷千里目,更上一层楼"所展现出来的积极健动之精神,时至中晚唐阶段已然荡然无存;而与初盛唐时将落日意象与闲适、温情相结合

---

① (清)冯班:《才调集补注》,《续修四库全书》第 1611 册(上海:上海古籍出版社,2002 年),卷 3,页 316。

② (清)薛雪:《一瓢诗话》,收入丁福保辑:《清诗话》,页 698。

③ 刘长卿虽于天宝年间已开始创作诗歌,但真正形成自己独特的风格,并以"五言长城"的面貌出现,完全是安史乱后的事。此点及其有关秋风夕阳之众多诗例,详参储仲君:《秋风夕阳的诗人——刘长卿》,《唐代文学研究》第 3 辑(桂林:广西师范大学出版社,1992 年 8 月),页 287—289。

④ 许总:《唐诗史》(南京:江苏教育出版社,1994 年 6 月),下册,页 359。

迥不相侔的，是为夕阳意象添加了人事代谢、历史更迭和生命消亡之类的感受角度或诠释内涵。诗例可以下列诸首为代表：

- 朱雀桥边野草花，乌衣巷口夕阳斜。旧时王谢堂前燕，飞入寻常百姓家。（刘禹锡《金陵五题·乌衣巷》）
- 一上高城万里愁，蒹葭杨柳似汀洲。溪云初起日沈阁，山雨欲来风满楼。鸟下绿芜秦苑夕，蝉鸣黄叶汉宫秋。行人莫问前朝事，故国东来渭水流。（许浑《咸阳城东楼》）
- 花枝草蔓眼中开，小白长红越女腮。可怜日暮嫣香落，嫁与春风不用媒。（李贺《南园十三首》之一）
- 况是青春日将暮，桃花乱落如红雨。劝君终日酩酊醉，酒不到刘伶坟上土。（李贺《将进酒》）
- 繁华事散逐香尘，流水无情草自春。日暮东风怨啼鸟，落花犹似坠楼人。（杜牧《金谷园》）
- 但将酩酊酬佳节，不用登临恨落晖。古往今来只如此，牛山何必独沾衣！（杜牧《九日齐山登高》）
- 高阁客竟去，小园花乱飞。参差连曲陌，迢递送斜晖。（李商隐《落花》）
- 今日乱离俱是梦，夕阳唯见水东流。（韦庄《忆昔》）

在刘禹锡《金陵五题·乌衣巷》中，作为东晋权臣贵胄、衣冠之盛的代表的王谢世族，早已在历史的更迭之中沦为"寻常百姓"，于是昔日燕子他去另楼，飞入同一场所的不同人家，朱雀桥和乌衣巷也在斜落的夕阳残光里呈现野花乱草的没落景致。当许浑登楼远眺之际，眼见太阳在楼阁后方沉落，所感发的竟是"山雨欲来风满楼"的危机重重之感，以及"故国东来渭水流"的历史沧桑之慨。就在同样是"古往今来"的人事代谢中，杜牧虽强欢故作旷达，宣称"不用登临恨落晖"，但其实蕴含了衰灭之感的夕阳意象已然恨在其中。至于韦庄，他在晚唐的乱离世变中所感到的，更只有江水的流逝和夕阳的衰迟。而与历史更迭、人世代谢具有相同本质的生命消亡之情，也是由夕阳所引发的感受向度之一，在李贺的《南园十三首》之一、《将进酒》，李商隐的《落花》以及杜牧的《金谷园》这四首诗里，"日暮"都与"落花"并置同列，透过彼此交融互动的作用而充分传达了青春易逝、容华萎谢以及红颜薄命的哀感。至此，则不论是个体的生命消亡或是群体世界的人事代谢和历史更迭，都被融摄进入那代表死亡与不安定的夕阳意象里，形成了有如哀歌或挽歌的表述。另外还有一个结合了夕阳意象的特殊叙写模式，也是此期发生质变的有力例证。马致远《天净沙·秋思》一首乃是元曲中雅受称道的夕阳诗，所谓：

> 枯藤老树昏鸦，小桥流水人家，古道西风瘦马，夕阳西下，断肠人在天涯。①

将黄昏的美丽与哀苦描写得宛然如画。但其实这首作品中所展现的

---

① 见隋树森编：《全元散曲》上册（北京：中华书局，1964年2月），页242。

复合意象，乃是自渊远流长之诗史中撷取得来的综合成果，追溯其形成的源头，我们发现此一意象群的结构模式前后有两个来源，其一，最早是出于隋炀帝之手笔，其《诗》曰：

> 寒鸦飞数点，流水绕孤村。斜阳欲落处，一望黯消魂。①

其中几个主要之构成要素，如乌鸦、流水、孤村、夕阳之意象，以及与"断肠"同义之"销魂"所透显的感伤情怀，都已然具备；其二，就其中所表现的"夕阳—古道—瘦马—行人"的意象群结构也早已为中唐的刘长卿所习用。② 试举其例如下：

- 回首古原上，未能辞旧乡。西风收暮雨，隐隐分芒砀。……疲马顾春草，行人看夕阳。(《出丰县界寄韩明府》)
- 上国邈千里，夷门难再期。行人望落日，归马嘶空陂。(《别陈留诸官》)
- 渐入云峰里，愁看驿路闲。乱鸦投落日，瘦马向空山。(《敕恩重推使牒追赴苏州次前溪馆作》)
- 匹马风尘色，千峰旦暮时。遥看落日尽，独向远山迟。(《晚

---

① 参逯钦立：《先秦汉魏晋南北朝诗》(台北：木铎出版社，1983年9月)，页2673。

② 此一论点可参考傅道彬：《晚唐钟声——中国文化的精神原型》(北京：东方出版社，1996年6月)，页79。但实际上"夕阳—古道—瘦马—行人"的意象群结构乃源自于杜甫晚年，见下文。

次苦竹馆却忆干越旧游》）

- 清川已再涉，疲马共西还。何事行人倦，终年流水闲。孤烟飞广泽，一鸟向空山。愁入云峰里，苍苍闭古关。（《使还至菱陂驿渡浉水作》）
- 日暮苍山远，天寒白屋贫。柴门闻犬吠，风雪夜归人。（《逢雪宿芙蓉山主人》）
- 片帆何处去，匹马独归迟。惆怅江南北，青山欲暮时。（《瓜洲道中送李端公南渡后归扬州道中寄》）

此外，其他的中晚唐诗人也不乏这类表述，诸如：

- 前路入郑郊，尚经百余里。马烦时欲歇，客归程未已。落日桑柘阴，遥村烟火起。西还不遑宿，中夜渡泾水。（祖咏《夕次圃田店》）
- 故关衰草遍，离别正堪悲。路出寒云外，人归暮雪时。少孤为客早，多难识君迟。掩泣空相向，风尘何所期。（卢纶《送李端》）
- 返照入闾巷，愁来与谁语。古道无人行，秋风动禾黍。（耿湋《秋日》）
- 忆昨与故人，湘江岸头别。我马映林嘶，君帆转山灭。马嘶循古道，帆灭如流电。千里江蓠春，故人今不见。（刘禹锡《重至衡阳伤柳仪曹》）
- 马嘶古道行人歇，麦秀空城野雉飞。（刘禹锡《荆门道怀古》）

- 古道随水曲，悠悠绕荒村。远程未奄息，别念在朝昏。（张籍《怀别》）
- 古道自迢迢，咸阳离别桥。越人闻水处，秦树带霜朝。驻马言难尽，分程望易遥。秋前未相见，此意转萧条。（项斯《咸阳别李处士》）
- 扰扰倦行役，相逢陈蔡间。如何百年内，不见一人闲。对酒惜余景，问程愁乱山。秋风万里道，又出穆陵关。（戴叔伦《别友人》）
- 惆怅策疲马，孤蓬被风吹。昨东今又西，冉冉长路岐。岁晚树无叶，夜寒霜满枝。旅人恒苦辛，冥寞天何知。（欧阳詹《白淮中却赴洛途中作》）
- 日下风高野路凉，缓驱疲马暗思乡。渭村秋物应如此，枣赤梨红稻穗黄。（白居易《内乡村路作》）
- 十年曾一别，征路此相逢。马首向何处，夕阳千万峰。（权德舆《岭上逢久别者又别》）
- 悠悠驱匹马，征路上连冈。……愁见前程远，空郊下夕阳。（权德舆《玉山岭上作》）
- 前楼仙鼎原，西经赤水渡。火云入村巷，余雨依驿树。我行伤去国，疲马屡回顾。……逆旅何人寻，行客暗中住。（司马扎《自渭南晚次华州》）

诸作之中，皆"借空间上的关山迢递，夕阳山外的无尽行程和时间上的岁月飘忽，一生日短的黄昏意蕴，来刻画身心俱疲、飘泊无依的知识分子形象"[1]，于是落日意象便又与辛劳跋涉的疲惫、道长路远的沉重和归止无着的心焦重叠为一，成为夕阳情怀的另类表达。

并且，隋炀帝的《诗》里所出现的乌鸦、流水、荒村，在中晚唐诗"夕阳—古道—瘦马—行人"的意象群结构中也不乏踪迹，诸如：

- 孤舟天际外，去路望中赊。贫病远行客，梦魂多在家。蝉吟秋色树，鸦噪夕阳沙。不拟彻双鬓，他方掷岁华。（杜牧《秋晚江上遣怀》）
- 何处是西林，疏钟复远砧。雁来秋水阔，鸦尽夕阳沉。（许浑《寄契盈上人》）
- 空馆夕阳鸦绕树，荒城寒色雁和云。不堪吟断边笳晓，叶落东西客又分。（马戴《边馆逢贺秀才》）
- 欲暮候樵者，望山空翠微。虹随余雨散，鸦带夕阳归。（储嗣宗《秋墅》）
- 湾中秋景树，阔外夕阳村。（薛能《黄河》）
- 高城满夕阳，何事欲沾裳。迁客蓬蒿暮，游人道路长。（贾岛《送人适越》）
- 蝶翎朝粉尽，鸦背夕阳多。（温庭筠《春日野行》）

---

[1] 傅道彬：《晚唐钟声——中国文化的精神原型》，页79。

所以,在中晚唐诗里也确实出现了隋炀帝《诗》的回响、《天净沙》的前奏,试看下面的这两首诗:

- 丹凤城头噪晚鸦,行人马首夕阳斜。(钱起《送崔十三东游》)
- 路分溪石夹烟丛,十里萧萧古树风。出寺马嘶秋色里,向陵鸦乱夕阳中。(温庭筠《开圣寺》)

"夕阳—瘦马—行人"再加上"乌鸦—秋风—古树",可谓万事俱备,到了元代才出现的《天净沙》诚然可以说是画龙点睛的宁馨儿,是"共饮长江水"的完美结晶。

如此一来,在质与量的双重考虑之下,中晚唐时夕阳意象的崭新格局已清楚指向一种失乐园表述的成形,所谓"向晚意不适"(李商隐《乐游原》)、"醒来情绪恶,帘外正黄昏"(韩偓《春闺二首》之一),"意不适""情绪恶"这种负面导向的心灵感知即构成了"黄昏"的主要情志内涵。最引人注意的是,这种衰迟的、消亡的、感伤的、疲累的、不安定的指涉,并非个人不自觉的自然流露或偶然的暗合而已,相反地,这样的落日情调是一种内省过后自觉的选择,因此早已突破潜意识的暗昧状态,而在意识层面上受到明确的认可,乃至表现出耽溺其中的执着。如钱起、司空曙、白居易、李商隐、郑谷和李中都明白宣告过这种自觉的选择和情感的偏好:

- 竹怜新雨后,山爱夕阳时。(钱起《谷口书斋寄杨补阙》)

- 幽人独汲时，先乐残阳影。（司空曙《石井》）
- 澄清深浅好，最爱夕阳时。（白居易《闲游》）
- 夕阳无限好，只是近黄昏。（李商隐《乐游原》）
- 夕阳秋更好，敛敛蕙兰中。（郑谷《夕阳》）
- 饮兴共怜芳草岸，吟情同爱夕阳山。（李中《和朐阳载笔鲁裕见寄》）

诗中所谓"山爱夕阳时""最爱夕阳时""先乐残阳影""吟情同爱夕阳山"的"爱""乐"字以及"无限好""秋更好"的评价，在在都告诉我们：夕阳意象中衰迟、消亡而充满残缺美的这个面相正投合了中晚唐诗人的审美趣味，而与中晚唐诗人心灵结构上的偏向产生对映的效应，成为从同一根源衍生的两面，并且交织互融为时代精神的崭新风貌。这可以说是夕阳意象在中晚唐诗中所打下的特殊烙印。

相应于日意象的发展变化，此期的月意象也同步踏上了类似的轨道，除了继续演出闺怨和怀远之情的这条传统主旋律之外，在月原型不断衍化增生的意象内涵中，至此又发展出前所未有的观照视角，使月意象开始奏起走音的变调，一变成为阴森湿冷、黏着沉郁而与暗夜同其冷涩的负面存在，不但激化出凌厉刺戟、锋锐煎逼的面相，甚至还潜入阴域，与鬼界的联想化为一体。这可以说是月意象发展史上的奇峰突起。

在安史乱后整个时代环境步上崩解不安的走向，以及诗人自我风格的双重影响之下，孟郊诗首先提供了这类月意象的异质表达，其《秋怀十五首》云：

秋月颜色冰，老客志气单。冷露滴梦破，峭风梳骨寒。（其二）

老骨惧秋月，秋月刀剑棱。（其六）

冷露多瘁索，枯风饶吹嘘。秋深月清苦，虫老声粗疏。（其九）

以上每一首诗都将秋月与"老"字结合在同一情境之中，"界限经验（boundary experience）"①所带来的困限之感已呼之欲出；但又不仅止于此，月意象不仅染上了人间才有的"清苦"，直接以悲苦的形象出现，而有别于以往的闺怨、怀远之思乃借月启发、经过一层转折之后的间接联想，更有甚者，在孟浩然诗中"松月生夜凉"的清爽月色至此已冷却到"颜色冰"的酷寒触感，而原本"空里流霜不觉飞，汀上白沙看不见"②的皎洁月光竟似出鞘的剑芒一般，足以侵髓入骨，比诸"风刀霜剑严相逼"③之说，如此的比喻实更为奇特而耸动。

---

① "界限经验"乃雅斯贝尔斯（K. Jaspers）所提出的术语，指疾病、罪恶、死亡等令人感到受困而无法突破的负面经验。见沈清松：《解除世界魔咒：科技对文化的冲击与展望》（台北：时报出版公司，1984年8月），页157。

② 此句出于初唐张若虚的《春江花月夜》一诗，见（清）康熙敕编：《全唐诗》（北京：中华书局，1990年2月），卷117，页1184。

③ 语出林黛玉：《葬花吟》，冯其庸等校注：《红楼梦校注》，第27回，页428。

除了秋月锋棱如刀剑的威逼和冷厉如寒冰的清苦之外，孟郊诗中的月还展现了珠沉月死、泉暗象阕的死亡形象：

> 珠沉百泉暗，月死群象阕。(《逢江南故昼上人会中郑方回》)

这一联诗与李商隐《锦瑟》中所说的"沧海月明珠有泪"一样，运用的都是"蟒蛤龟珠，与月盛虚""月满则珠全，月亏则珠阙"[①]和"蚌蛤珠胎，与月亏全"[②]的传说。但原本对自然现象的中性解释，到了两人手中却偏于残损、感伤的描写：李商隐于月圆光满之际，所想象的并非珠全而圆润的喜悦，反倒却是"珠有泪"的深沉忧伤，原来月满珠全所成就的，竟是最沉痛哀苦因此也最充盈欲滴的盈睫之泪，形成"月＝珠＝泪"的连动一体与同质共构，则何怪乎孟郊会从"珠沉"而推想出"月死"的奇悚意象！而卢仝创作《月蚀》诗，韩愈亦仿效之，在这样的背景下便显得顺理成章了。

由此，"月"的死亡形象乃进一步转化为死亡力量，由其自身存在的消蚀自灭激发出对其他生命的侵略性与伤害力，以致孟郊在阐述失子之痛的作品中，曾说：

---

① 以上两段文分别出自《大戴礼记》《文选》李善注，见刘学锴、余恕诚：《李商隐诗歌集解》(北京：中华书局，1992年5月)，页1422。

② (晋)左思：《吴都赋》，(南朝梁)萧统撰，(唐)李善等注：《文选》(台北：华正书局，1986年7月)，卷5，页84。

儿生月不明，儿死月始光。儿月两相夺，儿命果不长。（《杏殇九首》之四）

其中除了"儿生月不明，儿死月始光"一联是以月相周期来指示新生儿的寿命长度的客观事实之外，随后的"儿月两相夺，儿命果不长"则是在诗人的主观诠释之下，于原本毫无牵连的月之盈亏与儿之生死之间建立一种势不两立的因果关系——天上的月与人间的婴孩争夺着生命权，彼此的存在与壮大端赖对方的牺牲与让位，以致月的盛满导致婴孩的殒逝，明月作为剥夺人间生命的超现实力量，被妖魔化成为死亡使者，其光辉恰恰是吞噬生命的邪恶见证。

至于月光由荒凉到荒寒的急速冷却的变化，除了孟郊的作品之外，在其他中晚唐诗人的集子中也得以窥见，如柳宗元《新植海石榴》的"月寒空阶曙"①、白居易《城上对月期友人不至》的"照水烟波白，照人肌肤秋"、李商隐《无题》的"夜吟应觉月光寒"、杜牧《泊秦淮》的"烟笼寒水月笼沙"、韩偓《中秋禁直》的"露和玉屑金盘冷，月射珠光贝阙寒"、章碣《对月》的"残霞卷尽出东溟，万古难消一片冰"等等，皆属此中同调。至于月意象出现较多的李贺诗则更在冷寒的触感之外，集荒凉、阴湿的属性于一身，如：

---

① （清）康熙敕编：《全唐诗》，卷353，页3951。

- 月漉漉,波烟玉。(《月漉漉篇》)
- 吾不识青天高、黄地厚,唯见月寒日暖,来煎人寿。(《苦昼短》)
- 携盘独出月荒凉,渭城已远波声小。(《金铜仙人辞汉歌》)
- 古祠近月蟾桂寒,椒花坠红湿云间。(《巫山高》)
- 老兔寒蟾泣天色,云楼半开壁斜白。玉轮轧露湿团光,鸾佩相逢桂香陌。(《梦天》)
- 十二门前融冷光,二十三丝动紫皇。……吴质不眠倚桂树,露脚斜飞湿寒兔。(《李凭箜篌引》)

所引诸诗中,"月寒""月荒凉""近月蟾桂寒"和"融冷光"等,都表现出与前述中晚唐诗人近似的意象感受,其冷寒甚至彻底无遗到使月中神物都冻成"寒蟾""寒兔"的地步,强化此期的月意象冷寒之面相的效果,可谓更进一层。但李贺对意象的塑造并不止于反映众人共有的一般现象而已,他是在反映既有的观照方式之外又另行拓展新的叙写角度,如"月漉漉""玉轮轧露湿团光"和"露脚斜飞湿寒兔"等将深夜重露的潮湿之气融摄于月的意象里,因而月的运行就有如辗过蒙蒙水气的一团湿光,而生长在月宫之中的寒兔也不免毛湿体寒。如此阴湿露浓、水气涵融的意象,是月原型的一大拓展,虽然与李贺同时的王涯《秋思》亦云:"月渡天河光转湿,鹊惊秋树叶频飞。"但从质量的双重标准而言,实应归为李贺的开创之一。而李商隐作为李贺的后继者,也有不少类似的意象表现,如《燕台四首·秋》的"月浪冲天天宇湿,凉蟾落尽疏星入"、《海上谣》的"桂水寒于江,玉兔秋冷咽"和《月夕》的"兔寒蟾冷桂花白,此夜姮娥应断肠"等,足见中晚唐一脉相承的关系。

李贺对月意象的第二个拓展或开创,是他将荒凉的月色与鬼界的活动结合起来的奇特联想,使荒凉的月色为鬼界的活动提供怵目的背景,又反过来让鬼界的活动为荒凉的月色增添一种妖异阴魅的气息:

> 南山何其悲,鬼雨洒空草。长安夜半秋,风剪春姿老(一作风前几人老)。低迷黄昏径,袅袅青栎道。月午树无影,一山唯白晓。漆炬迎新人,幽圹萤扰扰。(《感讽五首》之三)

其中的"月午无树影,一山唯白晓"之句,令人联想到盛唐王维《同比部杨员外十五夜游有怀静者季》一诗所说的"由来月明如白日,共道春灯胜百花",同样都是月明如昼的背景,进行的也都同样属于夜间的活动,但王维所写的乃是夜游赏灯,有百花盛开之繁华和春意盎然、欣悦跃然之情调,而李贺所写者,则是新死之鬼奔赴墓地、向幽圹报到,只见鬼雨飘洒、扰攘不安的凄迷悲感,两者显然判若霄壤。尤其李贺诗中所谓"月午树无影"的景象,不免予人"草木皆鬼"的惊疑联想,非但没有光耀如昼的明朗,反而透出一股诡惑魅异的阴森之感,何况全诗以黑色的火炬(漆炬)代指鬼火,又称初死之鬼为"新人",其明暗互换、日夜翻转、阴阳颠倒、人鬼不分的非常理安排,更强化"一山唯白晓"之阴魅悚然的意象感受。乃至晚唐于鹄亦写出"孤坟月明里"(《古挽歌四首》之四)之诗句,让明月之光亮成为突显孤坟的反衬，加深荒冢之景物意象，如此一来，月原型在中晚唐时的"失乐园"表述便达到了顶峰。

对于此一阶段诗歌中月意象在现实环境和精神处境上的整体表现，可以白居易《长恨歌》中的"行宫见月伤心色"，以及温庭筠《故城曲〔登李羽士东楼〕》中的"高楼本危睇，凉月更伤心"来加以总括：在一种流离哀苦的现实环境和精神处境里，诗人所见的月光是一种比哀愁更激烈、比凄凉更尖锐的"伤心色"，其冰冷令人胆寒，其锋棱足以摧骨，其阴湿带来化不开的沉郁，而其荒白又恰恰使原本隐晦不彰的鬼域状貌清晰地展露出来。于是在这样一种偏向于负面、残缺的审美角度里，前期往往得见的清适、皎亮和多情的月意象也就逐渐从诗人的视野中失落，而进入一个荒寒、阴湿、森魅的诠释情境，标志着失乐园时代的来临。

第四节　唐诗中日月意象嬗变的关键——杜甫

阿恩海姆（Rodulf Arnheim, 1904—2007）《艺术与视知觉》一书中曾提出这样的观点：事物的运动和形体结构本身与人的心理—生理结构本身有某种同物对映的效应，所以对象才能移入人的感情。① 此说指出了客观界单纯的外在物象之所以会引起人类的感应，甚至进入文学之中转化为主观的内在意象的科学基础，颇能解释诗

---

① 引自傅道彬：《晚唐钟声——中国文化的精神原型》，页86。

歌作品里之所以出现形形色色之日月意象的原因。但我们必须更进一步了解到，意象的构成固然是以事物的运动和形体结构本身与人的心理—生理结构本身相应的共同性质为基础，但一如主体心理学（subjective psychology）所认为的，主体能动性才是主体与世界相互作用的主导潜能①，因此要采取事物之运动方式和形体结构的众多面相中的哪一特点以移入人的感情，完全取决于诗人主观的选择与认知。换句话说，意象的形态和特征是诗人心象的流露，是投合于诗人之心理—生理结构状态的结果。

那么，如前所述，唐诗中的日月意象随着初盛唐与中晚唐的时代差异，而表现出的从"日出月生"到"日落月冷"，从温馨闲适、亲近有情到冰冷森寒、衰灭消亡的转变，正透显出随着时代之改异而跟着转型的意向上的变化。其变化的关键在于安史之乱所造成的强烈冲击和巨大影响，而在诗歌中最早展现此一冲击和影响的诗人则是杜甫。

单就日月意象的塑造而言，杜甫的关键地位便十分突出。在日意象方面，安史之乱以后杜甫的晚年阶段中，其作品已然出现"寒日外澹泊"（《飞仙阁》）、"正怜日破浪花出"（《阆水歌》）、"女乐余姿映寒日"（《观公孙大娘弟子舞剑器行》），甚至"日瘦气惨凄"（《无家别》）、"雪岭日色死"（《冬到金华山观因得故拾遗陈公学堂遗迹》）这类诗句的描写，显然为韩愈、白居易之同调；而表现

---

① 详参郑发祥：《主体心理学》（上海：上海教育出版社，2006 年 8 月），页 8、134—135。

在落日意象上，前引吉川幸次郎的论点已指出：夕阳这种"暗示某种不安定的世界的形象"在唐诗人中不但"以杜甫为代表，就大量出现了，甚至达到了成为程序的程度"，而且"杜甫在唐代诗人中正是最能体现这个方向的"。究实言之，杜甫的确是最能呼吸而领略在安史之乱后遍被时代的悲凉之雾的诗人，因此可以有力地体现夕阳意象中属于"暗示某种不安定的世界"的面相，而运用此一意象的次数之多乃至"达到了成为程序的程度"。在杜甫之前的诗人里，虽然王维诗中落日也往往得见，但其意象所体现的方向显然是偏向安定的、愉悦的、闲适的，而与此迥不相侔，因此，杜甫不但是大量运用"暗示某种不安定的世界"的夕阳意象的代表，更是将此种夕阳意象惯常使用到"成为程序的程度"的肇端。

从杜甫晚年开始，落日、日暮、黄昏、反照等意象就不断密集地出现，泄露出漂流的人生感和不安定的时代观，兹举数首诗名较著的作品为例：

- 黄昏胡骑尘满城，欲往城南望城北。(《哀江头》)
- 天寒远放雁为伴，日暮不收乌啄疮。(《瘦马行》)
- 久行见空巷，日瘦气惨凄。……方春独荷锄，日暮还灌畦。(《无家别》)
- 白水暮东流，青山犹哭声。(《新安吏》)
- 天寒翠袖薄，日暮倚修竹。(《佳人》)
- 可怜后主还祠庙，日暮聊为梁甫吟。(《登楼》)
- 返照入江翻石壁，归云拥树失山村。(《返照》)

- 夔府孤城落日斜,每依北斗望京华。(《秋兴八首》之二)

其他例证尚不暇列举;此外,杜甫更有专题题咏之作,如《日暮》《反照》《向夕》等皆是。诸诗所叙写的,有国破家亡、百姓流离失据的哀痛,有个人零落无着、漂徙天涯的悲凄,也有瘦马遭弃、孤苦无依的忧伤。尤其各诗往往出现落日与秋寒并举为言的情形,更符应了加拿大学者弗莱所谓"日落—秋天—死亡""黑暗—冬天—解体"的文学原型表现①,并充分彰显利普斯所说"黄昏落下就是死亡"的象征意涵。于是从安史之乱所开启的杜甫晚年阶段,期间大量使用夕日意象的情形,也同样拉起中晚唐诗夕阳意象之激增与质变的序幕,以至于晚唐时韦庄等人之好用夕阳意象,竟臻及"口熟手溜,用惯不觉"的地步。从而我们也可以发现,中唐刘长卿所习用的"夕阳—古道—瘦马—行人"之意象群结构实际上也早已孕生于杜甫的心象中,如《江汉》云:

江汉思归客,乾坤一腐儒。片云天共远,永夜月同孤。落日心犹壮,秋风病欲苏。古来存老马,不必取长途。

思归客、天远、落日、秋风、老马、长途的复合图景,正预告了中

---

① 参[加]弗莱著《文学的原型》(The Archetypes of Literature)与黄维梁《春的悦豫与秋的深沉——试用佛莱"基型论"观点析杜甫的"客至"与"登高"》等。在秋冬原型中,同时结合的则是荒野、野兽、海洋、废墟、孤独者等意象或背景。

晚唐众多身心俱疲、飘泊无依的知识分子形象。

在月意象的发展方面,杜甫也担当了承先启后的关键地位,笔者曾在杜诗意象研究的论文中指出:以安史之乱为分界点,杜甫"前期中月的意象出现较少,且多以'清光'为诗人把握"①,诸如:

- 已从招提游,更宿招提境。阴壑出虚籁,月林散清影。(《游龙门奉先寺》)
- 醒酒微风入,听诗静夜分。绨衣挂萝薜,凉月白纷纷。(《陪郑广文游何将军山林十首》之九)
- 斫却月中桂,清光应更多。(《一百五日夜对月》)
- 昊天出华月,茂林延疏光。仲夏苦夜短,开轩纳微凉。(《夏夜叹》)

其中的月仍以清光微凉而使人得到夜间闲适的愉悦,此种意向乃是初盛唐时的延续,一脉相承而少见突破。但当安史乱后杜甫开始"漂泊西南天地间"②的生活时,尤其是"到杜甫出蜀入夔的后期阶

---

① 欧丽娟:《杜诗意象论》,页80。唯在此书中论析月之意象时,本多划分一个阶段,即安史乱后杜甫得以暂居草堂之时,因生活的清美无忧和朋友的慨然襄助,使月意象也展现出一圆满乐融的形态。但即使如此,此时的月已蕴藏有危疑不安的性质,如《玩月呈汉中王》一诗云:"关山同一照,乌鹊自多惊。"因此与此处所论并不违背。

② (唐)杜甫:《咏怀古迹五首》之一,(清)杨伦注:《杜诗镜铨》,卷13,页650。

段，月的意象就趋向于危疑耸动的不安情境"[①]，以致多见孤凄零落甚至阴森可惧的极端表现。以下列举诸相关诗句为例：

- 黄图遭污辱，月窟可焚烧。(《寄董卿嘉荣十韵》)
- 山虚风落石，楼静月侵门。(《西阁夜》)
- 竹凉侵卧内，野月满庭隅。(《倦夜》)
- 片云天共远，永夜月同孤。(《江汉》)
- 悠悠边月破，郁郁流年度。(《雨》)
- 江湖堕清月，酩酊任扶还。(《宴王使君宅题》)
- 薄云岩际宿，孤月浪中翻。(《宿江边阁》)
- 魂来枫林青，魂返关塞黑。落月满屋梁，犹疑照颜色。(《梦李白二首》之二)
- 画图省识春风面，环佩空归夜月魂。(《咏怀古迹五首》之三)
- 高枕翻星月，严城迭鼓鼙。(《水宿遣兴奉呈群公》)

从这些诗中，我们所看到的月是以"孤"的状态出现的，不但具有"破""堕""翻""焚烧"的强烈动态感，导向一种崩毁消亡、急速沦落的性质，而呼应了"正怜日破浪花出"(《阆水歌》)所呈现的日意象，也启发了中晚唐诗人的月意象构成，所谓：

- 古刹疏钟度，遥岚破月悬。(李贺《南园十三首》之十三，《全

---

① 欧丽娟：《杜诗意象论》，页87。

- 唐诗》卷390）
- 月破天暗时。（白居易《以镜赠别》，《全唐诗》卷433）
- 月堕云中（一作月坠云收）从此始。（刘禹锡《泰娘歌》，《全唐诗》卷356）
- 开缄白云断，明月堕衣襟。（孟郊《连州吟》，《全唐诗》卷377）
- 几回明月坠云间。（元稹《送王十一郎游剡中》，《全唐诗》卷413）
- 破月斜天半。（刘得仁《宿僧院》，《全唐诗》卷544）
- 寒月破东北。（贾岛《玩月》，《全唐诗》卷571）
- 推烟唾月抛千里，十番红桐一行死。（李商隐《无愁果有愁曲北齐歌》，《全唐诗》卷540）
- 直教银汉堕怀中。（李商隐《燕台四首·夏》）
- 三更三点万家眠，露欲为霜月堕烟。（李商隐《夜半》，《全唐诗》卷539）
- 光摇山月堕。（马戴《闻瀑布冰折》，《全唐诗》卷556）
- 浪翻新月金波浅。（李群玉《仙明洲口号》，《全唐诗》卷569）
- 月堕沧浪西，门开树无影。（曹邺《早起》，《全唐诗》卷592）
- 破月衔高岳，流星拂晓空。（李昌符《行思》，《全唐诗》卷601）
- 归时月堕汀洲暗。（陆龟蒙《和袭美钓侣二章》之二，《全唐诗》卷628）
- 月堕霜西竹井寒，辘轳丝冻下缾难。（陆龟蒙《病中晓思》，《全唐诗》卷629）

- 月坠星沉客到迷。(吴融《和人有感》,《全唐诗》卷686)
- 月坠西楼夜影空。(徐夤《萤》,《全唐诗》卷710)
- 初疑月破云中堕。(皎然《薛卿教长行歌》,《全唐诗》卷821)

月就有如宇宙的弃儿般,成为被天空抛掷丢弃而下坠千里的自由落体,以陨石之姿撞击大地,翻滚于动荡起伏的浪涛中扰攘不定,不再超然于尘寰之上,也丧失了永恒静定的清朗优雅。至于"楼静月侵门"和"竹凉侵卧内,野月满庭隅"更以"侵"字、"野"字传达了不怀好意的侵略性,则月与人之间亲和无间的密切情谊便随之荡然无存。此外,"落月满屋梁,犹疑照颜色"和"环佩空归夜月魂"也已经先李贺一步,将月与夜间幽魂结合为同一意象结构群的复合体,使月意象展现了幽深阴沉而虚幻怨苦的不幸,因此也难怪产生"秋月解伤神"(《赠王二十四侍御契四十韵》)这种人月同悲之说。吉川幸次郎曾说:"杜甫觉得月色本身凄凉不健康。他似乎在苍白的月色中感到一些不祥可怕的东西:或将月色咏成可厌、应予拒绝之物。"① 应即是对此期杜诗月意象的总体印象。

至此,我们已然清楚掌握到,唐诗中日、月意象在嬗变过程中发生质变的玄机,乃是天宝末年安史之乱的影响;而将此质变的玄机外露显发于诗歌中的关键人物,则是杜甫。时代的陵夷与个人生

---

① [日]吉川幸次郎:《杜甫と月》,《杜诗论集》,《吉川幸次郎全集》第12卷(东京:筑摩书房,昭和43年6月),页638。

命的迁变紧密相融为一体,使晚年的杜甫因为缅怀盛唐时光辉灿烂之乌托邦而写的《观公孙大娘弟子舞剑器行》诗中表示:

> 五十年间似反掌,风尘澒洞昏王室。梨园子弟散如烟,女乐余姿映寒日。金粟堆南木已拱,瞿唐石城草萧瑟。玳筵急管曲复终,乐极哀来月东出。

为期约五十年的玄宗朝乐园如反掌般瞬间烟消云散,其原因便是安史之乱所导致的"风尘澒洞";从此"乐极哀来",盛世的"玳筵急管"已到"曲复终"的阶段,而往日的繁华也湮灭为"木已拱""草萧瑟"的废墟,唯见昔日"女乐余姿"的残余断片。同时,惨淡度日的诗人在现实灰烬中不胜悲慨而"哀来"之际,抬眼触目所见恰恰是月出东天之景,"月出"的客观景象与"哀来"的主观心情并行共构,使得"月"与"哀"彼此之间画上等号,正是后来中唐白居易《长恨歌》之"行宫见月伤心色"以及晚唐温庭筠《故城曲〔登李羽士东楼〕》之"凉月更伤心"的前奏。因此我们了解到,杜甫诗中所谓的"女乐余姿映寒日"和"乐极哀来月东出"完全是乐园崩解之后的"失乐园情境"[①],那与"余姿"相映的"寒日",以及与"哀来"并行的"月出",配合"金粟堆南木已拱,瞿唐石城

---

① 有关杜甫对玄宗朝开、天盛世的乐园描述,和安史乱后杜甫与其他中晚唐诗人的失乐园处境,可参欧丽娟:《唐诗里的"失乐园"——追忆中的开元盛世》,《汉学研究》第17卷第2期(1999年12月),页217—248;后收入《唐诗的乐园意识》(台北:里仁书局,2000年2月),页163—224。

草萧瑟"的废墟景观，都是盛世不再的失乐园表述，恰恰与初盛唐明朗温馨的日月意象形成鲜明的对比。而杜甫之为唐诗中日月意象嬗变的转折点，也已充分可见。

（本文曾收入彰化师范大学中文系主编《第四届中国诗学会议（唐代诗学）论文集》，1998年5月，收入本书时有所增补。）

附 录
襟三江而带五湖——初唐文坛的彗星王勃

初唐诗人王勃(650—676),字子安,绛州龙门(今山西河津县)人。他的家学渊源十分深厚,祖父王通为隋末大儒,而隋唐之交以自然诗留名的王绩则为其叔祖;七岁丧母,在父亲王福畤的教养下长大。兄弟六人皆有文才,而六岁时即能"构思无滞,词情英迈"的王勃尤其以神童著称,十五岁时上书右相刘祥道而大获激赏,受到表荐拜为朝散郎;不久受召于高宗之子沛王,至其府中任侍读兼修撰,以《平台秘略论》十篇深受沛王爱赏。却于诸王斗鸡为乐的场合中,因戏作《檄英王鸡文》而激怒高宗,被斥逐出府。于是四处客游,旅居于蜀中的汉州、剑州、绵州、益州等地,直到咸亨四年(673)才在友人的邀请之下,前往多产药草的虢州担任参军一职。然此次入仕,竟受到"僚吏共嫉",接着发生藏匿官奴曹达又惧而杀之的事件,不但自己罪发当诛,更连累父亲坐贬交趾令。后来适逢大赦而免于一死,从此便决心弃官沉迹,以隐沦终身。普遍的说法是他后来在赴交趾省候父亲的途中,于乘船渡海时遇险落水,因"心悸"而卒,得年二十七岁,留下了收录作品超过二百篇章的《王子安集》。

聪慧早夭的艺术天才如何诞生与展现?经由千年历史的架空

之后，我们对古典作家的了解，所能凭借的线索之一即是历史载记粗略概括的素描，其中我们看到王勃才华的形成与培养，与家学渊源深厚、个人刻苦研习的条件是分不开的。然而王勃与杨炯、卢照邻、骆宾王合称"初唐四杰"，他在文学上真正的价值与意义，实必须透过诗文作品本身以及作品与时代环境的互动，才能得到真正的解答。

首先，王勃所处身的外在大环境充满了年轻有为的积极氛围，他诞生时唐代之创立不过才短短三十二年，正奋力往盛世迈进之中；而其人生由开展到终结的时间跨度，更完全是在个人年华的青春阶段，根本还来不及思考或品尝"夕阳无限好，只是近黄昏"的复杂况味。正因为这伴随王勃一生的"年轻"是昂扬的，是生命力攀爬至巅峰前的全然绽放，因此他一方面敏锐地浸泳在时代奔腾的潮流中，成为指引浪潮涌动之方向的舵手；然而另一方面，他却又站在潮尖山顶上俯视大环境的盲从，为整个时代的不足与媚俗痛下针砭。王勃身为初唐奠定格律形式的先行者之一，诗集中留下为数不少的五律，同时又以华赡整丽的骈文著称于世，由此而位居"初唐四杰"之首；然则这样的作家，却对当时"争构纤微，竞为雕刻"而带有"六朝锦色"的流风期期以为不可，认为那些以绮错婉媚为本，以致"气骨都尽，刚健不闻"的时代产物，都只是文学家夤缘主流价值之后的艺术赝品。

我们可以注意到，王勃的文学见解实际上趋近于倡言汉魏风骨的陈子昂，但他并不采取陈子昂另辟疆场与主流激烈对抗的革命方式，而选择了在体制内寻求改革的温和策略，以至虽然仍以精严工美的骈文为胜场,并在律诗形式的奠定过程中豫力为功,同时却将清新简净的风格意境与真实遒健的生命感受注入笔下,因势利导地取回文学生命的意义。因此,明朝陆时雍在《诗镜总论》中声言的"王勃高华"一语,便可以说是对他文学成就最为贴切的赞美——"华"者,是顺从时代流向的烙印,标志着身处初唐时期年轻人追风逐浪的痕迹;"高"者,却是超越时代的检证,展示了一种望向宇宙巨灵、攀取永恒桂冠的手势,由此才赢得杜甫"不废江河万古流"的肯定。

正是在这种超越时代、争取文学价值的努力中,我们看到王勃对人情的体贴入微,与对存在感受的真挚体悟。那对人情的体贴入微,在《送杜少府之任蜀州》的"与君离别意,同是宦游人"两句中表露无遗,因为他以"离别"的处境将双方纳入共同面临割舍的双向情谊之中,再以仕途上奔波无奈的"宦游"本质点出为官者难以幸免的无常命运,正所谓"心事同漂泊,生涯共苦辛"(《别薛华》)的甘苦与共,而同时解消了贵贱穷达、去住行止、升沉起伏、幸与不幸等外在遭遇的差异,由情感和命运的层次根本地抹除了彼此的不同,从而平息了即将迁谪远方之友朋离京沦落的悲怆。至于他对人世的洞视体察,则透过《滕王阁序》中"渔舟唱晚,响穷彭蠡之滨;雁阵惊寒,声断衡阳之浦"与"关山难越,谁悲失路之人;萍水相逢,尽是他乡之客"之类的书写而激荡人们的心魂,因为他唤起了存在处境中失意、漂泊、沧桑、无常的本质感受,让人们在不落俗套地重新体验自然景物的同时,也赤裸裸地面对虚无直扣心扉的痛楚。

然而同时，他的世界观又是宏大的、自信的。在"与君离别意，同是宦游人"的低调之后，接着"海内存知己，天涯若比邻"一语却随即拔高，以宏观鸟瞰的视野将万里缩于方寸，藉知己之情泯化了天涯阻隔的无限距离，这就告诉我们：原来"思念"可以不是缠绵哀绝的眼泪，而是向宇宙纵身骋望的飞翔！同样地，王勃在失路他乡的伤凄之余，却不忘申言"老当益壮，宁移白首之心；穷且益坚，不坠青云之志"的信念，也就是即使身在既老且穷的荆棘泥泞之中，依然要不懈地挥舞理想的旗帜，让灵魂始终维持在昂扬云霄的高度，带来一种"襟三江而带五湖""卷烟霞于物表"的宏阔气概。

这就是王勃在文字作品中直接倾露的灵魂，作为心灵与思维萃取得来的结晶，可以说是作家存在的神髓。然而，作家的灵魂虽然镂刻于作品之中，作品却未必反映作家的现实性格。在思想与行动、创作与生活之间，造物主的天平常常以互补的方式维持着一种特殊的均衡，所谓思想的巨人、行动的侏儒；艺术的天才、生活的白痴，我们往往可以在艺术家身上发现这种极端不均衡的性格组合，特别是一个年轻的天才在艺术之流中尽情采撷的同时，更不免会因为生活历练的不足，以致在面对生活大流时翻覆灭顶。透过史传资料对他现实生活的描述，我们获得了解剖王勃人格结构的另一部分线索，如果将王勃的人格性情从作品中抽离出来，而就其言谈举止等具体行迹独立进行观察的话，我们可以看到这种极端不均衡的性格组合也同样模塑于王勃的人生中，并注记了几番颠踬困顿的烙痕，添补了诗人存在的血肉：

早年的王勃怀抱着家族庭训以及士人传统所铸造的淑世理想，原本也是想要透过从政的仕进之路以获得实践。然而，就在他置身宦海的经历中，却因为年轻不成熟所导致的炫露躁切而两次轻狂肇事，以致终究彻底斫丧了政治前途，甚至差一点就要付出生命作为惨痛的代价。第一次是他以初出茅庐之姿赢得沛王赏识，被召入王府中担任修撰之时，于诸王斗鸡取乐的场合中，因戏作《檄英王鸡文》一篇被高宗怒斥为"是且交构！"而罢出府邸；第二次则是在虢州任参军时，将犯罪脱逃的官奴曹达潜隐于宅中，却又恐于东窗事发而遽尔杀之以匿其事，从而依律犯下了死刑，幸赖不久适逢大赦而捡回一命。这两次事件完全可以说都是由于王勃轻重不分、感情用事的个性而咎由自取的，先是无知于宫廷贵胄彼此微妙复杂的竞争关系，在不恰当的场合开错了玩笑，以一篇军事檄文将斗鸡活动的游戏性质转化为战场厮杀的政治斗争，无形中挑起并激化了诸王之间的敌对意识和恩怨心结，结果就在"谑而沦于虐"的不当越界之下，导致宦途的严重受挫；而第二次的匿杀官奴之事，更暴露了王勃冲动任性、瞻前不顾后的褊急轻躁，既滥情收留在先，又失智错杀于后，一味听凭情绪主导而莽撞行事的结果，就是违背法理地一步步将自己推向毁灭的深渊。

很显然，文学世界的灵慧未必等同于现实世界的智慧。因为艺术创作可以透过灵敏的体悟感受与适当的知识学养而擦撞出绚烂的火花，但对人情世故的熟悉练达，却必须经由具体实务的多方淬砺才能逐步养成。而艺术之神却往往是寡头独占的，要求创作心灵的专注投入才愿惠赐灵泉，于是创作者的人格就在无暇他顾的情况下逐渐发生了偏斜，仿佛人们被赋予过度发达的艺术天分时，难免便要以被剥夺一般健全的理性与日常的幸福作为代价。王勃这位天才而提早殒落的文学家，正是如此一身绾系了早熟夙慧与青涩稚拙的吊诡，以慧眼从飘飘泛泛的大化之流中采撷骊珠之余，同样不能免于在现实生活的海洋中翻覆灭顶，为"诗穷而后工"的古训提供另类的诠释。

然而不论是呈现其早熟夙慧之艺术天才的诗文作品，还是披露其青涩稚拙之生活困碍的历史载记，都有如那穿透黑暗而来的闪烁星光，至今犹然见证着遥远的过去曾经存在的星体，让王勃在初唐文坛上划出一道闪亮的彗星之光后，留给后人永恒的赞叹与喟息。

(原载《联合文学》第 17 卷第 5 期，2001 年 3 月。)

征引书目

一、传统文献

袁珂注：《山海经校注》，台北：里仁书局，1982年8月。
（清）郭庆藩辑：《庄子集释》，台北：汉京文化公司，1983年9月。
（宋）洪兴祖：《楚辞补注》，台北：长安出版社，1984年9月。
（汉）高诱注：《淮南子》，台北：艺文印书馆，1974年4月。
龚斌校笺：《陶渊明集校笺》，上海：上海古籍出版社，1999年12月。
（南朝梁）钟嵘著，杨祖聿校注：《诗品校注》，台北：文史哲出版社，1981年1月。
（南朝梁）萧统编，（唐）李善等注：《文选》，台北：华正书局，1986年7月。
逯钦立辑校：《先秦汉魏晋南北朝诗》，台北：木铎出版社，1983年9月。
（清）赵殿成笺注：《王右丞集笺注》，台北：广文书局，1977年12月。
陈铁民校注：《王维集校注》，北京：中华书局，1997年8月。
瞿蜕园注：《李白集校注》，台北：里仁书局，1981年3月。
安旗主编：《李白全集编年注释》，成都：巴蜀书社，1992年4月。
詹锳主编：《李白全集校注汇释集评》，天津：百花文艺出版社，1996年12月。
（清）仇兆鳌注：《杜诗详注》，台北：里仁书局，1980年7月。
（清）杨伦注：《杜诗镜铨》，台北：华正书局，1990年9月。

顾学颉校点：《白居易集》，北京：中华书局，1985年10月。

朱金城笺注：《白居易集笺校》，上海：上海古籍出版社，2003年10月。

（清）王琦等注：《李贺诗注》，台北：世界书局，1991年6月。

（清）王琦等评注：《三家评注李长吉歌诗》，上海：上海古籍出版社，1998年12月。

陈弘治校释：《李长吉歌诗校释》，台北：嘉新水泥公司文化基金会，1969年8月。

（唐）沈亚之：《沈下贤文集》，《四部丛刊初编》第160册，台北：台湾商务印书馆，1965年。

（唐）陆龟蒙：《甫里先生文集》，《四部丛刊正编》第37册，台北：台湾商务印书馆，1979年。

（唐）杜牧：《樊川文集》，台北：汉京文化公司，1983年11月。

（唐）李商隐著，（清）冯浩笺注：《玉溪生诗集笺注》，台北：里仁书局，1981年2月。

刘学锴、余恕诚注：《李商隐诗歌集解》，北京：中华书局，1992年5月。

（唐）张彦远著，[日]冈村繁译注：《历代名画记译注》，上海：上海古籍出版社，2002年10月。

（五代）孙光宪著，贾二强点校：《北梦琐言》，北京：中华书局，2002年6月。

（五代）刘昫等撰：《旧唐书》，台北：鼎文书局，1977年6月。

（后蜀）赵崇祚选编，华钟彦校注：《花间集注》，开封：河南大学出版社，2008年4月。

（北宋）邵雍著，上野日出刀解题：《击壤集》，台北：中文出版社，1972年5月。

（北宋）邵雍：《皇极经世书》，《四部备要》本，台北：台湾中华书局，

1982 年 4 月。

（北宋）程颢、程颐著，王孝鱼点校：《二程集》，台北：里仁书局，1982 年 3 月。

（宋）欧阳修等：《新唐书》，台北：鼎文书局，1992 年 1 月。

（宋）司马光：《续诗话》，（清）何文焕辑：《历代诗话》。

（宋）杨万里：《诚斋诗话》，丁福保辑：《历代诗话续编》，北京：中华书局，1983 年 8 月。

（宋）王安石：《临川先生文集》，《四部丛刊初编》第 51 集，台北：台湾商务印书馆，1979 年 5 月。

（宋）魏庆之：《诗人玉屑》，台北：世界书局，1980 年 10 月。

（宋）计有功著，王仲镛主编：《唐诗纪事校笺》，成都：巴蜀书社，1989 年 8 月。

（宋）祝穆撰，祝洙增订，施和金点校：《方舆胜览》，北京：中华书局，2003 年 6 月。

（宋）叶廷珪著，李之亮校点：《海录碎事》，北京：中华书局，2002 年 5 月。

（宋）杨亿：《杨文公谈苑》，《宋元笔记小说大观》第 1 册，上海：上海古籍出版社，2001 年 12 月。

（南宋）魏了翁：《重校鹤山先生大全文集》，明嘉靖二年铜活字印本，四川大学古籍整理研究所编：《宋集珍本丛刊》第 77 册，北京：线装书局，2004 年。

（南宋）朱熹：《四书章句集注》，台北：大安出版社，1994 年 11 月。

（南宋）黎靖德编：《朱子语类》，台北：文津出版社，1986 年 12 月。

（南宋）胡仔：《苕溪渔隐丛话》，台北：长安出版社，1978 年 12 月。

（南宋）严羽著，郭绍虞校释：《沧浪诗话校释》，台北：里仁书局，1987 年 4 月。

（南宋）刘克庄：《后村诗话》，据吴兴张氏采辑善本汇刊本影印，收入《适园丛书》，台北：艺文印书馆，1973年。

（金）元好问著，姚奠中主编，李正民增订：《元好问全集（增订本）》，太原：山西古籍出版社，2004年1月。

（元）马端临：《文献通考》，《景印文渊阁四库全书》第614册，台北：台湾商务印书馆，1986年3月。

（元）杨维桢：《东维子文集》，《四部丛刊初编》，台北：台湾商务印书馆，1979年。

（明）李梦阳：《空同集》，《景印文渊阁四库全书》第1262册，台北：台湾商务印书馆，1986年3月。

（明）胡震亨：《唐音癸签》，台北：木铎出版社，1982年7月。

（明）高棅：《唐诗品汇》，台北：学海出版社，1983年7月。

（明）杨慎：《升庵诗话》，丁福保辑：《历代诗话续编》。

（明）陆时雍编：《唐诗镜》，《景印文渊阁四库全书》第1411册，台北：台湾商务印书馆，1986年3月。

（明）许学夷著，杜维沫校点：《诗源辩体》，北京：人民文学出版社，1998年2月。

（明）胡应麟：《诗薮》，台北：正生书局，1973年5月。

（明）王嗣奭：《杜臆》，台北：台湾中华书局，1986年11月。

（明）钟惺、谭元春编：《唐诗归》，影印清华大学图书馆藏万历四十五年刻本，收入《四库全书存目丛书》集部总集类第338册，台南：庄严文化公司，1997年。

（明）徐增著，樊维纲校注：《说唐诗》，郑州：中州古籍出版社，1990年12月。

（清）吴伟业著，李学颖集评标校：《吴梅村全集》，上海：上海古籍出版社，1990年。

（清）康熙敕编：《全唐诗》，北京：中华书局，1990年2月。

（清）张廷玉修撰：《明史》，台北：鼎文书局，1975年6月。

（清）陈沆：《诗比兴笺》，台北：广文书局，1970年10月。

（清）王士禛：《唐贤三昧集》，《景印文渊阁四库全书》第1459册，台北：台湾商务印书馆，1986年3月。

（清）王士禛著，戴鸿森校点：《带经堂诗话》，北京：人民文学出版社，2006年1月。

（清）王士禛著，（清）惠栋、金荣注，伍铭辑校：《渔洋精华录集注》，济南：齐鲁书社，1992年1月。

（清）叶燮著，霍松林校注：《原诗》，北京：人民文学出版社，1979年9月。

（清）毛先舒：《诗辩坻》，《四库全书存目丛书补编》第45册，济南：齐鲁书社，2001年。

（清）沈德潜：《说诗晬语》，丁福保辑：《清诗话》，台北：木铎出版社，1988年9月。

（清）沈德潜著，苏文擢诠评：《说诗晬语诠评》，台北：文史哲出版社，1985年10月。

（清）沈德潜：《唐诗别裁集》，台北：广文书局，1970年1月。

（清）沈德潜：《唐诗别裁集》，上海：上海古籍出版社，2008年4月。

（清）董诰辑：《全唐文》，台北：大通书局，1979年7月。

（清）冯班：《才调集补注》，《续修四库全书》第1611册，上海：上海古籍出版社，2002年。

（清）薛雪：《一瓢诗话》，丁福保辑：《清诗话》，台北：木铎出版社，1988年9月。

（清）贺贻孙：《诗筏》，郭绍虞辑：《清诗话续编》，台北：木铎出版社，1983年12月。

（清）张谦宜：《絸斋诗谈》，郭绍虞辑：《清诗话续编》，台北：木铎出版社，1983年12月。

冯其庸等校注：《红楼梦校注》，台北：里仁书局，1995年10月。

（清）浦起龙：《读杜心解》，台北：鼎文书局，1979年3月。

（清）黄生：《唐诗评》，（清）黄生等著，何庆善点校：《唐诗评三种》，合肥：黄山书社，1995年12月。

（清）黄周星：《唐诗快》，陈伯海编：《唐诗汇评》，杭州：浙江教育出版社，1996年5月。

（清）方东树：《昭昧詹言》，北京：人民文学出版社，1984年6月。

（清）何文焕辑：《历代诗话》，台北：汉京文化公司，1983年1月。

丁福保辑：《历代诗话续编》，北京：中华书局，1983年8月。

丁福保辑：《清诗话》，台北：木铎出版社，1988年9月。

郭绍虞辑：《清诗话续编》，台北：木铎出版社，1983年12月。

《陶渊明资料汇编》，北京：中华书局，2004年1月。

华文宣编：《杜甫卷：唐宋之部》，台北：源流出版社，1982年5月。

陈伯海编：《唐诗汇评》，杭州：浙江教育出版社，1996年5月。

罗联添编：《隋唐五代文学批评资料汇编》，台北：成文出版社，1978年9月。

吴钢主编：《全唐文补遗》，西安：三秦出版社，2006年6月。

《全唐诗索引·李商隐卷》，北京：中华书局，1991年7月。

黄启方编：《北宋文学批评资料汇编》，台北：成文出版社，1978年9月。

张健编：《南宋文学批评资料汇编》，台北：成文出版社，1978年12月。

曾永义编：《元代文学批评资料汇编》，台北：成文出版社，1978年9月。

周维德集校：《全明诗话》，济南：齐鲁书社，2005年6月。

吴宏一、叶庆炳编：《清代文学批评资料汇编》，台北：成文出版社，1979年9月。

隋树森编：《全元散曲》，北京：中华书局，1964年2月。

二、现代论著

《中国百科大辞典》，北京：中国大百科全书出版社，1999年9月。

［日］入谷仙介著，卢燕平译：《王维研究（节译本）》，北京：中华书局，2005年10月。

王志清：《纵横论王维》，长春：吉林人民出版社，2001年。

王孝廉：《死与再生》，《神话与小说》，台北：时报文化出版公司，1986年。

王国维著，滕咸惠校注：《人间词话新注》，台北：里仁书局，1987年8月。

王丽娜：《王维诗歌在海外》，师长泰主编：《王维研究（第一辑）》，北京：中国工人出版社，1992年9月。

安华涛：《三元同构的士大夫心理结构——解读王维〈与魏居士书〉》，《社科纵横》2000年第4期。

［日］吉川幸次郎：《杜甫と月》，《杜诗论集》，《吉川幸次郎全集》第12卷，东京：筑摩书房，昭和43年6月。

［日］吉川幸次郎著，孙昌武译：《杜甫的诗论与诗——在京都大学文学部的最后一课》，萧涤非主编：《唐代文学论丛》总第七辑，西安：陕西人民出版社，1986年1月。

朱君亿：《李长吉歌诗源流举隅（上）》，《东方杂志复刊》第5卷第11期，1972年5月。

沈秋雄：《试论李义山诗的用典》，收入张仁青编：《李商隐诗研究论文集》，台北：天工书局，1984年9月。

沈清松：《解除世界魔咒：科技对文化的冲击与展望》，台北：时报文化出版公司，1984年8月。

杜国清：《李贺研究的国际概况》，《现代文学复刊号》2期，1977年11月。

李永炽：《从江户到东京》，台北：合志文化事业公司，1988年12月。

李志：《诗人朱熹》，《通报》第58期，1972年。

李长之：《道教徒的诗人李白及其痛苦》，台北：长安出版社，1987年10月。

吕兴昌：《和谐的刹那——论李白诗的另一种生命情调》，吕正惠编：《唐诗论文选集》，台北：长安出版社，1985年4月。

余光中：《象牙塔到白玉楼》，吕正惠编：《唐诗论文选集》，台北：长安出版社，1985年4月。

宜珊：《李义山其人其诗》，张仁青编：《李商隐诗研究论文集》，台北：天工书局，1984年9月。

林庚：《中国文学史》，厦门：国立厦门大学，1947年5月。

林继中：《王维情感结构论析》，《文史哲》1999年第1期。

［日］前野直彬著，洪顺隆译：《唐代的诗人们》，台北：幼狮文化事业公司，1978年11月。

范之麟、吴庚舜主编：《全唐诗典故辞典》，武汉：湖北辞书出版社，1989年1月。

胡云翼：《中国文学史》，台北：三民书局，1966年8月。

柯庆明：《文学美综论》，台北：长安出版社，1986年10月。

［韩］柳晟俊：《唐诗论考》，北京：中国文学出版社，1994年8月。

［美］高友工：《中国叙述传统中的抒情境界》，［美］浦安迪讲演：《中国叙事学》附录，北京：北京大学出版社，1996年3月。

高步瀛：《唐宋诗举要》，台北：艺文印书馆，1970年9月。

荆立民：《寻找另一个"理想王国"——论王维的人生追求》，师长泰主编：《王维研究（第一辑）》，北京：中国工人出版社，1992年9月。

师长泰主编：《王维研究（第一辑）》，北京：中国工人出版社，1992年9月。

徐复观：《中国艺术精神》，台北：台湾学生书局，1983年1月。

徐复观：《环绕李义山（商隐）锦瑟诗的诸问题》，《中国文学论集》，台北：台湾学生书局，1974 年 10 月。

徐复观：《诗词的创造过程及其表现效果》，《中国文学论集》，台北：台湾学生书局，1974 年 10 月。

梁实秋：《与自然同化》，《梁实秋论文学》，台北：时报文化出版公司，1978 年 9 月。

许总：《唐诗史》，南京：江苏教育出版社，1994 年 6 月。

郭绍虞：《宋诗话考》，北京：中华书局，1979 年 8 月。

张步云：《唐代诗歌》，合肥：安徽教育出版社，1990 年 8 月。

张伯伟：《禅与诗学》，杭州：浙江人民出版社，1996 年 4 月。

张相：《诗词曲语辞汇释》，台北：台湾中华书局，1985 年 4 月。

张淑香：《李义山诗析论》，台北：艺文印书馆，1987 年 3 月。

张淑香：《邂逅神女——解〈老残游记二编〉逸云说法》，台湾大学中文系编印：《语文、情性、义理——中国文学的多层面探讨国际学术会议论文集》，台北：台湾大学中国文学系，1996 年 7 月。

张惠康：《词与李贺诗》，《中华诗学》第 8 卷第 5 期（1973 年 5 月）。

陈文华：《比较与翻案——论义山七律末联的深一层法》，张仁青编：《李商隐诗研究论文集》，台北：天工书局，1984 年 9 月。

陈玉美：《夫妻、家屋与聚落——兰屿雅美族的空间观念》，黄应贵主编：《空间、力与社会》，台北："中央研究院"民族学研究所，1995 年 12 月。

陈器文：《自月意象的嬗变论李义山的月世界》，张仁青编：《李商隐诗研究论文集》，台北：天工书局，1984 年 9 月。

陈铁民：《王维新论》，北京：北京师范学院出版社，1992 年 1 月。

游国恩：《新编中国文学史》，高雄：复文书局，1991 年。

劳思光：《新编中国哲学史》，台北：三民书局，1984 年 1 月。

黄永武：《李商隐的远隔心态》，张仁青编：《李商隐诗研究论文集》，台北：天工书局，1984年9月。

黄维梁：《春的悦豫与秋的深沉——试用佛莱"基型论"观点析杜甫的"客至"与"登高"》，中国古典文学研究会主编：《古典文学》第七集，台北：台湾学生书局，1985年8月。

黄应贵：《仪式、习俗与社会文化——人类学的观点》，《新史学》第3卷第4期，1992年12月。

傅道彬：《晚唐钟声——中国文化的精神原型》，北京：东方出版社，1996年6月。

叶嘉莹：《从比较现代的观点看几首中国旧诗》，《迦陵谈诗》，台北：三民书局，1984年1月。

叶维廉：《无言独化：道家美学论要》，《饮之太和——叶维廉文学论文二集》，台北：时报文化出版公司，1980年1月。

叶维廉：《中国古典和英美诗中山水美感意识的演变》，《饮之太和——叶维廉文学论文二集》，台北：时报文化出版公司，1980年1月。

叶庆炳、邵红编：《明代文学批评资料汇编》，台北：成文出版社，1979年9月。

叶庆炳：《两唐书李贺传考辨》，《唐诗散论》，台北：洪范书店，1977年8月。

叶庆炳：《中国文学史》，台北：台湾学生书局，1984年9月。

葛晓音：《山水田园诗派研究》，沈阳：辽宁大学出版社，1993年1月。

董乃斌：《李商隐的心灵世界》，上海：上海古籍出版社，1992年12月。

杨承祖：《闲适诗初论》，《台静农先生八十寿庆论文集》，台北：联经出版事业公司，1981年11月。

詹锳：《李白诗文系年》，夏敬观等：《李太白研究》，台北：里仁书局，1985年5月。

赵永源：《试论王维诗歌的"空"字》，《北方论丛》1999 年第 2 期。
畅广元编：《文学文化学》，沈阳：辽宁人民出版社，2000 年 6 月。
郑发祥：《主体心理学》，上海：上海教育出版社，2006 年 8 月。
郑振铎：《插图本中国文学史》，台北：庄严文化事业公司，1991 年 1 月。
蔡瑜：《高棅诗学研究》，《台大文史丛刊》之 85，台北：台湾大学出版委员会，1990 年 6 月。
蒋寅：《古典诗学的现代诠释》，北京：中华书局，2003 年 3 月。
欧丽娟：《杜诗意象论》，台北：里仁书局，1997 年 12 月。
欧丽娟：《唐诗选注》，台北：里仁书局，1995 年 11 月。
欧丽娟：《唐诗里的"失乐园"——追忆中的开元盛世》，《汉学研究》第 17 卷第 2 期，1999 年 12 月；收入《唐诗的乐园意识》，台北：里仁书局，2000 年 2 月。
刘大杰：《中国文学发达史》，台北：台湾中华书局，1975 年 9 月。
刘永济：《词论》，台北：源流出版社，1982 年 5 月。
刘孟伉主编：《杜甫年谱》，台北：学海出版社，1978 年 9 月。
[美]刘若愚著，杜国清译：《中国诗学》，台北：幼狮文化事业公司，1983 年 10 月。
刘沧浪：《李贺与济慈（John Keats）》，《幼狮月刊》第 43 卷第 6 期（1976 年 6 月）。
刘魁立：《欧洲民间文学研究中的第一个流派——神话学派》，《民间文艺集刊》第三集，上海：上海文艺出版社，1982 年。
[日]兴膳宏著，戴燕译：《我与物》，《异域之眼——兴膳宏中国古典论集》，上海：复旦大学出版社，2006 年 9 月。
钱锺书：《谈艺录》，香港：龙门书局，1965 年 8 月。
储仲君：《秋风夕阳的诗人——刘长卿》，《唐代文学研究》第三辑，桂林：广西师范大学出版社，1992 年 8 月。

缪钺：《论李义山诗》，《诗词散论》，台北：台湾开明书局，1979年3月。

谭朝炎：《红尘佛道觅辋川——王维的主体性诠释》，北京：中国社会科学出版社，2004年5月。

罗联添：《白居易诗评论的分析》，收入中国唐代学会编：《唐代研究论集第二集》，台北：新文丰出版公司，1992年11月。

罗联添：《李贺诗"无理"问题》，台大中文研究所1992年"唐代文学专题"课堂讲义。

苏雪林：《中国文学史》，台北：光启出版社，1971年10月。

慈怡主编：《佛光大辞典》，高雄：佛光出版社，1988年12月。

[德]恩斯特·卡西尔（Ernst Cassirer）著，甘阳译：《人论》（*An Essay on Man*），上海：上海译文出版社，2004年6月。

Mircea Eliade, *The Sacred and the Profane: the Nature of Religion*, translated by Willard R. Ttrask, New York: Harcourt, Brace & World, Inc., 1959.

[英]艾略特（T. S. Eliot）著，李赋宁译：《艾略特文学论文集》，南昌：百花洲文艺出版社，1994年9月。

[奥]弗洛伊德（Sigmund Freud）著，赖其万、符传孝译：《梦的解析》，台北：志文出版社，2001年5月。

[加]弗莱（Northrop Frye）：《文学的基型》（*The Archetypes of Literature*），[美]约翰·维克雷编，潘国庆等译：《神话与文学》，上海：上海文艺出版社，1995年4月。

[法]保罗·雅各布（Paul Jacob）著，刘阳译：《唐代佛教诗人》（Poétes bouddhistes des Tang），钱林森编：《法国汉学家论中国文学——古典诗词》，北京：外语教学与研究出版社，2007年5月。

[德]利普斯（Julius E. Lips）著，江宁生译：《事物的起源》，兰州：敦煌文艺出版社，2000年2月。

［美］宇文所安（Stephen Owen）著，贾晋华译：《盛唐诗》（*The Great Age of Chinese Poetry: the High T'ang*），北京：生活·读书·新知三联书店，2005年4月。

［意］维柯（G. Vico）著，朱光潜译：《新科学》（*New Science*），北京：商务印书馆，1989年6月。

Baruch de Spinoza, Tractatus politicus, in *Spinoza Opera*, ed. Carl Gebhardt（4 vols.; Heidelberg: Carl Winters Universitätsbu-chhandlung, 1925），Vol. III.